中島知久平伝

日本の飛行機王の生涯

豊田 穣

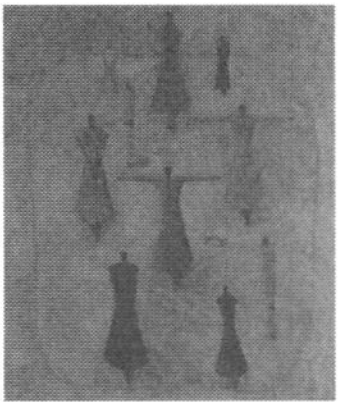

潮書房光人社

中島知久平伝——目次

中島知久平伝

日本の飛行機王の生涯

中島飛行機製作所再訪の記

平成元年となって間もない二月三日節分の日、私は群馬県太田市の旧中島飛行機製作所を訪問した。

かつての百万坪をこえる大飛行場の跡地では、今、中島飛行機製作所の後身である富士重工業が、スバル自動車などを製作している。

私は熊谷で新幹線を降りると、車で北に向かった。空はよく晴れていたが、北風が強い。車の前方やや左に赤城山の連峰が雪をかぶっている。上野から新幹線でくる途中でも、富士と浅間が真白であった。しばらく前までは、東京付近のスキー場は雪不足を嘆いていたが、最近どっさり降ったらしい。私は草津高原に仕事場を持っているので、このへんはよく通るが、こんなに赤城に雪が降っているのを見るのは珍しい。

車は刀水《とうすい》橋で利根川を渡る。この冬は雨が少ないので、坂東太郎の水も痩せているようである。その昔、中島知久平の家があった押切《おしきり》の村落は、以前、利根川の氾濫で村が押し切られたので、この名前がついたというくらい、坂東太郎はこのあたりを暴れ回った。刀水橋のやや上流にその押切があり、その近くの川原で、知久平が日本最初の量産を目標とする試作機中島トラクター式四型機の飛行に成功したのである。この日はその飛行場跡も訪問する予定である。

橋を渡ると車は太田の町に近づく。知久平が最初の飛行機を飛ばした頃は、太田は新田郡の人口数千の町であったが、中島飛行機製作所の発展とともに大きくなり、昭和二十三年には市制を布き、今は人口十三万の工業都市である。

私はあの戦争中、この中島飛行機製作所の飛行場に着陸した時のことを思い出していた。太平洋戦争開戦の翌年、昭和十七年秋のことである。私は鹿屋《かのや》の航空隊からこの太田の飛行場に、新しくできた飛行機の受け取りにきたのである。当時、私は海軍中尉で九九式艦爆（艦上爆撃機）操縦員であったが、エンジンは「金星」で三菱重工業で造っていた。中島飛行機製作所の主なエンジンは有名な「零戦《ゼロせん》」、「隼《はやぶさ》」の「栄」や「誉」、「護」など一字のものが多く、三菱は「金星」、「火星」などを造っていた。だからこの時は三菱の「金星」を中島に運んで、組み立てたものをもらいにきたのだと思う。

太田の飛行場に着陸したのはこの時が初めてであったが、上空にはよくきた。

太平洋戦争開戦の年、昭和十六年の五月から翌年の二月まで、私は霞ケ浦航空隊で操縦員の訓練を受けていた。離着陸ができるようになると、航法の訓練が始まった。これは偵察員の訓練で、教官から命じられたように、針路を定め、操縦員は偵察員が指定する針路で飛ぶ。

偵察員は幌をかぶって、計算の結果変針の時機を操縦員に知らせる。見えるのは計器盤と針路測定用の図板だけで、下界は見えない。下を見て、勝手に修正してはいけない。操縦員は教官が乗るのが原則で、後席の飛行学生が計算した針路の通りに機首を向ける。あさっての方向に飛んでも修正はしてくれない。

練習の航路は霞ケ浦上空から太田―東京―霞ケ浦というような三角コースを飛ぶことが多かった。まず高度二千メートルぐらいで風向風速を計る。偏流といって、飛行機は風に流されるから、これを正確に測定しておかないと、予定針路にのせたつもりでも、終着が霞ケ浦ではなくて海の上や筑波山の近くに到着することは珍しくはない。冬は赤城颪《おろし》というのか北西の風が強かったので、機は南に流されるため、よほど偏流を加味しておかないと、機は成田山上空あたりに到着して、教官から叱られることが多かった。

それでうまく太田の飛行場の上で変針できるか、心配でこっそり幌を上げて下界をのぞいたこともあった。そのようなことで、太田の飛行場は上から眺めたことはあるが、着陸したのは、十七年秋が初めてで、えらく広い飛行場だな、と感心した記憶がある。

この時、飛行場の片隅に四発の大きな飛行機がとめてあるのに私は気づいた。これがアメリカのB17に対抗する「連山」かと思ったが、実際はその前の試作機、「深山」陸上攻撃機で、「連山」の試作はもう少し後であったらしい。

私はその頃、中島飛行機製作所が有名な「零戦」の「栄」エンジンを始め、九九式艦爆とともに真珠湾攻撃に参加した九七式艦攻、陸軍の「隼」などを量産していた会社ということは知っていたが、三菱をしのいでアメリカにもない世界一の飛行機製作所になろうとは、考えていなかった。

しかし、その経営者・中島知久平の名前は脳裏にあった。海軍兵学校で航空の講義の時であったかと思う。教官が中島知久平の話をした。大正の頃、一機関大尉でありながら、これからは航空の時代であるから、八八艦隊などは早々に放棄して、大航空部隊を建設するべきだと、海軍当局に建言して、それが容れられないとみるや、決然として海軍を辞め、自分が飛行機の製作を始め、ついに満洲事変の頃から、陸海軍の飛行機を量産するようになった、実に先見の明あり、また決断のよい人物である、諸君もすべからく航空界に身を投じ、ご奉公すべきである……というような話で、先覚者・中島知久平の名前は私の脳裏に刻みこまれた。

大体、私が幼年時代に海軍に憧れたのは、日本海海戦で大勝利を収めた英雄・東郷元帥の話を雑誌で読んでからであるが、それが海軍兵学校在学中に日中戦争が始まり、渡洋爆撃や南郷大尉の奮戦の話などを聞いて、飛行機志願となり、それにこの中島知久平の話も弾みをつけたといえよう。

歴史の町・太田とその人物

太田は思ったより繁華な街である。

富士重工業の三つの大きな工場のほかに、三洋、サントリー、東芝シリコーンなど、多くの工場が集まり、群馬を代表する工業地帯を形成しているという。これも赤城や利根川、東の渡良瀬《わたらせ》川の水が、大きな資源となっているためであろう。

かつてこのあたりは有名な上州生糸、絹織物、うどん、藍玉《あいだま》、野菜、こんにゃく、牛などが名産であった。そのいずれもが赤城などの水を除いては、考えられない産物である。時は移って生糸は化織にとって代わられ、桐生も伊勢崎も寂びれたが、ひとり太田だけは中島知久平が開発した重工業のために、発展の一途をたどっているという（私はこの翌日、中島知久平の父粂吉《くめきち》が生糸の取引でよくいったと思われる桐生を訪れたが、太田とは比べものにならない寂びれかたのように思われた）。

富士重工業の群馬製作所に着くと、所長の藤野道章、総務課長の鯉沼寿、富士ゴム工業会長の青木逸平の皆さんが、待っていてくれた。青木さんは昭和七年中島飛行機製作所に入社し、全盛時代の製作所と中島知久平をよく知っている人で、この日は青木さんの案内で、中島知久平ゆかりの場所を訪問することになった。

まず訪れたのが、市の北にそびえる金山《かなやま》城跡である。そびえるといっても海抜二百メートルほどであるから、山上の中島自然公園には、幼稚園の遠足で訪れる子供も多いという。山頂には建武の中興の英雄・新田義貞を祭る新田神社があり、その近くの茶店のあたりからは、南方の展望が素晴らしい。関八州《かんはっしゅう》が一望という感じである。

まず眼下に太田の市街があり、その向こうに利根川が光っている。眼を東に転ずれば、白く一条の銀の糸のように見えるのが、渡良瀬川であろうか。東に遠く見えるのが、筑波山で西には榛名、秩父の連山が眺められる。

新田郡は新田義貞の発祥とその旗揚げの地として知られるが、そもそもは鎌倉時代の始めに、源義家（八幡太郎）の孫の義重（新田）が、ここに土着したことから、新田氏の支配が始まる。新田義貞はこの義重七代目の子孫である。

茶店の近くに中島知久平の胸像がある。悠然として南方をのぞんでいるが、今は竹林が茂って関八州はここからはよく見えない。しかし、知久平の心眼には、世界の大勢が映り、今も彼は日本の将来を案じているのであろう。

また若き日の知久平は、暇があるとこの金山に登って関東平野を眺め下ろしながら、いずれは天下に覇を唱えてやるぞ、と野心を燃やしたに違いない。

この金山は古い山城で、かつて鎌倉時代に広大な新田の荘を経営した新田氏の要衝で、ふもとの大手門跡から登ってゆくと、三の丸、二の丸らしい郭の跡がはっきりしており、山頂近くには日池、月池という二つの湧き水をたたえる池が、いまも残っている。元々天守閣はなかったが、本丸の一角に茶店と知久平の銅像がある。

この山城は新田氏の後、横瀬氏に乗っ取られ、さらに戦国時代になると、小田原の北条の支配下に入り、そこへ長尾景虎（上杉謙信）が進出してくると、関東進出の出城となり、江戸時代以降は廃城となった。

山を下ると私たちは新田寺義重山大光院に詣でた。子育て信仰で有名な呑龍《どんりゅう》さんがこれで、知久平は後に「呑龍」という爆撃機を造っている。

この寺を建立したのが徳川家康だというから面白い。家康が征夷大将軍になった時、将軍というものは源氏の棟梁でなければならないと考えた。そこで自分の先祖は源義家の孫の新田義重であるという系図を作り、この大光院を義重の菩提所としたのだという。また家康は元三河岡崎の松平家の出であるが、徳川というのは太田の南西十キロ、早川（利根川のすぐ北を東流する）の岸にある徳川という村の名前をとって、苗字としたのだという。今もこの村には東照宮がある。

また呑龍の由来は、この寺を建てる時、呑龍上人という有名な僧侶を住職に迎えたことからきているという。この高徳の上人のお蔭で呑龍さんは信仰を集め、太田はその門前町として発展した。

また日光例幣使《れいへいし》の通路にあたり、足尾の銅を運ぶ銅山《あかがね》街道も近くを走って町を繁華にしていったという。例幣使というのは江戸時代、正保三年（一六四六）以降、日光の東照宮大祭に朝廷から奉幣使を派遣することになった。これを例幣使という。その順路は軽井沢方面から中仙道を東南に下り、高崎の南の倉賀野《くらがの》で東に折れ、玉村、五料（関所あり）、芝、木崎、太田の宿を経て下野《しもつけ》の八木に入り、今市で日光道中に合するもので、この街道はやがて東海道などの五街道に準じることになり、各宿場は繁盛した。太田の近くでは木崎に女をおく宿が増えた。また木崎は銅山街道と例幣使街道の交差する町でもあった。銅山街道は後に鉱害で問題となる足尾銅山の銅を江戸に運ぶもので、大間々《おおまま》から木崎を経て、平塚（元禄以降は前島）で利根川に至り、ここからは舟で江戸に運ばれた。

呑龍さんを出ると、歴史を追想している私をのせた車は南へ向かう。途中、掘割のようになっている八瀬川の脇を通るが、両側は見事な桜並木で、四月中旬には満開になるという。川の上に桟敷を渡し、その上で花見の宴を開くのが、市民の楽しみらしい。日本は意外なところに桜の名所がまだ残っているようである。

この太田には多くの工場があるが、公害問題はなく、赤城山のほうから流れてきた清水が市内を貫流し、水に恵まれたかつての生糸の町が、今は富士重工業などの近代産業を育てているわけだ。

東武線を渡って市南部に入った車は、私を公民館に導いた。この玄関の前に中島知久平の立像がある。等身大よりやや大きいかと思われ、昭和三十九年建立、当時の委員長はこの日の案内役の青木さんである。

「知久平さんは独特の顔をしていたので、なかなか似たような顔にならないので、彫刻家も苦労していました」

と青木さんは回想する。

中島知久平の顔は独特な個性をもっている。肉付きがいいが、頭が大きく、顔の中央がややくびれて、蚕の繭《まゆ》のようになっている。

金山の頂きにある知久平の胸像の前で、私は、

「この銅像はなかなかいい男にできていますな」

と遠慮のない感想を述べた。その時、青木さんは苦笑していたようだ。この公民館前の中島知久平像は、本人によく似ているという。

像の横に「雄飛」と刻んだ側碑があった。知久平はこの言葉が好きであったという。

公民館を出た車は利根川に近い尾島町に向かった。途中、細谷町を通るが、ここには幕末、尊皇の志士として有名な高山彦九郎の生家跡がある。この町の押切《おしきり》に知久平の生家跡がある。尾島は太田の南西八キロ、人口約二万、かつては生糸取引が盛んで、野菜もとれ、五と十の日には市が開かれたという。

まず着いたのは前小屋という利根川の堤に近い字の岡田さんの家である。ここは中島飛行機製作所発祥の地の一つである。

岡田さんの母屋の前にかなり大きな古家がある。大正六年海軍を予備役となった知久平は、この古家で飛行機の設計を始めた。当時の戸主は先代の岡田権平で、今もこの古家には知久平が設計図を引いた大きな机が残っている。知久平はここを仕事場として、夜は近くの飯塚家を宿所とした。

そして設計のできた飛行機は、今富士重工業の工場になっている工場で造って、利根川の河川敷の飛行場に牛で運んだという。当時、大型トラックなどはなく、飛行機は大八車にのらないので、工場から利根川川原の格納庫の手前まで、特別の私道を造り、これで飛行機を運んだ。その後知久平はこの道を県に寄付し、今は県道となっている。

私たちは利根川の堤に上った。刀水橋のやや上流である。ここからは真北に赤城が見える。風が強い。赤城颪か上州の空っ風か、それともシベリア颪というべきか……要するに北から雪雲が南下する時、三国山脈の北に雪が落ちて、残りの冷たい風が上州に吹き下ろすということらしい。上州の人間は気が荒い、という。いわゆる国定忠治や大前田英五郎に代表される上州の長脇差《ながどす》で、任侠の気風があり、またかかぁ天下で女が強いという。これは上州の女が働きものだという意味だともいう。

青木さんの説明では、知久平が最初の飛行機を飛ばした頃は、川原は今よりも広く、幅三百メートルに近く、滑走路の長さは一キロ以上だったというから、私が着艦訓練をやった富《とみ》高《たか》（現日向市）の飛行場（長さ七百メートル）よりは広かったと思われる。川原には今も雑草が生い茂って、芝生のように見える。昔の飛行場はアスファルトなどの滑走路がなく、芝生の上を離陸した。この条件は六十年後も変わっていないようだ。不羈奔放《ふきほんぽう》、気宇雄大な中島青年が夢をかけて、航空日本を育てるべく、初飛行を行なったこの尾島の川原の飛行場……私は芝生の向こうを流れる利根の水を眺めながら、悠遠な歴史の流れを思った。

中島知久平が奥井技師らと協力して、やっと第一号機を造り、これを飛ばしたのが、大正七年七月のことである。三回の失敗の後に中島式四型機の初飛行に成功したのは、大正八年（一九一九）二月、ヨーロッパの大戦の終わった翌年のことである。

それから七十年、日本人はいろいろな歴史を経験してきた。満洲事変、国際連盟脱退、二

・二六事件、太平洋戦争、そして敗戦、戦後の飢餓との戦い、経済復興、経済大国……そして金余りで豊かだという、精神的な貧しさと背中合わせの、どこかアンバランスな物資の氾濫と、その中で贅沢をするのが当然と考えている子供たち……。

中島知久平が生きていてこの日本人を見たらどういうであろうか。巨視的で先見の明あり、雄大な構想をもつ愛国者である知久平は、おれはそんなつもりで中島飛行機製作所を造ったのではない……と嘆くであろうか……と怒るであろうか、それとも負けた以上は致し方ないか……知久平の本当の気持を知っているのは、利根川の水だけかも知れない。

今は一面の雑草の川原と化した、知久平の飛行場を後にした私たちは、知久平の生家へゆく前に、知久平が昭和六年、父母のため押切の旧邸の近くに建築した、通称〝新邸〟と呼ばれる豪邸を訪問することにした。

広さ一万坪、当時の金で百万円かけたというが、今では数十億円はかかりそうな豪華なもので、知久平は満洲事変以降軍用機の製造で金を儲けたというが、それ以前に大金を儲けてこの邸宅を建てたという。その金造りの方法は株の売買で、大正十二年から昭和四年までに八百五十万円以上を儲けた、というから只の飛行機メーカーではない。

さてこの夢のような豪邸であるが、一口にいえば大名屋敷の中でも豪華なものだと思えばよかろう。門は当然大名屋敷と同じ長屋門形式の頑丈なもので、車寄せは明治記念館よりは壮大で屋根が唐破風《からはふ》でお寺の本堂を思わせる。入り口の式台は大きな一枚板のけやきであるが、このほか建材は総檜《ひのき》、天井は格子《こうし》天井、洋間は総大理石で統一され、家具はすべてヨーロッパから運ばせたマホガニー製、しかも成金趣味に見えず、どっしりと落ち着いてみえるのは、見えないところに金を使っているからではないかと思われる。

お寺のような築地塀《ついじべい》で囲まれた、一万坪の敷地の中に数百坪の建坪をもつ神社の本殿のような豪壮な二階家が建っているが、井桁の形をして、その中が日本庭園になっている。この庭園はやや荒れてはいるが、日本名園選というような本にものったことのある凝《こ》ったものである。幾つもの部屋の横を通ってゆくと、東南の角に面した五十畳敷の大広間に出る。床の間の幅は四間（約七・三メートル）もあろうか。この広い床の間には立派な畳が残っているが、大広間の畳は荒れている。戦後、米軍の宿舎になった時、土足で入ったらしい。

「よく床の間の柱にペンキを塗られませんでしたね」

私は案内の家人にそう聞いた。私は戦後間もなく名古屋のある銀行の頭取の家を訪れたが、接収解除となったこの家では、米軍の将校が床の間にベッドをおいていたらしく、南天の床柱はペンキで真白に塗られていた。

「はあ、ペンキを塗って奇麗にしてやるというのを、必死に止めてやめてもらいました」

と家人は答えた。この広間ももちろん格子天井で、この邸宅の檜はすべて有名な台湾の阿里山の檜を運ばせたという。広間と、ゴルフができそうな広い庭の間の、渡り廊下は、幅二間のけやきの節のない上等の板で、ガラス障子の向こうの庭は、かつてはフランス風の庭と日本風の見事な庭が、調和していたが、米軍がテニスコートを造ったので、全部つぶされたという。

二階に上がるとこちらは、小さな——といっても八畳から十二畳ぐらいであるが——部屋に分れている。一番奥の間の調度は非常に凝ったもので、この部屋から外を見ると、大きななまこ壁の土蔵が眼に入った。

「今は空《から》ですか?」

と聞くと、

「まだいろいろなものが入っているようです。整理が大変で……」

案内の人がいうところをみると、書画骨董の類が突っ込んであるらしい。文化財的なものが多いと思われるので、一度展示してもらいたいとも思うが、それも人手のいることであろう。知久平の長男の中島源太郎氏は長く代議士をやり、最近まで文部大臣で、ここが地盤で選挙の時は、下の大広間に有志を集めて演説会を開くという。

階下に降りると、知久平の妹の綾子さんが会うというので、意外に思いながらその部屋にいって挨拶をした。知久平は七人兄妹の長男で上の五人が男で、そのうち三人は中島飛行機製作所の重役をして知久平を助けた。知久平は政治家であったせいか中島飛行機製作所の社長はやらなかったので、すぐ下の弟の喜代一が社長を務めた。一番下がこの綾子さんである。

「天皇陛下（昭和天皇）と同じ年です」

というから八十七歳というところか。小柄だがよく太っており、色が白く元気である。私は資料で写真を見た時、この妹が一番知久平に似ていると思ったが、会ってみるとやはりそうであった。まだ耳も口も達者で、

「知久平兄とは十七違います」

というので、

「可愛がってもらったでしょう」

というと、

「それはもうとても可愛がってもらって、一度も叱られたことはありません」

と大きな声で答える。

「利根川の川原で兄さんが飛行機を飛ばしたことを覚えていますか?」

「私は小さかった(十七歳ぐらい?)けれど、あの飛行機のことはよく覚えています。それがなかなか飛ばなくてねぇ、兄は今度こそといって頑張るけど、村の人は中島の飛行機は飛ばん、いうて悪口はいうし、もういらいらしていました。——ほらついそこの川原ですよ」

「飛んだ時には兄さんは喜んでいたでしょう」

「そりゃあもう……私もそれを見ていたので、とても嬉しかった。兄はもう大喜びで、父の家にいた私のところにきて、父に報告して菓子を食べていました。兄は酒も煙草もやらず、菓子もそんなに食べず、仕事が一番でした。お国のために飛行機を飛ばすんじゃ、といって頑張っていました」

綾子さんはそう懐かしそうに回想していた。

新邸から知久平の生家までは五百メートルあまりで、残念ながら最近家屋を取り壊したので、写真に出ていた総二階の大きな家はもうなかった。モルタルの塀に囲まれた敷地は約三千坪、昔は名主、明治以降は町長を務めた〝のて粂〟こと中島粂吉の家は、水呑み百姓どころか、豪農という感じである。

知久平が生まれた大きな母屋の跡には、まだ土台石が一面に残っていた。知久平の勉強部屋なども見たかったが、北西の角あたりらしいという程度のことしかわからない。

何もない空き地を歩きながら、私は考えた。知久平がこの家に生まれてから百五年が経過している。知久平の生まれた明治十七年は、自由民権と藩閥政府が戦った年で、その翌年が伊藤博文を総理とする内閣の発足、そして憲法発布、日清戦争、日露戦争……そして第一次大戦の間に知久平は海軍を辞めて、自ら飛行機製造の道に入るのである。

日本人にとって長いそして苦い思いもある百五年を、私は回想していた。中島知久平の生涯には、日本人として証しておくべきなにかがある……私はそう考えながら、なおも生家跡の雑草の中を歩いていた。

ふいに私の胸に〝雄飛〟という言葉が浮かんだ。公民館の銅像の横にその言葉が刻んであった。中島知久平はこの言葉が好きだったという。飛行機とともに彼の心も雄飛した。そして大日本帝国の滅亡とともに、その雄飛も終わった。しかし、彼の志を消すことはできない。この群馬県尾島町押切で生まれた、知久平の雄飛の志は今も日本人の誰かの胸の中に生きていなければならない。——それには知久平の雄飛の内容を知ることが必要ではないか。

太田で一泊した私は、翌日桐生を訪れることにした。生糸を多く生産していた中島家では、桐生の商人にこれを売り、それが横浜に運ばれたのではないか、と思われる。桐生の古い家を捜してみよう……そう考えて私は太田の駅前からバスに乗った。バスは真直ぐ北に向かうので、まばらな雪をかぶった赤城が迫ってくるようである。昨日より風は強いようだ。バスの終点の天神町が盛り場かと思ったが、これが東の外れで、私は再びバスで本町四丁目に戻った。バスの中から見たところでは、古い建物はほとんど残っていないようだ。書店で『群馬県の歴史』という本を見ていると、古い洋館の写真が眼に入った。明治十一年建築の県立医学校（重要文化財）で、今は公民館になっているという。書店の主人に聞くと西の相生《あいおい》にあり、今は桐生明治館になっているという。

私はタクシーで西に向かった。私は文明開化の洋館が好きで、明治村にもよく行った。

「お客さん、歴史が好きかね？」

と運転手君が聞く。そうだというと、

「このへんで一番古いのは岩宿《いわじゅく》だね。なにしろ石器時代の石器が出たところだからね」

と彼がいうので、私はそうか、と気づいた。敗戦直後、相沢という青年が関東ローム層の中から石器を掘り出して、日本に石器人がいたことを証明したことを、私も本で読んだことがあった。公民館の後はそこへいってくれ、というと、運転手君は、

「国定忠治の墓も近いよ。なにしろ博打に勝てるというので、やくざがきては墓石を削るので、四角な墓石が丸くなってしまったんだな」

と忠治の墓を推奨したが、これは割愛した。

旧医学校は木造二階建て、両翼を張り出し、中央にベランダがある左右対称の建物で、屋根が瓦であるところが文明開化らしく、強風への対策として、瓦は漆喰《しっくい》で止めてあった。

玄関を入ると中央階段があり、途中に踊り場があって、左右に分れるあたりは明治二十二年建築の江田島の海軍兵学校に似ている。向こうは煉瓦造り、こちらは木造である。明治十一年といえば、知久平の生まれる六年前である。内部には会議室などがあるだけで、古い調度はなく、人力車がおいてある程度であった。

この後、タクシーは西に向かって、新田郡笠懸《かさかけ》村に入り、「岩宿遺跡」という石碑のあるところで私を下ろした。石器の発掘された跡を知りたいと思ったが、右側は低い崖の上に雑木林があり、左側の空き地では円形の建物を建築中で、あとはこの遺跡の説明を書いた板があるだけであった。昭和二十一年秋、相沢忠洋氏がここで石器を発見した時には、左側も崖で、それは次の相沢さんの手記『岩宿の発見』（講談社）の記述からわかる。

「丘陵地の畑道を歩き続けているうちに、山と山とのすそが迫っている間のせまい切り通しにさしかかった。両側が二メートルほどの崖となり赤土の肌があらわれていた。そのなかばくずれかかった崖の断面に、ふと私は吸いよせられた。そこに小さな石片が顔を出しているのに気づいたからであった。私は手をのばして、荒れた赤土の地はだから、石片をひろいあげてみた。長さ三センチばかり幅一センチほどの小さなその石片は、掌のうえで、ガラスのような透明なはだを見せて黒光りしていた。その形はすすきの葉をきったように両側がカミソリのように鋭かった」

これが日本で初めて発見された石器で、それまで縄文人はいたが、石器人はいなかった、という常識を打ち破るもので、昭和二十四年には明大考古学研究室によって、この岩宿遺跡が発掘され、この石器は三万年以前昔の前期旧石器時代のものと推定されるに至った。

私は石器については、少しばかり知識がある。新聞記者の時、メソポタミア展などの記事を書いたこともあり、考古学にも興味を持っていた。昭和四十六年一月中旬、私はソ連、中近東旅行の途中、シリアの北部のアレッポという古代都市を訪問し、ここで只一人の日本人である獣医の折田さんに会った。折田さんはシリア遺跡発掘の日本学術探検隊の世話などをして、そのお礼に発掘された石器を沢山もらっており、その幾つかを私にくれた。ハンドアックスという石斧《せきふ》、ブレードという黒曜石を削ったナイフのような刃物などである。それから想像すると相沢さんが発見した、黒光りする鋭い刃物は、ブレードに近いようだ。シリアと日本の群馬で、似たような石器が発見されたことに、私は深い興味を抱いた。

『群馬県の歴史』によると、海底にあった日本列島が、海底火山の爆発による造山運動によって、しだいに浮上し始めた。その一部が足尾山地、西南の秩父を含む関東山地で、これが二億五千万年ほど前のことだという。

その後も群馬県地方は海底にあったが、千五百万年ほど前から、陸地が隆起し始め、谷川連峰や妙義、荒船などがここで顔を出す。

第三紀の終わりから洪積世にかけて、平野の中央は再び沈下を始め、周囲の山地から川によって多量の土砂が運ばれた。この後、今から数十万年前から赤城や榛名が火山活動を始めた。これが大量の火山灰を噴出し、これの堆積が群馬県と栃木県を覆う北関東ローム層を形成し、北関東ではさらに二万五千年ほど前から、浅間山の活動が活発となり、その火山灰が堆積して、上部ローム層を形成した。岩宿遺跡はこの上部ローム層形成初期のものと言われる。

してみると中島知久平が生まれた太田のあたりは、昔は海の底で、それが海底火山の爆発によって浮上し、かつ赤城榛名の噴火による火山灰の堆積の上に石器人が住むようになったということになる。

火山の連続大爆発と中島知久平のたゆまない飛行機製造の意欲……そこに私はなにかの因縁を感じとろうと考えながら、岩宿の駅から前橋行の両毛線の列車に乗った。

列車の中で私は考え続けた。車内は下校途中の学生で一杯である。若い彼等は中島知久平の名前を知るまい。受験勉強かあるいはパソコンに熱中しているのであろう。

しかし、国を愛するということは、どこの国の青少年にも大切なことである。愛国心は軍国主義につながるというので、国を愛する必要はない、と左翼の人々はいう。しかし、最も国や国民を愛しているのが、共産主義の国であることを、これらの人々は知っているのであろうか?

国産・中島第一号機ついに飛ぶ

「知久平さんの飛行機が飛ぶげなぞ」

「個人会社では初めてやそうな……」

太田町の人々は、利根川に近い尾島村の飛行場に向かって走った。

大正七年八月一日朝のことである。

利根川の旧河川敷を利用した二百メートルほどの滑走路のはしに傘のお化けのような骨組みがうずくまっている。それは黄色いこうもりのようでもあり、怪鳥のようにもみえる。

「あれが中島の飛行機いうもんか？」

「けったいな飛行機じゃなあ、発動機が前についとるやないか」

人々はそう言いあった。

この年、大正七年はヨーロッパの大戦がやっと下火になり、ドイツも十一月には降伏するが、この戦争の末期にはドイツ、フランスなどの飛行機も戦場に姿を現わし、その活躍ぶりもやっと新聞に見え始めた。

しかし、日本で飛行機が空を飛んだのは、もっと早く、明治四十三年十二月十九日には陸軍の徳川好敏大尉が、代々木が原で初飛行に成功している。日本航空界の夜明けについては、後に詳述するが、徳川大尉ら草分けのパイロットたちが乗ったのは、もちろん外国の飛行機であり、国産機が日本の空を飛ぶのはずっと遅れた。

もちろん中島の飛行機の前にも、国産の飛行機はあったが、中島が飛行機製作のために喧嘩同様にして海軍を辞めたことを知る者は、その最初の飛行機に興味を抱いていた。

国産第一号機は、明治四十三年十月、海軍中技士・奈良原三次男爵が、自家用として製造した奈良原式複葉機で、これは四十四年五月五日所沢飛行場で、高度四メートルで、六十メートルを飛び、国産で実際に飛行した第一号となった。

その後も会式一号、同七号、滋野式わか鳥号など、多くの国産機が造られたが、これらは試作機で実際に軍用の制式機として採用され、前線で戦闘に使用されることを目的として造られたのは、中島の飛行機が最初であったといってよい。

さて舞台を利根川に近い尾島飛行場に戻そう。飛行場の端に待機しているのは、知久平が苦心の結晶である中島一号機で、操縦員は、佐藤要蔵である。佐藤は大正五年、帝国飛行協会の第二期陸軍委託生となって、操縦教育を受け、臨時軍用気球研究会から操縦士の免状を授与されて、テスト・パイロットとして、中島の日本飛行機製作所に入るまでは、飛行協会にいた。

佐藤が入念に機体を点検していると、

「おっ、この飛行機は変わっとるのう」

「そうじゃ、発動機が前についとる」

と村民の中から声が上がった。それまで新聞などにのったのは、徳川大尉のアンリ・ファルマン機のように、エンジンが後ろについているものが多かった。それで一般には飛行機のエンジンは後ろから飛行機を推進するものだと、考えられていたらしい。佐藤が訓練を受けたのも、そのリヤー式という後ろから推進する方式のもので、彼はこの中島式で初めて前方にエンジンのある牽引式に出会って、かなり緊張していた。

後方から推進するものに対して中島のはトラクター式と言われた。

これから佐藤が操縦しようとするのが、その中島トラクター方式の一型第一号機なのである。佐藤が訓練を受けた飛行機が八十馬力なのに対して中島式は百二十馬力と強力で、これも佐藤には初めての経験である。

「では出発します」

飛行服をつけ飛行帽をかぶった佐藤は村人の注視の中で、中島所長と工場長に敬礼すると、機の脇につけてある小さな穴に靴先を入れ、操縦席によじ昇った。間もなく中島がアメリカから買いつけたホールスコット百二十馬力のエンジンが始動し、プロペラが回り始めた。

「ほうら、プロペラが回り始めたぞ……」

人々は先の尖った液冷式のホールスコット・エンジンと回転を早めてゆくプロペラに注目した。中島の眼にも祈るような表情が、現われている。

やがて飛行機は地上滑走で、飛行場の端まで行き、離陸する方向……風上である北方の赤城山の方に機首を向けた。

「そうら、離陸するぞ……」

人々は高まる轟音《ごうおん》に耳を傾けた。

中島式一号機は滑走を始めた。やがて全力滑走に移ると、機体がふわりと浮いた。

「やった！」

「飛んだぞ！」

観衆の中から期せずして拍手がおこった。

しかし、肝心の中島は指揮所の近くから黙って双眼鏡で、機の様子を見守っている。浮くだけでは駄目だ。高度十メートルで百メートルは飛ばなければ、飛行したことにはならないのだ。中島のレンズの中には、苦心しながら機を操縦する、懸命な佐藤飛行士の姿が映っている。

ふいに機が左に傾斜した。中島は飛行場の指揮所にある吹流しに双眼鏡をやった。

「いかん！　風が変わったぞ」

それまで北の赤城山の方から吹いていた風が、東風に変わったのだ。飛行機は正面からの空気の抵抗で浮上するようになっているので、横風は非常に不利である。これが上空であるならば、機が横に流れるだけですむが、まだ浮力が十分ついていない低空では、横風を受けると、機が浮力を失って、墜落するおそれがある。案の定、佐藤の懸命な操縦にもかかわらず、中島式一型一号機は、飛行場の端をこすかこさないかで、横転墜落してしまった。

「なんじゃ、やっぱり墜落か」

「知久平さんの飛行機が、そう簡単に飛ぶとは思っとらんじゃったよ」

「やはり〝のて衾〟のせがれじゃもんな」

人々は予《あらかじ》め予期していたように、さして落胆することもなく、飛行場を後にして、太田の町に向かった。

一方、中島の方はそれどころではなかった。

「おーい、佐藤君、大丈夫か？」

そう言いながら、当時、群馬県に一台しかなかったというフォードのオープン・カーで、飛行場の端に向かった。

幸いに飛行機は大破したが、佐藤は軽傷であった。

「社長、申し訳ありません。高度が取れないうちに横風にあおられて……」

そういうと、佐藤は額のこぶをなでながら頭を下げた。

「いやあ、無事でなにより……機はまたできる。わしも一号機で成功しようとは思わんじゃった」

そういって中島は佐藤をねぎらったが、無念であった。――つまりエンジンのパワーが弱いから上昇率が悪い。その間に横風をくらうと横転する。機体の設計も考え直さなければならんな……。

中島は佐藤を乗せて指揮所に帰る途中、しきりに墜落の原因を考え続けた。

「ようし、今度は二号機で実験するぞ。失敗は始めから覚悟の上だ」

事務所に戻ると、中島は幹部を集めて、二号機の研究にかかった。

八月二十五日、今度は陸軍から経験者の岡楢之助騎兵大尉（後、中島飛行機の顧問となる）を招いて試験飛行を行なった。

しかし、この時も数分間は飛行したが、二号機は利根川の堤防に衝突して破損してしまった。

「またか……」

中島は腕を組んだが、不屈の彼がそれぐらいで断念するはずがない。〝航空の鬼〟は失敗すればするほど、闘志を燃やした。

岡大尉の細かいアドバイスを参考にして、九月十三日、再び岡大尉が三号機のテストを行なった。今度は十七分飛行して、中島をほっとさせたが、着陸後の地上滑走時に、車輪が飛行場の横の溝にはまって、機は横転し、またも破損した。しかし、中島はめげなかった。

「ようし、今回は十七分も飛んだのだ。飛行場一周も夢ではないぞ」

そういって彼は岡大尉をねぎらい部下を激励した。

しかし、今度こそは……と期待をかけて、飛行場に詰め掛けた村人は、落胆するとともに、中島の悪口を言い始めた。

当時は第一次大戦の末期で、日本は未曾有の好景気に遭遇し、船舶などの企業は漁夫の利を占めたが、国内は大インフレに見舞われ、米価が暴騰し、米騒動が起きるという騒ぎであった。そこで口さがない太田の人々は、次の落首をつくり、これがはやった。

「札《さつ》はだぶつく、お米は上がる、あがらないぞえ中島飛行機」

これを耳にした中島は、さすがに苦笑したが、

「まあ、見ておれ。最後に笑うものが、一番大きく笑うものだぞ」

彼はそういうと、設計図とにらめっこを続けた。

いつのまにか大正七年の暮れも近づき、赤城颪《おろし》が身にしみるころとなった。

この年末の三号機は前よりかなりの改良の跡が見られた。

「よし、もう一息だぞ」

さらに改良をかさねて、中島はようやく自信のもてる一型四号機の試験飛行を行なった。

この試験飛行は、十一月九日、また佐藤飛行士によって行なわれ、ある程度の飛行を示したが、最後は墜落して、中島に渋い顔をさせた。

この年十一月ドイツは降伏し、ヨーロッパの大戦は終わり、仏独の華々しい飛行機の活躍ぶりが、日本でも報道されていた。

翌八年（一九一九）、二月、中島は十分な自信をもって、三型機を造り、ついで四型機を造った（二型機は資材は用意されたが、実現しなかった）。

そしてこの四型機は、ようやくトラクター式になれた佐藤飛行士によって、高度百メートルで飛行場の上を一周し、見事に着陸を果たした。

「ようし、よくやってくれたぞ！」

飛行機に駆け寄った中島は、だきおろすようにして、佐藤を下ろし、堅い握手を交わした。

もう「あがらないぞえ中島飛行機……」などと雑言をたたくものもいなかった。

「さすがは〝のて衆〟の息子じゃ、やる時はやるのう」

村の古老たちも、やっと知久平の実力を認めるようになった。

――ついにやったな……いとしい愛機の翼をなでながら、知久平は思いに沈んだ。頂上に雪をかぶった赤城山を仰ぎながら、製作所に帰る自動車の中で、知久平は十六歳の時、家から百五十円の金を持ち出して、上京した時のことを思い出していた。――あの時、おれは心の中で誓った。きっとこの金で立派な教育を受け、満洲で馬賊になって、ロシアをやっつけてやるぞ……しかし、知久平が海軍機関学校にいる間に、日露戦争が起こり、日本はロシアに勝ったので、知久平の馬賊志願は中断された。その代わり彼が考えたのが戦艦の建造をやめて、飛行機を量産して、日本の国防を堅固なものにすることであった。――今こそその第一歩をふみだすことができたのだ……知久平の胸に青年時代の辛苦が蘇ってきた。

中島知久平の生い立ち

中島知久平は、明治十七年（一八八四）一月十一日、群馬県新田郡尾島村字押切《おしきり》十一番地で、農業・中島粂吉《くめきち》の長男として生まれた。母はいつという（後年の連合艦隊司令長官・山本五十六より三月早く生まれ、鳩山一郎より一年年下である）。

戦前、知久平の伝記を雑誌に書いたものでは、知久平は貧しい水呑み百姓のせがれに生まれ、志を立てて上京し、苦学して専検に合格し、海軍機関学校に入った……とあるものが多い。これは大飛行機製作会社の社長として成功した知久平を、立志伝中の人として持ち上げる常套手段で、知久平が育った頃の中島家は、富裕ではないが貧しくはなかった。それどころか父の粂吉は、いろいろな事業を手掛け、〝のて粂《くめ》〟と言われるほどの遣手であった。〝のて粂〟とはいろいろなことをやるとてつもない人間という意味である。

知久平が小学生の頃は、中島家には三町歩（一町は三千坪、一坪は三・三平方メートル）ほどの畑があったという。このへんは利根川が暴れ回ったところで、押切という地名も江戸時代に利根川が村を押し切ったためにできた地名であるという。水田が少なく畑が多いので、知久平少年はその耕作の手伝いをさせられた。

知久平少年は、明治二十三年四月、尾島尋常高等小学校に入学した。知久平は後の肖像でもわかるとおり、肥満していたが背は低いほうであった。しかし、人並みはずれた腕力があり、また粘り強かった。子供の時から相撲《すもう》が非常に強く、小柄ではあったが友達からばかにされることはなかった。身長にくらべて頭が大きく、只者ではないという感じを人にあたえた。

知久平が生まれたのは、西南戦争が終わり、維新の三傑が次々に世を去り、二代目ともいうべき伊藤博文や大隈重信、山県有朋らが政権を争い、大隈が伊藤や薩摩勢に追放されて、自由民権派となり、板垣退助らと組んで、政府と死闘を演じていた頃である。

また彼が小学校に入ったのは、明治憲法が発布された翌年で、また十月に、「教育勅語」が発布された年でもあった。

時代の趨勢で知久平も愛国的な少年に成長していった。

しかし、彼が尋常科四年を卒業して、高等科に入ると間もなく、明治二十七年（一八九四）八月、日清戦争が始まり、翌二十八年二月、北洋艦隊は全滅、四月十七日、下関で伊藤博文が李鴻章と講和条約を結び、日本は遼東半島、台湾を割譲されることになった。これで心配していた東洋の大国清国との戦にも勝って、愛国の志に燃える知久平少年もほっとしたが、それも束の間、四月二十三日には、ロシアが独仏を糾合した三国干渉が起こり、日本は折角多くの英霊を犠牲にして得た遼東半島を清国に返すことになった。

——なんというひどいことをするのだ。ロシアという国は……

知久平はそう憤慨した。その上、ロシアは明治三十一年三月には、日本が清国に返還したはずの遼東半島の要衝・大連と旅順を、清国から租借して、軍事、交通の要地として、開発を進め、満洲大陸（中国東北部）にハルビンと大連を結ぶ鉄道を計画し始めた。

——畜生！　ロシアの奴……裏切りの欲深熊奴《め》……

高等科四年生であった知久平少年は、歯がみをして、憤慨の極に達し、西の空をにらんだ。

——よし、おれは馬賊になって満洲に渡り、これを日本大陸義勇軍に発展させて、ロシアをやっつけてやるぞ……

知久平が仲間にそれを話すと、友達は驚いた。

「チッカン（知久平の愛称。相撲の強い知久平は仲間や両親からもこう呼ばれた。突貫的な知久平にふさわしい愛称といえようか）、お前、えらいことを考えとるのう」

「さすがは〝のて条〟の息子じゃ」

「じゃが馬賊になっても戦争をやるには、それだけの訓練を受けなければ、ロシアをやっつけるのは無理ではないかのう」

友達は半ば冷やかすようにそういったが、それはその通りで、満洲馬賊になるといっても、上州の田舎から、簡単に満洲に渡れるものではない。満鉄（南満洲鉄道、明治三十九年創立）ができてからならともかく、この頃はすでに満洲はロシアの勢力範囲となりつつある。

知久平の悲願?を聞いた先生は、

「おい、中島、お前の気持はよくわかるが、たった一人で満洲にいっても、密偵の疑いでロシア軍に処刑されるのが落ちじゃ。それよりもまず軍人になることじゃ。いずれ日本とロシアは戦争になる。その時は軍人として、ロシアをやっつける。それがお国の為というもんじゃ」

といって、知久平に軍人となる道を教えた。

――よし、おれは軍人になるぞ、それも士官じゃ。指揮官になって軍隊を指揮するんじゃ……

そう考えながら、知久平は北の赤城山を仰いだ。海抜一八二八メートルの赤城山は、関東でも有名な山で、幕末には侠客国定忠治が立て籠もったところとしても知られている。

西には坂東太郎の呼び名で親しまれる利根川が流れ、そのまた西には榛名山、その南西には突兀《とっこつ》とした山容で知られる妙義山、そしてその向こうには、浅間山が悠然と煙を吐いている。

古来、英雄、名士を生んだ土地には、必ず彼等を育てる風土があった……と筆者は確信している。

大西郷の成育は、鹿児島湾の向こうに煙を絶やさぬ桜島を除いては考えられぬ。詩人・石川啄木の誕生には、岩手山と北上川が大きな母体となっている。革命児・坂本龍馬の成長には、土佐の桂浜に押し寄せる太平洋の荒波が、大きな役目をかっている。

同様に大物実業家で〝飛行機王〟と呼ばれる中島知久平の成長と、この上州の山河は、切っても切れない縁があると、筆者は考えている。一つの例を挙げれば、知久平の家から尾島小学校までは二十町（一町は約一〇九メートル）ほどあったが、知久平は冬も赤城颪の中を、手袋も外套もなしで、通学した。これは彼一流の克己心を養成し、忍耐力を強くするためのストイシズム……自己鍛練……武士道的修行であったが、この鍛練が頑健な体を造り、後に海軍機関学校の猛訓練にも十分耐えることができたのである。

さて、ここでロシア征伐を悲願？とする知久平がなぜ中学校にもゆかず、独学で専検をとり、海軍機関学校に入ったかを説明しなければならないが、その前に彼に影響を与えた祖母のセキのこと、そして中島家の祖先について話しておく必要があろう。

その祖先と家族

まず中島家が土着した新田郡であるが、ここは建武の中興の英雄・新田義貞の生地として知られる。新田家の始祖・源義国（八幡太郎義家の三男）が、罪があるとしてこの土地に流罪となったのは、平安中期の頃である。その子・義重は新田郡の領主として新田姓を名乗り、その弟の義康は足利郡の領主となり、足利氏を名乗った。この子孫が義貞とともに北条氏を倒す足利尊氏である。尊氏は後に逆賊と呼ばれるようになるが、義貞は忠臣として、明治以後評価が高くなる。しかし、それ以前から新田氏は有名で、太田町の北にある金山には、新田神社があり、子育てで有名な呑龍《どんりゅう》様（新田寺義重山大光院）は新田家の始祖・義重の菩提所として、徳川家康が建立したものだという。

押切にある大悲山観音院徳性寺の過去帳によると、中島家の先祖は、中島家から飯野家に養子にいった飯野左内という人物で、高貴な家の家老職であったというが、その主人の名前ははっきりしない。左内は八代将軍・吉宗から九代将軍・家重頃（一七四〇年代頃）の人物らしいが、主家断絶のため、一時上州の沼田で学問を教えていたという。

その後、その頃栄えていた押切にきて、自分の父の中島四郎兵衛を呼んで、ここに土着し、自分は中島重蔵と名乗った。これが中島家の先祖だという。この重蔵の三代目に子供がなかったので、新田郡高尾村の名主・高田清兵衛の次男の忠兵衛を養子にもらった。これが知久平より五代先の祖先にあたる。

この忠兵衛は中々の人物で押切の名主となり、この頃は押切も栄え、中島家も盛んであった。ところがこの忠兵衛にも男の子がなく、娘に養子をとり、その養子にも男の子が生まれないので、娘のセキにまた養子をとった。それが忠蔵でセキとの間に、今度は男の子が二人生まれた。長男の周吉は非常に頭のよい少年であったが、勉強のしすぎで若死した。次男が粂吉、すなわち知久平の父である。

ところがここに困ったことができた。知久平の祖母セキは非常な権力主義者で、独裁者でもあり、知久平の母いつはもちろん、〝のて粂〟と呼ばれた大物の粂吉も頭が上がらない。そしてそれが知久平少年の将来にも影響した。

尾島の小学校高等科を卒業した時、知久平は太田中学校に入って、海軍機関学校の入学試験を受けるつもりで、それは父母も了解していた。しかし、ゴッド・マザーともいうべき祖母のセキによって、それは阻止された。

「うちは百姓じゃ。百姓の子はそんなに勉強しなくともよろしい。わしの子の周吉は、頭がよかったが、人の何倍も勉強したために、若死してしまった。知久平も勉強がよくできるそうじゃが、学問は小学校の高等科で十分じゃ。あとは家にいて、畑や養蚕、藍玉造りなどで働けばよろしい」

そういってセキが強制したので、知久平の進学は流れてしまった。これにはさすがの〝のて粂〟も慰める言葉がない。

ここで〝のて粂〟の由来と押切という土地について説明しておく必要があろう。

まず押切であるが、この土地は今でこそ平凡な農村と住宅地であるが、江戸時代には銅山街道の要地として発展した。銅山街道とは、足尾銅山と江戸を結ぶ道ということである。

足尾銅山の発見は、慶長十五年（一六一〇）だが、貞享元年（一六八四）には丁銅で四十万貫余を生産した記録が残っていて、幕府にその多くを納め、武器や貨幣の鋳造などに使用された。

この銅を江戸に運ぶのが銅山街道で、押切は当時、利根川の渡し場にあたり、町は非常に繁盛した。戸数三百あまり、商家がずらりと並び、料理屋、廓などもあり、夏には遊客のために利根川で花火を揚げたという。

中島家の先祖もそのために隆盛となった。が、幕末の頃には銅の生産も少なくなり、利根川の流れも変わり、明治以降は寂しい農村となっていった。

しかし、この衰亡に抵抗した男がいた。それが〝のて粂〟の粂吉である。彼は米や麦、野菜だけでは、村の産業が立ちゆかぬと思い、養蚕、藍玉なども手掛け、藍玉の相場を張ったりした。頭のよい男であるから、大きな損をしたこともなく、臨機応変の才能で、急場をしのいだことも度々あった。たとえば明治四十三年、すでに知久平が海軍士官になってからであるが、粂吉はつくね芋が高いとみて、一町二反も作付けを行なった。しかし、雨が降り続いて芋が腐り始めた。

「今度は〝のて粂〟も大損だろう」

村人はそうささやきあった。しかし、不屈の〝のて粂〟は代案でこれを切り抜けた。彼は芋に見切りを付けると、これを全部掘りおこして、その跡にいんげんをまいた。これが豊作で彼は損害を最小限に食い止めた。

もちろん、専門の蚕ではよその何倍もある三百貫の蚕を飼い、大いに当てたこともある。彼は投機がうまかった。

しかし、鶏を千羽も飼った時は、少々危なかった。この年は卵の値段が例年の一個八厘から三厘に下がり、粂吉の思惑は大外れとなった（明治四十年頃の卵の相場は百匁〔約三百七十五グラム〕十八銭位であった）。

「今度は〝のて粂〟さんも、大損だっぺ」

と村人は噂した。しかし、只ではころばぬ〝のて粂〟は、卵では損をしても、千羽の鶏の莫大な糞を桑の肥料にして、よい桑の葉の豊作に恵まれ、損を埋め合わせした。〝のて粂〟はこうして企業家的な素質を示し、また政治家の素質もあったので、大正九年には尾島町の町長に推された。

粂吉は頭がいいという定評があるが、読み書きのほか数学が得意で測量、製図も得意であった。このマルチ人間の性格は知久平に深く遺伝しているが、特に数学では知久平は抜群の才能をもち、これがエンジニアの道を選ばせたと思わせる。

また粂吉は太っ腹の人間として評判であった。彼は町長の頃、役場の書記や出入りの若者たちにお年玉をくれた。それも一人五円というのであるから、当時としては大金である。寄付もよくしたが、事業をやるので、借金もした。借金もしたが、必ず返し、逆に貸した金の催促はせず、踏み倒されても平然としていた。こういう点も知久平は似ている。踊りや芝居もやったが、槍や剣術などの武道のたしなみもあった。

粂吉親子の度胸のよさを物語る、次のような話が言い伝えられている。

知久平が家出をする直前、十六歳の時、中島家に一人の賊が入った。この夜、粂吉夫婦は結婚式の媒酌人で出掛け、家には知久平のほか幼い四人の弟がおり、祖父夫婦は奥の部屋にいた。

賊は仏壇のある部屋に入り、金品を物色していたが、これに気づいた知久平は、身仕度をすると、長押《なげし》の短槍を手にして、賊を捜した。賊は茶の間で金を捜していた。ランプの芯が細くしてあるので、あたりは薄暗い。こっそりと賊の近くに迫った知久平は、槍を構えると、

「なんだ？　お前は？」

と一喝した。槍の穂先がピカッと光った。賊はびっくりして階段を上って二階に潜んだ。

「おい、おりてこい、この槍で一突きにしてくれるぞ！」

知久平がそう叫んで、槍をしごいているところへ、粂吉夫婦が帰ってきた。

「どうしたんじゃ？　知久平？」

息子の様子に事情を聞いた粂吉は、

「ふうん、こそ泥か、二階からでは階段が降りにくかろう」

そういうと粂吉は外に出て、二階の窓に梯子をかけると、

「おうい、泥棒君よ、窓に梯子をかけたから、そこから逃げてくれ。わしたちはもう寝るからな」

といって、寝室に入ってしまった。

泥棒が外に出た様子に、知久平も槍を収めて寝ることにした。

飛行機の製作を始めた頃の知久平は、よほどのことにも驚かなかったが、それも父親譲りといえようか。

家出と上京・受験の猛勉強

前述の通り、祖母が進学に反対なので、知久平は自分で上京して専検の検定を受け、海軍の学校を受験し、士官になって、満洲に渡り、馬賊の頭目になることを考えた。明治三十三年四月のことである。

しかし、上京して苦学するといっても、先立つものは金である。――まず百五十円はかかるな……彼はそう計算すると、家にある藍玉の売り上げ金を拝借することにした。さすがに〝のて衆〟の息子だけに大胆である。厳格な父親に見つかったら、どんなお仕置きにあうかわからない。しかし、ロシアをやっつけるという彼の執念は、ついにその抵抗を乗り切った。

父が金を入れてあるのは、いつも神棚に供えてある一升枡の中である。知久平はまず父に手紙を書いた。

「尊敬する父上様、しばらく家を出て東京で勉強し、士官になって満洲に渡り、ロシアの征伐を実行します。ついては学資として藍玉の代金を一時拝借します。決して悪いことに遣うのではありません。お金は何倍にでもして、必ず返します。何卒、親不孝をお許し下さい」

知久平は桝から金を出すと代わりに、その手紙を入れて家を出た。夕方近くではあるが、父母も祖父母も野良に出掛けていない。弟たちに見つからないようにして、知久平は尾島の家をあとにした。途中、何度も振り返りながら、知久平は夜道を歩いて、間々田《ままだ》の渡しで利根川を渡り、高崎線の籠原駅に急いだ。利根川を渡る時、堤の上から、知久平は郷里のほうを眺めた。赤城山の肩に上弦の月が上っていた。

「赤城の山ともしばらくお別れだなあ……」

そう国定忠治のようなせりふをつぶやくと、早くも彼は郷愁に似たものに捉えられた。

「お父さん、お母さん、どうか許して下さい。知久平は決して道楽をしに東京にゆくのではありません。きっとロシアを征伐するような偉い軍人になって、故郷に帰ってきます。それまで待っていて下さい」

押切のほうを向いて、そう頭を下げると、知久平は渡し舟に乗った。舟は大利根の静かな流れを渡ってゆく。月がその漣《さざなみ》を照らす。——今度この川波を渡るのは、いつのことか……

十六歳の知久平は胸が一杯になるのを覚えた。

籠原からは上野行の最終列車に間に合った。上野駅に着いたのは、十二時辺りで、昼間は繁華な上野の町も、寝静まる頃のようであった。近くの安宿で一泊すると、知久平は押切の隣家の出身で、よく戦争や軍隊の話を聞かせてくれた正田満を訪ねた。正田は陸軍軍曹で麻布の歩兵第三連隊本部に勤務していた。

突然の訪問に、正田は驚いたが、知久平が家出をしてきたと聞くと、さらに驚いた。

「おい、チッカン、どえらいことをしでかしてきたなあ、今頃は押切の家は大騒ぎじゃぞ。しかしお前の志も無下に斥《しりぞ》ける訳にもゆくまい。——ようし、押切のほうへはおれから詫びといてやる。お前はしっかり勉強して、士官になれ。満洲でロシアと戦うには陸軍士官学校がよかろう。まず勉強じゃ。それには武士の居城を捜すことが必要じゃろう」

さすがは上州男児、正田は快く知久平の願いを入れて、まず知久平の泊まるところを捜すことにしてくれた。

ここで知久平の伝記作者は、知久平の下宿について二つの説を記している。まず大正初年の航空専門雑誌『飛行界』の記者で、航空時代社の社長であった渡部一英氏の『巨人・中島知久平』（昭和三十年十月・鳳文書林発行）では、知久平は正田の紹介で、最初神田の大盛館に、三食ふとん付で月六円五十銭というのを、一年間前払で六十円にまけてもらって、一年あまりここに住んだが、三十四年七月には、もっと安い上毛館に移り、さらに小石川西丸の宮下という家に移った、となっている。

次に毛呂正憲氏（元講談社記者、新田町郷土誌編集委員）の『偉人・中島知久平秘録』（昭和三十五年二月、上毛偉人伝記刊行会発行）では、上京した知久平は、まず親友の飯塚祇吉《まさよし》（後、尾島町長）が下宿していた神田錦町の上毛館（新田郡木崎出身の中沢氏の経営）に、三食ふとん付、月六円五十銭で落ち着くことにして、正田軍曹を訪問した……となっている。

また藤田忠司氏（経営評論家）の『中島知久平・鴻鵠《こうこく》の志に生きた日本の飛行機王』（『中島知久平抄録』・昭和五十六年十月・中島源太郎発行）でも、知久平は神田の上毛館に下宿したとなっている。

説は分かれるが、上京した知久平が、まず神田に下宿して、彼のロシア征伐の計画を推進したことは間違いなかろう。

神田の下宿に落ち着くと、知久平は、早速専検合格のため次のような方針を決めて、受験勉強を始めた。

一、昼は三崎町の研数学館で数学を学ぶ。
二、夜は斎藤秀三郎が校長をしている正則英語学校の夜間部に通学する。
三、通学していない時は中学校用教科書を全部独習すること。
四、一年半の間に中学校卒業程度の実力を養成すること。

ここで注目すべきは、知久平が当初の苦学して専検をパスするという方針を変えて、郷里から持参してきた金で生活しながら、勉強を続けることにしたことである。中島が出世してから、彼が夜は人力車夫をして、昼は通学したという苦心談が、雑誌に載ったことがあるが、知久平はそういうやり方は非能率的であると考え、神棚から失敬してきた金を最も有効に遣って、後でいうアルバイトは避けたという。

ここで彼が上京して勉強を始めた明治三十三年（一九〇〇）から、専検に合格した三十五年十月頃までの、内外の状況にふれておこう。知久平の宿敵?であったロシア帝国は、そのころ何をしていたのか？……

知久平が家出をして間もない三十三年六月、清国の北京で義和団の変がおこり、北京の外国公使館はこの国粋的な拳を武器とする集団に包囲された。いわゆる攘夷が彼等の名目であるが、実力者の西太后は皇帝に進言して、列強に宣戦布告をさせた。

このため英、仏、独、露そして日本などの列国は、北京に軍隊を派遣したが、距離の関係で日本が一番多くの兵力を派遣した。

　一方、ロシアは北京の公使館及びその周辺の自国の居留民を守るという名目で、満洲に大兵を派遣し始めた。この異変を日本では北清事変というが、事変のほうは清国側が十月敗北を認め、和議に入ったにもかかわらず、ロシアは依然として満洲に派兵を続け、日本政府の警告を無視し続けた。

　十二月、清国政府は連合国の要求を容れることを受諾したが、その前にロシアは十一月、満洲における権益を求め、ハルビン―旅順間の鉄道敷設権を清国から取得し、日本の官民を著しく刺激していた。

　翌三十四年二月、ロシアは清国に対し、満洲から撤兵する代わりに、満洲、蒙古、中央アジアにおける権益の独占、ハルビンから奉天を経て北京までの鉄道敷設権を譲渡するという、露清協約の草案を提示し、この承認を求めた。

　四月十九日、連合国は清国政府に償金四億五千万両を要求、清国は五月二十九日これを受諾し、義和団の変は一段落した。

　しかし、ロシアはなおも満洲から撤退せず、三十五年四月には、清国と満洲撤退協定に調印し、第一期は実行したが、第二期は実行せず、依然として南満洲に大兵力を駐屯せしめたので、日本政府は厳重に抗議したが、ロシアはこれを受けつけず、国民の反ロシア感情は高揚していった。

　一方、三十五年一月にはロンドンで日英同盟協約が調印されて、ロシアを牽制することになった。

当時、英国は南アフリカのボーア戦争（移民した白人の独立に対する英本国の鎮圧の戦い）にてこずっており、東洋に野望をたくましくするロシアの進出を知りながら、艦隊を派遣することもできず、苛々していたので、日本と手を結びこれを東洋の番犬とすることを考えたのである。

こうして大日本帝国は徐々に三国干渉の仇を討つべく、ロシアとの戦争に突進しつつあった。

もちろん、神田の下宿でこのロシアの暴状を知った知久平は、毎日、

「畜生！　ロシアの熊め、どこまでつけ上がるのだ？　いいか、待っておれ、このチッカンがやがて士官になったら、満洲に出掛けて馬賊を指揮して、目にもの見せてくれるぞ！」

と西の空をにらんでいた。

憧れの海軍機関学校に合格

こうして日露の風雲が急を告げる中、三十五年十月、知久平はついに待望の専検に合格、これで中学校卒業の資格を取ることができた。

ここで知久平の耐乏生活にふれておこう。知久平の当初の計画では、二年で専検に合格するとして、これを百五十円でまかなうつもりであったが、ほかに衣類や参考書などもいるの

で、どうしても窮乏する。

そこで着物や袴は着るだけ着て、次は浅草の古着街を回って、値切れるだけ値切って安く買い、中学校の教科書も神田の古本屋に日参して、できるだけ汚れたものを安く買った。

勉強机は石油箱を拾って使い、床屋は三ヵ月に一度、銭湯は一週間に一度で、いつも頭はぼうぼうで、体は垢臭く女のほうで避けてゆくので、女との交渉は省くことができた。銭湯にゆくにも石鹸をもってゆかない。沢山石鹸を使っている客の下方に位置を占め、流れてくる石鹸液を手拭にしませて、これで体をこすった。

冬も夏と同じ服装なので、寒いが倹約でき、赤城颪《おろし》で鍛えた体力が役に立った。夏は浴衣で外出したが、下宿にもどると裸で机に向かった。ある日、勤務で外出した正田軍曹が知久平の下宿を訪れると、毛深い知久平が裸で石油箱の前に座っていたので、熊がいるのかと驚いたという。

この知久平の苦境と頑張りを見て感心した正田は、乏しい兵士の給料から少しずつ知久平に援助をすることにした。

ここで専検に合格した知久平が、なぜ海軍機関学校を志願するようになったかについて、説明しておきたい。

知久平が上京して正田を訪ねた時、満洲にいってロシアをやっつけるならば、陸士を受けたほうがいい。満洲では海軍はあまり役に立つまい、と正田が言ったので、知久平も一時そのつもりであったが、父の〝のて粂〟の意見で知久平は機関学校に変更したのである。

上京した知久平は出世するまでは、父に知らせまいと思っていたが、陸士に出してあった入学願書で郷里の役場に問い合わせる件ができたので、尾島に連絡するとこれが父の粂吉に知れた。

「そうか、専検に合格して陸士を志願しているのか……やはりチッカンの奴は只者ではなかったな……」

長男が出奔した時の怒りも忘れて、〝のて粂〟は急ぎ上京して、神田の下宿を訪ね、久方ぶりに親子の対話をもった。〝のて粂〟は長男が軍人になることに、さほど反対はしなかった。時節が時節なので、頑健な知久平が士官になってお国に奉公することは、中島家の名誉であり報国の実を示すものだ、という当時の考え方が粂吉を強く支配していた。

しかし、息子が陸士を受けることには、粂吉は反対であった。

「いいか、ロシアは今満洲に大軍を集結している。しかし、これを討つために陸軍を運ぶには、海軍の援護がいる。また日本は四面みな海であるから、これからの国防は海軍が重要じゃとわしは思うぞよ」

粂吉はそう息子を説得した。すると知久平はわりに簡単に陸軍から海軍に志望を替えることを承諾した。というのは、知久平の脳裏にはいずれ大尉になったら、軍隊を辞めて馬賊になるつもりでいたので、それには海軍の知識も役にたつであろうと考えたのである。

そこで彼は海軍機関学校を受験することに決めるのであるが、ここに一つの疑問がある。なぜ知久平は海軍兵学校を志願しないで、機関学校を志願したのか?

後に彼は海軍において海兵出の士官と機関学校出の士官との権限、待遇の差に抗議の姿勢を示しているが、それならば海兵を志願すればよかったのである。察するに知久平は、海軍の内情にうとかったのであろう。

機関学校出には、艦隊を指揮する権限がなく、連合艦隊司令長官にもなれない。また海兵出は大将、元帥にもなれるが、機関学校出は、中将止まりで軍艦の艦長にもなれない。軍艦では機関長止まり、出世しても艦隊機関長や海軍工廠長で、少将か中将でおわりである。

この将校分限令や軍令承行令は長く海兵出と機関将校の間にしこりを残し、太平洋戦争が始まった後の昭和十七年十一月、機関科が兵科に統合されるまで殆ど解決が見られなかった。

また別の見方をする人もいる。

それは知久平が非常に数学が得意であったので、機関学校からエンジニアの道を進むのが、その才能を伸ばすのに有利であろう、と誰かから助言をうけ、それを実行したのではないか、という説である。

父の訪問を受けて、知久平はただ謝罪するほかはなかったが、〝のて粂〟は単に息子を責めにきたのではなかった。彼は息子に海軍に入ることを薦めるとともに、下宿の貧しい暮しを見て、機関学校合格までの生活費を補助することを申し出た。すでに貯金も底をついていた知久平は、ありがたく父の申し出を受け、一層受験勉強に熱を入れた。

そして三十六年十月、知久平は憧れの海軍機関学校を受験した。場所は築地の海軍大学校で、この年の応募総数は約二千人と言われたが、体格検査でその半数以上が落とされ、学科試験を受けたのは、八百数十名で、その中から合格したのは、四十名に過ぎなかった。風呂にもろくに入らず勉強した甲斐があって、知久平は二十一番で見事に合格し、第十五期海軍機関学校生徒として、横須賀の機関学校に入校することになった。

「カイグンキカンガクカウニガフカクス」

この電報を受け取った粂吉は、

「ようし、チッカンやったぞ！」

と喜んで父母に報告した。知久平が家出をして、東京で勉強していると聞いた時は、また体を壊しはせぬか、と心配していた祖母のセキも、今度は、

「この中島の家は、元々新田義貞にもゆかりのある土地柄の家じゃ。海軍将校の卵が出たとは、お国にご奉公できて、忠臣の義貞公もお喜びであろう」

と相好を崩して喜んだ。

知久平の海軍機関学校入校は、明治三十六年十二月二十一日で、すでに日露戦争は目の前に迫っており、生徒たちの鼻息は当たるべからざるものがあった。特に〝今や宿敵ロシア討つべし〟の意気に燃える知久平の胸は、ふくらむ一方であった。

知久平らの機関学校第十五期生は、後年中将となる横須賀工廠長・古市龍雄、佐世保工廠長・氏家長明、工機学校長・川原宏ら俊才ぞろいであった。知久平は古市、氏家に次いで三番で卒業することになるが、二年生の時にはすでに優等生で、襟にバッジをつけていた。

海機（海軍機関学校）十五期生は海兵の三十四期生に相当するが、この期は四人の海軍大将を出した山本五十六らの三十二期生の二期後輩である。この三十四期生には、後にソロモンで戦死した山本の後任となり、パラオからフィリピンに移動する際、悪天候のため殉職して、元帥となった古賀峯一大将のほか佐藤三郎中将（海大校長）、日比野正治中将（呉鎮守府長官）、住山徳太郎中将（海軍次官、筆者が海兵生徒の時の校長）、片桐英吉中将（航空本部長）、平田昇中将（横須賀鎮守府長官）らが輩出して、太平洋戦争で活躍している。この下の三十五期には第二艦隊司令長官として南方作戦で活躍した近藤信竹大将、南西方面艦隊司令長官となった高須四郎大将、海相となった野村直邦大将らがおり、そして三十六期には真珠湾攻撃の機動部隊指揮官南雲忠一中将（戦死後大将）、海軍次官、呉鎮守府司令長官の沢本頼雄大将らがいる。いずれも知久平が中島飛行機製作会社の社長として、活躍していた頃の帝国海軍の幹部である。

機関学校生徒の猛訓練

知久平が父との和解もできて、晴れて機関学校の試験に合格すると、下宿の上毛館のおばさんも赤飯を炊いて祝ってくれた。胸毛を出して裸で勉強したり、下宿料の払いもよくはなかった知久平であるが、海軍士官の卵とあっては、郷里の誉れとおばさんも、わが子の名誉のように喜んでくれたのである。それもそのはず、日本はまさに、世界一の陸軍国で日本の二倍の海軍力をもつロシアと、翌年は雌雄を決すべく、海軍大臣山本権兵衛（海兵二期）は、東郷平八郎中将を舞鶴鎮守府司令長官から連合艦隊司令長官に抜擢したが、その日取りは知久平たちが横須賀の海軍機関学校で入校式を挙げた、十二月二十一日の七日後の二十八日のことであった。

この日本の命運を決する日露戦争前夜、知久平たちは何も知らずに、機関学校の門をくぐったのであるが、そこではさすがに赤城颪で鍛えた知久平も、たじろぐような猛訓練が待っていた。

当時機関学校は三学年制度で、全校生徒は百三十名ほどで、これを六個分隊に分けた。最上級生徒の三年生を一号生徒といい、順に二号、三号生徒となる。新入りの知久平は、第三分隊の三号生徒となり、鬼をもひしぐという一号生徒の猛訓練で、しごかれることになった。

各分隊の一号の先任生徒（成績のよい者）が生徒長として分隊の指揮をとり、生徒次長がこれを補佐する。但しこれは生徒館といって生徒が起居する建物の自習室や寝室でのことで、昼間の授業や体育訓練などの場合は、学年ごとに教官の指導でやることが多い。この講堂（教室）内での座学（英語、国語、数学、物理、化学などの普通学）のほかに、軍事学といって機関はもちろん、砲術、水雷、通信、運用（艦の整備、錨作業など）、航海、経理などの海軍の軍事学の基礎を教わる。これらの時は教官の指導で行なわれるが、それが終わって生徒館に戻ると、待っているのが鬼の一号生徒である。

海軍兵学校、機関学校、経理学校などの海軍の将校生徒養成学校は、生徒館の生活は一号の指導する自治生活で、授業や学科、訓練が終わって、生徒が生徒館にもどると、あとは一号生徒が生活指導をするのであるが、これが猛烈に手荒い。クラス（期）によって違いがあるが、大体、新入りの三号生徒には、一号生徒が入校教育と称して、鉄拳制裁によるしつけ教育を行なうのが普通である。これを海軍では鉄拳制裁とはいわないで、〝修正〟といった。呼びかたはともかく、新入生が古参生徒から、生徒館の規律や慣習にもとるというので、鉄拳をくらうことには変わりはない。

筆者は六十八期生徒として、昭和十二年四月江田島の海軍兵学校に入校した。丁度、校門付近の桜がちらほら開く陽春であったが、未来の提督を目指して、希望に胸をふくらませて、校門をくぐった新入りの生徒さんを待っていたのは、鉄拳の嵐であった。それから一年間は毎日のように、便所の敷石を汚したとか、芝生を踏んだ、階段の昇り方がだらだらしている、殴られた時に言い訳をした、行進中に私語した……などという理由で、六十五期生徒から、猛烈果敢な修正を受けた。覚悟はしていたが、文句をいわせない鉄拳の嵐には、いささか閉口して、「入校したら間もなく戦艦長門を操縦させると、先輩が言ったが約束がちがう……」などと弱音をはく者も出てきた。しかし、筆者たちの六十八期は〝土方クラス〟（筆者の命名）と呼ばれただけあって、その猛烈な嵐にも耐え抜いて、これを七十一期生徒に申しついだのであった。

中島知久平は海軍において筆者より三十四期先輩にあたるが、入校当時、彼を待っていたのが、十三期生徒の鉄拳の嵐であったことは、間違いのないことであったと思われる。

もっとも海軍の学校における修正は一片の私心なく、公正に行なわれるのが建前であったから、これで上級生を怨むというようなことはなく、ただ忠実に下級生に申し送れば海軍の伝統を継承したということになるのである。

幸か不幸か知久平が入校したのは十二月であったから、横須賀の風も波も十分に冷たかった。

新入りの三号生徒を待っていたのは、一号の鉄拳のほかにこの寒さであった。

三号生徒たちは機関学校に入ったら、早速「三笠」、「富士」などという新鋭の軍艦に乗って、エンジンを運転するものと考えていたが、まず始まったのは、入校教育といって、陸戦訓練と短艇訓練であった。陸戦とは陸軍と同じ陸上の生徒訓練で、知久平は知らなかったが、中学校を出た者は、すでに学校で一通りのことはやってきたので、またか、と眉をしかめた。寒風の中で不動の姿勢から始まり、敬礼、オイチニや速足行進をやらされるので、

「これは兵隊の訓練だ。早く士官の軍事教育をしてもらいたい」

などと不平をいうものもいた。

しかし、陸戦は短艇訓練に比べればまだましである。短艇はカッターといって、長さ九メートル前後のボートを漕ぐ。横須賀の港内を漕ぎ回るのであるが、風の強い日には、艇内が水びたしになり、眼にも塩水が入る。濡れた手が冷たい風にさらされるので、霜焼けができる。面白いのは海軍の発祥の地を自負する鹿児島からきた連中である。南国で寒さにはなれていないので、たちまち霜焼けになって、手がザボンのように腫れ上がる。その点、赤城颪

の中で、防寒具もつけずに頑張ってきた知久平は平気で、教官から褒められた。

午前陸戦、午後短艇訓練で日曜抜きの猛訓練で、正月も上級生は休暇で帰郷するが、三号生徒は残って訓練が続く。さすがに元日は朝が雑煮で、昼は鯛に似た魚の塩焼や蒲鉾、卵焼きなどの御馳走が出たが、市内への外出はなく、陸戦隊の服装で衣笠山に登る程度である。但しこの間は一号がいないので、鉄拳はお休みだが、当直の若い教官がいて、規律正しい生活を送るよう指導される。

休暇が終わるとまた鬼の一号が帰ってきて、修正が始まる。陸戦も短艇も益々訓練が激しくなる。

この頃、知久平たちは短艇で横須賀港内を漕いで回ると、不思議なことに気がついた。

「おい、ばかに軍艦の数が少ないではないか」

「うむ、戦艦ばかりか駆逐艦もいないようだな……」

三号生徒はそう話しあった。

それも道理でこの年、明治三十七年初頭には、東郷長官の率いる連合艦隊の主力は、佐世保に集結、対馬や朝鮮の鎮海湾の基地に進出して、ロシアとの開戦に備えていたのである。そしてこの年二月八日の仁川沖と旅順港の海戦で、日露戦争が始まり、この戦勝で日本がロシアを圧倒し、知久平の宿望である満洲馬賊になって、ロシアをやっつけるという悲願は霧散することになる。

しかし、それは後の話で、今しばらく知久平の機関学校生活を追ってみることにしよう。

一号からは散々鉄拳の修正をくらったが、やがて一ヵ月の入校教育が終わると、英語、国語、数学などの普通学とともに、機関、通信、航海などの軍事学も始まり、日曜、祭日には外出も許されるようになった。

海軍将校生徒の服装はジャケットといって裾の短い紺色の上着に、金色のボタンが七ついている。スカッとして、なかなかしゃれた格好である。帽子は士官と同じものであるが、士官のそれには抱き茗荷《みょうが》といって金モールの文様がぬいとりしてあるのに比べて、生徒のは錨がついているだけである。しかし、腰には金の飾りのついた短剣が光っており、この服装で横須賀の街を歩くと、士官と水兵しか見たことのない町娘たちが目をそばだてた。

「あれはなんじゃろうか?」

「海軍かそれともレストランとかいう食堂の給仕かしら?」

「警官にしては裾が短いし、剣も玩具みたいだわ」

「そうだ、あれは軍楽隊に違いない」

こうして異様な動物でも見るように、目引き袖引きされたが、本人たちは注目されていると考えて、いささか得意であった。階級章はついていなかったが、将校生徒は入校と同時に一等下士官（当時は上等兵曹といった）と準士官（兵曹長）の間の地位におかれることとなっていた。従って街を歩く時は、下士官といえども生徒には先に敬礼しなければならない。ところがこの規則は下士官兵の間には普及していなかったとみえて、生徒に出会っても敬礼しない水兵が多かった。中には豪傑の一号生徒がいて、敬礼しない水兵や下士官を、欠礼した、といって殴って問題となることもあった。殴られた下士官は文句をいう。こんな若造が十年も海軍の飯を食っている下士官を殴るとは何事か？　という訳である。

そこで軍艦の士官が機関学校まで交渉にやってくる。当時、海軍兵学校は明治二十一年に築地から江田島に移転していたので、海軍兵学校の士官や呉、佐世保に勤務していた士官たちは、機関学校が横須賀にあることを知らないものが多かった。

話し合いの結果、機関学校でも艦船のほうでも、この生徒の階級について、知識を普及させることに苦心をしたようであった。これは三十数年後、筆者が海軍兵学校に入った時でも同じで、外出しても下士官が敬礼してくれないので、不満をもらす生徒もいた。

困るのは休暇で帰省する時に、陸軍の下士官や準士官と一緒になった時のことである。陸軍の士官や下士官兵は、陸士の生徒の階級のこともろくに知らない。陸士の生徒は予科と本科では違っていたというから、余計に複雑であったと思われる。まして海軍に関しては彼等は知識がないから、若い練習生ぐらいに思い、当然敬礼などはしない。これで生徒のほうから敬礼するように要求すると、

「お前ら一体なんじゃい？」

「玩具の剣など提げて、兵隊ごっこのつもりかい？」

「まだ子供じゃないか」

などと冷笑されて憤慨した生徒もいたという。

海軍では一般の体操や武道などの体育を別科といった。この中には柔道、剣道、相撲、水

泳などもあった。尾島村の田舎横綱であった知久平は、機関学校でも相撲が強かったが、さすがに海軍は相撲が盛んで、下士官の大関クラスになると、知久平も歯が立たなかった。それも道理で海軍では毎年各軍艦対抗の相撲競技が行なわれ、そのために大相撲の幕下ぐらいの強豪を養成していたのである。

食事等について見ておこう。朝夕は米食で昼はパンであった。筆者が江田島の頃は、朝がパンで昼と夜が米食（麦四分ぐらい）で、パンには原則として砂糖と味噌汁がついた。海軍兵学校の味噌汁は天下一品だという説もあったそうであるが、軍隊のことであるから、豆腐や葱が入っている程度で、特に変わった味ではなかった。昼と夜のおかずはチンタの煮付が多かった。江田島の湾でとれる小型の鯛に似た魚で、元来は味が悪くはないのだが、何百匹も一緒に大釜で煮るので、形が崩れ都会の中学校からきて、煮魚になれていない生徒は苦手のようであった。おかずで一番好評であったのは、ライスカレーとまぜ飯（たきこみ御飯）で、これは食事のラッパと調子をあわせて歌われた、次の歌でも知られよう。

「兵学校のおかずはにんじんにごぼう、たまにはまぜ飯ライスカレー」

知久平のいた頃の機関学校ではもちろんライスカレーなどは出なかったであろう。煮魚、豚肉と野菜のごった煮などが多かったと思われるが、人数が少なかったので、焼き魚なども出たかも知れない。

当時の機関学校の食堂では、飯に鼠の糞が入っていたり、パンの底が黒焦げになっていたりすると、その生徒は喜んだという。その部分だけを残して、賄《まかな》いに「お代わり！」と叫ぶと、一人分のお代わりがきたという。筆者の頃の兵学校ではそういう特権はなかった。沢山食べたい者は体重を六十八キロ以上にしなければならない。これは増食といって椀の蓋が持ち上がるくらい飯がてんこ盛りになっていた。

我々の頃の江田島は、校内に酒保があって、土曜の夕食後と日曜には、ここでうどん、ヨーカン、大福餅（大石餅といった）、ミカンの罐詰などが食えたが、知久平の頃の機関学校には、それがなかったらしい。日曜日に外出しても、まだ映画はないし、料理屋や食堂に入ることは禁じられていた。それで学校が特約したクラブという民家にいって菓子、寿司、そば、汁粉などを食うのが楽しみであったらしい。

このクラブの中で一番大きいのが、関東クラブで、ここには知久平のほか五人の群馬県人が出入りしていた。その中でも知久平は同期生の奥津と仲がよかった。

当時、生徒の手当は週二十銭であったが、知久平は酒も煙草もたしなまなかったので、郷里から送金してもらうことはなかった（筆者の頃の手当は月四円五十銭であった）。

当時はかけそば二銭、汁粉五銭、寿司が高くて一人前十銭ぐらい、また巡査の初任給は十円、小学校教員のそれは十五円ぐらいであった。

当時も筆者の頃も生徒の最大の楽しみは、夏冬の休暇であったが、知久平らはその休暇もないうちに、一大異変が始まった。

いうまでもなく前述の日露戦争である。

日露戦争勃発！

冬期休暇から帰って一号生徒が、盛んに新米の三号生徒に鉄拳で活を入れ直していた一月がすぎると、二月八日、仁川沖と旅順で、日本海軍がロシアの艦隊を攻撃、九日には仁川沖でロシアの巡洋艦ワリャーグ、砲艦コレーツを沈めた。また旅順でも八日夜、駆逐艦隊が港外を航行中のロシアの艦隊を攻撃、魚雷を発射して、戦艦ツェザレウィッチ、レトウィザンを大破、巡洋艦パルラーダを座礁せしめた。

この緒戦の大戦果に国民はもちろん、知久平たち生徒も歓声を挙げたが、宣戦布告は二月十日で、布告前の攻撃として、ロシア側の非難を浴びることになった。

それはともかくこの第一撃で朝鮮にいたロシア艦隊は大きな打撃を受け、旅順の艦隊も、その後の日本海軍の閉塞隊の活躍もあって、中々出撃しなくなった。

一方、陸軍も二月十六日には第十二師団が仁川に上陸、三月、第一軍主力が南方の鎮南浦、さらに五月には第二軍が遼東半島に上陸、満洲の中央と旅順要塞に兵を進めつつあった。

国民の士気は大いに上がり、機関学校の生徒たちも、

「早く卒業して先輩に続きたい」

と意気盛んであったが、一人知久平のみはどういうわけか浮かぬ顔をしていた。

――こんなに早く日本軍が進撃すると、早々にロシアをやっつけて、自分が機関学校を卒

業して、満洲の馬賊の頭目になって、ロシアを征伐する前に、帝政ロシアが滅亡してしまうのではないか……知久平の心配はそれであった。

しかし、一機関学校生徒の顧慮には関係なく、日本軍の進撃は海に陸に止《とど》まるところを知らない。

四月十三日、新任のロシア東洋艦隊司令長官・マカロフ提督を乗せた旗艦ペトロパウロウスクは、旅順港外で機雷に触れて沈没、マカロフは乗艦と運命を共にした。

また陸軍も五月、第二軍が遼東半島の要衝・金州を攻略、続いて乃木大将の第三軍もその方面に上陸、旅順要塞の攻撃は本格化してきた。

いよいよ旅順が陥落すると、ロシアは敗北で、おれが満洲に出掛ける機会もなくなるか……と知久平はひそかに自分の大計画が霧散することを憂えながら、益々激化する学校の訓練に身を打ち込んでいた。

そのうちに生徒の楽しみの夏休暇がやってきた。

例年なら夏休暇は、八月一日から末日までであるが、戦争中なので二週間に短縮された。

知久平が休暇で帰省すると、

「おいチッカンが帰ってきたぞ」

と村の友達や大人までが珍しそうにやってきた。海軍兵学校もそうであるが、太田あたりでは機関学校の生徒も珍しい。海軍の学校に入るのは、一に鹿児島、二に佐賀、次いで山口、広島、高知、長崎、そして東京も多かった。群馬では生糸商人になる者は多かったが、海軍を志願する者は少なかった。ただ機関科に関しては、まだ機関学校ができる前に、群馬県出身者では、斎藤利昌大監（大佐相当）がすでに日露戦争の時には第三艦隊機関長として参加しており（八月十日の黄海海戦で戦死）、佐藤亀太郎も日露戦争当時大監で「初瀬」機関長、四十年十二月には少将となるので、これらの先輩が群馬県としては、海の先達ということになっていた。

帰宅したら知久平はまず両親に挨拶すると、土産物を差し出した。休暇の時には一日二十銭の割合で、食事代という名目で手当が支給されるので、知久平は二円八十銭をもらってきた。それで横須賀では軍艦の絵葉書、東京では上野で買った大福餅、ヨーカンなどを、両親の前に出した。

「そうか、知久平がこういうものを土産に買ってくるようになったか……」

〝のて粂〟の父親も喜びに相好をくずし、母のいつはもう涙ぐんでいる。一筋縄ではゆかない強情な子供であったが、こうしてどうやらお国の役に立ち、我が家の名誉となってくれたか……と思うと昔の苦労も忘れるほどである。

そこへどやどやと近所の隣人や小学校時代の友達がやってきた。

「おうい、チッカン、これが海軍生徒の夏服かよ」

「これが短剣か?」

「こりゃあ切れるのか?」

と抜いてみるものもいる。

「いやあ、それは飾りだ。武器ではないのだ」

知久平がそう説明すると、

「チッカンは相撲が強かったが、海軍ではどうじゃ、やはり横綱か？」

と聞くものもいる。

「とてもとても、士官はそうでもないが、下士官兵の中には東京の大相撲とやっても、相当やれるものがいる。とてもおれでは太刀打ちができん。但し生徒ではまあ、おれが強いほうだな」

「しかし、チッカンはえらいよ。家出は感心せんが、独学で専検をとって、日本一と言われる難関の海軍機関学校に合格したんじゃ。この努力でゆけば、将来は総監（中将相当）にでもなれるじゃろう」

と知久平にかける村人の期待はふくらむばかりである。

「とにかく村の出世頭じゃ。今までは正田軍曹が最高じゃったが、今度は士官の卵が出たんじゃからな」

と知久平の袖章を眺める老人もいる。

こうして〝のて条〟の家出した息子は、一躍村のホープとして期待を担うことになった。

休暇といっても活動的な知久平は、家でじっと昼寝をしているようなことはない。早速太田の北にある金山に登り、新田神社と呑龍《どんりゅう》さんに帰省の報告と戦勝の祈願をすると、利根川に出て泳ぎ始めた。

「おっ、チッカンが泳いどるぞ」

「大分上手になったようじゃ」

「やはり海軍に入ると違うもんじゃな」

小学校の同級生たちが、ついてきて知久平の泳ぎをみつめる。当時の海軍ではまだクロールや背泳ぎはなく、教官も古式泳法を教えた。ノシといって横泳ぎや遠泳用の平泳ぎ、潜り、浮き身など、昔の武士が水練で鍛えた泳法を教えたので、知久平もそれを利根川で披露して、友達を喜ばせた。

また夜は学校からもってきた教科書で勉強をする。知久平は小学校の時、抜群に数学ができたが、機関学校では微分、積分、解析など当時の高等数学が教科の中に入っている。また上級生に聞くと、物理も熱力学といって、エントロピーなど熱エネルギーを微分、積分で計算するのだという。これはエンジンのシリンダーの中のエネルギーの計算には是非必要で、機関科士官には非常に重要な学科だという。

そこで知久平は数学の勉強に力を入れた。

筆者も海軍兵学校では物理の熱力学でエントロピーの計算で非常に苦労した。知久平と違って元々数学が苦手なので、微分も積分も難しく、そこに次元の違うエントロピーが出てきたので、頭が痛くなった。どういうわけか酒保にエントロピーという豆の菓子があった。ピーナッツが中に入っているからだと思うが、これを食べるとエントロピーがわかるという伝説があったが、一向に効目はなかったようである。知久平たちはどうやってあの難しいエントロピーの計算を勉強し、かつ修得したのであろうか。

黄海の海戦と陸軍の進出

こうして知久平が郷里で有意義に休暇を送っている間に、遼東半島方面の戦場では、一大海戦が生起していた。

八月十日、それまで旅順港に閉じ篭もって出てこなかったロシア艦隊〈五月以降この艦隊を太平洋第一艦隊、ペテルブルクのバルト海方面にいるほぼ同等の兵力をもつ艦隊を、太平洋第二艦隊〈通称バルチック艦隊〉と呼ぶことになった〉は、突然出港して東に向かった。ペテルブルクの皇帝の命を受けたというアレクセーエフ極東総督が、旅順艦隊の司令長官代理・ウィトゲフト少将（マカロフの代理、本当の司令長官は五月二日に発令されたベゾブラーゾフ中将であったが、日本海軍がいるために旅順には入れなかった）にウラジオストクにゆくように命令したのである。これは旅順港の閉塞が進み、一方、日本陸軍が金州から旅順の北東に進んでくるので、艦隊が港内に封鎖され、背後から陸軍に砲撃されることを、アレクセーエフは恐れたのだという。

司令長官代理ウィトゲフトは、旗艦ツェザレウィッチに座乗し、戦艦レトウィザン、ポベーダ、ペレスウェート、セワストポリ、ポルターワのほか巡洋艦パルラーダら全部で十八隻の艦隊主力を率いて、ウラジオストクを目指した。

かねてこれあることを察知していたわが東郷艦隊は、「三笠」「朝日」「富士」「敷島」「春日」「日新」の第一戦隊を率いて、これを迎え撃った。

正午すぎ東郷艦隊は敵を発見、午後一時十五分射撃開始、双方猛烈な砲撃の応酬を行ない、ウィトゲフトは艦隊運動によって、東郷の射撃範囲から脱出しようと試み、合戦は夕刻に及んだ。

しかし、太陽が西の水平線に近付いた午後六時三十七分、東郷艦隊の放った三十センチ砲弾が、ツェザレウィッチの司令塔付近に直撃、長官代理のウィトゲフト以下幕僚を全員戦死させた。間もなく次の一弾で艦長も昏倒、舵取りが取舵（左旋回）のまま舵の上に倒れたので、ツェザレウィッチは指揮官のいないまま左旋回を続け、後続の戦艦もこれに続き、ロシア艦隊は大混乱に陥った。

ツェザレウィッチの異変に気づいたペレスウェートに座乗していた次席指揮官のウフトムスキー少将は、形勢不利とみて、ウラジオストク行を断念、残りの艦隊を率いて旅順に帰投しようと決心し信号を送った。

しかし、巡洋艦三隻は上海等に逃走、ツェザレウィッチは山東半島の膠州湾に逃げこんで清国に武装解除された。

この海戦は黄海の海戦と呼ばれ、仁川、旅順につぐ日本海軍の勝利とされ、国民は万歳を叫んだ。実際には敵の逃走を許したことなど反省する余地はあったが、これらの教訓は十ヵ月後の日本海海戦で生かされることになる。

戦術的な詳しいことのわからない知久平たちは、先輩たちの重なる武勲に喜び、その後に続くことを焦る者も出てきた。

知久平にも不安はあった。――このまま日本が勝ってしまうと、少年時代からの馬賊になってロシアをやっつけるという豪快な夢は、立ち消えになってしまう。一体おれは何に次の夢をつなぐべきか……人並はずれて気宇雄大な知久平は、そのエネルギーのやりどころに、困り始めた。

しかし、真面目な彼は、夢は夢として生徒としての努力を怠ることはなかった。

機関学校では一年生の成績の優秀な生徒は、二年生に進級する時に、金銀の徽章をもらい、これを襟につけることになっていた。

明治三十八年元日、旅順が陥落して間もない三月の終わりに、知久平は三番で進級することになり、まず金の徽章をもらった。成績優秀の印である。一番は古市、二番は氏家であった。また知久平は銀の徽章ももらった。これは品行方正で校則をよく守ったという印である。

こうして全校生徒の模範となった知久平は、その旨を郷里の父母に知らせ、〝のて条〟を喜ばせたが、肝心の戦況のほうは、益々彼の思惑とは逆行し始めていた。

まず陸軍は遼陽についで奉天でも、ロシア軍を痛撃し、三月十日には大山元帥を先頭に、奉天に入城し、ロシア軍を遠く鉄嶺の北に駆逐し、ペテルブルクの皇帝は軍司令官クロパトキンをリネウィッチに替えてしまった。

これで陸軍の勝利はまず確定したが、問題はアフリカの南端を回って東洋にやってくるというバルチック艦隊（太平洋第二艦隊）の動向のみとなった。

馬賊から飛行機へ

この頃、知久平はほぼ馬賊になる夢を諦め始めていた。――もうおれが馬賊になる出番はない。世の中は変わってゆくのだ。もう少し早く生まれるべきだったなあ……休日に衣笠山の頂きに登った知久平は、東京湾を見下ろしながらそう考えた。

しかし、不屈でアイデアマンの知久平は、常に夢を追うことを、諦めはしなかった。

「よし、次は飛行機だ。おれの手で日本の空に飛行機をとばして見せるのだ」

知久平はそういって同行した古市や氏家を驚かした。

「おい、飛行機だって？」

「あのアメリカのライト兄弟が一昨年とばしたというあれか？」

二人は驚いてそう反問した。

「そうだよ。貴様たちはなんだ？　機関学校の生徒ではないか。内燃機関が専門だろう？新聞によるとあのライト兄弟の飛行機は、ガソリンを燃料とした内燃機関だというではないか？　おれたちにやれんはずはないぞ」

そういうと知久平は胸を張った。

「おいおい、中島、貴様正気か？」

「確かにあのライト兄弟の飛行機の動力は内燃機関で燃料はガソリンだ。しかし、機体の設計はどうするのだ？　機関学校では海を航行する軍艦のエンジンについては、講義があるが、空を飛ぶ飛行機の構造については、何も講義はないのだぞ」

「夢みたいなことばかり言わないで、もっと足下の海を見つめろ」

二人はまた知久平の大風呂敷が始まった、と笑いながら言った。初めは馬賊になってロシアを征伐すると言い、ロシアが負けてくると、飛行機を飛ばすという。この群馬の頭でっかちは、とんでもない夢想家だ。これには新田義貞も国定忠治も顔負けだろう……二人の顔にはそういう色が浮かんでいた。

するとすると知久平が真面目な顔をして、こう言ったので、二人はまた驚いた。

「決して夢ではないぞ。ライト兄弟だって初めは夢想家だと物笑いの種になっただろう。しかし、その夢を実現するのが、男一匹の腕のみせどころではないか。いいか、今に見ておれ。きっとこのおれが日本の空に飛行機をとばして、敵の軍艦を空からやっつけて見せるぞ」

「なに？　軍艦を空からやっつける？」

「そんなことができるかなあ？」

二人は考えこんだ。案外知久平の夢は実現性があるかも知れない。

一番の古市が急に真面目な顔をすると、言い出した。

「実はなあ、貴様たちが笑うといけないから、おれは言わなかったが、おれにも夢があるんだ。それはなあ、潜水艦だよ。海をもぐっていって、敵に発見されないように接近してゆき、奇襲雷撃する。こうすれば小さな潜水艦で大きな戦艦を倒すことができる。また潜航して敵の軍港に近づき、その様子を偵察することもできると思うのだ。この場合、潜水艦の艦体の設計も重要だが、もっと問題はエンジンだ。水上では普通の軍艦と同じ内燃機関でもよいかも知れないが、水中では特殊な排気ガスが出ないエンジンが必要だ。それを考えるのがおれたち機関科将校の任務だとおれは思うのだよ」

するとと氏家もこう打ち明けた。

「実はなあ、おれも考えていたことがある。それはな、電気というものをもっと研究、発達させることが必要だと思うのだ。すでに電灯が街の家庭にも入るのは遠くない。無電でもっと遠くの仲間と通信もできる。たとえばペテルブルクに潜行しているスパイと東京の軍令部とが暗号で交信する。これをもっと進歩させる。しかし、おれはもっと電気というものは、広く活用できると考えているのだ」

「もっと電気を広く？」

今度は知久平が、氏家の顔を見つめた。

「そうだ。たとえば軍艦の舵をとるにしても、電動にすれば、あんな大きな舵輪はいらない。軍艦の動力も電気にすれば、煙突から煙が出て、敵に発見される確率は減るだろう。大砲も電気で動かす。電光を応用して、遠くを見ることのできる望遠鏡を造って、早期に敵を発見する。無電ももっと簡単で小さなものを、小型駆逐艦に装備して遠くから通信できるようにする。海底電信でなくて、無電で遠くの国と交信するのだ」

「そうか、強力な電気で光線を放射すれば、遠くから敵を倒すこともできるかも知れないな」

「それが少年雑誌に出ている殺人光線という奴か」

「それよりも電波を発射して、その反射によって敵を雲の中でも発見し、またそこまでの距離を測定して、敵が見えなくても砲撃できるようにするのだ」

「それができたら海軍の戦術も一変するだろうな」

すると知久平がとんでもないことをいいだして、二人を驚かした。

「おれの夢はな、飛行機を多く造って、空から戦艦を爆撃雷撃するのだ。こうなると戦艦の回避も容易ではない。戦艦一隻が八百万円でできるとして、飛行機は大量に造れば、一機五万円ぐらいでできるだろう。飛行機十機の集団で戦艦を急襲して沈めれば、差引計算は七百万円以上も得というわけだ」

それを聞くと、二人は笑い出した。

「おい、中島、飛行機はまだやっとアメリカで飛び始めたばかりだぞ。人間が乗るのがやっとだというが、どうして何百キロもある魚雷を運ぶことができるんだ?」

「そうなれば戦艦のほうでも襲ってくる。飛行機を射撃する大砲を備えて砲撃するから、飛行機の思う通りにはならんぞ」

「いや、二十機も三十機も造って一斉に攻撃すれば、戦艦の防御砲火も間に合わないぞ、今にみていろ。おれがその魚雷を落とす飛行機を造ってやるから……」

そういうと知久平はポケットから新聞の切り抜きを取り出した。そこにはライト兄弟の初飛行の様子が報道されていた。

ライト兄弟の初飛行

ウィルバーとオービルのライト兄弟がアメリカ、ノースカロライナ州のキティホークの砂原で、初飛行に成功したのは、一九〇三年（明治三十六年）十二月十七日のことであった。

この二人はオハイオ州の生まれで、小さい時から仲がよかった。父は牧師であったが、この子供たちが機械に興味を持っていることを知ると、積極的にこれを支援した。

少年時代の二人は印刷機を造り新聞を発行し、父はそれを喜んで読んだ。

青年時代になると、二人は自転車屋を始め、自転車の修理や製造に力を入れた。

このやる気のある兄弟に、空への道を教えたのは、一八九六年、グライダーの先駆者と言われたオットー・リリエンタールが、墜落死した事件である。

オットー・リリエンタールはドイツ人で一八四八年生まれ、普仏戦争に参加、若い時から航空に興味を持ち、やはり弟とともに鳥の飛び方を研究して、グライダーの研究を進め、平面翼よりも曲面翼のほうが飛行の効率がよいことを発見、自分の造ったグライダーで、一八九六年（明治二十九年）八月十日、実験中に墜落して死んだ。これがライト兄弟に刺激を与え、人類最初の飛行機の飛行成功を招くのである。

「おい、このリリエンタールのグライダーは面白そうだな」

「どんなものか研究して飛行機というものを造って、空を飛んでみたいものだな」

「うむ、グライダーは風を利用するだけだが、これにエンジンをつけてみたらどうかな？」

「まずリリエンタールのグライダーの設計図を見たいものだ」

こうして二人はグライダーを研究し、一九〇〇年グライダー第一号機を製作し、キティホークで試験飛行を行なったが、期待したほどの揚力がでない。

「どうもうまく揚がらないな」

「翼の設計に問題がありそうだな」

二人は改良して第二号機を製作したが、これも大した成果は上がらない。

「問題は揚力、操縦性、安定性の調和だな」

「リリエンタールは風洞を造ってそこに小型のグライダーを入れ、風を送って翼の性能を試すといい、といっていたそうだが……」

そこで二人は小型の風洞を造って実験を繰り返した結果、揚力のよい翼型を発見、第三号機を造って飛ばしてみた。これが大成功で、上昇気流にのって、かなりの距離を飛んだ。この機は翼幅が九・七メートルだったので、二人は、

「もっと大きなものを飛ばしてみたいな」

「それには動力が必要だ」

「そうだ。あれを使ってみよう。最近発明されたガソリン機関だよ」

そして二人はエンジンとプロペラの設計を繰り返して、一九〇三年夏、最初の動力飛行機

を完成、フライヤーと名付けて、キティホークで実験することにした。面白いことに自転車屋であった二人は、エンジンとプロペラをつなぐのにチェーンと歯車を使った。複葉機で翼の幅は十二・三メートル、自重、二百七十四キロ、この年、十二月十四日、兄のウィルバーが最初の飛行を行なったが、失敗、三日後の十七日にオービルが飛んで成功、フライヤー号は見事に空中に浮かんだ。飛行距離三十六メートル、滞空時間は僅かに十二秒であったが、それでも人類初の動力飛行機の成功でライト兄弟の名前は、航空史に残ることになった。この日、四回目に飛んだウィルバーは五十九秒浮かんで二百六十メートルを飛び、観衆から喝采を浴びた。

知久平らが二年生になった一九〇五年（明治三十八年）には、彼等は滞空時間三十五分に達した。二人の願いは陸軍に採用してもらうことであったが、陸軍はまだ飛行機の安定性に疑問を持ち、採用を延ばしていた。

そこで一九〇八年、ウィルバーはヨーロッパにいって、各地でデモンストレーションを行ない、好評を博した。これでアメリカ陸軍も採用に踏み切り、翌年一機を購入、ライト兄弟はアメリカン・ライト飛行機製作会社を設立、量産を目指した。

彼等が開発した飛行機は、その後アメリカよりフランスで発達し、第一次大戦でも活躍、やがてドイツ軍も飛行機を軍用に使うようになった。ドイツでは撃墜王としてリヒトホーフェンが有名で、編隊による戦闘方法を開拓、〝赤い騎士〟と称し、撃墜八十機と言われた。フランスではギヌメ少尉らが空戦で活躍した。

フランスではジューモンというブラジル人が有名であった。彼は初め飛行船に乗り、一九〇一年、これでエッフェル塔を一周し、十万フランの賞金を獲得した。そしてライト兄弟の成功に刺激された彼は、一九〇六年十月、自作の飛行機でフランスのバガテールで二十五メートルを飛んで、ライトに続いた。ヨーロッパでは初の動力付飛行であるというので、こちらも有名になったのである。

日本海海戦と知久平の変針

知久平がロシアを征伐する念願を飛行機に切り替えつつあった頃、ロシアは本当に負けてしまった。

明治三十八年五月二十七日、遥々大西洋とインド洋を渡ってきたロシアのバルチック艦隊は、対馬沖で待ち構えていた、東郷艦隊のために撃滅されて、ロシア海軍は事実上潰滅してしまった。

残るは満洲の陸軍であるが、この頃、明石陸軍大佐の謀略もあって、ペテルブルクでは過激派が暴動を起こし、帝政ロシアを内側から揺すぶっていた。

このためについに負けん気のツァーも、日本との講和に賛成し、九月にはアメリカのポーツマスで日露の講和条約が締結の運びとなった。

——ついにおれの出番はなくなったなあ……新聞でこれを知った知久平は、天を仰いで長嘆息した。しかし、これで脳味噌が空っぽになる知久平ではない。

――よし、こうなったら、兼ねての念願である飛行機造りに進むのだ。日本海海戦の大勝以来、日本海軍は益々大艦巨砲主義が盛んになるだろう。日本海海戦では六六艦隊（戦艦六隻〔実際には「初瀬」、「八島」を失い、巡洋艦「春日」「日新」で補充したが〕、一等巡洋艦六隻）で勝利を得たので、今度は八八艦隊（戦艦八、巡洋戦艦八）を造ると、山本権兵衛海軍大臣は言っているそうだが、日露戦争で大変な金を使った日本は、ロシアから一文の償金も取れなかった。

八八艦隊を造るといっても、今度の相手はアメリカだというから、日本海海戦で活躍した「三笠」や「富士」、「敷島」など三十センチ主砲を搭載した主力艦は、もう老朽艦で、もっと大きな主砲……たとえば三十六センチ砲を積んだ二万五千トン以上の艦が必要となり、その経費は大変なもので、国家予算が膨張して、議会を通過するかどうかが問題となるであろう。そこへゆくと飛行機は安く搭乗員も一人か三人ぐらいで戦闘ができる。

それでいて雷撃機の十機もあれば、戦艦を撃沈はできないまでも、魚雷の五本も当てれば、艦は傾き航行不能もしくは戦闘不能に陥り、落伍してゆく。

仮想敵アメリカの海軍が、戦艦十隻、巡洋戦艦十隻の大艦隊で、日本近海に攻めよせたとして、一隻について十機、全部で二百機もあれば、この艦隊の勢力を半減できる。反復攻撃すれば、敵の主力艦隊を無力化することも夢ではない。

こんなことを考えて、知久平は同期生の古市や氏家に話した。

「大した気炎だが、そういうことは権兵衛大臣の前で話さんことには、効力がないな。実現性が少ないとおれは思うよ。やはりおれは潜水艦の研究が優先すべきだと思うな。アメリカの大艦隊が日本近海に攻めてきたら、小笠原諸島付近に潜水艦の二十隻も配備して、海中から雷撃させる。これは飛行機より遥かに有効だよ。第一、飛行機は遠くへは飛べん。小笠原あたりに飛行場を造るといっても、建設が大変だし、敵の攻撃を受けやすい。その点、潜水艦は隠密に接近できるのだ」

古市はやはり潜水艦の艦隊を造るべきだという。

「いや、やはりこれからは、電気と通信の世の中だよ。無電が発達すれば、小笠原より遥か遠くに派遣しておいた哨戒艦から、東京の軍令部や海軍省に、敵の状況を報告できる。この情報によって、潜水艦を派遣するなり、こちらの水雷戦隊や主力艦隊を出動させることもできるのだ」

と氏家も相変わらず自説を強調する。

「しかし、古市のいう潜水艦はまだ欧米でもアイデアだけで、実際には走ったというニュースはないではないか？」

知久平がそう反撃すると、

「それなら中島のいう飛行機だって、やっとアメリカでライト兄弟が飛んだ程度ではないか」

と古市も反撃した。

海軍機関学校卒業、少尉候補生となる

日露戦争終結の翌年、明治三十九年、三年生になる時も知久平は古市、氏家に次いで三番で、金星、銀星二つを襟につけ、全校生徒の模範となった。この年、一月七日、日露戦争に偉功をたてた山本権兵衛は、海軍大臣の椅子を次官の斎藤実《まこと》に譲って軍事参議官になったが、依然として海軍の大御所で、八八艦隊を推進し、次の仮想敵と思われるアメリカ海軍との決戦に備える作戦を練っていた。四月一日、彼は日露戦争勝利の勲功で功一級をもらった。

知久平はもうロシアを征伐するなどとは言わなかった。時代は移りつつあった。日本は最早東洋の番犬ではなく、米、英、独、仏と並ぶ世界五大強国の一つで、今までは日本をロシアの極東進出の抑えとして利用していた英米も、清国の利権を守り、新しく利権を獲得するためには、日本を牽制弾圧する必要を感じつつあった。

ロシアに併呑《へいどん》されるかと心配されていた日本が、戦勝によって、樺太の南半、東清鉄道（後の満鉄）の経営権、遼東半島南部の関東州の租借権を得ると、俄然日本に対する警戒心を露骨にして、三十九年三月には英米が日本に対し、満洲の門戸開放を要求するに至った。白人大国の帝国主義はまだアジアから、その野心を放棄しようとは考えていなかった。太平洋戦争の種はここに蒔かれたといってよい。

ここに至って完全に、ロシア征伐の宿志を消滅させた知久平は、飛行機に注目するように

なっていた。――この際、断固として日本海軍も飛行機製作に主力を注ぐように進言しようか、と知久平は考えることがあった。そういう飛躍した行動によって、野望消滅の憂鬱を吹き飛ばそうというのであるが、生徒の分際では出すぎたこともできない。

飛行機に眼を注ぐ知久平の胸に、日露戦争後の大艦巨砲主義が、時代遅れで古めかしいものに映り始めたのもこの頃である。

日本海海戦のロシア艦隊撃滅ともいえる大勝利は、砲術科の高級将校に絶大な自信を与えた。駆逐艦等の水雷はこの戦争では、残念ながら所期の成果を得られなかったが、それでも砲術に次ぐ主兵としてのプライドを維持しつつあった。機関科はどうかというと、この戦争で上位の金鵄《きんし》勲章をもらったものは、皆無に近かった。すべての軍艦には機関があり、機関科将校が機関長を勤めているにも関わらず、機関科将校の功績は無視され、戦勝の手柄は兵科将校が一人占めという形になり、機関科将校を憤慨させた。

ここに至って、知久平は日本海軍における兵科と機関科の差別に気づかないわけにはいかなかった。彼は兵科の高級将校、特に砲術科将校が大艦巨砲主義を高々と唱えるのに反発した。――もう大艦巨砲主義は古い。やがて飛行機の世界がくる。今に見ておれ、この知久平が立派な飛行機を造って、日本海軍を先導してやるからな……寝室のベッドの上で知久平はそう考え続けていた。

この頃の知久平は得意の数学や物理はもちろん、英語にも力を入れた。彼は数学などでは一番の古市に負けなかったが、中学校を出ていなかったので、英語の力では秀才の古市や氏家に及ばなかった。

——これからの日本は東洋の一島国ではいけない。世界に眼を開くのだ。飛行機をやるにしても、外国の本ぐらいは読めなくては駄目だ……。

なんにでもやる気の知久平は、世界一の植民地と海軍をもつ英国の言葉だけでなく、その歴史をも勉強した。そしていかにして英国がエジプト、イラク、ペルシア、インド、マレー半島、シンガポールを経て阿片戦争以降、香港、天津、上海等を開港させ、中国に勢力を張ったかを知り、白人文明国の帝国主義について考えるところがあった。それはひとり英国に限ったことではない。仏、独、伊、やや古くは、オランダのインドネシア征服、スペイン、ポルトガルのメキシコ、南米の侵略、ベルギーのアフリカ侵略など、枚挙にいとまがない。

——畜生！　ヨーロッパの白人の奴らが、有色人種の国を奴隷化してきた……それが十六世紀から十九世紀に至る世界の歴史なのだ。その上に新興国家のアメリカが、ハワイ、フィリピンを領有して、アジアに進出しつつある。アメリカのモットーは、「門戸開放、機会均等」だが、彼等の国はどうなのか？　広大な未開の原野を持ちながら、日本の移民が勤勉に働くと、早速排日運動を起こしているではないか？　なにが門戸開放か？　……

新田義貞の気風を継ぎ、上州長脇差《どす》の任侠の風土に育った知久平は、赤城颪《おろし》が胸の中を吹き抜けるのを感じた。

日本はロシアに勝ったなどと浮かれていては駄目だ。注目すべきは、太平洋の向こうのアメリカだ。この新興国はやがて英国よりも日本にとって脅威となるかも知れない。現に飛行機でもライト兄弟が先鞭をつけているではないか？　……知久平は体中に上州男児の熱血がたぎるのを覚えた。

ロシアの次に東アジアをうかがう白人帝国主義国は英国とドイツそしてアメリカだ。英国とは日英同盟がある。ドイツは三国干渉の功績？として、青島を租借しているが、英国と軍拡競争をやっているから、これ以上東洋に手を伸ばす余裕はなかろう。問題はアメリカである。日本人は日露講和の時にセオドア・ルーズベルトが好意的に仲介したというので、アメリカは親日的だなどと考えているものも多いようだが、よく考えてみれば、アメリカはヨーロッパの白人帝国主義が、大西洋から米大陸に上陸し、太平洋回りで東洋にその手を伸ばしたものと、考えるべきであろう。地球を一回りしてきたので、アジアに食い込むのが遅れ、今やっと「門戸開放」などといって、列強の分捕り競争に割込みつつあるのだ。英国と違ってアメリカはデモクラシーの国だというが、支配層は英国のアングロサクソンが大部分で、その白人優越の思想は、英国となんら変わることはない。それはこの国が建国以来、長い間アフリカから奴隷を輸入して、産業を発展させてきた歴史でもよくわかる。

ようし、これからの戦争はアメリカが相手だ。そうなるとやはり問題は飛行機の優劣と大量生産だ。おれがやってやるぞ！　……チッカンの昔に帰った知久平は、相撲の押し出しのように、ベッドの上で力み、両の拳を握りしめた。

知久平がひそかに大艦巨砲主義を批判し、飛行機が新しい国防国家を造ることを、夢見ている間に、三年四ヵ月の修業期間がすぎて、卒業の時がきた。明治四十年四月二十五日である。同期相当の海軍兵学校三十四期生は修業期間が三年なので、前年の十一月十九日に卒業している。

予想通り、知久平は古市、氏家に次いで三番で機関学校を卒業、恩賜の銀時計を授与された。卒業生は四十四名、後に古市と同じく中将となる川原宏は六番であった。卒業式に参列した父の粂吉は、大いに喜んだ。

「これで我が家にもお国にご奉仕する軍人が出た。おまけに恩賜の銀時計じゃ。中島家の名誉はこの上もない」

しかし、知久平は手放しで喜んではいられなかった。機関学校卒業とともに海軍機関少尉候補生となった知久平は、巡洋艦「明石」で第一期実務練習を受けることになった。この時の実務訓練に使われたのは、「明石」と「須磨」であった。八月二十四日には巡洋艦「常磐」で第二期の訓練を受けることになった。「明石」は第四戦隊、「須磨」は第六戦隊に所属する同型の巡洋艦として、日本海海戦にも第二艦隊の上村司令長官のもとで勇戦している。いずれも常備排水量二千八百トン、主砲十五センチ砲二門、十二センチ砲六門、速力十九・五ノットという三等巡洋艦であるが、「常磐」は装甲（一等）巡洋艦で、日本海海戦の時は「浅間」とともに上村長官直率の第二戦隊に所属して、バルチック艦隊の主力に猛烈な砲火を浴びせた、殊勲の軍艦である。排水量は九千八百八十五トン、主砲二十センチ砲四門、十五センチ砲十四門、速力二十一・二ノット、日本海海戦の主力となった艦だというので、候補生たちも張り切ったが、一番の辛苦は航海後入港した時の石炭積みであった。候補生総員が岸壁から艦の舷側にかけた梯子に、順に取りつき、下からきた石炭袋を手送りで上に送る。これを半日もやると、顔も鼻の穴も真黒になり、全身の筋肉が綿のようになる。どの候補生も音《ね》をあげたが、相撲で鍛えたチッカンはけろりとしていた。

知久平最初の発明

「常磐」には十二月十日まで乗っていたが、先見の明あり、アイデアマンである知久平は、この間に機関部の運転方法に関して、発明ともいえる一つのアイデアを出して、同期生や上官を感心させた。それはプロペラのついている主軸《もとじく》の回転数を自動的に調整する装置である。どういうものかというと、編隊航行の場合、一番艦と二番艦の間隔を、一定に保つ必要があり、このため艦橋《ブリッジ》からの指示によって機関科の当直将校は、主軸の回転数を調整しなければならない。これは非常に煩瑣《はんさ》な作業であるが、知久平は艦橋との連絡によって、自動的に回転数を調整する方法と装置を考案したのである。

一候補生のアイデアに対し、機関長も感心して、呉の工廠で試作してもらうところまでいったが、実物を造るには設計が難しいというので、製作はできなかった。大体、官僚というものは、外部から持ち込まれたアイデアを軽視する傾向がある。知久平の折角のアイデアもそのような官僚主義によって、中断されたのではないか、と筆者は考えている。

「常磐」は日本海海戦でも主力として活躍した軍艦なので、知久平たちも喜んで実務の訓練に励んだ。

四十年十二月、今度は「石見《いわみ》」という軍艦に乗った。これは日本海海戦で日本がロシアから分捕った艦で、老朽艦であったが、研究熱心な知久平はロシア艦の機関を研究した。

明治四十一年が明けて一月十六日、知久平たち第十五期生は海軍機関少尉に任官した。これで正式に海軍士官になったわけである。

この老朽艦には四十二年三月まで勤務したが、勤勉な知久平は艦の古さに落胆することなく、この間に鳥の飛行術の研究を続けた。当時「石見」の機関科分隊長であった岸田東次郎大尉（後少将、連合艦隊機関長）は、次のように当時の知久平の研究ぶりを回想している（『巨人・中島知久平』より）。

「当時、中島は外出のたびに下士官兵集会所で飼っている鷲の生態を研究にいっていた。『新しい飛行機の記事の出ているドイツの雑誌を手に入れたので、鷲の飛行法を研究するのです』と中島は言っていた。私が『飛行機が日本で実用になるのは、ずっと先のことだ。取敢えず目先の重要な仕事を勉強したらどうか』というと、彼は微笑して、

『飛行機はずんずん進歩してゆき、今に重要な兵器となります。軍艦一隻に何百万円という金がかかるので、国の財政が苦しくなります。軍艦の予算で飛行機を造れば、多くの飛行戦隊ができて、必ず次の戦争の役に立ちます。建艦費の百分の一でも、飛行機の製造に回してもらいたいものであります』

というので、私ももっともなことだと思ったが、その時は、

『君はまだ少尉になったばかりだ。国防の方針は上層部の決定すべきことだ。生意気なことをいうよりも、現在の仕事に励みたまえ』

と諭《さと》した。しかし、中島は屈せず、

『いずれ飛行機が戦争の鍵を握る時がくると思います』

といった後、少し考えてから、

『大なる道徳を為すには、小なる道徳は無視してもよいと思います』

といった。その時は、『いつまで夢のようなことを言っているのか、帰れ！』と帰したが、後で案外中島のいう時代がくるかも知れない、中島は年は若いがなかなか偉い奴だな、と考えその後は彼の飛行機の研究を支援するようになった」

この頃になると中島知久平の飛行機製作の夢もやや具体化してきたといえようか。

前述の通り、すでにアメリカではライト兄弟がその後も飛行機のデモンストレーションを行なっていたが、中島知久平が機関少尉に任官した四十一年には、ウィルバー・ライトはヨーロッパ各地で飛行の技術を見せ、アメリカ陸軍も一機を購入し、兄弟は飛行機製作会社を造っている。

一方、ヨーロッパでもフランスでは、アンリ・ファルマンがヴォアザンという複葉機を造り、初めて空中旋回して、離陸点に戻ってみせた。また同じくフランス人のブレリオは、初めての単葉機でドーバー海峡を横断（三十七分かかった）し、時速七十五キロを記録した。これが一九〇九年（明治四十二年）で、この年十月、知久平は中尉に昇進する。

この年、四月一日、知久平は「薩摩」乗組を命じられ、十月十一日中尉に進級、十二月一日駆逐艦「巻雲」乗組、翌四十三年三月一日一等巡洋艦「生駒」乗組と慌ただしく転勤した。

この忙しい中にも知久平は飛行機の研究を怠らなかった。先述のブレリオは四十二年十二月には三人乗り飛行に成功し、その前に六月五日、フランスのユーベル・ラタムが、アントアネット機で風雨の中を一時間七分三十秒飛んでライト兄弟を刺激し、七月十五日にはヴォアザン機も一時間七分飛んでいる。

先述のドーバー海峡横断競争が話題となったのも、この年（一九〇九）の夏のことである。この競争にはデーリー・メール紙が千ポンドの懸賞金をかけていたので、大いに話題を呼んだ。

まず七月十九日、自慢のアントアネット機に乗ったラタムが出発したが、六マイル（九・六キロ）飛んだところで、海上に不時着して失敗。

一方、ブレリオのほうは七月二十五日、高度三百五十メートルで順調に飛行を続け、三十七分後には無事ドーバーに着陸して、賞金を獲得、航空史を飾るドーバー海峡初横断の栄誉に輝いた。

このニュースは世界中に報道され、フランスの新聞は、「ナポレオン以来の壮挙である」と書き立てて英国人を不愉快にさせた。海運では先進国のはずの英国も、飛行機になるとアメリカとフランスに先を越され、陸海軍も腕をこまねくだけである（七月二十九日には再起を図るラタムがカレーを離陸した。愛機アントアネットはこの日も機嫌が悪く、ドーバーまで八百メートルのところで墜落してしまった）。

このドーバー横断の翌月、世界最初の国際飛行大会がフランスのランス、ベテニー等で行なわれ、三十八機が参加、二十三機が離陸して、六日間スピードを競った。

その結果、アンリ・ファルマンは、八月二十七日ベテニーで三時間四分という滞空記録を作って、喝采を浴びた。

またライト兄弟は参加しなかったが、アメリカのグレーン・カーチス（六月五日複葉機の初飛行に成功していた）も奮闘し、二十キロ競争では、十五分五十秒で優勝して、先進国アメリカのために気を吐いた。

ドーバー海峡横断のブレリオも参加、八月二十六日、ランスで時速七十七キロの新記録を作った。

九月になると、ウィルバー・ライトは、飛行機売り込みのためにベルリンを訪れ、ドイツの陸軍将校一人を乗せて一時間三十五分飛行してみせた。

十一月に入ると三日、アンリ・ファルマンは、四時間六分で百十五マイル（百八十四キロ）を飛んで、速力と距離の記録を更新した。この月、二十五日にはドイツでも最初の飛行機グラーデ式単葉が、僅か五分間ではあるが、飛行に成功して、飛べる国の仲間入りを果たした。

続いて十二月一日、ラタムが千五百六十フィート（四百七十メートル）の高度記録を作った。年末の三十日、フランス人デラグランジュがブレリオ二型単葉機で二時間三十二分飛行して、単葉機の記録を作った。

さらにその翌日、アンリ・ファルマンの弟モーリス・ファルマンは、自家製の飛行機で一時間四十三マイル（時速六十九キロ）という記録を作った。

こうしてヨーロッパの航空界は、百花繚乱という華やかさを競って、飛行機のない国を羨ましがらせた。日本で初めて飛行機が飛ぶのは、この翌年末、代々木で徳川大尉によるものである。

もちろん、日本の航空界もじっとしてはいられない。この年（四十二年）帝国飛行協会はドイツのルムプラー会社から、タウベ型単葉機（オーストリア製作）を二機二万八千七百円で買い、列国航空界への仲間入りを志した。

またこの年、日本では七月、航空機に関する研究をする公式の機関を設け、「臨時軍用気球研究会」と名付けた。気球だけでなく、飛行船、飛行機も研究する。

航空界視察を命じらる

前述のように四十三年三月、知久平は「生駒」乗組を命じられた。これが飛行機マニアの彼に幸いした。知久平はかねてからアメリカかフランスの航空界を視察したいと考えていた。それがはからずも英国国王ジョージ五世の即位式のために、知久平の素志が達せられることになるのである。

この年、五月六日、ジョージ五世が即位し、その記念のために十五日からロンドンで日英博覧会が催されることになった。当時、日本は英国と同盟を結んでいたので、この博覧会も共催という形になり、両国の親善をはかるために、「生駒」が英国に派遣されたのである。

この時、中島機関中尉の役目はたまたま博覧会の公式視察であったので、彼はこの時とばかり、マルセーユ入港とともに、フランスの航空界を視察することを、上官に願い出た。この中島の申し出を聞いた機関長は驚いた。なにしろ知久平の希望は、「生駒」がマルセーユに着いて、ロンドンの帰りにマルセーユに寄るまでの四十日ほどを、フランスの航空界事情視察に当てたい、というのである。

「それでは君は肝心のロンドンでの博覧会の視察は放棄するというのかね？」

そういって機関長は難しい顔をした。元々勤勉ではあるが、非常に変わった風格の男であるとは聞いていたが、自分の本務をないがしろにして、飛行機の見学に行きたい、とは子供の言い分のようではないか？　……

しかし、引っ込むことを知らない知久平の言い分を聞くと、機関長も考えこんでしまった。

「機関長、私は今回の『生駒』のヨーロッパ訪問を最も有意義にしたいと考えてこの案を申し出たのであります。なるほど英国国王の即位記念の博覧会の進行を助けるのも、重要な役目でありますが、それはほかの若い士官でもできます。しかし、方今、世界の軍事状況をつらつらおもんみるに、最も重要なのは、航空機の開発であります。すでにアメリカを筆頭にフランス、ドイツなどは次々に新しい飛行機を開発し、記録を争っております。世界の空を列強の飛行機が覆うのも遠いことではありません。この時にあたり、ひとり日本は日露戦争の戦勝に甘んじて、徒《いたずら》に大艦巨砲主義を踏襲して、次なる日米戦争の危険に備える心の準備が足りません。この際、ぜひともフランスの航空界を視察して、我が国の航空界の進歩に貢献するのが、機関学校生徒時代から飛行機を研究してきた私の任務であると考えるのであります……」

とうとうとまくしたてる知久平は、用意した膨大な資料を、機関長の前に並べ始めた。

「わかった！　君の愛国の至情には、ほとほと私も感心した。しかし、君のフランス行の決定権は私にはない。艦長の前で詳しく説明したまえ」

と機関長も知久平には負けたという感じで知久平を艦長室に連れていった。生駒は丁度ジブラルタルに入港したところである。

「なに？　ロンドンの博覧会をキャンセルして、フランスで飛行機の見学をしたいだと？」

艦長も眼を剥いた。日清戦争、日露戦争にも従軍したことがあるが、一中尉の分際でこんな勝手なことを言いだす者は初めてである。

「しかし、ロンドンでの日程は君の公務じゃろうが……命じられた通りにやりたまえ。それとも何か不服があるのかね？」

艦長が英国の煙草をくゆらせながらそう聞くと、

「大いにあります」

と知久平が答えたので、艦長も機関長もびっくりした。聞きしにまさる無茶なことをいう奴である。しかし、続いて知久平の説く飛行機万能説を聞くと、二人とも顔を見合わせた。

「大体、日本海海戦以来、わが海軍では大艦巨砲主義が横行しております。しかし、予算と財政の関係もあり、間もなくこの主砲で決戦するという方式は時代遅れとなります。近い将来に飛行機の時代がやってきます。それで私はなるべく早く先進国の航空界の状況を視察して、日本でも航空機製作に乗り出すようにしたい、と希望するものであります」

知久平の言葉に艦長は難しい顔をした。艦長自身も砲術科の出身である。しかし、当時最新の「生駒」の艦長を務めるこの人は、知久平の意見に耳を傾けるだけの度量をもっていた。詳しく知久平の意見を聞いた艦長は、

「よかろう。ロンドンの博覧会などよりも、フランスの航空界を視察するほうが、今後の役に立つだろう。但し、わしのほうとしては、公式に君のフランス派遣を認めるわけにはいかん。そこでだ、君はマルセーユ入港後、行方不明ということになる。そして本艦がマルセーユを出港して、帰国の途につく頃帰ってきたまえ。それで無事帰艦ということにしよう」

「はあ、それは名案ですな。中島は喜んで行方不明になります」

知久平が大喜びをしたので、艦長も機関長もあきれた。

「ところで君はフランス語ができるのかね？」

艦長の問いに、

「はあ、独学で勉強しましたが、会話は不十分であります」

「まあ、そうだろう、パリの大使館付武官はわしの友達だ。そこで相談したまえ。紹介状を

書いておこう」

こうして押しの一手で知久平は、四十日あまりの休暇をもらい、行方不明という形で、フランス航空界の視察をすることになった。

「生駒」がマルセーユに入港すると、知久平は早速、機関長と艦長に挨拶をして、パリに急いだ。そこで日本大使館に着くと、知久平は大使や大使館付武官に、「生駒」艦長の紹介状を見せ、まずフランスの飛行士に会い、飛行機を見せてもらうところから、航空界の視察を始めた。初めて見る本物の飛行機に、知久平は食い入るように見惚れた。

「君はよいところにきた。七月三日から十日までフランスで第二回国際飛行大会が開かれるんだ。そうそうたる連中が参加するから、見てゆくとよい」

ある飛行士はそう知久平に薦めた。

「残念だなあ……」

知久平は唇を噛んだ。「生駒」のマルセーユ出港は六月末なので、この国際飛行大会を見学することはできないのだ。

「そうか、それは残念だが、参加する主な連中はそろそろ各飛行場で練習に入っているところだ。これに会って飛行ぶりを見てゆくがいい。とにかく日露戦争に勝った日本が早く世界の航空界に乗り出すことを願っているよ」

そういうとその飛行士は知久平の肩をぽんと叩いた。

翌日から知久平の飛行場行脚《あんぎゃ》が始まった。ランス、シャロン、エタンプ、などの有名な飛行場では、毎日、有名な飛行士たちが、訓練に励んでいる。

「あれがブレリオだよ」

「あそこにいるのがラタムだ」

「今、アンリ・ファルマンが飛んでいる。間もなく降りてくるから、紹介しよう」

そう案内されながら、知久平は毎日飛行場を回った。すべてが珍しく新鮮であった。それにつけても日本ではまだ全然飛ぶ飛行機がないとは、どういうわけなのだ？……知久平は無念であった。

意外なことにあの有名なアンリ・ファルマンのエタンプの国際学校では、ファルマン機が二機しかなかった。

「ほかに一機は今日本にいっているよ。間もなく君の国でも飛行機が飛ぶだろう」

ファルマンはそういって笑った（徳川大尉の操縦するファルマン機が代々木で初飛行を行なうのはこの年の暮れである）。

このほか知久平はアントアネット会社やブレリオの機体工場、アンザニーの発動機工場も見学することができて、七月の国際飛行大会を心に残しながらも、六月中旬にはマルセーユに戻り、無事帰艦して、その収穫を艦長と機関長に報告し、喜ばせるとともにほっとさせた。

知久平のほうもこのフランス飛行場訪問によって、多くの知識や資料を得て、今後の勉強を助けることになった。

「生駒」が帰国して間もない十二月一日、知久平は第九水雷艇隊の一水雷艇の機関長を命じられた。この年は年末に徳川大尉が初飛行に成功して、知久平に大きな刺激を与える年でもある。

そしていよいよ十二月十四日、陸軍の日野熊蔵大尉が、代々木練兵場で、ドイツのグラーデ単葉機で、高度十メートル、距離六十メートルの初飛行に成功した。続いて十九日、徳川好敏大尉が、アンリ・ファルマン機（複葉）で、高度七十メートル時速五十三キロで距離三・二八キロを飛んだ。実質的にはこれが高度、距離ともに飛行機の飛行と認められ、日本初の飛行機操縦士としては、徳川大尉が有名である。

知久平はこのニュースを佐世保の新聞で知り、

「うーむ、ついにやったか……」

となった。

フランスの飛行場でファルマンが言った通り、日本でもついに飛行機が飛んだのである。

——これで日本も世界の航空界の仲間入りをしたのだが、軍用機を量産して、大艦巨砲主義を過去のものとし、米英を空から圧倒しようという、おれの出番はいつくるのか……知久平は佐世保の水雷艇のデッキで、腕を組んで空をにらんだ。

四十四年の正月、知久平たちは艇長とともに、佐世保の町に上陸して、酒を呑んだ。その時、知久平は艇長始め仲間に、次の宣言を発して、同席の人々を驚かせた。

たまたま艇長が代々木で徳川大尉が、飛行に成功したことに触れ、

「聞くところによれば、中島中尉は、飛行機の研究に熱心で、ヨーロッパにいった時にも、

フランスで飛行士に会って、実際に飛行機の飛ぶところを見てきたそうだが、いよいよ日本も航空界に第一歩を印したわけだ。君も飛んでみたいだろうが、機関科ではちょっと飛行機に転科するのが難しいだろう」

とやや冷やかすように言った。

知久平とコレス（同期生相当）の海兵卒の中尉も、

「陸軍の徳川大尉が代々木で飛んだといっても、フランスの飛行機だよ。日本が自分で飛行機を製造するには、まだ相当の時日がかかる。飛ぶだけでは軍用になるかどうかもわからない。まあ、この艇で水雷術の勉強でもしておくんだな」

と冗談まじりに言った。すると座り直した知久平がこう言った。

「日本が日清戦争で清国の海軍を破った時、国産の軍艦はほとんどなかった。しかし、日本海海戦では国産の『明石』、『須磨』が活躍し、その後、戦艦に近い巡洋艦として、『筑波』、『生駒』も呉の海軍工廠で建造されるようになった。我が国の造船能力は日進月歩で、これは飛行機にも当然いえると思う。日本海軍にも国産の飛行機が採用され、勇壮な戦隊を組んで、敵の戦艦戦隊を空から攻撃する日もそう遠くはないとおれは思う。そうなったら、その飛行機に魚雷を積んで、敵の戦艦の土手っ腹にぶちこむんだ。その暁には駆逐艦はもちろん、こんな水雷艇の魚雷は不要になるとおれは思うよ」

知久平はそういってコレスの海兵卒士官の顔をじっと見た。相手は驚きかついぶかった。

「おい、中島、お前は今帝国海軍の艦艇が備えている水雷発射管はすべて無駄になるというのか？　新鋭の『筑波』でも発射管はつけているんだぞ！」

「それは知っているよ。おれはこの間まで『筑波』と同型の『生駒』に乗っていたんだから な。しかし、貴様は海兵で当然こういう話は聞いただろう。日清戦争で黄海の海戦の時、清国の北洋艦隊は横陣で突撃してきた。これに対し我が軍は単縦陣で敵の前途を遮り、主砲を自由に回して戦果を挙げた。この北洋艦隊の横陣にはラム戦法が含まれている。艦首のラムで相手の横腹に突っ込もうという戦法なのだ。これは貴様も知っているリッサの海戦（一八六六年七月、アドリア海の中央東よりにあるリッサ島沖でオーストリア海軍は横陣、イタリア海軍は単縦陣で戦い、初めはイタリア艦隊のほうが有効な射撃を行なっていた。しかし、オーストリアの若き提督・タゲトフは自分の旗艦を全速で敵の旗艦の胴腹に突入させ、これを真っ二つにして、イタリア艦隊の司令長官を戦死させ、勝利をかちえた。この戦いまではラム戦法が有効と見られていた）でオーストリア艦隊がラム戦法を用いて勝利を得たので、北洋艦隊もこれを採用したのだ。しかし、すでに三十センチ砲の射程が延びて、ラム戦法に至る前に北洋艦隊は、砲撃で破壊されてしまった。海戦の方法も時代とともに変化してゆく。そしてその場所もいつまでも海の上とは限らない。これからは空の時代だ。日本は日露戦争には勝ったが、まだ国際的な競争場裡では新参だ。これから東洋における地位を守ってゆくには、先手先手と新しい戦法を採用して、列強の出鼻をくじくやり方が肝心だ。黄海の海戦の時、北洋艦隊提督の丁汝昌は横陣戦法が最もよい戦法だと信じていただろう。その時すでに彼は負けていたのだ。これに対して我が軍は、単縦陣という仇名のある坪井航三少将の第一遊撃隊が、単縦陣で猟犬のように敵の主力、『定遠』、『鎮遠』らの周囲を走り回って、有効な速射を行なって、緒戦を制し、やがて大勢を決した。この戦いでは頼みとされた『松島』らの主力艦はほとんど発砲することができず、第一遊撃隊の功績は大きかった。こうして単縦陣の優越ははっきりしたのに、日本海海戦におけるバルチック艦隊は、対馬海峡に入る時、三列の縦隊でやってきて、主砲の砲撃がままならず、東郷艦隊の丁字戦法で頭を叩かれるのだ。海戦というものは常に新しい兵器や戦法を採用した艦隊が勝つ。その意味でおれは、坪井少将の単縦陣のように、近い将来に飛行機が戦艦を雷撃する時代がくると思う。それならば一刻も早く雷撃できる飛行機を開発すべきではないか？」

普段無口なことが多い中島中尉が、長広舌を振るったので、相手はもちろん艇長もあっけにとられて、中島の唇を眺めていた。——この若いずんぐりした機関中尉は頭がおかしいのではないか？　アメリカやフランスが長い時間をかけて開発した飛行機を、日本はやっと初飛行を行なったばかりなのだ。それなのにもう飛行機で戦艦を雷撃するなどという。一体数百キロもある魚雷をどうやってあの凧のお化けみたいな骨だらけの飛行機で運ぶというのか？　……

しかし、彼等は知らなかった。中島がやがて海軍を辞め、自分で作った飛行機を飛ばすのが、僅かに七年の後であることを……。

進歩する飛行機と当時の世界

こうして中島知久平の名前は妙な意味で、海軍で有名になりつつあった。一機関中尉の分際で、飛行機で戦艦を雷撃するなどと、夢のようなことをいう、誇大妄想的な飛行機狂……というのが知久平の通評になりつつあった。

しかし、世界の飛行機の発達は止《とど》まるところをしらない。

この頃の世界の航空事情を眺めてみよう。

一九一〇年(明治四十三年)十二月、フランスのエタンプではタブトーがビュックでモーリス・ファルマン機で周回距離五百八十五キロの記録を作った。同月、ルガニューはポーで高度三千メートルまで昇り、この年の十月にはアメリカのルブランがベルモント・パークで時速百九キロを出した。また飛行時間ではこの年十二月にアンリ・ファルマンがエタンプで八時間十二分を飛んでいる。

これらは記録のための試験飛行であったが、懸賞飛行も人気を得つつあった。一九一〇年四月には、デーリー・メール紙が日本金で十万円の賞金をかけたロンドン―マンチェスター間の飛行を挙行した。まず応募したのがクロード・グラハム・ホワイトという英国人であったが、彼は途中のリッチフィールドまで飛行した後、一泊したが、暴風のために機体を破損して棄権した。

次にフランスのルイ・ポーランが挑戦した。彼は四月二十九日アンリ・ファルマン機でロンドンを離陸、その夜はリッチフィールドに泊まり、翌朝、無事マンチェスター飛行場に着陸、大喝采を受け賞金を獲得した。この間の距離は百八十六マイル（約三百キロ）であった。

さて軍用方面ではどうか、というと当時は飛行船のほうが発達していた。フランスでは一九一〇年秋の陸軍大演習で、飛行船四隻と飛行機十一機を参加させたが、その評価は飛行船は向い風が強い時は行動の自由が利かないが、飛行機は一時間二十六マイル（四十二キロ、秒速十一メートル、約二十二ノット）で飛んで、任務を果たした、と好評で飛行船よりは飛行機のほうが、実戦では役にたつであろう（といっても通信偵察の程度で、爆撃、地上射撃、空戦まではまだ考えていなかったようであるが……）と評価された。

そして前述のように同じ年（四十三年）、日本では十二月、徳川大尉が初飛行に成功したのである。

しかし、これも実際に飛ぶまではさまざまな困難があったらしく、当時の東京朝日新聞に、次の記事が見える。

「近頃、意地悪の北風吹きて、過日来折角の飛行試験も兎角に捗々《はかばか》しき結果を示すに至らず、口さがなき京童子《わらんべ》をして、木枯らし吹き荒《すさ》ぶや冬枯れの代々木原に今頃とんぼが飛び揚がってたまるものかいなんぞと、悪洒落《しゃれ》を欲しいままにならしめおりしことなんぼうにも口惜しき限りなりしが、昨十九日徳川大尉の操縦するファルマン式複葉飛行機は天晴《あっぱれ》三千メートルを飛行し、目先の利《き》かぬ馬鹿者共をして、グーの音も出《い》ざるに至らしめしこそ我他《ひと》共に目出度けれ」

これで日本の航空熱もようやく昇り気味となり、陸海軍も力を入れ始めた。続いて四十三年末から所沢に臨時軍用気球研究会の飛行場建設が始まり、翌四十四年三月末二十三万坪の飛行場が出来上がった（中島知久平が佐世保で水雷艇の乗組員に、飛行機で戦艦を雷撃する時代が近くくるという予言をしたのは、この年の正月である。いかに彼が先見の明に富んでいたか……常に時代の先端を行く男だということが、これでわかるであろう）。

四月四日、右の飛行場で初飛行が行なわれ、日野大尉がドイツを通じて日本陸軍が購入したライト式飛行機で、高度百四十メートルで、十三分間に十七キロを飛んで、日本記録を更新、九日にも同機で高度二百三十メートル、五十三分、距離六十二キロを飛んで、さらに新記録を作った。

一方、日本航空界のパイオニアと評判の高い徳川大尉も、負けてはならじと、十三日、ブレリオ単葉機に一名を同乗させ、高度三百二十メートル、一時間九分、距離八十キロを飛び、第一人者の地位を保持した。しかし、これは欧米の進歩した状況に比べると、まだ問題にならぬ記録であった。

上層部でもやっと飛行機が飛んだというので、評価が始まったが、まだ飛行船に比べて、速力はあるが、同位置に停止することはできず、人員も多くは乗せられないという程度の評価で、陸軍技術審査部長の有坂成章中将（山口・砲兵科出身）もそのようなことを、当時の『科学世界』という雑誌に書いている。もちろん、航空の専門家などは、まだ陸海軍にはなく、この有坂中将も日露戦争前までは、砲兵会議審査官であった。

しかし、魚雷投下はともかく爆弾投下を示唆した高級軍人は間もなく出てきた。

それは交通兵旅団長の井上仁郎（愛媛・工兵科出身）少将で、彼は日露戦争中は鉄道大隊長であったが、ドイツに駐在したことがあり、航空には関心があったらしい。彼は明治四十五年二月の『科学世界』に、

「飛行機は近い将来、偵察、信号のほか攻撃用の武器として進歩する可能性は少ない。爆弾投下も敵の防御砲火がない場合は、成功するであろうが、目標に近寄ると敵の砲火にあう可能性が強く、近寄らなければ目標は視認できず、また飛行機の高速と風の抵抗は、標準を困難ならしめるであろう」

という意味の寄稿をしている。

井上はこれ以前に臨時軍用気球研究会の幹事を勤め、また交通兵旅団長として、陸軍の航空実施部隊の指揮官でもあった。後、中将に進級すると研究会の会長を勤めるなど、当時陸軍では航空の権威と言われていたが、まだ雷撃はもちろん爆撃の可能性にも、疑問を抱いていたようだ。

もっとも知久平が雷撃を主張したのは、彼が海軍士官であったからで、では当時の日本海軍はどういう航空対策を考えていたのか？

海軍がアメリカにおける水上飛行機の出現について、情報を得たのは、四十四年の二月頃である。この頃、アメリカ駐在武官の平賀徳太郎海軍中佐（後、少将、第三艦隊参謀長）は、

アメリカのカーチスが水上飛行機を完成して、一月二十六日、サンディエゴ湾の海面でその飛行に成功したという情報を海軍省に送ってきた。後にアメリカの戦闘機に名前を残すカーチスはさすがに先覚者だけあって、この前年には模擬爆弾を作って、飛行機から投下する実験をやっている。

また知久平のアイデアと同じく魚雷を投下する実験をやった飛行士もいる。イタリア人のカッソリニという飛行士で、模擬魚雷を投下する実験を行ない、たまたまそれは知久平が佐世保で飛行機による雷撃を主張して、艇長らを煙《けむ》に巻いて間もない頃のことであった。ドイツでも魚雷を飛行機から投下する実験の装置を造ったと言われるが、詳細は明らかではない。

アメリカでもフィクスという海軍少将が雷撃に関する考案で特許をとったと伝えられた。またフランスでもテスト・パイロットのアンリ・ファルマンの機に二百五十キロの魚雷を吊って雷撃実験を行なったが、有効だという結果は出ていないらしい。『巨人・中島知久平』にはこれを小型魚雷と記しているが、当時の飛行機で二百五十キロの爆弾を抱いて離陸することは、困難であったのではないかと思われる。なぜなら昭和十八年四月、筆者が九九式艦爆でソロモンの作戦に参加した時、吊っていったのが二十五番と称する二百五十キロ爆弾で、これを抱くと急に機が重くなり、離陸や旋回が困難になったことを記憶している。

結局、雷撃、爆撃ともに実際に戦場で実施されたのは、第一次大戦開始以降のことで、やはり実戦の緊急の必要が、その進歩をうながしたもので、これは殆どの兵器でいえる。戦争は殺人を伴う罪悪とみなされるが、このため兵器の研究に迫られて、科学の発展が要求されるのは、いつの戦争の場合でもそうである。

ついでながら、実際に知久平の創案を実現したのは、英国のエドモンド海軍大佐で、第一次大戦が始まってからである。彼は大正四年（一九一五）八月、黒海からイスタンブールの脇を通って地中海への通路にあたるダーダネルス海峡で、トルコ（ドイツと同盟国）の五千トンの貨物船に、ショート一八四型水上機に吊った十四インチ魚雷（口径三十六センチ）を命中させ、大破せしめたという。

この後、戦艦に対する飛行機の雷撃で有効であったのは、太平洋戦争開戦の直前、昭和十六年五月、英国の雷撃機によるヒトラー自慢の新鋭戦艦ビスマルクに対する攻撃である、五月二十一日、ビスマルクは重巡洋艦プリンツオイゲンを伴って、ノルウェーのベルゲンを出港、大西洋に向かった。目的はアメリカから英国に送られる物資を積んだ船舶を撃沈する通商破壊である。

これを知った英艦隊は、二十四日朝アイスランド島の南方でビスマルクを発見、砲戦が始まった。ビスマルクの三十八センチ砲弾は、英艦隊の旗艦フッド（当時世界最大）の火薬庫に命中し、フッドは二つに折れて沈没した。その後、新鋭戦艦プリンス・オブ・ウェールズは数弾を食らいながら、ビスマルクに命中弾を与え、ビスマルクは燃料が漏洩し始めた。

ついに英海軍は飛行機の雷撃に頼ることにした。空母ヴィクトリアス搭載のスオードフィッシュ雷撃機九機が、ビスマルクを雷撃した。これが世界最初の戦闘行動中の戦艦にたいする飛行機の雷撃であったが、魚雷一本が命中したにもかかわらず、ビスマルクの装甲はこれを弾き返した。

二十五日、ビスマルクは大西洋に出ようとしたが、燃料の漏洩が続くので、一旦引き返して、フランスのブレストに向かおうとした。

二十六日朝、英国のカタリナ哨戒機はビスマルクを発見、今度は空母アークロイヤルの雷撃機十五機が発進したが、ビスマルクを発見できず、続いて午後七時、再び雷撃のため発艦した。今度は三本が命中し、そのうち一本は舵取装置に命中、ビスマルクは左旋回を始めた。これが飛行機が戦艦に実際に大損害を与えた最初の例である。英国艦隊のトービー提督は、二十七日朝、四十センチ砲搭載の戦艦ロドネーと新鋭戦艦のキング・ジョージ五世を現場に急行せしめた。ロドネーの四十センチ砲はビスマルクの中央部に命中し、キング・ジョージ五世の三十六センチ砲も有効弾を与え、重巡ドーセットシャーの雷撃によって、不沈と言われたビスマルクもついに北海の海底に急ぐことになった。

中島知久平の、雷撃機による戦艦の撃沈(への参加)は、彼の予言後、三十年にして、やっと実現することになったのである。

話を中島機関中尉の心境に戻そう。

――もう海軍にいつまでいても意味はないな……知久平の胸にはそういう考えが巣くい始めていた。その理由はすでに述べてきたが、整理してみると、次の通りである。

一、ロシア征伐のために満洲馬賊になろうと思ったが、日露戦争でその必要はなくなった。

二、機関科将校には、艦隊司令長官になって、連合艦隊を指揮する機会がない。

三、機関科にいても中将止まりで、大将にはなれない。
四、軍艦のエンジンを研究しているよりも、いずれ自分で飛行機を開発して、軍用とし、戦艦を攻撃するような雷撃機を開発してみたい。
五、大艦巨砲主義はもう古い。列強がこれに熱中すると、真先に財政的に破産するのは、小国の日本だ。早く航空中心主義に切り替えるべきだ。
六、万事頭の堅い軍隊よりも、民間で自由に自分の好きな研究をやってゆきたい。

元々自由奔放を身上とする知久平は、自由に自分の好きな飛行機の研究をしたいと思い、その旨を請願していたが、意外にもその機会が巡ってきた。

当時、海軍大学校では、中尉、大尉の中から、海軍大臣の命令によって、甲種学生を指名し、選択した学術、戦術の研究をさせることになっていた。知久平はひそかにこの海大の選科学生になって、航空を研究したいと考えていた。そのうちに明治四十四年五月、巡洋艦「出雲」乗組を命じられた。「出雲」は日本海海戦の時、第二艦隊の旗艦として、上村司令長官が座乗して、武勲を立てた軍艦である。さらに彼は分隊長心得となり、多くの部下を持って多忙になってきた。そこでこのままでは、飛行機の研究が遅くなると思った知久平は、「石見」の分隊長で自分の考えをわかってくれた岸田東次郎機関大尉（海機十一期、後、少将、連合艦隊機関長）に手紙で、海大の選科学生になれるよう頼んでみた。

知久平の前向きの姿勢を認めていた岸田大尉は、これを了解して、まず艦政本部第四部員の大橋機関大佐に知久平のことを頼んだ。大橋は艦政本部長の松本和中将（後、呉鎮守府長官、シーメンス事件で失脚）と教育本部長の坂本俊篤中将（前海大校長）に相談した結果、知久平の望みはかなえられることになった。もちろんまだ海大には航空関係の選科学生はいなかったので、テストケースとして、行脚《ゆきあし》（海軍用語で前進意欲旺盛の意味）のある知久平に、最初の学生として、航空関係の開発をやらせてみよう、という上層部の意図であったらしい。

こうして四十四年七月には、知久平は海大の選科学生として、一年間航空の研究をすることになった。因みにこの年甲種海大学生となった兵科士官には、百武源吾（後大将、横須賀鎮守府長官）、今村信次郎（後中将、佐世保鎮守府長官）らがいた。

いよいよ中島知久平は、念願の飛行機研究に乗り出すわけであるが、ここで内外の激動の状況を眺めておこう。

まず国内ではこの年（四十四年）一月、幸徳秋水らの社会主義者に死刑が宣告され、一部は執行された。

前年八月に韓国併合の条約が調印されてから、朝鮮の状況は不穏であった。この年一月には総理・桂太郎は政友会総裁・西園寺公望と〝情意投合〟を行ない、政権の持続を図った。国際的な立場に不安を感じる日本政府は七月第三次日英同盟協約に調印した。

一方、海外も多事で、すでにヨーロッパでは、英国とドイツが覇権を争う建艦競争がたけなわであったが、多くの日本人は、この三年後にヨーロッパで、第一次大戦が勃発しようとは考えていなかった。

それよりも日本人の関心はすぐ近くの中国の革命に向けられていた。

孫文らの辛亥革命が、武昌の蜂起（十月十日）で始まるが、これがたちまち中国全土に拡がり、日本の右翼左翼の志士たちに、大きな影響を与えた。

日露戦争で負けた帝政ロシアでも、皇帝に造反するレーニンらの過激派の動きは、日に日に活発となり、中国とともに日本人の注目するところとなっていた。

この翌年四十五年二月、清朝はついに滅亡、孫文が大総統を辞退したので、袁世凱が臨時大総統となり、中国は軍閥の動きもあって、騒然としてくる。日本の大陸浪人の動きも活発となる。

この年、七月三十日、明治天皇が崩御、年号は大正と改まる。

大正元年となって早々の十二月、桂が奸計をもって、西園寺を陥れ、政権を奪って第三次内閣を組閣したが、これに激昂した民衆は、憲政擁護大会を開いて抗議し、翌二年二月には暴動が起きる騒ぎとなり、帝国議会は停会となり、二月十一日さすがの桂も内閣総辞職を行ない、この年十月癌のために没するに至る。

後継は山本権兵衛大将で、久方ぶりに薩摩に政権が戻ったと張り切ったが、三年三月にはシーメンス事件のために、あえなく総辞職、大隈重信が後継となり、七月ヨーロッパで第一次大戦勃発、日本も八月ドイツに宣戦布告し、この大戦に参加することになる。

中島知久平が海大で航空の研究に従事したのは、このような内外多事の時で、彼も重い責任を感じないわけにはゆかなかった。

しかし、折角海大に入ったのであるが、知久平は当初落胆した。それは彼が臨時軍用気球研究会の幹事を仰せつかったからである。

「なんだ気球か……」

と彼は舌打ちをした。気球というのは、いわゆるアドバルーンではなくて、エアシップすなわち飛行船のことである。雷撃機の量産を計画する知久平は、飛行船で雷撃ができようとは考えられなかった。あんな大きな図体でのろのろ飛んでいたら、たちまち撃墜されてしまうではないか。

しかし、不屈で行脚《ゆきあし》のある知久平は、挫けることはなかった。当時は飛行船のほうが開発が進んでいた。後には飛行機の搭乗員は、飛行船乗りのことを風船屋といったが、当局はその風船のほうに力を入れていたのである。

——飛行機はまだ発達の過程にある。とにかくこの風船を研究してみよう……

知久平はできて間もない所沢の飛行場に日参して、飛行船の操縦を勉強し始めた。

「今度の学生は変わっているなあ、自分で飛行船を操縦しようというんだぜ」

飛行場の要員は奇異の眼で知久平を眺めた。

この頃、所沢の飛行場では日野、徳川の両大尉が、第一回の飛行機操縦練習生の訓練を行なっていた。

知久平も飛行機の操縦を覚えたいが、彼の任務は飛行船の研究である。熱心にこれを研究して、空の感覚を会得しなければならない。

四十四年秋、日本最初の飛行船・イ号飛行船が出来上り、試験飛行を行なうことになる。

この飛行船の要目は容積約二千九百立方メートル、長さ五十メートル、最大直径十一・五メートルで発動機は英国製のウースレー六十馬力一基で、速力は飛んで見なければわからないが、それはあまり期待されていなかった。

飛行船の操縦第二号

資料によると日本最初の飛行船操縦員は、中島知久平である、となっているが、残念ながら知久平は二番目であった。

まず十月二十七日陸軍の伊藤工兵中尉が、同乗者二名を乗せて離陸、第一回は高度六十メートル、時間十分、距離五千四百メートル、第二回は高度百七十メートル、時間十五分、距離八千メートルで、これが本邦最初の飛行船の飛行記録であった。

知久平は翌日操縦士として搭乗した。負けん気の彼は同乗者三名を乗せ、高度四百メートル、時間一時間四十一分、距離三万三千メートルという各データにおいて、伊藤中尉の三倍前後の大記録を作り、海軍航空界のために大いに気を吐いたのであった。気球研究会の委員長・長岡外史陸軍中将、委員の山屋他人海軍少将（海大校長兼教育本部第一部長、後大将、連合艦隊司令長官）らも喜び、特に機関科関係者の喜びようは大変なものであった。飛行船の操縦士といえば当然海兵出と思われるが、かねて中島知久平が航空に熱心であったので、飛行船の初飛行に参加して、前人未踏の大記録を作ったというのは、非常な快挙であったのだ。

この年の十二月、知久平は海大在学中に機関大尉に昇進、勉学を続けたが、もう飛行船に乗ることはなく、将来上級の士官となるべく、兵術、作戦などの勉強を行なった。

知久平の海大卒業は四十五年六月三十日で、成績も優秀であった。

その少し前、六月二十六日、海軍で最初の航空研究機関である「海軍航空術研究委員会」が発足、中島大尉もその委員の一員に加えられた。この委員会は横須賀鎮守府司令長官の指示で結成されたもので、委員長は山路一善海軍大佐（後中将、第二戦隊司令官）、委員には飯田久恒海軍中佐（後中将、第三戦隊司令官、日本海海戦では第一艦隊参謀として旗艦三笠の艦橋にいた）、角田俊雄海軍機関中佐ら十七名がいた。

四十五年十月この委員に追加される金子養三海軍大尉（海兵三十期、後少将）は、日本海軍航空史上記憶されるべき人物である。すなわち、金子大尉はフランスではアストラ式複葉機の操縦を習い、パリの万国飛行協会の飛行士の免状をもって、帰国したが、帰国して間もない四十五年十一月六日、横須賀に近い追浜《おっぱま》の飛行場で、海軍の飛行機初飛行に成功した、日本海軍航空界の草分けである。この追浜も日本海軍航空揺籃の地で、後にはここに横須賀航空隊ができて、多くの海軍の操縦員がテスト・パイロットとして、新しい飛行機の実験に取り組むことになるのである。金子大尉は少佐の時横須賀航空隊の飛行隊長を務めた後、ヨーロッパ出張で航空の勉強をし、その後、横空練習部長、佐世保空司令、教育局第三課長、海大教官の後、大正十五年十二月少将となり、昭和二年予備役となっている。もう少し現役で海軍航空隊の発展に貢献してもらいたかったが、海大を出ていないという経歴以外に何か事情があったのであろうか？

この海軍の航空術研究委員会ができたということは、画期的なことである。日本海海戦から僅か七年しかたたないのに、大艦巨砲主義の提督たちの勢力の強い中で、やはり航空に関心を抱いていた人物はいたのである。

当時の横須賀鎮守府司令長官は瓜生外吉《うりゆうそときち》中将であるが、彼は異色ある経歴を持っている。すなわち明治五年に海軍兵学寮に入っているから、四期生（山本権兵衛は二期）相当だが、「筑波」乗組の時、アメリカ・アナポリスの海軍兵学校に留学、帰国後明治十四年に海軍中尉初任となっている。「赤城」艦長の後、日清戦争の時は、フランス大使館付武官、日露戦争開戦時は少将で第二戦隊司令官として、日本海海戦にも参加している。三十七年六月には中将になっており、戦後は佐世保鎮守府司令長官の後、四十二年軍事教育視察のため、アメリカに出張している。その後横須賀鎮守府司令長官となって、航空術研究会を作るよう指示した。この経歴からすると、瓜生中将（大正元年大将）は、若くしてアメリカの空気に触れ、その後も仏、米に滞在して海外の新しい事情を研究してきた、数少ない進んだ提督とみるべきであろう。こういう提督がいなければ、海軍の航空の進歩ももっと遅れたかも知れない。

山路大佐は山本権兵衛の女婿で、日本海海戦には第一艦隊参謀として従軍し、大艦巨砲主義の支持者であったが、日露戦争の前には三年近く英国に留学、駐在武官として滞在、ヨーロッパの空気を吸ってきている。彼には独特の戦争哲学があり、異色ある提督となり、戦後は『日本海軍と責任者たち』という本を出している。

また研究会のできた当時の海相は斎藤実（海兵六期）で、中尉の時アメリカに留学し、続いて同国公使館付武官も経験している。軍令部長はこれまた伊集院五郎で海兵五期相当であるが、卒業せず英国に留学し帰国後中尉となる瓜生と似た経歴を持っている。

伊集院は薩摩出身であるが、斎藤は岩手、瓜生は石川、山路は愛媛で、日露戦争後、そろそろ薩摩閥の退潮という傾向も、影響していたかも知れない。

また当時、航空に関する外国の活況と欧米からの訪問者も、日本の航空界に刺激を与えたといってよかろう。横須賀に航空術研究委員会ができる少し前、四十五年三月、南欧の保養地であるモナコで、水上機の万国大会が催された。万国といっても、フランスとアメリカが主体で、フランスでは例によってファルマン、ヴォアザン、コードロン・ファーブルで、ブレリオはまだ水上機を参加させなかった。アメリカからはこれも今やアメリカを代表するカーチスが二機で、ほかに南米のある国が一機参加して、合計八機という寂しさであったが、水上機はまだ珍しいというので、観衆は多く、金子大尉もその一人であった。金子はこの大会の様子を日本海軍の艦政本部に報告したが、その中で列強に劣らぬよう飛行機の開発をすべきだ、と強調した。

またこの前年には、アメリカのボールドウィン飛行団が日本を訪問して、東京、京都、名古屋などで航空ショーを披露した。

またアメリカからは四十五年四月に、アトウォーターという飛行士が来日して、今度は水上機であったので、海軍関係者も注目した。彼は機関士と夫人を同伴して、カーチス飛行機の宣伝にやってきたのである。五月六日、彼は横浜港内を離水、滞空三十分、距離二十五マイル（四十キロ）の記録を出した。

五月十一日は公式の招待飛行で、この日は伏見宮博義王（海兵四十五期、まだ海兵には入っていない）を始め斎藤海相、伊集院軍令部長、瓜生横鎮司令長官、財部《たからべ》海軍次官ら大勢の幹部が見学した。この日アトウォーターは、十七キロの飛行を見せた後、一旦着水して、斎藤海相の「貴艦はただちに横須賀に帰投するや、返待つ」という電文を通信筒に入れ、再び離水して、横浜港内に停泊中の軍艦「鴎」上空から、この通信筒を投下、水上機が十分海上の連絡にたえることを証明した。

六月一日、彼は東京―横浜間の郵便飛行を行ない、次いで関西にいって、六月十一日まで、そのカーチス水上機の有能なことを、たっぷり日本の官民に示した。

これが海軍の上層部を刺激して、海軍航空術研究委員会ができるのである。

海軍省は直ちにアメリカからカーチス水上機二機、フランスからモーリス・ファルマン水上機二機を購入することを決定、また河野三吉、山田忠治両大尉と中島知久平機関大尉をアメリカに、梅北兼彦大尉と小浜方彦機関大尉をフランスに出張させることを決定した。

アメリカで操縦免許をとる

——ついにチッカンにも飛べる機会が訪れてきたぞ……知久平は追浜の飛行場で、飛び上がらんばかりに喜んだ。もっともアメリカにゆく河野、山田両大尉の任務は、飛行機操縦技術の修得で、知久平のそれは飛行機の製作と整備技術の研究であったが、行脚《ゆきあし》のある知久平は、それだけでは満足しなかった。

いよいよ飛行機の操縦と製作を習って、大艦巨砲主義を無効にするような、大航空部隊をつくる季節が、到来するぞ……

明治四十五年六月、海大を卒業すると、同年七月、知久平は船で横浜を出港、アメリカに五ヵ月ほど滞在して、大正と改まった同じ年の十二月十五日、大いなる収穫を胸一杯に抱いて帰国した。

ところが海軍省に出頭した知久平が、得々として飛行士（操縦）の免状を見せたので、これが問題となった。

「おい、中島大尉、君の仕事は製作、整備の研究ではないか。貴重な国費を遣って、余分なことをしてきては、いかんではないか?」

担当の教育局員はそう文句を言った。しかし、不屈の知久平は、チッカンの本性を現して、こう答えた。

「私は忠実に現地で飛行機の製作と整備に関する研究を、可能なだけやってきました。しかし、製作を研究すればするほど、飛行士の知識が肝心だということに気づいて、自分が操縦できないものを造ることは、無責任ではないか？　という疑問にぶつかったのです。それでこれは任務命令を幅広く解釈して、操縦員の経験も、今後の製作、整備に不可欠だと考え、訓練を受けたところ、熱心にやりましたので、短期間に免許を取ることができました。もちろん、製作、整備も命令通りやってきました。これがその報告書であります」

そういうと、知久平は膨大な報告書を局員に提出した。

「うむ、所定の旅費と日程でプラスになる免許をとってきたとあれば、命令違反というわけにもゆくまい。局長のほうにはそう申し上げておこう」

局員も苦笑しながら、その報告書を受け取り、

「どうかね、どのくらい飛べるようになったのか、一度見せてもらいたいもんだね」

といった。

「はあ、是非、この中島の飛行機に同乗して頂きたいものであります。いかに飛行機が重要なものであるかが、よくわかります」

と中島が言ったので、

「いや、君の飛行機は当分遠慮しておこう」

と局員は断わった。

さて渡米した知久平は、どのような勉強をしてきたのか？　……彼はまずニューヨーク州

の西端のナイヤガラ瀑布に近いハモンズポートにあるカーチスの飛行機工場に日参して、製作、整備の研究に没頭した。行脚《ゆきあし》の強い知久平は、忽ちこれらの要点を把握し、九月からは近くのケウカ湖でカーチス飛行学校に入り、まずカーチス水上機の操縦を習った。運動神経はそれほどではなくても、カンはよいし熱意というものは恐ろしいもので、忽ち離水着水ができるようになった。もちろん航法も実習した。この後、彼はカリフォルニアの南端にあるサンディエゴという軍港で陸上機の操縦も学び、アメリカ飛行クラブの操縦士試験にパスして、飛行士免状をもらい、帰国したのであった。

当時、在米の日本人で、飛行士のライセンスをもらった第一号は愛媛出身で苦学していた近藤元久という人物で、明治四十五年四月二十七日、知久平と同じクラブで、百二十号というナンバーのライセンスを受けた（残念ながら近藤は近眼で、当時はよい眼鏡がなかったため、ハモンズポートの近くで事故のため死んでしまった）。これに次いで直ぐ五月一日にライセンスを取ったのが水戸出身の武石浩玻で、彼はカーチス機を手にして、無事日本の土を踏み、大正二年五月大阪から京都への飛行を公開したところ、これも遺憾ながら着陸の時に事故を起こして、死亡してしまう。

邦人三番目のライセンス取得者が、中島知久平であるから、彼は飛行機製作のみならず、操縦においてもパイオニアであった。その次が先に操縦を目的として、河野三吉とともに渡米した山田忠治で、河野は水上機のライセンスをとると、横浜沖の観艦式で飛んで見せるため、早めに帰国した。

国産海軍機第一号を造る
――海軍航空のあけぼの――

中島は早速、操縦と製作のため、横須賀に近い追浜《おっぱま》にできた飛行場で、仕事を始めることにした。この追浜こそ海軍航空の揺籃の地で、かつて明治十五年、伊藤博文や西園寺が憲法の草稿を造った夏島を地続きにした小さな飛行場で、今は日産工場のすみに憲法記念の碑が残り、その近くには「日本海軍航空発祥の地」という碑も、昭和十二年には建てられた。

知久平より先に帰国した河野大尉は、すでにこの追浜で陸上機の訓練に入っていた。大正元年十一月二日、河野大尉は日本海軍最初の飛行を試みるべく水上機で離水したが、横波をくらって転覆、同月六日、かつてのフランス帰りの先輩、金子大尉が追浜からモーリス・ファルマン機を飛ばし、これが日本海軍最初の飛行となった。しかし、同じ日、河野大尉も横浜からカーチスの水上機で飛行に成功し、これも日本海軍最初の飛行の仲間入りをした。

従って知久平が帰国した時には、すでに金子と河野が海軍飛行士としての、一番乗りを果たした後であった。

しかし、今や海軍にも、大艦巨砲主義だけでは将来性に問題があるとして、航空術研修の必要を感じる上層の幹部も出るようになり、知久平はその操縦教官を命じられるようになった。

彼は第一期航空術練習委員（操縦練習学生）四人を教えたが、このうち井上二三雄大尉、安達東三郎中尉の二人は、訓練中殉職して、日本海軍航空発達の礎となった。残る藤瀬勝中尉と広瀬正経中尉の二人は、無事に教程を終えて、今度は教育にあたることになった。このうち藤瀬は後に中島飛行機製作所に入ることになる。

こうして知久平の日本海軍に航空技術を導入するという目的は、着々と実現されつつあった。

大正二年に入ると、日本中が前述の大正デモクラシーによる暴動騒ぎで、桂内閣を引き摺り下ろす大騒ぎとなったが、知久平たちは明治天皇の遺訓ともいうべき『軍人勅諭』の「軍人は政論に惑わず、政治に関わらず」という言葉を守って、ひたすら軍務に励んだ。この年五月十九日、中島知久平は横須賀鎮守府海軍工廠造兵部部員を命じられ、田浦の造兵部に新設される飛行機造修工場の主任となり、さきの海軍航空術研究委員会の委員を兼務し、日本海軍航空の最前線で働くことになった。時に中島知久平は二十九歳であった。

知久平の主な任務は、もちろん海軍機の国産推進であったが、第二期の操縦専門練習委員や整備委員の訓練にあたることも、重要な仕事であった（これが後の海軍飛行学生となるが、昭和十六年五月に霞ケ浦航空隊に飛行学生として入った筆者は、三十六期生で、中島知久平の三十五期後輩にあたる）。

第二期操縦練習生には、和田秀穂中尉（後中将、「赤城」艦長、霞ケ浦航空隊司令、第一航空戦隊司令官）、難波輝雄中尉（大尉の時死去）、整備練習生には多田永昌機関大尉（後少将）、花島孝一機関大尉（後中将、航空廠発動機部長、中央航空研究所長）、庄司機関中尉（後機関

大佐）が任命され、知久平らの教えを受けることになった。

追浜飛行場は俄然活気づいてきた。第一期四名、第二期五名、計九名の練習士官が入ってきたので、ファルマン二機とカーチス二機の練習機ではとても捌き切れない。おまけに筆者にも経験があるが、練習士官は始終飛行機を壊すので、知久平は操縦とこの壊れた飛行機の修理に追われた。

「よし、こうなったら手製で国産の飛行機を造るほかはない」

挫折を知らないチッカンは、唇をかみしめると、鎮守府に請願した。カーチス機の模造品一機を製造するので、部品の予算と作業の人員を増やしてもらいたい、というのである。

これには鎮守府の参謀や海軍省の局長たちも眼を剥いた。

「また跳ね上がりの中島が勝手なことを言い出したぞ」

「アメリカでは命令違反で、操縦の訓練を受け、飛行士の免状を取ってきたかと思うと、今度は手製で飛行機を造ろうというのだ」

「全く己を知らないにもほどがある。その手製の飛行機で戦艦に雷撃をやろうというのか?」

「彼は大艦巨砲主義を批判しているというが、いよいよ本性を現したな……」

と知久平は無法者扱いである。

当時の横須賀鎮守府司令長官は、航空に理解のある瓜生中将から山田彦八中将に代わっていた。山田は鹿児島出身でいわゆる薩摩の海軍の仲間で、外国駐在の経験もない水雷屋であるが、日本海海戦では第七戦隊司令官を勤め、知久平が飛行機から雷撃をやるという主張を知って興味を抱いていた。

　また海相は依然として斎藤実、次官は財部彪、軍令部長は伊集院五郎、次長は藤井較一中将であるが、この藤井がまた行脚《ゆきあし》のあることでは、相当なもので、その硬骨は海軍でも有名であった。彼は海兵七期生で岡山出身、日本海海戦の時、連合艦隊参謀長として、「三笠」に乗っていた加藤友三郎（後、海相、ワシントン軍縮会議全権）、第二戦隊司令官で後に軍令部長となる島村速雄と同期生で、日本海海戦の時は上村長官の下で第二艦隊参謀長を務めていた。彼を有名にした逸話は、日本海海戦の直前、東郷の司令部が、バルチック艦隊の針路推定に悩み、能登半島沖に移動したいという電報を、山本権兵衛海相のところに打ったという話を聞いた藤井が、急いで「三笠」に急行し、加藤参謀長に会うと、

「絶対に朝鮮海峡を守れ、敵は必ずこの海峡にくる」

と強く意見具申をしたという話。藤井は薩閥でもなく、海大を出ていなかったので、出世は少し遅かったが、この後、第一艦隊参謀長、第一艦隊司令官、軍令部次長、佐世保、横須賀の司令長官を歴任して、大正五年大将に進級する。行脚のある藤井も知久平の意見に賛成し、帝国海軍最初の自家製の飛行機が、大正二年七月には出来上り、知久平が試験飛行を行なった。

　今や中島知久平の名は日本海軍に隠れもないものとなり、群馬県新田郡尾島村の父親〝のて条〟も、

「チッカンの奴、とうとう日本最初の海軍の飛行機を造りおったか……」

と感激していた。

知久平の飛行機に関する知識と業績を認めた海軍は、大正三年一月、彼を造兵監督官に任じ、フランスに出張を命じた。前はアメリカ、今度はフランスである。知久平の仕事は、海軍からフランスの飛行機メーカーに発注されている、発動機と飛行機の製作監督と、ヨーロッパ航空界の視察であった。

航空優先！　爆弾的意見書を提出
――海軍機実戦に初参加――

出発の前に知久平は、航空術研究委員会委員長の山内四郎中佐（後、青島で活躍、横須賀航空隊司令、中将）に「大正三年度海軍予算配分に関する希望」という長文の意見書を提出した。水上艦隊が八八艦隊を掛け声に、数億円という膨大な予算を要求しているのに比べて、航空関係の予算は僅かに二十万円という貧しさで、知久平を憤慨させたのであった。

この内容は知久平が日頃抱いている海軍航空兵力の増強はもちろん、新しい国防の要素である飛行機の重要性を説き、単に外国から購入した飛行機による訓練だけではなく、国産の飛行機を増産して、大航空戦力を充実させて、世界の航空界に大きな分野を占めることを、強く主張したもので、愛国の志烈々たるものがあった。

その内容は四項目に分かれ、次のようになっている。

第一、航空機構造の研究
　現在発表されている学理と実験の成績を総合して、我が国情が要求する威力を最上に発揮せしむる、航空機を得ることを目途《めど》として、研究にあたること。
イ、魚雷発射用飛行機　口径十四インチ（三十六センチ）三百五十キロの魚雷を搭載し、敵艦に接近して、これを発射し、安全に帰還し得るもの（知久平が兼ねて念願としていたのはこの雷撃機製作であった）。
ロ、機雷投下用飛行機
ハ、偵察用飛行機　快速にして長時間飛行の能力を有し、無電送受に適するもの。
ニ、航空機駆逐用飛行機　快速にして機関砲を備え、敵弾に対し搭乗員及び機関を防御し得るもの（すなわち戦闘機である）。
第二、飛行機術の研究（略）
第三、応用作業の研究　演習その他の作業による航空機利用の拡大。
第四、第二、第三の実施に要する設備　飛行場に設置すべき永久的、半永久的設備の建設費、及び研究費の予算要求。
　大正三年度航空術研究費
一、金、二十万円
　航空術研究所増設工事費　一万四千五百円
　事務費　八百円

研究費　十八万四千七百円

これらに次いで知久平は、兼ねての素志ともいうべき「航空機製造に関する私見」を添付した。その内容は次の通りである。

一、列強は益々航空機の国防における重要性を認め、これの増産と技術の向上に努めつつあるが、我が日本は大きく立ちおくれている。

二、八八艦隊等に要する予算の一部を航空機生産と訓練に回すべきである。

英国海軍がドレッドノートという最新の戦艦を開発してより、我が海軍においては、日露戦争に活躍した「三笠」等の戦艦はもちろん、その後に開発された「筑波」、「生駒」等の新艦も能力の低減を指摘され、今やドレッドノート号級の戦艦で、八八艦隊を建造することに熱中している。しかし、数隻の戦艦（巡洋戦艦を含む）よりなる艦隊には二億ないし三億円の巨費を必要とする。

今、我が海軍におけるドレッドノート級の戦艦である「金剛」（大正二年英国で建造、常備排水量二万七千五百トン、速力二十七・五ノット、主砲三十六センチ砲八門、副砲十五センチ砲十六門、魚雷発射管八門）級の戦艦八隻よりなる艦隊に要する経費を、航空機の製作に回すならば、優に八万機を製作することができよう。これを五百メートル間隔でつなぐ時は、この単縦陣は二万七千マイル（四万三千二百五十四キロ）となり、地球の赤道を一周り以上できる。現実には一国でそのように膨大な航空機を保有する必要はなく、財政上戦艦艦隊より遥かに少ない経費で、国防の充実が可能となる。

魚雷、機雷を装備した多数の航空機は、必ずや金剛級戦艦の艦隊に対し多大の損害を与え得るものと確信する。

イ、以上の戦策により、帝国の防衛は財政上費用の少ない航空機の充実を考えるべきである。

ロ、魚雷、機雷、爆弾、を投下し得る飛行機を多数海戦に参加せしむる時は、ドレッドノート級戦艦の艦隊を圧倒することが可能となり、将来の航空機はその発達如何によっては、決戦兵器たるの望みがある。（以下略）

いうまでもなく、これらは日露戦争終了時より、知久平がロシア征伐の代わりに案出した航空戦術の実現化であり、一朝一夕の思いつきでないことは明らかである。

またこのような意見開陳で、知久平が大艦巨砲主義に強い批判を抱いていることがわかり、我が海軍部内で航空機に関心をもっている提督の注目を引いたが、大艦巨砲主義のいわゆる鉄砲屋からは、うるさい存在と煙たがられるようになってゆく。知久平の卓見が実物によって認められるのは、やっと満洲事変後で、その真価が発揮されるのは、残念ながら太平洋戦争で「零戦」、「隼」が活躍してからで、もう十年早く上層部が彼の意見に耳を傾けてくれれば、太平洋戦争の様相も変わり、あるいは起こらなかっただろう、という人もいる。加藤友三郎（大正十二年没）が長生きして、我が海軍の上層部がもっと早く知久平の意見を取り入れていたら、太平洋戦争は起こらなかっただろう、と『巨人・中島知久平』の作者も言っている。

話を大正三年に戻そう。偶然にも中島知久平がフランスに視察に行ったのは、第一次大戦勃発の年で、彼が在仏中に戦争が始まり、日本も参戦することになったので、彼も帰国することになる。

この年、三月二十四日、山本権兵衛内閣はシーメンス事件のために総辞職した。詳しいことは省くが、その主な疑獄の内容は、ドイツのシーメンス・シュッケルト会社と戦艦「金剛」を造った英国のヴィッカースが、日本海軍の高官に賄賂を送ったというもので呉鎮守府司令長官・松本和中将、艦政本部第四部長・藤井光五郎少将らが軍法会議にかけられ、免官となり、処罰された。このため山本内閣は倒れたのである。

その後継はもみにもんだあげく、四月十六日、第二次大隈内閣が発足した。この内閣も弱体で、長く続くまいと予想されたが、七月勃発したヨーロッパの第一次大戦のため、五年十月まで続くことになった。日本も加藤高明外相の主張で八月二十三日ドイツに宣戦布告、青《チン》島《タオ》を攻撃し始めた。

この第一次大戦勃発と日本の参戦を、中島知久平はフランスで聞いたので、予定を縮めて九月四日帰国した。知久平の帰国は海軍の命令によるもので、その理由は、彼がかねてそのために備えていた、飛行機の実戦参加の為であった。

青島の攻略には、陸軍が久留米の第十八師団を送り、海軍は第四戦隊を派遣することになっていた。また折角航空の訓練もやってきたので、この際、水上機も前線に参加させて、知久平が主張していた空中よりの地上爆撃の効果を、試してみよう、ということになった。そこで参戦必至となった八月末、手持ちの水上機全機を若宮丸という水上機運搬船（後に水上機母艦若宮となる）に積んで、青島に送り爆撃することになったが、肝心の知久平はまだヨーロッパから帰っていない。ベテランの金子少佐、山田大尉、和田大尉、花島機関大尉、藤瀬中尉ら八名が選ばれ、整備員らを乗せ、大型ファルマン一機、小型三機を若宮丸に積み込んで青島に向かった。

やがて開戦、僅か四機ではあるが、我が海軍機は堂々と青島のドイツ軍要塞上空に飛来し、攻撃回数は四十九回に及び、爆弾約二百個を投下し、うち六発は確実に目標の要塞に命中したというから、命中率は三パーセントというところで、初戦としてはまずまずの戦果で、決して空からの攻撃も、無効ではないことを証明し、海軍軍用機のために大いに気を吐いた。

この若宮丸に積んだ四機の海軍機の攻撃が、後の渡洋爆撃や真珠湾攻撃につながる、日本海軍の海を渡る敵地攻撃の最初で、第一次大戦の刺激が大きかったと思われる。

若宮丸はもちろん航空母艦ではないが水上機母艦の働きを勤めた。

この若宮丸（五千百八十トン）は世界初の水上機母艦として記憶されるべき軍艦である。一般に水上機母艦は、英国アーク・ロイヤルが最初と言われているが、この若宮丸は大正三年九月、水上機母艦として、青島作戦に従事し、アーク・ロイヤルは、同年十二月の竣工であるから、若宮丸のほうが先である。なお若宮丸は元英国の貨物船レシントン号（五千百八十トン、十ノット）で、日露戦争の時、隠岐の島付近で拿捕《だほ》され、以後、若宮丸として、形式は海軍の運送船で、実際は水上機母艦として、河野三吉、井上二三雄大尉らを乗せて、青島で活躍した。この後、大正九年には、航空母艦とされ、昭和六年まで母艦として扱われていた。実際には水上機母艦で飛行甲板は持っていない。飛行甲板を持った日本最初の航空母艦は大正十一年十二月に就役した「鳳翔」（七千四百七十トン、水線長百六十五メートル、速力二十五ノット）である。

しかし、その八年前に若宮丸はモーリス・ファルマン水上機を積んで、青島で作戦行動に従事しているのであるから、事実上飛行機を積んで戦闘を行なった母艦としては、若宮丸が、日本最初のものといえよう。現在残っている写真では、若宮丸は一本煙突の平べったい旧式の船で、船の後部に水上機搭載甲板が設けられている。

なお若宮丸は母艦からの発艦を最初にやった船としても記憶されてよい。

筆者が霞ケ浦の飛行学生の頃聞かされた話では、日本最初の発着艦をやったのは、大正十二年三月、吉良俊一大尉（当時、鳳翔航空長、海兵四十期、後中将、筆者が宇佐空飛行学生の時の第十二連合航空隊司令官・宇佐空はこの指揮下にあった）で、その母艦は「鳳翔」だという話であった。もっともその後わかった話では、吉良大尉が発着艦をやる前に、ジョーダンという英国の海軍大尉がこの発着艦に成功している。これは当時飛行機メーカーである三菱が、一万円の懸賞をかけ、応募したジョーダンが、成功したもので、日本人としては吉良俊一が最初である。

しかし、これより三年前に、すでに母艦からの発艦に成功した士官がいた。吉良大尉より三期先輩の桑原虎雄大尉（後中将、第三航空戦隊司令官）で、大正九年、彼は若宮丸に全長十八メートルの滑走台を造り、ソッピース・バップ戦闘機で、日本最初の発艦に成功した。着艦は無理で、発着艦の草分けはやはり吉良大尉ということになろうか。

ところで若宮丸の水線長は百十一メートル、速力は十ノットで、空母からの発艦に高速が必要なのは、後には常識となった。筆者が昭和十七年夏、着艦訓練をやったのは、最新の「瑞鶴」で水線長二百五十メートル、速力三十四ノットであった。「瑞鶴」における発着艦は、当時中尉の筆者でも、さほど苦心はいらなかったが、若宮丸における十八メートルの滑走台では発艦も大変で、着艦はもっと難しかったであろうと思われる。

ファルマンなどを積んでいった同艦は、クレーンで飛行機を海上に下ろし、離水、攻撃に発進せしめた。後には水上機はカタパルトで発射されるが、それまではこの方法がとられ、また帰ってきた飛行機を収容する時も、同様であった。

というわけで、肝心の知久平がヨーロッパで一杯知識を仕入れて帰国した時には、すでに航空部隊は、青島に向かった後であった。

知久平の帰国を待っていた艦政本部（当時の長は村上格一中将、後大将、海相）は、彼を造兵監督官のまま、飛行機工場に出向させ、新型機の設計に力を入れさせることにした。今や知久平は海軍航空界になくてはならぬ人物となっていた。

そこで知久平は東京の艦政本部と田浦の飛行機工場を往復しながら、大型ファルマン機（ルノー百馬力を搭載）の製作のほか、新型機の設計もやり、精力的に働いた。チッカンは今やフル運転である。

一方、青島の陥落は十一月七日であるが、海軍では後続の航空部隊を送った。操縦将校としては、河野、井上両大尉、多田永昌機関大尉（知久平の同期生、後少将、霞ケ浦航空隊教官、航空廠科学部長）ら六名が整備員らとともに派遣され、山内四郎中佐が青島の現地で指揮に当たった。

我が海軍の飛行機では一人の戦死者も出なかったが、九月三十日、若宮丸が青島の湾口で機雷に触れて大きな穴をあけ、死者一、負傷者六を出した。

なおこの時、青島のドイツ軍にも飛行機はあった。ドイツは飛行機の先進国ではないが、ヨーロッパではすでに飛行機が偵察、通信などの軍用に使われ、フランスの飛行機と擦れ違う時に、煉瓦を投げたりしていたが、これが機関銃を積むようになり、有名な撃墜王フォン・リヒトホーフェンの出現となる。

しかし、東洋の青島にいたドイツの飛行機は僅か二機で、そのうち一機は開戦前に墜落、ルンプラー（タウベ）型一機が、日本空軍を迎え撃つことになった。但し先の墜落事故で正規の操縦員が戦死してしまったので、臨時に自習したグンデン・プルショウ中尉が、雄々しくも日本空軍を迎え撃った。この飛行機はタウベ（鳩）と呼ばれるように、翼が途中から後方に折れ、鳩の翼のように見えた。日本でもすでに大正二年四月、ドイツに派遣された磯部鉄吉海軍少佐が、この機を日本に持ち帰っていたので、珍しくはなかったが、このために苦戦をすることになった。

ところでこの俄《にわか》仕立ての海軍中尉は、プロシア魂というのか、僅か一機で死にものぐるいの活躍をして、河野大尉らを悩ませた。もっともお互いに機関銃を積んでいないので、擦れ違う時に拳銃を発射する程度で、これではなかなか相手の操縦員に命中しない。一方、プルショウ中尉のほうは、青島の空をわがもの顔に飛び周り、偵察、爆撃で日本軍を悩ませた。

「おい、誰かあの生意気なドイツ機を撃墜しろ！　目障りだぞ！」

怒った山内中佐は、若宮丸に積んできた回転機関銃をファルマンに積んで、このドイツ機を攻撃したが、スピードが違うので、敵は逃げてしまう。ファルマンは水上機であるから下駄（フロート）をはいている。三座の複葉機でスピードは七十五キロしかでない。一方、ドイツのルンプラー機は、単座単葉機で、百十キロは出る。ルンプラーは日本軍の陣地に爆弾を落とし、相手の飛行機が出てくると、逃げてしまう。これを聞いた知久平は、これからは、飛行機も爆撃、雷撃だけではなく、機関銃による戦闘も考えなければならないと思った。残念ながら、この対ドイツ戦では、敵の軍艦もなくこちらにも魚雷搭載の設備がなかったので、彼が念願とする雷撃の機会はなかった。

青島の戦いが終わり、飛行機が修理をした若宮丸で帰国すると、知久平は横須賀工廠造兵部員を命じられ、飛行機工場長となり、翌四年一月には検査官を兼務することになった。

ここで知久平はその飛行機製作の才能を遺憾なく発揮して、後の中島飛行機製作所長の片鱗を示した。

日本航空機製作の夜明け

この第一次大戦の二年目に知久平が先導して造った海軍機は、次の通りである。

まず最も注目されるべきは、七月に知久平自ら考案した中島式トラクター機（ベンツ百馬力）で、この改造型が、冒頭に書いた通り、利根川の川原で初飛行を行なうことになるのである。これより先七月には、ファルマンの改造型（ルノー式百馬力搭載）を造り、十月、大型ファルマン（カーチス九十馬力）、そして翌五年一月には、フランス・サルムソン社のカントンユネー機（二百馬力）と偵察機を試作、四月、フロート一個の複葉双発水上機、六月、中島式トラクターの改良型（サルムソン百六十馬力）を製作した。このトラクター機はそれまでの飛行機の大部分がプッシャー（推進式）であったのに対し、前方から牽引する方式で、その後の航空界の発展に伴い、この方式で統一されてゆくようになり、知久平の先見の明を示すものであった。

この中島式トラクター機は、馬越喜七中尉によって試験され、我が海軍最初の制式機となった。

ここで知久平がこれらの飛行機を造るまでの、日本航空界の初期からのパイオニアについて、展望しておきたい（この項、『日本飛行機一〇〇選』及び『日本航空史』『航空機・第一次大戦まで』『ギネスブック・飛行機——歴史と記録の大百科』による）。

十五、六世紀の天才レオナルド・ダ・ビンチは、すでに空を飛ぶ機械の構想を持っていたらしく、鳥の飛ぶ生態を観察していたという。日本でも江戸時代に岡山の幸吉?という男が、自家製の羽を動かして、崖から飛んだという話がある。

明治になると日本で人力飛行器を造る人間が出てきた。伊予八幡浜の人で二宮忠八という。彼は明治二十三年(一八九〇)自転車の機体に翼を取り付け、足で車輪を動かすと、これに連動して四枚式のプロペラが回るような設計を考えた。まず模型では脚力の代わりに糸ゴムを使った。後の子供たちが模型飛行機をとばしたのと同じである。これで五分間飛ばすことのできた忠八は、明治二十七年、陸軍に実用機製作の費用を申請した。当時、彼は陸軍の一等調剤師であった。しかし、日清戦争の頃では、自動車もろくに走っていない。まして空を飛ぶ飛行器などというものに、陸軍が金を出すはずがない。

止むを得ず、忠八は、明治三十一年陸軍を退役し、大阪製薬株式会社に入り、四十四年二宮精製瀉利塩を完成、大阪製薬合資会社を創立して、資金を貯え、念願の二宮式飛行器の実作にかかろうとした。

しかし、すでにアメリカではライト兄弟が初の飛行に成功したと聞いて、この飛行器の実作を諦めた。忠八の設計による模型は、二宮式甲虫型飛行機と呼ばれ、大正十四年、逓信省航空局が公開し、この年、忠八は日本航空界の始祖として、逓信省から表彰された。忠八は伊予の郷里に航空神社を建設、昭和十一年七十一歳で死去した。

彼の模型は非常に精巧で、翼は途中でゆるい山形を描く鴎のタイプ(太平洋戦争中のアメリカのコルセア戦闘機の型）で、もう一枚の翼には上下に動く仰角の変わる装置があり、これを実作してみたら面白かったろうと思われる。ただある学者の説によると、人間一人を飛行前進させるためには、翼を大きくして上昇気流に乗るグライダー方式でなければ、相当の動力がいるというから、自転車を脚で踏むぐらいでは、プロペラの回転が不足ではないかと思われる。

二宮式の次に国産といえる飛行機は、奈良原式複葉機である。これは明治四十三年十月に男爵・奈良原三次海軍中技士（臨時軍用気球研究会で知久平の先輩であった）が、自家製の国産飛行機第一号を完成した。ライト兄弟が飛行に成功した六年ほど後のことである。

この飛行機は竹製の複葉機で、かなり精巧な設計であったが、戸山が原の試験飛行では、アンザニ二十五馬力のエンジンのパワー不足で、地上滑走だけに終わった。翌四十四年五月には、新設の所沢飛行場で、改良型の第二号を試験し、高度四メートルで六十メートルを飛行し、国産では最初の飛行機といわれた。但しまだ脚が弱いので、これを改良した第三号機は、ほぼ飛行可能と見られた。しかし、四十五年四月三日、川崎競馬場で四号機（鳳号）の有料公開飛行が行なわれ、これは好評であったが、二十日の飛行では着陸の時、風にあおられ見物席に飛び込んで中学生に大怪我をさせた、というからパイオニアの苦心も並大抵ではない。

しかし、男爵はこれにめげることなく、五月には皇太子殿下（後の大正天皇）、迪宮《みちのみや》（昭和天皇）、淳宮《あつのみや》（秩父宮）、光宮《てるのみや》（高松宮）の行啓を仰ぎ、青山練兵場で東京で初飛行を披露した。山県有朋らの将官も多数見学し、飛行は順調であったが、出席の軍人たちは、まだ飛行機が軍用になろうとは考えていなかったようである。

奈良原男爵は航空界のパイオニアであるだけでなく、後継者の白戸栄之助、伊藤音次郎、後藤銀次郎らを養成した。奈良原はその後も千葉県稲毛、津田沼の海岸で、民間航空界の指導にあたり、日本軽飛行機倶楽部、東京帆走飛行研究会などを運営した。

また奈良原と国産機の第一号を狙うライバルとして、伊賀氏広男爵の伊賀式舞鶴号、日野熊蔵大尉の日野式一号機などがあったが、戸山が原における飛行では地上滑走に終わった。

海軍における国産軍用機は、純粋にいえば、先の知久平のトラクター式であるが、その前にファルマンをモデルとした一連の軍用実験機があった。これらには陸軍機で会式という名称がついていた。会というのは、一時知久平も所属していた臨時軍用気球研究会の会で、初飛行で有名な徳川大尉が、ファルマンをモデルとして設計した会式飛行機は、四十四年十月二十五日、高度八十五メートル、時速七十キロで距離一・六キロを飛び、ファルマンに劣らぬ性能を示した。これが国産軍用機の始めである。会式四号機は陸軍特別大演習に始めて参加した。

大正二年三月二十八日に行なわれた陸軍機による最初の帝都訪問飛行には、この会式二号、三号機が参加し多くの観衆を集めた。この時参加したブレリオ単葉機は、所沢飛行場近くの松井村で空中分解を起こし、木村鈴四郎砲兵中尉、徳田金一歩兵中尉は殉職した。日本における最初の航空殉職者である。ドイツから買ったパルセヴァル飛行船も、市電の架線に引っ掛かって、不時着した。

　前にも述べたが、海軍ではこの前、大正元年十一月六日、フランス帰りの金子大尉が、竣工間もない追浜《おっぱま》飛行場で、モーリス・ファルマン水上機で十五分間の初飛行に成功している。しかし、金子大尉の飛行が海軍の公式初飛行とされるのは、少し後の十二月十二日横浜沖の観艦式のときのことである。この日、彼はモーリス・ファルマンで追浜沖を離水、観艦式の会場の上空を一周し、お召艦「筑波」の近くに着水し、また滑走して離水の技術を示した。この時は高度二百メートル、滞空三十五分、航程五十マイル（九十三キロ・海のマイルは一・八五二キロ）これが海軍の水上機による公式飛行記録で、金子大尉は依然として、第一人者であった。

　海軍ではこのモーリス・ファルマン水上機を、モ式小型水上機といって、横須賀海軍工廠で国産化したが、後にイ号甲型水上機という制式名となった。

　これに続いて開発したのが、三座のモーリス・ファルマン大型水上機で、モ式一九一四大型水上機といい、先述の青島《チンタオ》で活躍したのは、この型である。骨ばっているので、唐傘のお化けとか、行灯《あんどん》などという仇名をもらった。最大速度九十六キロ、滞空時間も四時間半と性能がよくなった。このモーリス・ファルマンと追浜は、草創期の海軍航空隊のパイロットたちには非常に懐かしいものである。これまでは推進式のプッシャーであったが、この後はトラクター式になっていく。また空母の開発に連れて、雷撃機、爆撃機そして戦闘機も積むようになり、霞ケ浦飛行場の開設によって、車輪をつけた海軍の陸上機が増えてゆく。水上機は主に戦艦、巡洋艦に搭載され、偵察、特に主砲の弾着観測に重用されるようになっていく。初期の水上機のことは、段々知る人も少なくなっていくが、東宝では戦後「青島要塞爆撃命令」という映画で、モーリス・ファルマンを登場させ、オールドファンを喜ばせたという。

カーチス水上機もモーリス・ファルマンと並んで、初期の海軍機として、記憶されてよかろう。やはり草分けの一人河野大尉が、前述の大正元年十二月の観艦式のため、アメリカからカーチス水上機を連れて帰ってきた。

小型ではあるが、運動性がよいと言われた。観艦式当日、このカーチスは横波に弱いので、横浜のフレーザー商会の工場から進水し、離水後、観艦式場を一周し、やはり海軍初の公式飛行を行なったという名誉を得た。

大正二年七月、中島知久平が、日本最初の国産機として造ったのは、このカーチス系統の水上機である。

なお話が少し遅くなったが、『日本飛行機一〇〇選』には、アメリカのカーチス飛行学校でカーチス1912年型水上機に乗って、教官とともに、操縦訓練中の中島知久平の写真が載っている。複葉、推進式でエンジンが後部についているので、飛行士は二人とも、下翼の中央に剥き出しの形に座り、自動車のような円形の操縦桿が二つ並んでついている。やはり当時から練習機は練習生と教官のダブル（操縦装置が二つついている）で、筆者の頃は前席に練習学生、後席に教官が乗り、操縦がまずいとよく後席から、棒で頭を殴られたものである。

このカーチス式水上機は後にイ号乙型水上機という制式機名がつけられた。

航空界の初期には、このカーチスもさまざまなドラマを生んでいる。明治四十四年にアメリカ人マースがもってきたのも、四十五年有名なアトウォーターがもってきたのも、カーチス複葉機であった。また白鳩号に乗った武石浩玻は、大正二年京都で墜落死している。

そのほか大正三年には高左右隆之、野島銀蔵などが乗り、大正五年に来日して〝鳥人〟と言われたアート・スミスなどもカーチス複葉機で、日本人に飛行機の妙技を見せたものであった。

第一号の徳川男爵に次いで、第二号となった滋野清武が設計した複葉機「わか鳥号」にも触れておきたい。滋野は陸軍中将の三男に生まれ、中央幼年学校を病気で中退し、音楽の勉強のためにフランスに渡り、自動車学校に入り、飛行学校に代わった。彼は飛行機の操縦に熱中し、ついに自分で複葉機の製作を始めた。その途中で日本に残したわか子夫人の死を聞き、その機に「わか鳥号」の名をつけた。

明治四十五年五月その機をもって帰国した滋野は、所沢飛行場で操縦を教え、わか鳥を組み立てて大正と変わった元年九月所沢で試験飛行を行なった。最初は低空で機が転覆したが、これを修理したところ、翌年四月には快調に飛んだという。

四月二十二日、「わか鳥号」は三百メートル上昇し、松井村の木村、徳田両中尉遭難の跡を弔い、飛行場上空で8の字飛行を行なった。

魚雷落射機を考案する

さて大正三年十一月、早くも青島は陥落し、日本空軍は戦う相手がなくなった。しかし、間もなくヨーロッパ戦線では、華やかな空中戦闘の話も伝わり、日本陸海軍での航空に関する関心はようやく高まり、各種の飛行機が試作されるようになってゆく。

トラクター式飛行機とともに、中島知久平は双発の水上機を開発した。これ以前の双発機では、アメリカのカーチスが大正三年に完成しているが、不思議なことにロシアでは大正二年に百馬力四個をもつ複葉陸上機を試作し、「グランダ号」と名付け、八名を乗せて一時間四十五分飛行して、世界を驚かせたが、これは実用機にはならなかった。日露戦争で負けた帝政ロシアが、革命の嵐の中で、なぜ飛行機の開発に乗り出したのかは疑問だが、あるいは王室が危ない時には、この四発機で、国外に脱出するつもりであったのかも知れない。

中島が双発機を開発する以前には、当然であるが、各国で双発機の試作が行なわれた。まずアメリカのカーチスは、百馬力二基を搭載した双発水上機を大正三年に造っているが、その前にドイツも双発機を造って、大戦では活躍させている。

その後、フランスではコードロン式、ヴォアザン式、英国ではハンドレーページ式、イタリアでもカプロニェー式（三発）などが製作され、その中に中島知久平も乗り込んだわけである。

外国の双発機開発には、飛行距離の延長、速力の向上、搭載量の増加など色々な要請があったと思われるが、知久平の意図は一つに絞られていた。それは宿願である飛行機による雷撃である。それまでの傘や行灯のような飛行機では、とても数百キロの魚雷を積むことはできない。それで当時最大と言われるベンツ百五十馬力二基付の双発機を、知久平が設計し製作したのだが、残念ながら試験飛行をやってくれるテスト・パイロットがいなかった。その理由は、恐らくこのような大きな飛行機を操縦する技量が、当時のテスト・パイロットにはなかった……つまり操縦員に自信がなかった?のではないかと思われる。

それは無理のないところで、単発でも始終事故は起きていた。初めての双発では、よほど欧米で訓練でも受けないことには、自信が持てないであろう。

またこれもよくあることであるが、強気のチッカンは、やる気満々で功績もあるが、上部からの反感もあったかも知れない。これは仕事で頑張る有能で気概のある人間の宿命でもある。上層部に知久平の理解者がいたら、

「造兵部の中島が苦心して造った新型機だから、試験してやれ」

と助言してくれたであろうが、すでに斎藤実はシーメンス事件で去り、厳格な人柄の八代六郎中将が、この事件の跡始末に当たっていた。次官は鈴木貫太郎で水雷屋、軍務局長は日本海海戦の名参謀・秋山真之《さねゆき》、軍令部長は島村速雄（四年八月大将）、次長は山下源太郎で、鉄砲屋がそろい、大艦巨砲主義を時代遅れとする中島知久平の味方は少なかった。

日頃、中島知久平が若いくせに、大艦巨砲主義をばかにするようなことをいうので、不愉

快に思う高官がいても不思議ではない。

この頃から知久平は、昇りの階段よりは、いばらの道を歩み始めるのである。

知久平が魚雷落射機を考える話の前に、当時の新聞によって、内外の航空界の様子を見ておこう。

▽滋野男爵フランス陸軍大尉となる
四年二月六日付、読売
まず先に夫人の名を冠した「わか鳥号」を設計飛行した滋野男爵は、大戦勃発後フランスに赴き、フランス陸軍に入って、ドイツ軍と戦う準備をしていたが、この度フランス陸軍大尉に任命された。
(関連記事)七月二日、東日
五月二十五日夕、滋野大尉は、ランス方面の飛行場から偵察員を乗せて離陸、千六百メートルの高度で、ドイツ軍の陣地偵察を行なった。この時、敵の高射砲から砲撃された。そこで二千六百メートルまで上昇して、二時間ほど偵察を行ない、午後七時十分に帰投した。これが滋野大尉の初陣である。
二十六日朝、五時十分に出発、二千メートルの高度で、一時間半敵陣の偵察を行ない、モロンビル、及びノーロアのドイツ軍の一隊に爆弾を投下して、無事帰投した(これがヨーロッパにおける日本人パイロット最初の戦闘である)。

▽海軍飛行機また世界記録を作る
二月二十五日、東京朝日
二十二日、追浜海軍飛行場では、馬越海軍中尉操縦のファルマン式（エンジンはカーチス式）飛行機は、一時間十五分の飛行の後、高度三千二百メートルの世界記録を作った。
▽海軍航空隊、最初の事故
三月七日、読売
六日午前十時五十分、第十五号飛行機は、追浜付近で墜落、搭乗員三名が遭難した。搭乗員は安達東三郎海軍大尉、武部鷹雄海軍中尉、柳瀬一等水兵の三名である。
三月十五日の東京朝日によると、三氏の海軍葬は十四日正午、築地水交社を出て、青山斎場で執行され、東郷元帥、島村軍令部長、伊集院大将ら多数が参列した、となっている。
▽海軍大飛行いよいよ決行（中島知久平の新造機を使用）
五月二十三日、読売
追浜海軍大飛行は、二十六日以降、気流の都合よき日に熱田までの長距離飛行を開始する。二十六日快晴であれば、ファルマン二号、八号、十七号及び中島機関大尉がカーチス式とファルマン式三号の両機の優良なる点を採用して新造せるトラクター式二十一号、以上四機をもって飛行する。トラクター式には最新式の名あるデンツ式発動機を装置する由にて、当日の操縦者はファルマン二号には馬越中尉ら、トラクター二十一号は井上大尉である。
なお航路は午前六時、追浜発、観音崎、三崎、伊豆半島北端、舞阪、伊良湖岬、熱田で、当日は遠州灘、駿河湾などに駆逐艦を特派して警戒に当たらせる予定。
▽対空装置のある戦艦「山城」
六月十九日、読売
横須賀海軍工廠において建造中の戦艦「山城」には、特に飛行機の襲撃に備えるため、大角度の仰角砲八門を特設する（すでに大正四年の段階で、飛行機の爆撃、雷撃に対する反撃を考えたのは、ヨーロッパにおける飛行機の活躍に刺激されたのであろう。大正二年英国で建造された戦艦「金剛」は、高角砲を装備せず、同型の「榛名」、「比叡」、「霧島」も最初はそうであった。「金剛」が八センチ高角砲七門を装備したのは、大正十五年のことである。大正四年、「山城」より先に竣工した「扶桑」は、八センチ高角砲四門を装備していた）。

さて中島知久平の水（魚）雷落射機の構想に触れてみよう。

大正五年は、知久平が海軍において最も活躍した年である。この年に入って、制式機を完成し、二百馬力の大型偵察機と双発機を試作し、四月からは海軍技術本部会議員、また八月一日からは横須賀海軍航空隊付を兼務した。

この多忙な時に知久平は、兼ねて念願であった水雷落射機を考案した。これは飛行機に魚雷を懸吊《けんちょう》して、敵艦に肉薄して雷撃を行なうもので、これには問題が三つあった。

一、まず魚雷の構造を知ること。
二、水上機ではフロートがついていて、魚雷の装填や離水、発射が無理だから、陸上機がよいが、それには敵艦に肉薄するために、飛行甲板を持った空母の開発が必要である。
三、新しく戦艦に対する雷撃機の攻撃法を研究し、この方法の教範を作らなければならない。
この一助として、知久平は旧知の駆逐艦乗りである植松錬磨《とうま》大尉（海兵三十三期、後少将、第二水雷戦隊司令官）から、水雷戦術や魚雷について話を聞いた。植松は日本海海戦には参加はしていないが、水雷学校で学んだので、魚雷の専門家である。植松から魚雷の知識を得ると、ここでまた知久平は、難問にぶつかった。
一、まず駆逐艦の魚雷は艦の甲板にある発射管から圧搾空気で発射される。しかし、飛行機の魚雷は飛行機から海中に投下されるので、駆逐艦とは魚雷の状態が違う。たとえば魚雷の信管の問題がある。駆逐艦では艦上の衝撃で魚雷が暴発しないように、安全装置があり、それは発射直前に一枚の鉄板を立て、これが水中で倒れると、初めて信管に点火して、あとは強い衝撃があれば、爆発するようになっている。それは発射直前まで発射管のそばに兵士がいるから可能であるが、飛行機に吊った魚雷にそのようなことが可能であろうか?
二、敵艦に命中させるには、低空で肉薄して雷撃するのが望ましいが、あまり低空であると、飛行機が波をかぶる恐れがあるし、また高空から投下すると、魚雷がジャンプしたり、衝撃で計器に狂いがきたりする。
三、そしてこれがあるいは一番の問題であるが、飛行機に吊るして、長時間飛行できるような、軽くて強力な魚雷をどう開発するか、ということである。
残念ながら、水上機母艦としての若宮丸は、青島で立派な働きを示したが、十ノットの速力では、敵艦隊に肉薄することは難しい。遠くから発射すると、敵艦までの距離が長いので、敵発見が難しいし、回避される確率も高い。また戦場では水上機母艦では帰ってきた飛行機を収容するのも困難である。

こう考えてくると、陸上機では、優秀な空母ができない限り、陸上の飛行場近くにきた敵艦しか攻撃できないことになる。

色々のネックはあったが、不屈のチッカンはとりあえず、魚雷を吊るす装置を考案し、その設計図も描いた。

しかし、海軍工廠造兵部では、そんなものはできない、とにべもない。

植松大尉の回想によると、知久平の設計図は、アメリカの海軍雑誌にも紹介され、内外の評論家が激賞したという。その当時、極秘であったはずの、落射機の設計図が、アメリカで公表されたかどうかはわからないが、この落射機の設計案が上層部によって、却下された時から、知久平の海軍を辞める気持は、固まっていったと見てよかろう。

前には双発機を造ったのに、誰も乗ろうとしてはくれない。

「予言者は故郷に容れられない」

という言葉がある。

先の見えすぎることは、幸せばかりとは限らない。人のやることをうまく自分の手柄にして、出世するのが、得策と考えている俗物も多い。

もともと海軍で出世をしようという野心のない知久平は、この水雷落射機の実現不可能を見て、覚悟を決めた。

帰りなん、いざ……田園将《まさ》に蕪《あ》れんとす……大利根の水がおれを待っているぞ！　……知久平の胸に、陶淵明の詩が蘇り、胸の中を、赤城颪《おろし》が吹き抜けていった。

海軍との訣別へ……

中島知久平が待命となるのは、大正六年六月で、予備役となるのは、その年の十二月のことである。

しかし、その間には、いろいろな曲折があり、また伝説、俗説、風説も伝わっている。

『巨人・中島知久平』には、知久平が、部下の図工・奥井定次郎という男を呼んで、次のような密談をしたとなっている。

中島「東洋一の飛行機工場ができるが、君はそこへ行かないか？」

奥井「へえ、そんなものができるのですか？」

「そのうちにできる」

「いつ、どこにできるのですか？」

「絶対秘密な事だから、今は言えない」

「大尉殿は行かれるのですか？」

「行くつもりでいる」

「大尉殿が行かれるなら、私もついて行ってもよいです」

「よし、ではこの事は誰にも言うな。絶対秘密だぞ」

「ハイ、承知しました」（奥井氏の直話だという）

大正五年九月頃の話だというが、この時、すでに知久平は、海軍を辞めて自分で民間の飛行機を造ろうという決意を固め、腹心ともいえる、優秀な図工の奥井の反応を打診したものと思われる。奥井は行脚《ゆきあし》のある中島大尉の生きかたと、その飛行機造りの才能に感心し、心服していた。もっとも奥井も、この時はまさか知久平が自力で、故郷の太田に大飛行機工場を造ろうとは、予想していなかった。海軍が秘密のうちに大飛行機製作工場を造るので、自分の協力の意思を問うたのか？　と考えていたという。

この頃、海軍航空の先達である金子養三少佐と、梅谷優中尉は、飛行機研究のため、渡欧することになった。新聞によると二人は九月十八日東京を出発、なお中島機関大尉も十月下旬頃、渡欧の内命を受けた、となっている。しかし、知久平は健康を理由に、これを辞退している。彼はすでに海軍を辞めて、自立する計画を立てていたのである。

間もなく、彼は横須賀航空隊司令の山内四郎大佐（後中将、艦政本部第二部長）に、現役を退きたい旨の申し出をした。しかし、山内はこの時は、知久平の優秀な頭脳と飛行機製作の意欲を高くかっていたので、

「君は機関学校の優等生でもあり、今までの業績からみて、益々海軍にご奉公ができる、と多くの人が期待している。このまま行けば中将にはなれる。前途は洋々たるものだぞ」

と諭し、知久平をなだめた。

知久平が海軍を辞めたい、と考えた理由は、すでに述べた通り、苦心の双発機に乗り手がなかったこと、念願の水雷落射機を設計したのに、実用化してくれなかったこと、自分で飛行機製作所を造ろうという意図があったこと……などであるが、行脚の強すぎる知久平に、海軍上層部で、いつのまにか〝知久平アレルギー〟（それは前述の「大正三年度予算配分に関する希望書」を提出した時から、始まっていたといってもよかろう）ともいうべきムードができていたことも事実である。

ここに大正五年十二月に召集された第三十八帝国議会における海相・加藤友三郎の答弁を見てみたい。まず山根正次代議士（国民飛行会理事）が、次の質問を行なった。

「海軍における航空予算は非常に少ないのではないか？　今次ヨーロッパの大戦においても、飛行機は非常に活躍している。今後はもっと発達して、大馬力、大型で威力のあるものができると聞いている。ところが今の日本では大きなものでも、百五十馬力程度という。これでは航空の発展に遅れると思うが如何であろうか？」

これに対し、俊秀の聞こえ高い加藤海相は、次のように答弁した。

「今後非常に大きな飛行機ができて、軍艦を攻撃したらどうするか？　というご質問でありますが、百馬力や二百馬力の飛行機から落とす爆弾というものには、限りがあります。今日までの爆弾が軍艦の甲板上に落ちても、その命中場所にもよりますが、そのために軍艦が戦闘力を失うということは、なかろうと思います。このために主力艦隊の計画に影響を及ぼすということは、私どもは考えておりません。しかし、飛行機の爆撃に対する防御法というものは考えております（「山城」の高角砲搭載）。既成の軍艦にも空からの攻撃に対して、甲板に厚い鉄板を張ることを考慮しております。上からの爆弾、下からの水雷、この二つに対する防御法というものは、技術官の非常に苦心しているものであります。近来雑誌などに種々の対策が出ておりますが、あまりに理想的で、実行の不可能という問題が多いのであります」

加藤がワシントン軍縮会議で、五・五・三の比率を呑んで、あえて日本の「土佐」など戦艦の廃棄に賛成するのは、これから僅かに六年後であるが、この議会答弁の段階では、飛行機に対する防御は考えているが、大型飛行機の出現に対しては、この程度の認識で、単に戦艦の防御のほうに、注目していたといってよい。当時の加藤は八八艦隊（大正八年議会通過）実現に力を入れていたので、未だ山本権兵衛指導の大艦巨砲主義から脱出してはいなかった。加藤は軍縮に賛成の高橋蔵相の意見などによって、軍縮に賛成するようになるが、英才とうたわれた加藤にして、飛行機の発展については、知ることの少ないままに、大正十二年永眠してしまうのである。

少し先になるが、大正十五年に長い髭で有名な長岡外史中将（日露戦争当時参謀本部次長、大正七年帝国飛行協会副会長、同十三年衆議院議員）が、補助艦よりも（ワシントン軍縮会議で、主力艦の比率は決まっていたので、列強は補助艦の増強に力を入れていた）、航空兵力の充実が先である、という意味のプリントを配布したのに対し、加藤定吉大将（日本海海戦当時「春日」艦長、青島攻略当時第二艦隊司令長官）は、名古屋の新聞『新愛知』（後の中日新聞）に、次の反論を寄せた。

一、長岡中将の議論には、「海軍がアメリカ航空隊が実施したる飛行機による軍艦爆破の教訓を軽視し……」とあるが、我が海軍が故意に航空兵力の価値を軽視していると信ずるものはあるまい。できる限り航空隊の整備充実に力を尽くし、この訓練に余念のないことは認めるべきである。

二、アメリカの飛行機は五年前に高度百メートルから爆撃し、数十個の爆弾を投下してやっと多数の命中弾を得て、軍艦を撃沈し得たものである。我が海軍も二年前に「石見」を目標として、爆撃したが、その効果はほぼ同様であった。

三、要するに飛行機の落とす爆弾は、砲弾と同じで、魚雷も軍艦の魚雷と変わったところはない。軍艦は動きながら砲弾や魚雷に対して、相当の防御施設を持っている。素人の想像するほど空中攻撃を恐れる理由はない。

しかれども我々も飛行機の戦闘価値は認める。但し敵航空兵力が帝都を爆撃し得るや否や、これは主として敵航空母艦の来航によるものであるが、どの程度まで敵空母の来航を我が海軍が許すや否や、これが我が海軍力の充実と否とに分れるところである。

四、すなわち海洋より来襲する敵空母による攻撃に対しては、その空母を撃退するには、補助艦が絶対に必要なのである。これが先決問題である。

この加藤大将の立論は、ある程度飛行機の発達を認めたものであるが、ワシントン軍縮会議で主力艦の比率が決まった後には、補助艦の建造予算の獲得が、我が海軍の存亡にかかわるという、当時のアメリカを仮想敵とする艦隊決戦思想の現れで、海軍の上層部には一般的な考え方であった。

また中島知久平が、海軍を辞める原因の一つは、その内部組織が複雑で古く、決して官僚制を笑うことのできない点であった。彼が所属していた海軍工廠造兵部には、水雷部、大砲部、電機部があった。が、飛行機部はなかったので、飛行機工場は水雷部の一課とされていた。従って中島知久平が提出する書類は、まず水雷部に回り、それから造兵部長、横須賀海軍工廠長、艦政本部長という順で上に送られ、最後に海軍大臣の決裁を受けることになっていた。大正五年には航空関係の事項は、軍務局長の所管となったので、ここの判も必要となった。場合によっては一つの事項の許可を得るのに、二十近くのハンコがいった。

——実に非能率的だ。こうハンコばかり多くては、お役所を笑えないぞ……決して気の長くないチッカンは、そういって書類処理の遅いのに、度々腹を立てていた。

——もし、新規に飛行機を開発して、この量産をはかるならば、最後には議会の決議が必要になる。これでは今国際場裡で日に日に進歩してゆく飛行機の、発達とその量産には、時間がかかって仕方がない……軍人よりは実業家的な発想をする知久平としては、能率の悪い軍隊では、自分の考える空を覆う大航空隊によって、敵の大艦隊を撃滅するという理想を実現するには、海軍はあまりにも機能が複雑かつアンエフィシェント（非能率的）であった。

中島知久平の精神構造について

ここでそろそろ中島知久平の精神構造というものを、根本的に考えてみる必要がある。敗戦後、知久平は戦犯容疑者となるが、その理由は多くの軍用機を量産して、戦争に協力したということであった。彼は昭和十四年四月、政友会が分裂した時、中島派の総裁となるが、時すでに軍部の勢力が圧倒的で、太平洋戦争開戦の共同謀議には与かっていない。もちろん捕虜虐待や侵略とも関係はない。しかし、太平洋戦争で米英の陸海空軍を脅かした「零戦」や「隼」のエンジンである「栄」は、中島飛行機製作所の製品であり、「隼」は全てが中島の製品といってよい。そのほか多くの軍用機を量産して、戦争遂行に協力したというのが、戦犯指定の名目らしい。要するに、連合軍を苦しませた「零戦」や「隼」のメーカーが憎いという感情的なもので、理論的には全然筋が通らない。

いやしくも国防を考える愛国者が、戦争にあたって自分の仕事である飛行機の量産に励むのは、日本人として当然のことで、それは軍人が戦場で勇敢に戦うのが、当然であるのと同じである。ルーズベルトは真珠湾攻撃に怒ったが、この作戦を立案した黒島亀人連合艦隊先任参謀や、真珠湾攻撃の事実上の指揮官であった草鹿龍之介機動部隊参謀長、源田実航空参謀は、戦犯になってはいない。

日本が負けてから、世界一の飛行機メーカーであった中島飛行機株式会社の経営者であった知久平に対し、軍国主義者、侵略戦争の片棒をかついだ……というような呼びかたをするものも、皆無ではなかった。しかし、それは「零戦」や「隼」に痛めつけられた連合国の報復感情からのものであって、日本国民は知久平に対して、東条や武藤章のような侵略戦争推進者と同列には考えていなかったと思う。

時利有らず、戦に負けると、愛国者も戦犯とされるのが、あの広汎な範囲に亘る戦争の結末であって、知久平が戦犯なら、アメリカのB29を量産したボーイングや戦闘機を量産したグラマンなどの会社の社長も、戦犯となるべきである。原爆製作にかかわった会社の社長も同列である。

知久平の精神構造の根源を流れているものは、単純ともいえるほどの純粋な愛国心であった。それにチッカンの人並みはずれた行脚《ゆきあし》が、あの大量の飛行機製作を可能ならしめたので、彼には共同謀議や捕虜虐待などに関わりあうような意図も事実もなかった。そのような隠微な企みをなすには、チッカンはあまりにも堂々として、男性的であった。大利根の水で産湯をつかい、赤城颪《おろし》に立ち向う……という国定忠治の心意気が、チッカンの胸には燃えており、建武の中興に決起し、寡兵、劣勢を知りながら、足利勢にあえて正義の戦いを挑んだ、新田義貞の祖霊が、チッカンの血液の中に、色濃く流れていた……ただその桁はずれのエネルギーが、大事業を成し遂げ、そのために連合国から反感をかったのではないか、と筆者は見たい（中島知久平は二十二年九月一日戦犯指定解除となっている）。

海軍を辞めるのも難しい
――鈴木海軍次官と討論――

さて中島知久平はいよいよ海軍を辞めて、自分の念願である飛行機製作所を創立しようと考えたが、これが難しくて、飛行機製作所の設計よりも知久平を悩ませた。

大体、当時の海軍では海兵、海機というような将校生徒養成学校を優等で卒業した者は、原則として海大で学ばせ、将官にまでは昇進させるのが、常道とされていた。

知久平は恩賜の銀時計であるから、まず中将までゆく可能性を、周りの者は信じていた。上層部でも病気以外の退役は認めない、という方針なので、知久平もはたと行き詰まったのである。

親友の多田機関大尉に、「うまく病気になる方法はないかね」などと相談してみたが、よい智恵も浮かばない。

ここで伝説となっているのが、チッカン遊蕩説である。つまり忠臣蔵の大石内蔵助の真似をして、品行を悪くすれば、海軍も諦めて予備役に編入してくれるだろう……という苦肉の策を、知久平が実行したというのである。

『巨人・中島知久平』の著者・渡部一英が、この頃、逗子の小坪という小さな漁港の岡の上に住んでいた知久平の家を訪れたところ、三味線の音が聞こえた。

――なんだ、堅物の知久平先生らしくもないな……と考えながら、渡部が中に入ると、仇な中年増が弾いている。知久平はこれを女中だといって紹介したが、渡部はなにかくさい臭いを感じた。知久平は生涯妻をめとらなかったが、世話をした女性の数は、十数名に及んだという説もある。伝説の多い人間であるから、真偽のほどはわからないが、海軍を辞める時には、花柳の巷《ちまた》に出入りしたという話も残っている。

「おれは最近、横浜のチャブ屋に通っているんだ」

知久平は仲間にそう言いふらしたというが、どの程度かはわからない。大体海軍にはエスプレイといって、勤務以外の休日などには横須賀のパイン（小松）やフィッシュ（魚勝）というような料亭で、芸者を呼んで遊ぶのが普通で、歴代の海相、連合艦隊司令長官、鎮守府司令長官なども、若い時には呉のクレーン（二鶴）や、佐世保の山（山水楼）、川（いろは）などで、エスプレイをする者が多かった。従って知久平が横浜のチャブ屋に通っても、別段不行跡というほどではなかろう。ここで知久平が横須賀の料亭で浮き名を流さないで、横浜のチャブ屋にしたところが、彼なりの〝遠謀深慮〟のように、筆者には思われる。

つまり、知久平が小松で芸者の某と泊まった、ということになれば、当然噂は広まるが、それでは事実を作ることが難しい。横浜のチャブ屋というのは、外国のマドロス相手のもぐりの遊廓で、海軍士官で行く者は珍しい。従って知久平一人が、「昨夜はチャブ屋でこういう女と遊んできた」といっても、その内容は同僚の士官にはわからない。飛行機の製作にかけては、天才的な腕を持っている知久平が、そんな低級なところに遊びにゆくとは、信じられない……という表情である。

知久平は不可解な顔をする同僚を尻目に、チャブ屋を連発し、追浜に近い漁村の美人と評判の娘となかよくなったりして、噂の種をまいた。

しかし、彼の才能を高く評価している海軍上層部は、一向に知久平の不行跡を問題にしてはくれない。無能な怠け者ならいざ知らず、有能な士官が女遊びをしたからといって、クビにするには当たらない。

そのうちに大正六年が明けた。

――いよいよ今年こそは、海軍を辞めて自立し、自分で飛行機製作所を造らなければならないぞ……知久平は覚悟を決めてそろそろ同志を集め始めた。

まず白羽の矢を立てた、東北帝国大学の機械科を卒業した工手の栗原甚吉に、自分の計画を打ち明け、その同意を得た。栗原は大正四年三月、横須賀海軍工廠の造機部に入り、航空発動機を造る工場に勤務していた専門家で、機体と同時に発動機も製作するつもりの知久平には、よき伴侶となるはずであった。

三月末、知久平は病気静養を理由に、長期欠勤届を出し、故郷の押切に引き揚げた。

さあ、いよいよやるぞ、チッカン様のお出ましだぞ……

知久平は腕を撫したが、肝心の金主がいない。飛行機製作所を造るには、何万円という資本がいる。

知久平の脳裏に大阪朝日新聞の航空関係記者・小山荘一郎の顔が浮かんだ。大阪で一緒に飛んだことがあり、小山は知久平のシンパでもあった。彼はすでに朝日を退社して、関西飛行倶楽部の幹事をしていたが、知久平が手紙を出すと、神戸の石川茂兵衛という肥料問屋を紹介してくれた。

細かいことは省くが、小山は知久平の評判を聞いており、

「これからの日本は、世界に飛躍せなあきまへんな。飛行機の製作には大賛成ですわ」

と出資の件を賛成してくれた。石川の実弟の茂が、製作所に入ること、小山が新しい会社の嘱託になることなどが決まった。

こうなると知久平は新しい事業のほうに打ち込んで、横須賀の造兵部にも追浜の航空隊にも、顔を見せなくなってしまった。

「おかしい、中島の奴は一体何を考えているのか?」

横須賀の上官は不審に思って、憲兵に知久平の身辺を探らせた。その結果、知久平が郷里に飛行機製作所を造ろうとしていることがわかると、怒る上官も出てきた。

「大体、中島の奴は生意気だ」

「大艦巨砲主義は時代遅れだなどと、上官をないがしろにする」

「この際、まず待命にして、その後は休職にして、ほっとけ」

などと知久平処分の意見も、盛んになってきた。

危うし……と見た知久平は、信頼する岸田機関少佐（当時、教育本部部員、後少将）を訪ねて相談した。

「そうか、そこまで飛行機製作所に熱意を抱いているのか……帝国海軍のためには惜しいが、君が民間で飛行機製作所に力を入れるなら、いずれは海軍にも貢献することになるだろう」

岸田はそういって知久平に賛成してくれた。

「はあ、私を育て我侭を許してくれた海軍の御恩は忘れません。きっと欧米に負けないような立派な飛行機を造って御覧に入れます」

知久平もそう誓った。

そこで岸田も動き始めた。幸いなことに、岸田と同県（千葉）の先輩に、海軍次官の鈴木貫太郎（群馬中学校出身）がいた。当時海軍きっての実力者であった鈴木次官は、少し前までは人事局長兼務でこの頃は軍務局長兼務であった。

「そうか、群馬県出身にもそんな壮大な野心を抱いた青年将校がいたのか……」

岸田が知久平を同伴して、次官室を訪れると、鈴木は了解して、知久平の話を聞いてくれた。

待っていたとばかりに、チッカンはとうとうと彼の航空立国論をぶった。

「そもそも我が日本は、日露戦争に勝ったからといって、このまま世界列強に伍して肩を並べるほど強大になれるとは思われません。なぜならば我が国には資源がない。金も資本もない。これで世界一の植民地と海軍力を誇る英国や、富と資源の豊富な新興国アメリカと競争することは至難の業であります。

問題は経済力の勝負です。どう考えても、日本は経済力が不足です。日露戦争の戦利として、満鉄を手に入れましたが、これだけでは到底英米二国にはかないません。彼等白人の帝国主義は、すでに日露戦争後の中国や東南アジアの開発という名の進出を行動に移しております。今は両国ともヨーロッパの戦争でドイツと戦うことに、力を入れておりますが、いずれドイツの敗北後は、東洋にその魔手を伸ばすことは、自明の理であります。

ここにおいて貧乏国日本が、彼等に対抗する手段は航空兵力の増強以外にはありません。ヨーロッパの戦況を考える時、彼等は実戦において航空作戦に大きな教訓を得て、必ずや戦後には航空兵力の充実を図るものと思われます。不肖、この中島は海軍で力一杯飛行機の製作に努めて参りました。しかし、海軍といえどもお役所であります。大艦巨砲主義が絶対優勢な現在、新しく飛行機の製作を本格化するには、制約が多く非能率的な面もあります。このまま飛行機の製作を放置しておくことは、由々しき国防の大事を招きかねません。

そこで私はどうしても民間の事業として、飛行機製作所を造り新しい飛行機を量産して、祖国の御恩の万分の一でもお返ししたいと考える次第であります——民間航空工業のあえて尖兵となる……これが中島知久平の悲願なのであります。何卒お聞き届け下さい」

中島知久平の切々たる懇願は鈴木次官を動かした。

「よくわかった。君はよく大艦巨砲主義を批判してくれた。実は私も若い頃、水雷の世界に入り、日清戦争でも威海衛の攻撃では、水雷艇の夜襲で苦心をし、日本海海戦でも駆逐隊司令として参加したが、上層部ではなかなか水雷の発達に力を貸そうとはしてくれなかった。それというのも予算の大部分が巨砲を載せる大艦建造のほうにいってしまうからだ。今、中島君が飛行機の先達として、民間で製作を実施したいという気持はよくわかるよ」

　そういうと、鈴木次官はこう約束してくれた。

「まず機関局長から中島君の待命と予備役編入の願書を提出してもらおう。これが私のところにきたら大臣（当時は加藤友三郎）の許可を私がお願いしてみよう」

　こうして中島は危うく懲罰処分にせよ、という声を逃れて、この年、アメリカがドイツに宣戦布告をして間もない六月一日待命、そしてロシアがドイツと休戦条約を結んだ十二月、希望通り予備役となって、機関学校入校以来十四年在籍した帝国海軍に別れを告げることになった。

　すでに中島知久平機関大尉の名前は、航空界のパイオニアとして、有名であったので、それがにわかに海軍を辞めるということは、ちょっとしたニュースらしく、当時の新聞には次のような記事が出た。

「海軍航空隊における機体製作の第一人者として陸軍の故沢田中尉と並び称せられた海軍機関大尉・中島知久平氏は去月（六年五月）私行上の事より問題を惹起し、爾来謹慎の意を表するとともに辞表を提出しいたりしが、今般いよいよ待命仰せ付けられ、同時に横須賀海軍工廠造兵部員兼検査官、海軍技術本部技術会議員、横須賀海軍航空隊付、臨時軍用気球研究会御用掛等の職を免ぜられたり」

　これを見てチッカンは苦笑した――私行上の事より問題を惹起しか……おれにはそんな免職になるほどのスキャンダルはなかったはずだが……新聞もおれがチャブ屋に出入りしたり、

追浜の民家の娘となかよくなったり、という話を本気にしてくれたのか……そう思うとチッカンはおかしかった。と同時にそうまでしなければ、辞職もできない、という軍隊の規律というものが、彼には煩わしいものに思えた。ふと彼の頬に別の笑みが昇った。――臨時気球研究会か……飛行船に乗って新記録を樹立したこともあったっけ……それも遠い昔のように思われる。あの頃はまだ若く、おれも帝国海軍に大いに嘱望するところがあったのだが……チッカンの頬に現われた笑みには、そういう懐かしさがこもっていた。

旗揚げの準備

さて待望の飛行機製作であるが、それには資金がいる。先に神戸の石川家から援助の話があったが、それは二万円で大金ではあったが、十分ではない。また飛行機を飛ばすということになると、小さくても飛行場がいった。

――よし、あそこにしよう……知久平の脳裏に直ぐ浮かんだのは、故郷の中でも最も懐かしい大利根と赤城山であった。

――利根の川原に飛行場を造り、その滑走路を赤城山宜候《ヨーソロ》で離陸するのだ、思っただけでも胸が躍るではないか。これこそ上州男児の本懐というべきだぞ……

そう考えた知久平は、直ちに押切の近くの利根川の堤防に立ってみた。

「ここだ、これがよかろう」

知久平は利根川と新堤防の間に拡がる幅百メートルほどの河川敷を凝視した。この河川敷こそは、代々中島家を始め押切の村人を泣かした、大利根の氾濫、水流の移動の跡である。それを明治以降になって、河川を改修し、堤防を築いて河を飼い馴らして、これだけの空き地ができたのである。

——利根川にはおれの先祖も随分被害を被ってきた。今こそこのチッカンが、この河川敷を飛行場として、有効に使用して、ご先祖の辛苦を償わせるのだ……そう考えると、知久平の胸は躍った。

しかし、これぞ天の与えと知久平が胸をふくらませた一方、面倒なネックが待っていた。またしてもチッカンが大嫌いなお役所仕事である。

ここに飛行場を造るにはどうしても長さ千メートルはいる。新型機ではそれでも十分とはいえないが、双発ともなれば、幅はともかく長さがもっと欲しいところである。厄介なことにこの河川敷というのは、どこでも大体において官有地なのだ。後年にいたっても、これら河川敷の民間払い下げなど、河のあるところでは、多くの問題が起きるが、知久平の計画は早くもその問題に引っ掛かったのだ。

しかもまずいことに、このへんの利根川は、群馬県と埼玉県の境界線になっていて、知久平が飛行場に予定している河川敷の大部分は、埼玉県に所属しているのである。両県知事の許可を受けなければならないことはもちろん、群馬県尾島町と埼玉県男沼村（現妻沼町）の同意も必要なのだ。

それも尾島町は知久平の生まれ故郷であるから、事情の説明がし易いが、男沼村は隣の県である上に、飛行機産業などには全然知識も理解もない。

「そんなよそもんに土地を売るとか貸すとかはとんでもねえ」

と総好《そうす》かんの雰囲気である。

「残念だな……折角二十数万坪という飛行場が目の前にありながら、よそもん扱いのために、念願の飛行機産業が発足できないとは……」

利根川の土手に立ったチッカンは、腕を組んで水の流れを見つめた。

その時、彼を慰めてくれたのが、三番目の弟の乙未平《きみへい》であった。早いもので、はなをたらしていた乙未平も、いつのまにか東北帝大の機械科学生である。

「兄さんが飛行場を設計するのなら、僕が実測の地図を描いてあげるよ」

そういって乙未平は休暇をとって、押切に帰ってきていたのである。

「兄さん、悲観することはないよ。昔は利根川は押切の東を流れていたというじゃないか。それならこのあたりは全部武蔵の国で、今なら埼玉県だよ。利根川が暴れて西に寄ったので、これだけの河川敷ができたのじゃないか。希望を持てよ。おれたちには呑龍《どんりゅう》さんがついているよ」

そういって乙未平は兄の肩を叩いた。

「うむ、そうだったな……呑龍さんがついているんだったな……」

知久平も元気を取り戻して、赤城山を仰いだ。

不屈のチッカンは、早速行動に移った。

まず乙未平に飛行場予定地の実測平面図を描かせる。その一方、彼は男沼村の村民と相談して、用地の使用料として、一ヵ年一反歩あたり五円の割で払う約束を取り付けた。なんと知久平は毎年、男沼村に千五百円の大金を払うことになったのである。

「兄さん、大丈夫かね？　飛行場が早くできて、飛行機が続々生産できるようになればいいが、そうでないと借金ばかり増えるよ」

さすがに弟の乙未平も心配するが、行脚《ゆきあし》の強いチッカンは、

「大丈夫、おれには太田の呑龍さんがついているんだぞ」

と平然たるものである。

それだけではない。彼は尾島町の住民とも相談して、尾島町の年寄連中が、

「チッカンは海軍でも有名で、我が尾島町の名物男じゃ。飛行場に使う河川敷ぐらいは、只で貸そうじゃないか」

というのに、

「いや、それでは公平ではない」

といって知久平は、こちらにも一反歩五円を払う約束を無理に押しつけた。

「どうも大変な豪傑が出たもんじゃ」

「国定忠治も顔負けじゃな」

「いや新田義貞以来の傑物じゃて」

「われらもその飛行場と飛行機の製作を応援してやろうじゃないか」

と俄然、チッカンの味方は増えてきた。

しかし、ほっとするにはまだ早い。今度は両県の県庁が文句をつけた。営利事業に県有の土地を占用させることはできない、というのである。

――畜生、地方の役人という奴は、ケチなことをいうな。まだ海軍のほうがましじゃったぞ……

チッカンはそう憤慨しながら、利根川の土手を歩きながら、水の流れを眺めていたが、ふいに北のほうから光が射したように思えた。――そうだ、帝国飛行協会の名を借りるのだ……これは呑龍さんのお告げに違いない……そう考えながら、チッカンは呑龍さんのほうにお辞儀をした。神頼みをしないチッカンではあるが、――折角のお告げを無にすることは、呑龍さんに失礼にあたるぞ……そう考えた知久平は、早速上京すると、飛行協会の常務理事である高木東太郎予備役海軍大佐と会って、

「経済的な迷惑はかけない。協会管理の飛行場なら県庁の許可が出るから、民間航空発展のために力をお貸し下さい」

知久平は熱心に頼みこんだ。幸い高木大佐は、大艦巨砲主義者が知久平を疎外するのに怒っていた一人で、航空界の先達としての、知久平のファンでもあった。

「そうか、いよいよやるかね。君も行脚《ゆきあし》のある男だな」

そういうと彼は斡旋を引き受けてくれた。

その結果、帝国飛行協会が表面に立ち、費用は知久平がもつことにして、群馬、埼玉両県知事に出願し、大正六年の年末には、利根川河川敷に飛行場を建設する認可が下りたのであった。大正十年には航空法による法的な飛行場としての許可が出るが、その時も飛行協会の名を借りたので、知久平という男は、数学と飛行機の製作のみならず、早くも事業家としての非凡な才能を示し始めていた。それを父の〝のて粂〟から褒められると、

「いゃあ、呑龍さんのお告げですわい」

とチッカンはとぼけた。

「ようし、いよいよやるぞ。チッカンの飛行機を飛ばしてみせるぞ」

そういうと、知久平は乙未平と顔を合わせて破顔した。久方ぶりに見る兄の豪快な笑いに、乙未平もほっと一安心して、次弟の門吉（経理担当）に後事を託して、一旦仙台の大学に帰ることにした。

——さて次は事業所とスタッフをそろえることだな……大きく息を吸うと、知久平はまず尾島町の岡田家の大きな納屋（十九ページ参照）を借りた。前小屋の岡田権平の養蚕小屋である。そして近くの飯塚家の隠居所を住居に借りたことも、すでに述べた。

次は人である。ここで知久平は兼ねて約束をしていた同志の奥井技師（海軍の工手であったが、知久平は技師と呼んでいた）を押切に呼びよせた。これが兄弟以外では最初の旗揚げの同志である。

「ほう、これが天下の坂東太郎ですか……」

奥井は土手の上に立つと、興味深げに、利根川の水や赤城山を眺めた。

「こういう景勝の地で飛行機の設計図を引けば、名機ができあがりますぞ」

そういって奥井は知久平の丸い肩を叩いた。彼はこの無鉄砲ともいうべき、桁外れの〝飛行機野郎〟の魅力に取りつかれて、いつのまにかファンになっていた。

次に栗原甚吉の紹介で、二人のエンジニアが押切にやってきた。

佐久間一郎（横須賀海軍工廠造機部）と石川輝次（陸軍砲兵工廠勤務）で、二人ともこれから中島飛行機製作所創立の同志となってゆくのである。

しかし、その前に隠れた同志がいた。それはいうまでもなく横須賀海軍工廠で知久平の仲間であった栗原である。彼の正式の入所は六年十二月で、佐久間らより二ヵ月遅いが、事実上は二年ぐらい前から、工廠を辞めて、敬愛する知久平のために、奔走していたのであった。

「さあ、これで討ち入りのメンバーがそろったぞ、赤穂浪士よりは少し少ないがのう……」

そういうと、大利根の土手の上で、知久平は同志の顔を眺めた。弟の門吉、奥井、栗原、佐久間、石川、それに佐々木源蔵（盛岡工業学校出身）の六人が、知久平の創業の同志であった。このうち佐久間と栗原は後に中島飛行機製作所の重役になる。

知久平の片腕となって活躍する佐久間一郎は、苦学力行の俊才であった。横須賀の高等小学校卒業後、海軍工廠の職工となり、成績優秀で補習教育を受け、大正四年海軍省に転勤、東京工科学校本科の夜学に入り、これを卒業して、海軍省第五部（造機部）に勤務していて、知久平に協力することになったものである。佐久間の弟次郎も中島に入るが、兄の一郎はどこか知久平に似ていて、創意工夫のアイデアマンであった。

彼がまだ十八歳で工廠で働いていた時、洋行帰りのエリートである大貫龍造少佐が、日露戦争の時大連で捕獲した、ロシアのガソリンエンジンを起動させようとして、苦心していた。

「これは珍しいものですね。どういう機械ですか？」

向学心旺盛な一郎は、そう聞いた。大貫少佐は大体の説明をしたが、なかなか起動しない。じっとエンジンを見ていた一郎は、

「ちょっと私にいじらせて下さい」

とそのエンジンを調べ、

「これは内燃機関ですね。このロシアの機械はキャブレター（気化器）がないですね」

と指摘した。一郎は学校でその図面を見たことがあったのである。

「おう、そうか気化器か……」

大貫少佐もヨーロッパで学んだことを思い出して、一郎と相談しながら気化器を取りつけると、エンジンはばたばたと動き始めた。

「おい、お前えらいことを知っているなあ」

大貫は忽ち一郎の才能を認めた。

さらに一郎は自分で新型のノズル（混合ガスの噴出口）を考案して、取り付けたところ、一層効率がよくなったので、大貫少佐は一郎に惚れこんだ。

その後（大正元年十一月）、大貫少佐は、グノーム式五十馬力の発動機を試作したが、こ

の時も大貫が主任となり、一郎を重用した。

間もなく大貫は海軍省の第五部（造機）に転任となり、その後にきた小浜少佐も一郎の才能を認め、少佐が本省の第五部に転じた時は、一郎を連れて行き、佐久間一郎はそこの図工に取り立てられた。

栗原から中島の製作所に入るよう勧誘された時、一郎は横須賀に帰って、大津の父の家から造機部に勤めていた。一郎が父に相談すると、知久平のことをよく聞いていた父親は、

「ああいうえらい人から呼ばれたのは、結構なことじゃ。こちらはなんとかしてやってゆくから、お前は太田で知久平さんのために腕を揮ってこい」

といって、息子を送り出した。

天地正大の気、太田に集まる
――気宇壮大・知久平海軍を去るの辞――

天の時は地の利に如かず、地の利は人の和に如かず……というが、知久平はその孫子の兵法に沿って動き出していた。

天の時はまさに、世界が船舶から飛行機への転換期に近づいていた。まだ航空時代到来というには早かったが、列強が飛行機の試作で、その時代の黎明を模索し始めていたことは事実である。ひとり日本海軍の上層部は、大砲屋の指導によって、大艦巨砲主義を踏襲していたが、心ある人は航空に眼を向けていた。

すでに述べたように、日本海軍航空の第一号としては、金子養三大尉が大正元年十一月六日、追浜飛行場で試験飛行に成功し、十二日の横浜沖の観艦式で、河野大尉とともに、その成果を披露した。

その頃、中島知久平を含む第一期操縦練習将校制度が発足し、今までに述べてきたように、遅ればせながら、日本海軍航空隊は、進歩を遂げてきた。そしていよいよ民間でも飛行機製作の気運は漸く熟してきたといってよい。

次に地の利であるが、呑龍さんの太田の利根川河川敷は、その旗揚げには格好の地と思われる。大型機ならば、後の霞ケ浦のような広い飛行場を必要とするが、初歩の試作機であれば、押切付近の河川敷で十分である。幸いにここは民家とは離れており、風は西と北が卓越している。付近は川原と耕地や荒れ地が多く、飛行機が墜落しても、人畜に被害は少ない。

さらに人の和であるが、これにはかねて知久平が苦心して根回しをしておいた人脈がものを言い始めていた。人材は続々と大利根の土手から赤城山を望む、押切の地に集まり、知久平は呑龍さんの隣に飛行機製作所の事務所を設けることにした。そこにはかつて東武鉄道が東京の米穀取引所を移転して、博物館としてきた建物があり、これは東武鉄道の創立者・根津嘉一郎が太田町に寄付したものである（今は呑龍さんの東の中島記念文庫になっている）。

知久平はこの事務所に単に『飛行機研究所』と名付けた。

「おい、チッカン、折角の研究所じゃで、中島とか太田とか名前をつけたらどうじゃ？」

遊び友達がそう聞くと、

「いや、日本に飛行機研究所というのはここだけじゃ。飛行機研究所といえば、このチッカンのところに決まっとる」

そういうとチッカンは、莞爾《かんじ》として微笑《ほほえ》んだ。

「いまに沢山飛行機の研究所ができる。しかし、元祖はわしのところだけじゃ」

そういうとチッカンは胸を張った。

この年（大正六年）十二月一日、知久平はついに海軍の予備役に編入された。待っていたとばかりに、知久平は、『退官の辞』という挨拶状を各方面に配った。

その内容は次の通りである。

「宇内《うだい》の大勢を察するに、地上の物資は人類の生活に対し余裕少なく、又国家は互いに利の打算に急にして、今や互いのためには、国際間に道義なるものを存せず。紙上の盟契、条約の如き殆ど信頼の価値なき事例は欧州大戦において公然と実証せられつつあって、国交はあたかも豺狼《さいろう》と伍するが如し。故に国防の機関にして完全ならざらんには、国家は累卵の危盤に座するが如し。しかして国防の要素は国家が享有する能力の利用によって国家を保護するにありて、その主幹は武力ならざるべからず。故に戦策なるものは、その国情に照らして、劃立《かくりつ》するを要す。強大なる資力を有し、富において優越点を把握せる国家、又は四囲の関係より富力を基礎として、国防を成立せしめ得る国家は、全富力を傾注し得る戦策、即ち富力単位の戦策をとるを最も安全有利とす。されど富力をもって、対抗し得ざる貧小なる国家は、これと正反対の地位に立つ。即ち富力の戦策は必滅の策にして危険この上なし。

（以下その大意を個条書にする）

一、欧米と日本の国防を考えるに、彼は富力を頼み、大艦巨砲主義の政策をとり、大予算を計上しつつあり。貧小なる帝国が、この大艦戦策をとれば、経済的に行き詰まる。そこで富力の少なくてすむ、新兵器を基礎とする新戦策を発見する必要がある。この理想に沿うものは飛行機である。

二、『金剛』一隻の費用は、数千の飛行機に匹敵する。一個艦隊の費用は数万機の飛行機を製作することが可能である。

といって五万機を製作しても、これをつなぐ時は地球の直径の二倍に及ぶ。従って一局地で使用できる飛行機の数には、自ずから制限がある。さらに三千の雷撃機が魚雷を携行して攻撃すれば、金剛級の戦艦よりその攻撃力は遥かに優るであろう。

三、然るに欧米に比べて我が海軍航空界の進歩は、遅々たるもので、その原因は製作が官業であることに由来する。

即ち民営においては、一ヵ年に十二回の改革を行ない得るも、官営にては、一回に過ぎず。欧米の先進諸国が民営で飛行機を製作するのは、この理由による。

四、結語

実に飛行機工業民営起立は、国家最大最高の急務にして、国民たるもの皆これに向かって奮然最善の努力を傾注するの義務あるとともに、この高尚なる義務の遂行に一身を捧げるは、これ人生の最高の栄誉たらざるべからず。不肖、ここに大いに決するところあり、一世の誹《ひ》毀《き》を顧みず海軍における自己の既得並びに将来の地位名望を捨て、野に下り、飛行機工業民営起立を劃し、もってこれが進歩発達に尽くし、官民協力国防の本義を全うし、天恩に報ぜんことを期す。今やこの中島知久平は、帝国海軍を退くにあたり、多少の厚誼を思い、胸中感慨禁じ難きものあり。しかし、我が目標は一貫して国防の安成にありて、野に下るといえども官にあると真の意義において何等変わるところなし。吾人が国家のため最善の努力を振るい、諸兄の友情恩誼に応え得るの日はむしろ今日以降にあり。ここに改めて従前の如く厚き指導誘掖を賜らんことを希い、併せて満腔の敬意を表す」

渡部一英は、この知久平の退官の辞を、諸葛孔明の『出師の表』を思わせる、これを読んで正大の気を感ぜぬ者があろうか、といっているが、烈々たる知久平の気迫が籠もっている。

——この文面には尽忠愛国の精神がみなぎり、その主旨は国家最大の欠陥を救わんとする、そしてその説くところは、科学的で適切である……と、渡部は感動の意を表している。

ここにおいてチッカンの型破りの退官の辞で、彼の秘密計画は、ようやく海軍内部にも知られるようになった。もちろん、また中島の生意気が始まった、いつまで続くか見ものだぞ……というような大艦巨砲主義の頭の硬い上司もいたが、海軍の脱皮、革新に意を注ぐ若手士官の中には、知久平に希望を嘱する者も、多かった。

さてこれから僅か七人のスタッフで飛行機研究所は、最初の実験機の製作と試験飛行にかかる訳であるが、ここで知久平より少々早く民間飛行機製作を志した、岸一太医学博士のことに触れておきたい。

岸は後に知久平の後援者となる井上幾太郎工兵大佐の友人で、築地で大きな病院を経営していた。

井上の示唆によって、岸はすでに大正二年九月に所沢にあった古い発動機（ルノー七十馬力）を借りて、国産機の研究を始めた。それも自宅と病院の間に溶鉱炉、鋳造、冶金等の工場を設けて、発動機の試作を始めた、というから、これも呑気というか型破りの人物には違いない。しかし、この頃はまだ岸博士も本格的に飛行機を製作しようという決心はしていなかった。ところが、大正三年七月、帝国飛行協会は、賞金付で発動機の製作を競争させることにした。賞金は一等二万円、二等一万円、三等五千円で、発動機の馬力は五十ないし百六十馬力、部品は原則として国産品を使うこと……発動機の提出期日は大正五年三月末というような条件である。

応募者は最初二十人近くあったが、実際に発動機を提出したのは、岸博士のほかには大阪の島津楢蔵、東京の朝比奈順一の三人であった。

そして審査が始まったが、いずれも油が洩れるなどの故障が続出し、結局、島津が一等に入っただけで、ほかは落選であった。

しかし、岸のルノーは、このしばらく前に、一時間の運転経験があり、またモーリス・ファルマンにつけて、数時間飛行したという実績を持っていたので、世間では岸の力を認めてはいた。

その後、岸は自家製の発動機・つるぎ号をモーリス・ファルマンにつけて、五年七月洲崎で試験飛行を行なったところ、好調であったので、第二、第三号を造り、赤羽の近くに新しい工場を造り、六年五月、この工場の起工式を挙行し、十二月には病院を閉鎖して、飛行機製作に専念することにして、赤羽飛行機製作所の開所式が盛大に行なわれた。

その後、ここには飛行場、飛行学校が併設され、従業員も百人を越える盛況となった。従って民間の飛行機製作としては、岸博士が第一号であるが、海軍の軍用機生産では、知久平が第一号となってゆくのである。

苦難の創業時代

――岸の没落と川崎造船の松方――

中島知久平とほぼ並行して、民間航空産業に手を染めていた人物に、川崎造船所の社長・松方幸次郎（公爵・松方正義の息、松方コレクションで有名）がいる。

大正四年十一月頃第一次大戦が始まって間もなく松方は海軍機関大尉日置釭三郎から、飛行機用と自動車用の発動機が、これからは需要が多い、という話を聞いて、日置を社員として、その生産に乗り出すことになった。日置は知久平と同期生であったが、成績がよくなかったので、翌年一月には予備役となった。彼は水上機母艦・若宮丸の分隊長をしていたので、これからは飛行機の時代だと考えたのだという。大正五年春、日置は松方社長とともに渡欧して、二年間発動機の勉強をすることになったが、その期限が過ぎても帰国せず、松方の飛行機製造の補佐をすることもなかった。日置はフランス女性を妻としてパリに住み、日本には帰らず消息も絶えた。

戦後、昭和二十九年まで彼は現地で松方コレクションの管理人をやっていたが、同年十二月死去したという。

松方は日置からヒントを与えられただけであるが、大正七年八月、フランスのサルムソン機と発動機の販売権を買い取り、八年一月兵庫の川崎工場に飛行機課を設け、製作に乗り出した。丁度、知久平が四型機を完成した頃である。

こうしてみると、民間飛行機工業では、岸—中島知久平—松方の順であるが、岸が没落して、知久平が先頭を切ることになるのである。

岸は病院を放棄してまで飛行機に打ち込んだのであるが、大正十年二月には、倒産してしまう。その原因は岸の経営方針が大風呂敷に過ぎたからだという。彼は大変な意気込みで生産に乗り出したが、のめりこむ性格だったとみえて、製鉄所から溶鉱炉まで一貫製造するスケールの大きな工場を考えた。その志は大なりとするも、そのような大きなシステムは、国とか軍などの官費でやるか、三菱などの巨大資本家がついていなければ、不可能に近い。それに加えて岸は材料の生産には熱心であったが、肝心の設計の技術者に優秀な人材を入れることを、なおざりにしていた。その点、技術者である知久平が、最初に優秀な設計、製作の技術者を集めたのは正解であった。

岸は赤羽の工場を造るのに、書画骨董まで売り払って、七十五万円を調達したが、一貫工場では、飛行機になるまでに時間と金がかかる。個人のやることは知れている。岸のやり方を聞いた知久平は、——おれよりも風呂敷の大きな医者がいるとは……と首をひねった。〝のて粂〟の息子もこの医者の〝のて岸〟の雄大?な計画には、驚いたが、やはり無理であった。

岸は大正八年に入ってから、やっと製作にかかったが、モーリス・ファルマン三機を製作したところで、陸軍がこの型式の採用を止めたので、あっけなく倒産してしまった。

岸の派手なやり方と反対に、知久平の方は普段の大言壮語とは違って、慎重かつ地味に自分の初仕事にかかった。飛行機研究所で設計を始めた時も、地元の新聞さえ取上げなかった。従って太田の町民の眼も冷たかった。

——〝のて粂〟の息子が飛行機を造るというが、そんなものが、元機関大尉の独力でできるものか……と笑うものもいた。しかし、押切の村民の中には、〝のて粂〟の侮りがたい実力を知る者もいて、——あの息子ならなんかやるかも知れないぞ……と期待するものもいた。

岸は七十五万円を調達したが、知久平は僅かな海軍の退職金と二万数千円の資本であったので、難しい発動機は別に買うことにして、取敢えず機体を設計することにした。チッカンはこうなると、思いこんだら命がけで、結婚もせず、酒も煙草もやらず、工場の二階の小さな部屋に寝起きし、そこの炊事婦の作る粗末な食事で、早朝から夜遅くまでスタッフと設計に打ち込んだ。大体、事を成就するには、チーフがそのぐらいの意気込みでやらなければ、成功は期し難い。その点、強靭な意志、強烈な愛国心、貪欲な野心、そして天才的な数学の力、すでに海軍機を作った経験と技術に恵まれたチッカンは、この苦渋な設計と製作に最適なキャラクターを備えていたといえよう。勇将のもとに弱卒なし……という言葉を引くまでもなく、知久平のもとには、一流のスタッフが集まり、少数精鋭主義で、その研究所は日本飛行機製作の揺籃の地として、スタートした。その時、誰が予想したであろうか？　この太田の地を母体として、僅か二十余年後に、従業員二十数万を擁する世界一の中島飛行機製作所が出現しようとは……。

中島式飛行機の試作にかかる

知久平は前小屋に設計事務所をおいたが、工場は呑龍さんの近くに設けた（現在は富士重工の一部になっている）。大正六年十二月海軍を予備役になって間もなくのことである。

そして呑龍さんの近くの飛行機研究所を大正七年五月合資会社・日本飛行機製作所と改め、本社を東京・日本橋においた。すでに前小屋では中島式トラクター複葉機（二人乗りホールスコット百二十馬力付）型やその二型の設計にかかっていた。

これらの製図はやがて呑龍工場に移され、佐久間と奥井が担当し、助手も数名つくようになってきた。また部品工場もここの本館の北に建てられ、面積は百坪、主任は栗原甚吉であった。

知久平が造兵部にいた時の部下も太田に集まり、部品工場の北には飛行機組み立て工場も新設され、社員も増えていった。

横須賀では知久平は主として水上機の製作にあたっていたが、太田ではまず陸上機から始めた。なぜ陸上機を最初にしたのか？

ここに実業家・中島知久平のアイデアが芽生え始めていた。彼が考えた理由は次の通りである。

一、知久平は海軍では異端者扱いであったので、上層部には受けが悪い。そこでまず陸軍に採用されるように陸上機を造る。

二、海軍は未だ航空母艦を持たず（「鳳翔」が竣工するのは、大正十一年十二月のことである）、若宮丸も正規の水上機母艦ではない。航空に関しては陸軍の方が発展し易いし、採用の可能性も強い。

三、陸軍ではすでに第二航空大隊の設置も決定し、兵力増強の意欲が強い。従って航空産業は陸軍のほうが有望である。

ここで知久平はあえて海軍に伝《つて》を求めず、陸軍の井上幾太郎少将（前運輸部本部長、この時、交通兵団司令部付、八年四月航空部本部長となる）を訪ねた。井上の知遇は中島飛行機製作所の発展に大きな力となってゆくが、その始めは陸海軍の臨時軍用気球研究会で、井上が幹事をしていた時のことであった。元々井上は航空には大きな関心を持っていたが、たまたま知久平が一型陸上機の設計を行なった頃、所沢に井上を訪ね、大いに航空について語りあい、肝胆相照らす仲となったのであった。

ここで長州閥で田中義一の後継者と目され、陸軍の有力者で、陸軍航空界のワンマンでもあった井上の経歴に触れておこう。

井上幾太郎は明治五年一月山口県山口町生まれ、陸士四期生（工兵）、同期生には三人大将が出たが、井上がその先頭であった。ほかには磯村年（陸大恩賜、ウラジオストク派遣軍司令官、第十二師団長）、田中国重（陸大恩賜、参謀本部第二部長、台湾軍司令官）がいる。工兵少尉の時日清戦争に参加、大尉のとき陸大十四期卒、明治三十五年ドイツに私費留学、少佐の時、第三軍参謀として日露戦争に参加、ドイツ駐在を経て、中佐、参謀本部員（要塞課）、大佐進級後、軍務局工兵課長、軍事課長、大正五年八月少将、運輸部本部長となったものである。この後九年八月中将、十二年第三師団長、十五年軍事参議官兼航空本部長、昭和二年二月陸軍大将となる。工兵としては異例の出世であるが、長州閥の引きのほかに、本人の意欲的な航空への貢献もあったと思われる。

知久平が井上を訪ねた時、井上は当時の陸相・大島健一中将の頼みで、重要な任務についていた。少将になって間もなく井上は陸軍運輸本部長として宇品で輸送、補給の仕事をしていたが、その頃、中央では臨時軍用気球研究会―航空大隊―砲兵工廠の三者の間でトラブルが起きていた。井上はこれらを調停する役目を仰せ付かったのである。

元来、砲兵工廠では大正五年からダイムラー式百馬力発動機を製作し、これを気球研究会に納め、研究会ではこれを所沢の工場で造っていたモーリス・ファルマン機に取り付けて、航空大隊に渡していた。ところが砲兵工廠で製作した発動機に、粗悪なものがあって、故障が多かったので、大隊では研究会にクレームをつけ、研究会では工廠に苦情を訴えるというような事件が多かった。

しかし、工廠に言わせると、事故は必ずしも発動機の故障とは限らない。機体に問題があったり、操縦員の技量未熟が原因となることもある……と研究会や大隊に遣り返すことも多かった。

そして大正六年度の陸軍特別大演習の時に、このトラブルが火をふいた。

この演習にはモーリス・ファルマン機十四機が参加したが、その九割が故障のために不時着したので、大問題となった。陸軍は事故特別調査委員会を設けて、調査の結果ある程度の原因はわかったが、はっきりしない点も多い。そしてこのため三者の間の溝が益々深くなっていった。大島陸相の悩みはこれで、航空界の先達である井上の力を借りようという訳である。

大正七年一月早々、井上は大島に呼び出された。要件を聞いた井上は、考慮の末、次の条件を陸相につけた。
一、各科の将校二、三十名を増員して、所沢に勤務させ、研究会の中心となるよう指導すること。
二、研究会と航空大隊を井上が統一指揮できるような職を新設すること。
三、将来航空隊を拡張するほか、新たに教育、監督、機材研究を掌《つかさど》る機関を設ける。
「ううむ、全面的に陸軍航空の様相を一新しようというのか……」

大島は腕を組んでうなった。井上がかねて空軍的な構想を抱いていることを、大島は知っていた。この航空界のトラブルに乗じて、制度を確立し兵力を拡張しようというのだ。しかし、ここは井上に任せるよりほかに、名案はなかった。

そこで大島は井上の交通兵団司令部付を免じて、臨時気球研究会委員、所沢勤務として、特別に三者の調停に当たらせた。

井上は見事に三者間の問題を解決し、陸軍航空制度の基礎案を作り、七年十月大島の後任である田中義一陸相に提出した。その内容は次の通りである。

一、研究会を廃止して、航空学校を創設すること。

二、航空大隊を改編し、新航空大隊六個と、気球隊一個を設けること。

三、航空本部を設け、教育、監督、機材の研究、補給に当たらせる（つまり陸軍省のほかに航空省〔陸海軍合同の空軍〕を設けよ、というのが井上の意見で、この時にそれができていたら、日本の航空界も一変していたであろう）。

四、航空機材の製作を陸軍自体で行なうほか、民間工場にも発注すること。

井上の劃期的な改革拡張案は、長州閥の有力者田中陸相にも受け継がれ、次々に実行され、大正八年四月十五日、井上は新設の航空本部長となった。井上の名前は一般に知られていないが、ほかの長州閥の無能な将軍と違って、彼は四年間この職にあって、日本航空界の発達に大きな貢献をした。

川西清兵衛との提携と紛争

井上の支援を受けることになって、知久平は大いに力強く思ったが、一方、ようやく岸博士と同じ運命が彼を、襲い始めた。資金が底をついてきたのである。資本家である石川家が、ほかの事業の失敗から、中島に対する援助ができなくなり、給料もままならなくなってきた。

またこの頃、東大の付属機関として、航空研究所というものができた。これは東大内にあった航空学調査委員会を改革したもので、航空機、気球、発動機、航空心理学などの研究を行なうものである。これが知久平の飛行機研究所と名前が似ているという事と、研究所では営利事業として、資金を仰ぐにも不便だというので、大正七年四月一日から中島飛行機製作所と改名したわけである。

元々日本に一つだけの、すなわち日本一の研究所というので、飛行機研究所という独自の社名をつけたのであるが、早くも類似の施設ができたので、知久平は予定通りの中島の名を冠した会社形式のものとして、取敢えずは資金の調達と、第一号機の製作に力を入れた。

ここに知久平の新しい金主として、後に川西の飛行艇で日本航空界に名を残す、川西清兵衛が登場する。川西は石川家の倒産の際、財産整理を担当したのが縁で、知久平の事業を援助することになった。元々川西は飛行機には縁がなく、日本毛織会社の社長で、神戸の毛織王と呼ばれるほどの大富豪であった。

多くの実業家がそうであるように、この川西も目先の利く人物で、知久平がやっている航空工業に目をつけた。いずれ輸送は海から空の時代になる、丁度、中世紀に陸から海に変わってきたように……。

川西は知久平の経歴や人物、現在の進行状況などを調査した上で、中島飛行機製作所を支援することになり、大正七年五月、中島飛行機製作所を法人に改め、「合資会社・日本飛行機製作所」と改称（その後も通称は中島飛行機製作所と呼ぶ人が多かったが）、所長には知久平が就任し、本社は川西の要求で、東京日本橋においた。資本金は七十五万円で、川西が出資したが、内十五万円は中島側の労務出資となっていた。

この提携によって、神戸からは清兵衛の代理として、その次男・龍三が腹心の部下を連れて、太田の製作所に乗り込んできた（川西龍三は、後に川西航空株式会社社長となり、九七式飛行艇、二式大艇、「晴空」などを造り、昭和三十年一月死去する）。

こうして冒頭に述べたように、大正八年二月、中島トラクター式四型機が、ついに飛行に成功して、知久平の名を不滅のものにしてゆく。

この成功によって、中島は四月、陸軍航空部（後に航空本部となる）から一挙に二十機（機体だけの単価一万一千円）という大量の正式初注文を受け、知久平以下、ほっと一息、川西への顔も立つと笑顔になったのであった。

中島が陸軍に納めたのは、ホールスコット百五十馬力をつけた五型で、これが軍が民間の工場に大量発注した始めで、そこには航空部本部長・井上の、砲兵工廠と所沢だけで軍用機を造っていては不足だ、という考えがあり、そろそろ上層部にも民間工場の育成を考える気運が起こってきた証拠である。

日本飛行機製作所ではこの注文に活気づき、その五型を四月から十月までに十機、十一月に一機、十二月に九機製作して陸軍に納めた。

この間、帝国飛行協会主宰の東京―大阪第一回懸賞郵便飛行があり、中島の秘蔵の佐藤要蔵（後に章ともいう）が中島式四型で、往復六時間五十八分で一等（賞金九千五百円、賞品多数）を獲得した。

この指揮を知久平がとったためと、また後述の内紛が起きたため、十月から十一月にかけては、製作が遅れた。

一方、中島と川西の間では憂慮されていた営業方針の相違で衝突が起こった。その原因は川西の営利意識と、知久平の優秀な飛行機を製作したいという、技術者の良心との食い違いであった。砕いていえば、軍人精神と職人根性をミックスした知久平の思考法と、飛行機で金儲けをする関西商人の算盤《そろばん》との違いといってよかろうか？

知久平はテスト・パイロットの養成に力を入れ、大正八年春、尾島に飛行学校を造り、先の東京―大阪懸賞飛行には、佐藤のほか水田嘉藤太（往きは方向を誤ったが、帰りは二時間十分という大記録を作った）をも参加させて、操縦員の技量の錬磨に努めた。

しかし、この海軍式のチッカンの過激な行脚《ゆきあし》は、資本家・川西に財政的な危険を感じさせた。

たとえば知久平は軍用の飛行機は百五十馬力が必要だと考えたが、その発動機が問題であった。ところが八年夏、三井物産のアメリカ支店から、ホールスコット百五十馬力発動機二百台が売りに出ている……という話が知久平の耳に入った。知久平は早速航空部へいって、井上本部長に、

「この際二百台全部を買っておくべきです」

と訴えた。

「まぁ、半分ぐらいにしておけよ。川西が眼を回すぞ」

と井上は知久平の行脚に驚きながら言った。

案の定、三井ではこの膨大な注文に不安を抱き、直接川西の耳に入れた。予想通り川西は、

「一度に百台は多すぎる。必要な分だけ徐々に注文すべきだ」

と知久平に強く指示をした。

しかし、チッカンは簡単には引き下がらなかった。

「こういう大馬力の優秀な発動機は、出た時に買っておかなければ、軍から大きな注文があった時に間に合わなくなる。百台ぐらいは一、二年で捌《さば》けるではないか」

と自分の意見を曲げようとはしない。工場の技術者たちも知久平に賛成であった。

そこで川西では清兵衛が、注文取消しを三井に申し入れた。しかし、時すでに遅く百台のホールスコットは三井によって発送され、間もなく横浜に到着してしまった。

これには三井も困り、川西も当座は打つ手がない。しかし、当のチッカン所長は平然とし

ていた。

「なに、いつかは役にたつんじゃ。税関の倉庫に預けておき、必要に応じて関税を払って、工場に運べばいい」

と伸ばし始めた髭を撫でているので、弟の喜代一や佐久間技師たちも心配した。この新型ホールスコット発動機の引き渡し価格は、一台一万五千円、百台では百五十万円になる。

大正八年、総理大臣の月給が一千円の時に、その千五百倍であるから、現在、総理の月給が百五十万円として、二十二億五千万円で、地方なら大きなビルが建つほどの金額である。実際の大正時代の庶民の生活は、大正八年には巡査の初任給が二十円で、今は十二万円?ぐらいであるとして、六千倍、もりそばは七銭でそれが今は三百五十円として、五千倍、豆腐一丁は四銭で今は百円とすると、二千五百倍、土地は一万倍以上のところもあるから、庶民の実感としては、五千倍から一万倍というところであろうか。

大正時代に百万円の資産があれば、お大尽と呼ばれたので、知久平が買ったホールスコットの代金百五十万円は、相当なもので、一介の元海軍大尉がそれを扱って、夜、悠然と眠れるということは、このチッカンは生まれつき大事業家になる素質を、ふんだんに持っていたといえよう。大正の紀国屋文左衛門か銭屋五兵衛というところか。

しかし、関西商人の川西は、歴史に残るような企業家の真似は、危なくて見ておられない。紀文も銭屋も最後は没落している。投機家の末路は天井の梁(首を吊る時に帯をかける)という言葉もある。

川西清兵衛は、知久平に忠告した。

「中島さん、あなたは技術者としては腕がある。しかし、経営については、我々の計算のほうが安全である。今後は所長はこちらでやるから、あなたは技師長として製作の指導に当たってもらいたい」

資本家の川西はそう申し入れた。しかし、不屈のチッカンは容易に座を降りようとはしない。この男を説得するのは、大利根を堰《せ》き止めるより難しい。なにしろ海軍次官の鈴木貫太郎（この頃中将、海軍兵学校長）を航空万能論で煙に巻いたチッカンである。

彼は川西にこう説いた。

「経営には才能も算盤もいらない。その根本はよい製品を造って世に送り出すことだ。製品が粗悪であると、信用を失って会社はつぶれてしまうし、第一社会的に意味がない。儲ければ毛織でも生糸の相場でもやればよろしい。今は飛行機は創業期で難しい時で、採算には時間がかかる。しかし、営利を無視して性能のよいものを造っておれば、必ず官民から注文がきて、事業も繁栄間違いない。私はよい飛行機を造ることに全生命を賭けているのだ。所長の地位を譲る訳にはいかない」

これが知久平の信念であり、技術者も同意見であったので、川西も一時は知久平追い出しを中止したように見えた。

そして例の東京—大阪郵便飛行が行なわれている間に、資本家の川西側は突然次の発表を行なった。

「中島日本飛行機製作所長を解雇す」

当然、知久平のほうはこの辞令を返却し、ここに太田・呑龍さんのお膝元で紛争が巻き起こった。

これはどこにでも例のある、質を重んじる一種の芸術家と、計算高い資本家の間でよく起こる利害問題である。形而上の問題と形而下の問題の衝突である。後世に名を残そうとするものと、現在金を稼ごうとするものとの、宿命的な相克である。

会社は当然中島派と川西派に分裂した。中島派の言い分は、
一、よい飛行機を造るのはメーカーの良心であり、資本家の口を出す問題ではない（金は出しても口は出すな）。
二、そもそもこの工場に川西が魅力を感じたのは、知久平の努力で陸軍に飛行機が納入できるという、可能性をかったのであるから、その知久平をクビにすることは、販売ルートを自ら断つようなものだ。
一方、川西派は次のように資本家としての主導権を主張した。
一、川西はこの会社に六十万円を出資している。中島派は労力出資という形で、しかもその総額は見積りで十五万円に過ぎない。
二、いかに所長といえども百数十万円の巨額の注文を、資本家である川西の了解なしに行なうのは、行き過ぎである。
そして技術派の中島と金主の川西の争いとなったが、ここで中島派で問題となったのは、

すでに川西派の技術者にも関口英二のように相当な腕の者がいたので、必ずしも佐久間や奥井がいなくても、飛行機の製作はできるし、金があるから、ほかから技術者を雇うことができるというので、中島に遠慮をしない、という点であった。

この勝負、始めは資本を握る川西のほうが優勢であったが、東京—大阪飛行で一等をとったり、帰りに抜群の記録を作ったりして、日本飛行機製作所の勇名を轟かしたので、中島派が優勢になってきた。

すると川西派は資本を引き揚げるというような過激な手段に訴えようとしてきた。

——いよいよ戦闘開始か……

チッカンは腕を組みながら、利根川の土手を歩いた。近くの格納庫には、中島トラクター式の愛機が入っている。知久平の子供である。——この戦いに負けると、この子供たちともお別れか……川風が襟につめたい。

畜生！　この子供たちを資本家どもに渡してなるものか……チッカンの胸に上州魂がふつふつとたぎってきた。喧嘩なら国定忠治のやり方だ……つまり先手必勝なのだ……その時、チッカンはまた呑龍さんの方向から、光が射したように感じた。

——そうだ、井上閣下に会ってこよう……

上京すると知久平は井上幾太郎（井上はまだ航空部本部長をやっていた。大正十二年第三師団長となる）に会った。

「どうも関西の資本家とはソリが合わないようです。この際独立したいと思います」

知久平がそういうと、事情を聞いていた井上は大きくうなずいた。

「中島君、君は幾つになった？」

「はあ、三十六歳（数え）になりました」

「そうか、そろそろ男子一生の仕事にかかってもええ頃じゃのう。なに、金のことなんぞ心配することはない。君が飛行機のことを熱心にやっちょることは、日本中で知っちょる。天が助けてくれるちゅうこっちゃ」

長州弁でそういうと、井上は立ち上がり、知久平の肩を叩くと言った。

「もし金を出す奴がいなければ、わしが世話をしちゃる。長州の息のかかった実業家も大勢いちょるからのう」

そういって井上は励ましてくれた。

これに力を得た知久平は、群馬県出身の代議士・武藤金吉を、芝・佐久間町の自宅に訪ねた。武藤は新田郡出身の知久平の同郷の先輩で、通称・ムトキンと呼ばれる上州の名物男であった。この頃、ムトキンは政友会の群馬県支部長をしており、当時は原敬の政友会の天下であったので、高崎から桐生、太田あたりは、肩で風を切って歩いていた。

元々知久平はこのムトキンとは懇意であった。川西とのいざこざを話すと、ムトキンは肩をそびやかして言った。

「なに、関西の毛糸屋などに天下のチッカンがなめられてはいかん。金はわしが都合してやろう」

ムトキンは太田の新田銀行（後の群馬銀行）から十万円借りられるよう口をきくことになったが、その前に井上少将に会った。もちろん、井上は飛行機野郎としての、知久平の高い志を高く評価している旨を話して、ムトキンに融資を頼んだ。

こうして資金の目処《めど》は段々ついてきて、中島側も反撃に出たので、両派の抗争は日ましに激しくなり、ついに川西側は、

「十一月三十日までに工場を買い取るか、中島知久平が辞めるか」

という最後通牒を突きつけた。

川西側の使者はこの通牒を持って、太田の工場に知久平を訪ねた。驚くかと思いのほか、知久平は悠然と一室にその使者を通し、

「工場を買い取れと川西さんはおっしゃるが、いくらで売るのか？」

と聞いたので、今度は川西側のほうが驚いた。まさか知久平が十万円もの金策をしているとは、川西も知らなかった。

この後、両者折衝の後、次の条件で知久平は太田の工場を買い取ることにした。

一、アメリカから輸入した機械は全部川西側に渡す。

二、陸軍に納入した飛行機の代金（五十三万円）を川西側が受け取る。

三、知久平は工場買い取り代金として、十万円を支払う。

これに関して、中島側の幹部は、機械はともかく、今まで皆が苦労して造った二十機の飛行機の代金を全部川西に渡すことには反対であった。

しかし、知久平は平然として言った。

「飛行機はまた造れる。工場を手に入れる機会はまたくるとはかぎらないんじゃ」

これに皆は承服した。大正八年も暮れに近い十一月二十九日のことである。

翌、三十日、知久平は用意した十万円を払い契約書に署名した。これで太田の工場は完全に中島のものになったのである。

大正八年も押し詰まった十二月二十六日、知久平は再び社名を中島飛行機製作所に戻し、再出発を部下たちと誓った。

飛躍の年・大正九年

かくて知久平にとって苦渋の年が暮れて、新・中島飛行機製作所にとって飛躍の年、大正九年（一九二〇）が明けた。すでに二年前ドイツは降伏し、前年六月には西園寺公望らが出席したヴェルサイユ条約が調印され、世界の大勢は新しいヴェルサイユ体制に入っていた。ドイツ、オーストリア、ロシアの三帝国は滅亡、ヨーロッパは、民族自決の新情勢に入り、ウイルソン米大統領の主唱した国際連盟が発足、世界の恒久平和体制の確立を目指したが、早くも米英、ソ連、日本の間で新しい世界の主導権を巡る政治的、武力的抗争が、陰に陽に始まっていた。

このうちソ連はドイツとの戦争で疲弊し、ロシア革命（大正六年）で共産主義国家となったが、経済的に苦しみ、まだ列強の仲間入りは無理であった。そこで残るのは米英を主力とし、仏、伊が追随するヨーロッパ勢力と、第一次大戦で漁夫の利を得た日本との軍備競争で、特に建艦競争が世界の視線を集めた。

このうち大英帝国は戦勝国となったが、ドイツとの死闘で経済的に疲弊し、建艦競争に加わるのは無理であったが、ヨーロッパのリーダーという面子《メンツ》にかけて、競争には負けないというポーズを示していた。

大戦の末期に参戦して連合国に勝利をもたらしたアメリカは、ヒーローであり、まだやる気であった。アジアに野心を抱くアメリカの次の目標は、日本を抑えて中国に経済的進出をして、権益を得ることであった。東洋侵略の先進国である英国も、及び腰ながら香港などの利権の保護とその拡充に力を入れていた。

ここで米英日の建艦競争が熾烈となり、日本海軍はこの年七月の議会で、八八艦隊の予算を獲得した。もっとも怜悧な海相・加藤友三郎は、このままの軍拡競争では、小国日本が経済的に破綻をきたす危険を感じてはいた（ワシントン軍縮会議が開かれるのは、この翌年、大正十年十一月十四日でその直前の四日に、強力な政治家・原敬が暗殺される）。

内外共に多事多難な大正九年であるが、中島飛行機製作所にとっては、新しい出発の年で、すでに前年に五型機二十機を製作した余勢をかって、新たに三井物産と資本提携を行なうことになった。この取りもちは井上航空部本部長がやった。井上の妹が三井の機械部長・中丸一平の妻であったことが、好都合でこういう点でも、知久平は強運であった。

天下の三井と提携できたことは、単に資金面で潤沢になるというだけではなく、日本第一流の飛行機製作所となることを意味しており、それを井上も知久平に強調した。

「ようし、日本一の飛行機会社になったるぞ！」

菜っ葉服をきた知久平が、呑龍さんの境内でどんと胸を叩いて間もなく、陸軍からどえらい注文がやってきた。

大正九年度分として、中島式五型機をなんと百機も購入するというのである。次に海軍からも横廠式ロ号甲型（中島がかつて製作した水上機を改良したもの）を制式機として、三十機買いたいといってきた。

「とうとうおれの古巣からも、注文がくるようになってきたか……」

利根川の土手から赤城山を仰ぎながら、知久平も感慨に打たれた。四型機の初飛行がまだ去年の二月のことである。それがもう陸海軍から計百三十機もの注文を受けようとは……これも井上閣下の御蔭だぞ……そう考えている知久平の肩を奥井が叩いた。

「所長、どうも役員が足りませんな。兄弟の喜代一《きよいち》さんと乙未平《きみへい》さんを正式に入れては如何ですか?」

これには知久平も同意であった。すでに二番目の門吉は経理担当として働いている。上の喜代一も三番目の乙未平も、協力してはいたが、学業の都合などで、正式に社員にはなっていなかった。

そこで二人の兄弟を新たに入社させたが、二人とも後には副所長、あるいは初代社長として、知久平の代理を務めるなど、大いに補佐してくれるようになっていく。こういう点でも知久平は家族に恵まれていた訳で、有能な兄弟を多く作ってくれた両親に彼は感謝した。

前述のように乙未平のほうは、東北帝大に学んで、専門部機械科を卒業していたが、喜代一の頃は、まだ知久平も学資を出してやる余裕もなかったので、彼は兄の真似をして、東京に家出して専検をとって、海軍の学校に入ろうと試みた。彼は東京高等商船学校に入り、大正五年卒業、日本郵船の汽船で一等運転士を務めていたが、兄知久平の懇望もだしがたく、太田に帰って協力することになった（蛇足であるが、筆者は大正九年三月十四日生まれである。この年、中島知久平が飛躍の時を迎えて、大きく羽ばたこうとしていたということは、三十四期後輩としていささかの感慨なきを得ない）。

この年、中島飛行機製作所にとって記念すべき人物が訪問してきた。日本最初の鳥人・徳川好敏少佐（男爵）がその人で、彼は中島の実態調査のため、太田の工場にやってきた。大正九年五月のことである。

ここで二人の日本航空界のパイオニアは、劇的な会見を行なった。今まで未知という間ではなかったが、片や日本最初の飛行の栄誉を担う英雄、片や不屈の闘志を抱いて、飛行機増産の先頭をゆく、中島飛行機製作所のボスである。

二人は太田の中島飛行機製作所の所長室で懐かしそうに握手をしたが、徳川少佐の表情は意外に硬かった。それは彼が井上航空部本部長の依頼で製作所の査察にきたからである。

川西と手を切り、三井と提携するようになってから、中島への注文は飛躍的に増えたが、その反面大量生産につきもののクレームも出てきた。特にキャブレター（気化器）の故障で火災を生じたという事故が発生すると、知久平びいきの井上航空部本部長も黙視することはできず、徳川少佐を派遣することになったのである。

精密な査察の結果、問題のキャブレター火災の飛行機は、八年末の多忙の時に急造されたものとわかったが、真面目な少佐はなおも中島飛行機製作所の細部にわたって査察を遂げ、次の点を批判する「報告書」を井上のもとに提出した。

一、工場の経営編成に関する意見
二、懸賞作業の弊害
三、所内検査の結果
四、製品について
五、以上の結果、当製作所に検査官を常置することを必要とする。

徳川少佐は、これに付随して、
「今日の程度にまで発達せる当製作所を経済上不振とならしむるは、国家のために忍びざるところとする」
という総評を加えた。いかにも航空界の先達らしい思い遣りのある意見、態度で、中島も〝さすがに飛行機野郎は話がわかる〟……と、感激し早速欠点を改良することを、井上航空部本部長に誓った。

元々知久平を信頼していた井上は、この際、徳川のいう通り検査官を常駐させることにし、一方、飛行機代金の支払いなどで便宜を与えるよう関係方面に指示を与えた。

間もなく陸軍からは、予定された検査官が到着、やがて九月、海軍からも八島俊一機関大尉が初代監督官として、太田に着任、工場の空気もピリリと引き締まった。

陸海軍の指定工場だというので、太田の製作所は東群馬でも呑龍さんより有名になり、かつては第一次大戦の頃、〝札はだぶつく、お米は上がる、上がらないぞい中島飛行機〟とはやした太田町民も、中島飛行機製作所の自慢をするようになってきた。

この年、大正九年はまさに中島飛行機製作所にとって飛躍の年で、陸海軍からの指定公認という激励の事態もあって、年度末の十年三月までには、陸軍に中島式五型十三機、海軍にも同数を納め、計二十六機の記録を作った。

さらに大正十年度に入ると、生産は急激に増加して、中島式五型百十八機を中心とする計百五十機を、陸海軍から発注され、早くも日本一の飛行機製作所と言われるようになった。ここに知久平が英断をもって、買っておいたホールスコット百五十馬力の発動機が、大いに役に立つ時機が到来して、井上ほかの関係者に、その先見の明を知らしめたのであった。

細かくいえば、大正九年四月から十年三月までの年度で、中島の売り上げは、百五十万円(現在の五十億円以上)に上った。

これには知久平が副所長とした喜代一を、北米に派遣し、スプルース(檜)やマホガニーを仕入れ、これを材料として飛行機を製作したことも、大いに与かって力があった。大きなことの好きな知久平は、この時も貨物船を一隻チャーターして、日本に送り、深川の材木店をあっと言わせた。これに味を占めた知久平は、その後も船でアメリカやカナダから材木を買い、飛行機で使わない部分は、材木店に売ったというから、チッカンも段々商売がうまくなってきたといえようか。

大正十年三月三十日、知久平は「航空機の設計、並びに製作の功労者」として表彰され、航空局と帝国飛行協会から、航空局賞二千円、恩賜賞二千円、協会賞三千円をもらった。

続いて大正十年度（四月から十一年三月まで）、海軍に中島式を中心に七十五機、陸軍に五十五機、計百三十機を納め、前年より十万円多い売り上げを計上した。それは今回はフランスからパテントを購入したニューポール式という飛行機を製作したためである。

どうして知久平はフランスの飛行機を造るようになったのか？ そこには当然、第一次大戦で活躍したフランス空軍の影響があった。

大正七年末、ドイツの降伏によって、第一次大戦が終わると、大戦中の仏独の壮烈な空中戦と飛行機の活躍、またツェッペリン飛行船などのロンドン爆撃などの話が、日本にも伝わり航空の重要性が高く評価されるようになってきた（その一方、九年には八八艦隊予算が議会を通り、——まだ大艦巨砲主義でやるつもりなのか……と知久平を憤慨させた）。

そこで日本陸海軍としても、フランス航空隊の進歩した実況を聞きたいという希望があった。ところが好都合なことに、向こうから航空使節団を派遣して、日本航空界を指導したいと言ってきた。

これは八年春、西園寺がヴェルサイユ条約のためパリに行った時、明治初年パリ留学時代に親しくしていたクレマンソーが、大統領になっていて、その厚意で日本に航空使節団を送ることになったのだという。

この一行は将校二十三、準士官十二、軍曹十五、計五十名で、八年八月来日、このうち操縦員は皆ドイツとの空戦で勇名をはせた連中で、その経験談は、日本のパイロットを喜ばせた。この航空団の大部分は陸軍であったが、海軍のグランメーゾン大尉というベテラン搭乗員もいた。

日本陸海軍は大いに彼等を歓迎し、田中義一陸相は「臨時航空術練習委員」を設定、井上航空部本部長をその委員長とし、委員四十三名を指名、各航空隊をその指揮のもとに訓練させた。ところが経費がないので、折柄行なわれていたシベリア出兵の費用から捻出したが、これを聞いた知久平は、またも難しい顔をした。海軍は大艦巨砲主義で八八艦隊の予算を通そうとする、陸軍はなんの役にも立たないシベリア出兵の跡始末に手を焼いて、多額の金を浪費している。なぜ航空にもっと金を出さないのか……

さてフランス航空団の指導は、陸軍では操縦班—各務《かがみ》ケ原《はら》、偵察—下志津、空戦—浜松、爆撃—三方ケ原、飛行機製作と気球は所沢、発動機製作は熱田、海軍は追浜でグランメーゾン大尉の指導で、初めて輸入したフランスのテリエー式飛行艇の訓練を受けた。

この時、フランス航空団はニューポール式、ソッピース、スパット、サルムソンなどの飛行機を用いたが、その中でニューポール式がもっとも優良と見られた。それで中島でもファルマン、中島式から段々ニューポール式に切り替えていったのである。

この年（十年）、知久平は弟の乙未平をパリに常駐させて、ニューポールを始め、フランスの新型機を研究させ、その輸入、技術の導入、ヨーロッパ航空界の情報を知久平に送る……などの仕事を与えた。理工科出身の乙未平は、喜んで渡仏し昭和二年まで現地にあって、多くの貢献をなした。

輪型陣と漸減作戦
――ワシントン会議以降――

大正十年は、日本海軍の転換期であった。

さしもの八八艦隊による軍拡競争も、この年夏、アメリカ大統領・ハーディングからきた、一通の招請状によって、終止符が打たれることになった。すなわちワシントン軍縮会議への参加の要請である。ここで一大決断をしたのが加藤海相である。攻めを考えるとともに、守りも考えるという近代的な軍政家である加藤友三郎海相は、高橋蔵相の意見を入れて、この軍縮会議参加を呑むことにした。

これには東郷元帥、山本権兵衛元総理らも驚いたが、軍政の加藤の転針に反対はしなかった。

これを知った知久平は、大きくうなずいた。

――そうだよ。加藤さんは偉いよ。山本大臣も東郷元帥も偉いけれど、いつまでも日本海海戦の夢を追っていると、世界の大勢に乗り遅れてしまうぞ……

後に知久平は、――加藤海相と原敬が生きていたら、日米戦争は起こらなかっただろう……という意味のことを言っているが、その頼みとする原は、ワシントン軍縮会議の始まる直前に暗殺されてしまう。

そして大正十一年二月、ワシントン条約に調印した名軍政家加藤も惜しいことに、大正十二年八月、関東大震災の前に世を去ってしまうのである。

さて軍縮会議となって、八八艦隊は中止、世界は平和維持に向かうが、知久平の飛行機開発の熱意は、一向に下火になりそうにない。

「今後はいつもおれがいう通り、軍艦の戦争ではなくて、飛行機の戦争だ。敵の戦艦がきたら、飛行機で魚雷や爆弾を落として、やっつけるのだ。そうすれば輪型陣など恐れるに足らずじゃ」

知久平はそういって、なおも新型機の研究にいそしんだ。ここで輪型陣について、少し説明しておこう。

日露戦争が終わって、列強の建艦競争が始まった時、日米戦争の一種の未来図として、ある戦略家がこういうアメリカ海軍の戦略を指摘した。すなわちアメリカ海軍は日本を攻撃する時、輪型陣で攻めてくるであろう。中心に戦艦戦隊、その周囲に巡洋艦戦隊、その外側には駆逐艦の水雷戦隊、これに補助艦隊として、空母と潜水艦の戦隊がついて、ハワイの真珠湾経由で、まずアメリカ領（一八九八年の米西戦争による）であるフィリピンのマニラ湾のキャビテ軍港を目指す。ここを基地として、香港、上海、天津の英軍と協力しつつ、大連、旅順を窺《うかが》い、その一部を九州に向け、主力をもって東京方面に向かい、日本の連合艦隊に決戦を挑むであろう。

この戦略思想はワシントン軍縮会議の後にも、新しい形で残った。――このために米英は、ワシントン軍縮会議で、日本の三に対して、五、五の比率を奪取したというのだ。

こうすれば、アメリカはその全力を日本制圧に注ぐことができるし、日英同盟を解消（ワシントン会議において実現した）した英国は、その七分をもって、大西洋や各地の植民地を守り、三分をシンガポールを基地とする東洋艦隊にあて、アメリカの東洋進攻に協力することができよう。

これに対して日本海軍軍令部は、〝漸減作戦〟によって、米艦隊を追い返すという戦略を考えていたという。

すなわちハワイから、フィリピンに向かうアメリカの輪型陣を、小笠原諸島付近で迎撃する。この時、活躍するのが、日本の潜水艦で、ついで空母の攻撃機、水雷戦隊だという。まず潜水艦が潜航して米艦隊に接近し、奇襲によって輪型陣の外郭を潜り抜け、主力の戦艦を雷撃する。これで主力艦隊の二割（十隻の場合は二隻）にダメージを与える。ついで日本の空母から飛び立った攻撃隊が雷撃を行なう（初代の空母「鳳翔」ができるのが大正十一年、次の「赤城」、「加賀」が就役するのが昭和二、三年であるから、この漸減作戦の構想は、昭和三年以降でなければ成立しないが……）。この空襲の効果は不明であるが、なおも輪型陣が東進するならば、水雷戦隊が得意の夜襲を決行する。

これでさらに一隻ないし二隻にダメージを与え、いよいよ日本の主力艦隊が米戦艦戦隊と決戦に及ぶ時は、十対六であった比率が六対六になり、こうなれば、訓練の厳しい日本軍の技量がものを言って、日本海軍は米艦隊を追い返すことができる、というのである。

この輪型陣と漸減作戦の対立という戦略思想は、昭和十一年にワシントン条約が廃棄になるまで続いたという。この後はアメリカの戦艦三隻を一隻で相手にできるという「大和」、「武蔵」が設計されて、アメリカの輪型陣も日本の漸減作戦も大きく叫ばれることはなくなった。もちろん、両国とも主力艦隊が進撃する時は、輪型陣を用いるが、飛行機の発達によって、主力艦隊同士の決戦が、日本近海で生起するという可能性は、必ずしも高くはなかろう、というような観察も出てきて、それが山本五十六連合艦隊司令長官の機動部隊による真珠湾攻撃という新しい形となって現れるのである。

雷撃機、爆撃機の歴史

ワシントン軍縮会議の結果、当分の間、建艦競争はお休みとなり、海軍も飛行機に本腰を入れ始めた。ワシントン会議には飛行機の制限はなかった。そこで空母「赤城」（巡洋戦艦から改造）、「加賀」（戦艦から改造）の二空母の建造にかかり、一方、母艦から発艦して、敵主力を攻撃する攻撃機（雷撃機、爆撃機を含む）の製作に力を入れることになった。

――いよいよおれが海軍機関学校の頃から念願していた雷撃機の時代がくるぞ……と知久

平は鼻をうごめかせたが、いざこれを中島飛行機製作所で造るとなると、これがなかなかの難物であった。

ここで日本の攻撃機の歴史に触れておこう。

まず英国のセンピル大佐が登場する。筆者が昭和十六年五月、霞ケ浦航空隊で操縦訓練に入った時、真先に聞かされたのが、この日本海軍航空隊の夜明けを招いたという英国士官の名前であった。それから間もなく、連合国との開戦となり、マレー沖海戦で英国の誇る新鋭戦艦プリンス・オブ・ウェールズと巡洋戦艦を、日本の陸攻隊が見事に撃沈して、英国首相・チャーチルにショックを与えた年だったので、センピル大佐の名前は、余計に印象的に私たち飛行学生の脳裏に残った。

センピル大佐は大正十年、航空教育団の団長として来日し、日本海軍の搭乗員に新しい航空技術（飛行機による艦隊攻撃戦術）の指導を行なった。

この時、彼が教材として持参したのが、ソッピース・クック、ブラックバーン・スウィフトの二機で、このうちクックが世界最初の雷撃機（空母に載せるようになってから、艦上攻撃機と呼ぶ。これに対して一式陸攻などは陸上攻撃機である）で、ウーズレー・パイパー二百馬力を装備、重量一・七五トンの木製単座複葉機で、魚雷を積んで発射する装置をもっていた。またスウィフトのほうは四百五十馬力の発動機を積み、ブラックバーン社の野心的な新鋭機であった。当時の飛行学生はこれらの機で、雷撃術の訓練を受けた。またソッピース、ブラックバーンの二社は、この後、三菱にその技術を伝え、これが三菱系の艦攻（艦上攻撃機）の母体となった。

また英国からは教育団だけでなく、三菱にソッピース社から有名な設計者・ハーバート・スミス技師ら九名がきて、一〇年式艦上戦闘機、偵察、雷撃の各機を設計させ、我が海軍軍用機の国産に乗り出す基礎とした。

このうち大正十一年八月に完成した一〇年式雷撃機（会社名・ＩＭＴＩ）はネピア・ライオン四百五十馬力を装備した三葉式の異色の飛行機であったが、まだ海軍に採用の域には達せず、二十機が生産されたが、打ち切られ、海軍はなおも模索した結果、一三式艦攻を生むことになった。

この一三式艦攻は先に試作された一〇年式雷撃機を、スミスが複葉機式にしたもので、これは成功して、一三式三号艦上攻撃機として大正十二年に完成、昭和八年までに四百機が生産され、「鳳翔」のほか「赤城」、「加賀」にも積まれ、発着艦、雷撃演習などに、活用され、ようやく雷撃法が日の目を見ることになった。

この後は三菱の八九式艦上攻撃機の登場となるが、後の章に譲りたい。

知久平、政治家を目指す
——株の儲けと豪邸——

前述の通り、大正九年から知久平の事業は軌道に乗ってきた。そこで知久平は製作だけでなく、商業のほうも考え始めた。飛行機の材料、原料を入手するには、商事会社を造る必要がある。十一年三月、知久平は中島商事株式会社（資本金二百万円）を創立、自分が社長、喜代一を専務とし、本社を東京・京橋においた。社業はいよいよ隆盛で、十二年春には、有楽館ビルに中島事務所をおき、総本部という形で、知久平が各部を纏め、また一人で想を練る場所ともした。

この年、九月一日、関東大震災が襲った。東京周辺に会社や工場を持っていたところは大打撃を受けたが、中島は本工場が群馬県で、東京では日本橋の中島飛行機製作所と、京橋の中島商事の事務所が焼けた程度の損害でおさまり、これらは中島事務所に同居することになった。

震災後の復興の意気込みは凄かった。列国の援助もあり、日本の経済は目覚ましく上昇すると考えられた。

——これは株が上がるな……茫漠としているようで、機を見るに敏なる知久平は、そう考えた。すでに商事会社をやったり、川西のやりかたを見て、知久平は株式に興味を持った。父の〝のて条〟に相談したら、大目玉を食うところであるが、〝のて条〟も若い時には、藍玉や生糸で思惑をやり、儲けたこともあった。投機（といっても生産に関係のあるものだが……）に強いのは、中島家の遺伝であるらしい。

知久平が株で儲けようという発想は、単に飛行機製作の資金かせぎだけではない。チッカンの大望は依然として健在であった。それは大艦巨砲主義を航空第一主義に全面的に転換させることであった。そしてそれには自分が政治家になって、議会で飛行機による国防の重要性を強調しなければ駄目だ。そして政治家になるには、金がいる……それを株でかせぐのだ。私利私欲のためではない。

ここで当時の日本海軍の現状に注目する必要があるだろう。

ワシントン会議で主力艦の比率が決まったといっても、砲術家の間では、やはり艦隊決戦思想が強く、日本海海戦の大勝利の夢は、一朝にして消えるものではなかった。主力艦が五・五・三なら、次は補助艦艇だ。巡洋艦、駆逐艦、潜水艦の比率を、今度こそは有利にかちとらなければならない。艦隊決戦を海軍の眼目と考える（後に艦隊派と呼ばれる。軍縮を経済と平和の方法と考える派は、軍縮派と呼ばれるようになる）砲術屋の一派（軍令部系統に多かった）は、そう力を入れていた。その一人で、もっとも強硬なのは、ワシントンで対米七割を主張して、加藤友三郎に叱られた加藤寛治中将（前海大校長）や末次信正少将（前軍令部作戦課長）らであった。

ワシントン会議で主力艦に制限を受けた艦隊派は、猛訓練でこの劣勢を取り返そうとした。後にいう月月火水木金金の訓練は、この頃から始まっていた。

話が少し先になるが、昭和二年八月二十四日、島根県美保関《みほのせき》沖で夜間戦闘訓練をやっていた巡洋艦「神通」が、駆逐艦「蕨《わらび》」と衝突し、「蕨」は船体が二つに折れて沈没、多くの死傷者を出し、「神通」艦長・水城圭次大佐（海兵三十二期、山本五十六と同期）は、責任をとって十二月二十六日自決した。

この頃の連合艦隊司令長官は、猛訓練をもってなる加藤寛治大将であった。加藤は二・二六事件の将校に同情的であったと言われ、戦後は艦隊派の代表で、ナショナリストのように言われているが、太平洋戦争前の艦隊長官がナショナリストで愛国者であるのは、あたりまえのことで、猛訓練も長官としては、当然のことであろう。米英より手持ちの艦隊が劣勢であるから、訓練によってこれを補おうというので、決して間違ってはいない。但し、昭和五年春のロンドン会議当時の軍令部長で、補助艦の比率決定で、全権の財部《たからべ》海相と意見の相違から、統帥権干犯問題を起こし、これが浜口首相狙撃や犬養総理暗殺事件につながるところから、右翼の支持者と見られるようになった。

話が先に進みすぎたが、ワシントンで軍縮が決まった後も、なお艦隊決戦を海軍戦の主力としようとする砲術屋の執着に、知久平はあきれた。

これからは飛行機の時代だということが、まだわからないのか？　戦というものは先見の明のある者が勝つのだ。それは艦隊決戦でも、横陣の時代から単縦陣の時代に移ってきたように、間もなく戦闘の主体は飛行機になるのだ。それにはおれたち飛行機屋が、雷撃、爆撃で好成績を上げ得る飛行機を造らなければならないのだ。

また政治家になって、飛行機第一主義をぶつにも、金がいる……これがチッカンの株式修業の理由であった。であるから世の金の亡者のように遮二無二儲けようとはしない。それで余計に儲かることになった。

元機関科将校が株式をやるというと、世間はいい顔をすまい。それで知久平は部下の野田の名義で売買を始めた。

株式といっても、数学の得意な知久平が、いい加減な株屋の口先にのせられるはずはない。まず彼は第一次大戦以降の株の動きを子細に調べさせ、その表を作った。そして底値と高値の罫線図（グラフ）を前に、毎日研究をした。

彼はいわゆる先物という投機や信用買いで借金を作ることをしない。優良株、成長株を研究して、辛抱強く底値と思われる時機まで待ち、買いに出動する。やがて高値らしくなると売る。動きがない時は塩漬けにして、時機を待つ。簡単な手法であるが、金儲けが先に立つ者は、どうしても眼が狂って、投機に走り、末は首をくくることになるのである。

しかし、何事をやるにも、度胸満点のチッカンは、判断もよく、相当な大金を投資したが、彼のセオリーは焦りさえしなければ、大体において当たった。大正十二年に始めて、昭和四年末までには、八百五十万円以上の大儲けをして、兜町の常連を尻目にかけ、その後も超一流株を扱い、政治資金とした。

後に知久平が政友会の幹部となり、中島派の総裁となった時、内情を知らないジャーナリストは、「中島は飛行機を軍に売ってその金で政界に出たのだ」と知ったかぶりをしてものを言ったが、実は知久平が政治に遣った金は、飛行機で儲けた金ではなく、その殆どは株で儲けた金である。

「飛行機を売った金で株をやっては、陸海軍の軍人に申し訳がない。だから政治にいる金は、株でかせぐのだ」

と彼は側近に言い残している。事実、知久平が選挙に出て、群馬県で最高点で衆議院議員に当選したのは、昭和五年二月のことで、まだ中島飛行機製作所の売り上げが巨額とはいえない時代であった。また知久平はほかの候補者と違って選挙区に顔を出さない。太田で飛行機の中島といえば、群馬県で知らない者はいない。不当な金を遣って宣伝する必要もなかったと思われる。

ここで知久平が株で儲けた金で、意外な親孝行をした話をはさんでおこう。

昭和二年六月、〝のて粂〟と言われた父の粂吉が中気で倒れた。

——よし、株でもうけて親孝行をしよう……少年時代に父の金を持ち出して、東京に出奔し、心配をかけたことは、瞬時も忘れたことはない。それで彼はうまくいったら、故郷の押切に父の大きな家を建てて、恩返しをしようと考えた。

昭和六年、その邸《やしき》が落成した時、父はまだ存命中であった。

「おう、これは立派な家じゃ。松平侯（前橋の殿様）の御殿のようじゃな」

知久平の肩にすがって、家の中を歩いた粂吉の眼には、光るものがあった。——あの利かん気のチッカンが、わしのためにこんな立派な家を建てるようになってくれたのか……

「ほう、あの池には見事な緋鯉が泳いどるのう……」

粂吉は贅を凝《こ》らした中庭を眺めて、知久平の少年時代を思い出して、しばし感慨にふけりながら、かたわらの妻いつを顧みた。

「チッカンが家出をした時は、わしが東京に連れ戻しにゆくというのを、お前が泣いて止めてくれたんじゃったなあ……」

「あれから、いつのまにか三十年が過ぎましたなあ、あんた……」

いつの眼が遠いところを眺めるようになった。

──この邸が時価百万円をかけたという冒頭に紹介した押切の新邸である。

「おい、知久平、お前えろうなったのう。飛行機も随分作ったそうじゃが……」

二階の一室から広い庭を眺めながら、粂吉はそう言いながら、息子の顔を眺めた。

──これで家出をした罪の何分の一かを償ったというわけじゃ……知久平もほっとしたおももちで、庭を眺めていた。

息子の出世をなによりも喜びながら、父粂吉は翌七年四月六日、七十二歳でこの広い新邸で永眠した。

「まるでお父さんの死ぬ前に見せるように、知久平がどえらい家を建てたもんじゃ」

そういって粂吉のやすらかな死に顔を眺めていた母のいつは、長生きして、昭和十八年四月二十五日、知久平が〝日本の飛行機王〟と呼ばれるのを見てから、七十九歳でこの邸で夫の後を追った。

発展する中島飛行機製作所

話が先に進みすぎたが、フランス航空団が来日した後の大正十一年には、中島では新たに四種類の新型を入れて、七種類の飛行機を製作している。

その中では日本初の金属製飛行機である中島式B―六型が注目されよう。フランスのブレゲー式一四型をモデルとして、住友金属の模造ジュラルミンを使ったもので、「軽銀号」と呼ばれた。

またアヴロ式陸上練習機も、英国のアヴロ社から製作権を買ったもので、十三年まで製作した。青島でドイツからの戦利品であったハンザ式水上偵察機も、十四年頃まで製作した。

中島飛行機製作所の十一年度製作数は、百六十八機に及ぶ。

この頃、陸軍は航空部本部長・井上中将（大正九年八月進級）の平等に競争させようという意向にもとづいて、三菱、川崎にも、飛行機を注文していた。

十二年度、中島は甲式四型戦闘機二十九機を陸軍に納めている。これはフランスの第一線の戦闘機をモデルとしたもので、イスパノスイザ三百馬力を装備して、当時、最強といわれ、中島は昭和七年までに六百八機を納入、〝中島の米櫃《こめびつ》〟と言われた。

海軍も九年から中島に対しロ式甲型の初注文を出し、続いて多量の注文を出してきたが、これも同年から名古屋の愛知時計電機会社、続いて三菱にも注文を出すようになった。

名機・九一式戦闘機の登場

――東京府下に発動機工場新設――

大正十二年秋、知久平は東京に航空機用発動機製作工場を造ることにした。

それまでに日本で航空発動機を製作していた民間工場は、東京瓦斯電機工業会社で、大正七年五月からメルセデス・ダイムラー式（後に航空発動機として有名になり、ベンツ自動車のエンジンも造る）百馬力の製作を始めた。これが後に日立航空機工業会社となる。

次に川崎造船所、三菱、そして中島、愛知時計電機、石川島造船所の順であった。発動機もメルセデスからサルムソン、イスパノスイザ、そして愛知時計ではローレン式四百馬力も登場している。

中島では最初この発動機工場も太田付近を考えていたが、震災で橋が落ちたり、交通が遮断された苦い経験にもとづいて、知久平は東京府下豊多摩郡井荻町上井草（その後杉並区宿町となる）に畑地約四千坪を買い取り、五百五十坪ほどの工場を造ることにした。

大正十四年秋、工場は完成、稼働を始めた。海軍の横須賀工廠、広（呉の東）工廠からも要員が入ってきた。

この中島飛行機製作所・東京工場長は喜代一、支配人は佐久間一郎、太田のほうは工場長・乙未平、支配人には浜田雄彦が任命された。東京工場の機械も今やアメリカ製を筆頭にフランス、英国、ドイツなど、国際化してきた。

知久平が最初に採用してその製作権を買ったのは、当時、最強と言われたフランス・ローレン社のローレン発動機一四A型（V型水冷四百馬力）で、これと姉妹型の同一四B型（四百五十馬力）の見本一台を三十万円で買い、当時フランス滞在中の乙未平に交渉させて、三人の技師を指導に招くことにした。モロー、ドモンジョ、ルゴックら三人の技師たちの指導で最初の国産ローレン四百五十馬力発動機が完成したのは、昭和二年で、海軍の一四式二号水偵に使用された。

次いで中島は英国の有名なブリストル会社（後にブレンハイムという飛行機を造るようになる）から、当時世界一流と言われた、ジュピター型四百二十馬力のパテントを買い、陸海軍に納めた。

このジュピターは民間の旅客機にも採用された。日本国際輸送会社の中島式フォッカー・スーパー・ユニバーサル機がそれで、この発動機は海軍の三式艦戦（母艦用の艦上戦闘機）にも採用されている。

一方、大正十五年春には、副所長兼東京工場長の喜代一が渡欧して、欧米諸国の航空工業を視察した。訪れた国はソ連、フランス、イタリア、ドイツ、英国、ポーランド、カナダ、アメリカで、この時英国のブリストル会社で入手したのが、ジュピター発動機の図面である。

三式戦闘機に使用されたのは、ジュピター六型であるが、中島ではこれを改良して、中島式ジュピター七型四百五十馬力を造り、これは後に有名となる陸軍の九一式戦闘機に使用され、昭和九年頃まで生産が続けられた。

この九一式戦闘機は、昭和二年、陸軍が日本最初の国産戦闘機の試作を中島、三菱、川崎の三社に依頼した時、中島の型が昭和六年十月に制式機として採用され、陸軍で唯一の高翼単葉戦闘機であるほか多くの話題を呼んだ（後章で詳述する）。この九一式は中島がフランス人技師・マリーに設計をさせたＮＣ型から発達したもので、スマートな勇姿で知られ、陸軍の戦闘機として、初めて時速三百キロを突破した。

この機の設計には中島の大和田繁次郎、小出悌技師らが協力、この名機による技術開発によって、その後の一連の中島式戦闘機が出現する記念すべき飛行機である。この後、中島で造った戦闘機は太平洋戦争時を含めて、キ8、キ11、キ12、キ27、そして九七式戦闘機、「隼」、「鍾馗《しょうき》」、「疾風《はやて》」等である。

この九一式戦闘機は、満洲事変、上海事変から日中戦争にかけて、陸軍の主力戦闘機となり、中島で三百五十機、石川島で百機、合計四百五十機が製作された。

この飛行機は次の記録でも記念的といえる。

昭和七年十月、新藤常右衛門中尉によって、高度九千メートルまで上昇。十年一月、三機編隊で立川―八丈島の往復飛行に成功。同七月三機編隊による日本一周飛行を行なう。また昭和十一年三月の陸軍大空中分列式では、空の草分け徳川大佐が、自ら九一式に乗って、百五十機の大編隊を指揮して、話題となった。

また愛国号として献納された点でも、当時の国民に知られている。

昭和五年二月、知久平は代議士に初当選するが、その前後に中島が製作した飛行機を挙げておこう。

▽横廠式水偵、▽一三式練習機、▽中島式ブレゲー一九A二陸上機、▽同B型水上機、▽一四式二号水偵、▽一四式三号水偵、▽試作偵察機（昭和二年不採用）、▽一五式一型水偵、▽同二型水偵、▽試作中型貨物輸送機、▽試作単座戦闘機、▽中島式漁業用機、▽試作海軍戦闘機（昭和四年、吉田孝雄技師・後富士重工専務が主任となって試作、不採用となったが、

後の九〇式艦戦の完成に参考となった）、▽三式一型戦闘機、▽同二型戦闘機、▽九〇式二号一型水偵、▽中島式フォッカー輸送機、▽同水上旅客機、▽試作陸軍戦闘機、そして九一式一型戦闘機である。

これらに既成の十五機種を加えると、知久平が所長時代に製作した飛行機は、三十五種類に上る。

昭和六年一月、知久平は所長の椅子を喜代一に譲る。その前年二月に代議士になったので、会社の経営と並行することは、誤解を招くと思われたからであろう。

知久平最高点で代議士となる

──苛烈な飛行機試作競争──

知久平が海軍の大艦巨砲主義、戦艦中心主義の方向転換を主張するために、代議士になろうという志を抱いていたということは、前に述べた。

昭和五年二月二十日の第十七回総選挙に、知久平は群馬県第一区から中立で出馬した。浜口内閣の時で、すでに一月二十一日、ロンドン軍縮会議が始まり、やがて首相、海相に対する加藤寛治軍令部長の反発から、統帥権干犯問題が起こって、昭和の動乱が始まる頃であった。

しかし、中島飛行機製作所のほうも、一大危機あるいは試練に直面していた。それで知久平は、投票日の十日前に立候補するという慌ただしさの中で、見事最高点で当選したのであるが、これはかつての恩人であるムトキンこと武藤金吉代議士が、昭和三年四月、田中内閣の内務政務次官の時に死亡し、その地盤をもらったので、選挙区に一度も行かないで当選したものである。もちろん日頃の知久平の飛行機製作者としての声望とその飛行機の評判が、地元で高く評価されていたのが、当選の理由ではあるが。

当選はめでたいが、知久平の飛行機製作のほうは正に戦場のような騒がしさであった。

その理由は井上幾太郎中将の発案による、各飛行機製作会社のコンペティション（試作競争）である。大正十四年五月、それまでの陸軍航空部は航空本部と改称され、以前に航空部本部長で、第三師団長となっていた井上は十五年七月、軍事参議官兼航空本部長（昭和二年二月大将となる）となった。

そして昭和二年四月、井上は民間の飛行機製作会社に優秀な国産機の製作をうながすため、コンペティション形式で審査、採用することを決め、当時、陸軍の指定工場になっていた中島、石川島、川崎、三菱の四社に単座戦闘機の試作を命令した。この企画は今まで欧米のモデルのイミテーションを造ることが多かった会社に国産を奨励し、また官庁との癒着を防ぐ意味でも、画期的なものと言われた。

しかし、受けて立つ業者のほうは一大事である。このコンペティションに勝てば、注文はとれるが、負ければ中島のような資本の小さな会社は倒産するかも知れない。特に先達と見なされている中島としては、面子《メンツ》の上でも負けられない。

――ようし、やるぞ、コンペティションとは望むところだ。威張ってきた資本家どもに、この中島魂を見せてやるのだ！ ……

知久平は製作担当の両腕である二人の弟喜代一、乙未平、経理担当の門吉や、佐久間、奥井らの技術者たちと、必勝の握手を交わした。もちろん各社、特に歴史や技術において中島と競合してきた三菱なども、大いに闘志を燃やした。

しかし、試作機によるコンペティションの結果は、あまりにも過酷なものであった。

翌三年六月、所沢飛行場に集合した四機の運命は次のようなものであった。すなわち石川島は期日に間に合わず、まず失格、次に川崎は重量過重で不合格、三菱の隼号は予備飛行中に空中分解を起こし、操縦員の中尾純利は、パラシュートで降下して、皮肉にも日本最初のパラシュート降下の記録をつくった。

結局、残ったのは、中島式だけであるが、これも八月十四日明野飛行学校でのテスト飛行の際、やはり空中分解して、操縦員の原田潔大尉は、やはりパラシュートで脱出するという結末であった。

この中島機はフランスの有名な戦闘機設計家・マリー（ニューポール式戦闘機甲式四型の設計者）の指導で、小山技師が主務者となって製作したものであるが、結局は重量制限がネックで、これ以上強度を強くすると、重量制限に引っ掛かるという、厳しい規制に阻まれたのであった。

思ったより事故が続いたので、事後の航空本部と中島の研究会では、

「この陸軍の要求は過酷に過ぎたかも知れない。今の実情では日本のメーカーに、あれ以上

のものを造れというのは、無理であろう」

と陸軍側が発言した。

この時、すっくと立ち上がったのが知久平で、彼が、

「まだ諦めるのは早いと思います。日本の航空界は日進月歩であります。次回は必ずご要求通りのものを造って御覧に入れます。もし不成功に終わったら、工場を閉鎖します」

と断言したので、喜代一も佐久間も思わず、知久平の顔を見つめた。――兄さんはそんなことを言い切って大丈夫なのか？　……乙未平も眉をひそめた。たんかを切るのは易しいが、知久平の肩には数百人の中島飛行機製作所の人々の生活と、会社のプライドがかかっているのだ。一時の血気に逸《はや》って安請け合いをするのは、考えものではないか……一座の中島側の人々の考えは、当然そうであった。

しかし、挫折を知らないチッカンは、絶対に前言を翻すようなことはしない。この鼻息に押されたのか、微笑で知久平を眺めていた井上本部長は、今一度中島に試作をさせることにした。

「ようし、今度はやったるぞ！」

唇を噛んだ知久平は、乙未平を呼ぶと、

「すぐに英国にいって優秀な飛行機のライセンスを買ってこい。これが中島飛行機製作所の運命の分れ道だぞ！」

と命令し、大和田、小山の両技師に改造機の試作を命じた。

そこで乙未平は早速英国に急行し、ブリストル航空会社のブルドッグ型機のライセンスを買い取り、その設計者のフリーズを同行して、四年三月帰国した。

これをもとに中島式ブルドッグ式という飛行機の製作にかかったが、別に大和田、小山のコンビで日本人による純国産戦闘機の完成も目指した。そしてできたのが、前述の名機・九一式戦闘機で、これが六年十二月、コンペティションの最優秀作として、晴れて陸軍制式機に採用され、知久平以下が凱歌を挙げたのであった。

こういう訳で、知久平が立候補した時は、厳しいコンペティションの真最中で、立候補届け出から投票まで僅か十日間という慌ただしさであった。

とにもかくにも、いつも忙しいチッカンは、今度も新作機製作と立候補の両方で眼の回る思いをしながら、両方とも成功させてしまった。知久平の絶倫なエネルギーはもちろんであるが、陸軍上層部と郷里の人々の人望が、知久平を押し上げていることは、見落とせない。

代議士となった知久平は、武藤金吉の遺志を継いで政友会に入り、党の会計監督になった。時に四十七歳、男盛りで仕事にも脂が乗り切った頃であった。

三月下旬、彼は中島事務所を日比谷の市政会館におき、武藤の息子金之丞をその主任とした。

五月、前橋における政友会群馬支部大会で、知久平は群馬支部長に選ばれ、武藤の後を引き受けることになった。

この翌年（六年）一月、知久平は中島飛行機製作所長と中島事務所長の地位を喜代一に譲り、自分は政治に専念するという形とした（但し会社では、〝大所長《おお》〟と呼ばれ、実権は彼にあった）。

民間の会社社長が、政治家を兼ねることは、利権をめぐる疑惑を招きやすいと、彼は恐れたのである。陸海軍から飛行機の注文を受ける会社としては、当然の配慮といえよう。

またこの年十二月、知久平は中島飛行機製作所を改めて資本金千五百万円の中島飛行機株式会社と改称し、次の人事を行なった。

社長　中島喜代一
常務取締役　中島乙未平
取締役　中島門吉
以下取締役五人
監査役　栗原甚吾、佐久間一郎

知久平がこの段階で株式会社にしたのは、満洲事変以降、飛行機の需要が激増して、工場拡張のため資金が必要のためと、次の航空各社がすべて株式会社であったことである。

三菱、川崎、愛知時計、東京瓦斯電機工業、川西航空機、石川島飛行機。

海軍の名機・九〇式艦上戦闘機

陸軍の九一式戦闘機を挙げたら、海軍の九〇式艦上戦闘機（航空母艦用）を挙げない訳にはゆくまい。

これも中島の国産第一号の艦上戦闘機で、上海事変の頃、報国号として、多数国民から軍に献納された。当時、筆者は小学校六年生で、陸海軍に対して、国民が争って愛国号と報国号を献納する新聞記事や写真を見た覚えがある。

九〇式に至る中島の技術的遍歴をのぞいておこう。

英国のグロスター・ガムベット艦戦（艦上戦闘機）をモデルにした三式艦戦に続いて、中島の海軍戦闘機設計部は、アメリカのボーイングF2B艦戦の特性を取り入れた三式艦戦改良型を試作した。これは吉田孝雄技師が、丁度英国から輸入したブリストル・ブルドッグ2A戦闘機の、性能審査を行なったので、吉田ブルドッグ戦闘機とも呼ばれた。

しかし、発動機は三式艦戦と同じジュピター四百五十馬力で、中島はさらに昭和六年五月、栗原甚吾技師を中心として、ボーイングF4B艦戦を参考とした複葉艦上戦闘機を完成した。九一式戦闘機が陸軍で制式機として採用される直前である。

この機は中島の自慢の寿二型改一・四百六十馬力―五百八十馬力で、始めて車輪に覆いをつけたスマートな空母用の戦闘機となり、最大速力も時速二百九十三キロと九一式戦闘機に迫るものを持っていた。昭和七年四月制式機採用となり、九〇式艦上戦闘機と呼ばれた。昭和十一年まで中島と佐世保工廠で製作され、合計百五十機が生産された。

この複葉機の特性は、その卓越した運動性で、献納機募集のため全国の飛行場で曲芸飛行をやったので、益々有名になった。このチームが三機編隊の〝源田サーカス〟で、後の真珠湾攻撃の機動部隊参謀・源田実大尉（後大佐、海兵五十二期）や岡村基春大尉（五十期、後大佐、七二一空司令、二十三年自決）、野村了介大尉（後中佐、五十六期、第七十二航空戦隊参謀）が、メンバーであった。

この歴史的な戦闘機は、特に三機編隊の宙返りで観衆を沸かせ、後に中島の森技師によって光一型六百七十馬力―七百三十馬力という強力な発動機をつけ、十一年一月、九五式艦上戦闘機となり、これが最後の複葉艦上戦闘機で、この後、九六式艦戦を経て、かの「零戦」の時代に入るのである。

予言者的政治家・中島知久平の思想

前述の通り、昭和五年二月、知久平は代議士となり、国会に議席をしめることになった。これから中島知久平の政治家としての業績とその評価について、見てゆく訳であるが、本編は航空界の草分けとしての知久平の足跡をたどるのが主眼で、政治家知久平には、必ずしも多くの紙数を割く予定ではない。しかし、昭和のマルチ人間ともいうべき中島知久平は、政治家としても興味ある発言と業績を残しているので、これを徐々に眺めてゆきたい。

『巨人・中島知久平』の著者・渡部一英は、知久平を〝未完成〟の政治家であったといっている。それは彼が丁度政友会の総裁になる頃には、すでに軍部の独裁が始まっており、昭和十五年（一九四〇）九月には三国同盟が成立、十月には大政翼賛会ができて、立憲政治は窒息に等しい状態になってしまい、彼もそのライバルである鳩山一郎も、自由な言論を発表する機会は圧迫され、政党政治家はすべて、軍部と御用政治家によって、疎外されてしまうのである。

そこで渡部は知久平を〝未完成〟の政治家と呼んだのであろうが、知久平は政治家としての発言はある程度やっている。総理にこそならなかったが、彼が政治家となった狙いは、大艦巨砲主義や艦隊第一主義を排して、航空万能にもってゆくように、国政を運営することなので、その意味では彼が政治家となった意義は小さくはない。

そして彼は一方で航空第一主義を押し進めながら、飛行機メーカーとしては、「零戦」の発動機、陸軍の名機「隼」など、決戦用戦闘機を量産し、最後にはアメリカを爆撃してドイツに着陸するという奇想天外な六発（五千馬力発動機六台を装備、出力三万馬力、初代空母「鳳翔」と同じ馬力）、翼幅六十五メートル、重量百六十トン、時速六百八十キロ（零戦一一型は二百八十八ノット＝五百三十四キロ）、航続力一万六千キロで、一トン爆弾二十発を抱き、地球を半周してアメリカを爆撃し、ドイツに着陸するという秘密兵器の巨人機「富岳」の具体的な設計を終わっていた（「富岳」については後章で詳述する）。

従って飛行機メーカーとしても、自分の個性的な主張を強烈に押し出した点では未完成とはいえないのである。不幸にして知久平が造った飛行機や搭乗員の奮戦にもかかわらず、大日本帝国は滅亡した。しかし、それは歴史の流れの一つであって、知久平はその過酷な流れの中で、力一杯、チッカンらしく全力を尽くしたといってよいであろう。

渡部は政治家、特に国会議員の条件として、次の六個条を挙げている。
一、自活力のあること。
二、識見の高いこと。
三、国家の選良という重責に徹し得る人物であること（一地区、一階級の代表となりがちであるが、常に国家の利害、国民全体の利害を重しとするルールによって善処すべきこと）。
四、操守堅固であること。
五、人格高潔であること。
六、感情で動かぬ人であること。
　これを筆者の考え方に言い換えれば、
一、巨視的に国家、世界を鳥瞰することのできる人物。
二、己の企図、経綸を持ち、意志強固であること。
三、独自の個性を持ち、これを十分に発揮すること。
四、人に寛大で己に厳しく、利権に淡白であること（この点、現代の政治家の大部分は落第ではないか）。
五、太っ腹で常に天下国家を憂え、己の小利、栄達を図らぬこと。
六、以上を総合するに、大政治家というものは、人並みはずれた大人物であることが条件で、現代の政治家は小心翼々として、金に執着し私腹を肥やすことに、汲々としている小人物が多すぎる。

このほか渡部は、知久平の場合、〝予言者〟的性格も、政治家としての優れた資質であった、といっている。

たとえば、知久平は次の点で予言者としての資質を現わしているという。

一、大正三年、中島知久平は大艦巨砲主義を批判し、飛行機が雷撃、爆撃をするという時代が間もなくくるから、この増産に励むべきだ、という意見書を海軍の上層部に提出している。その後の世界の国防の情勢は、この方向に進み、戦艦を重んじて航空を軽視した日本は、太平洋戦争で惨敗を喫する。

二、知久平が海軍を辞めて、民間の飛行機工場を造った時、これが成功すると考えた者は、殆どいなかった。それが満洲事変の頃になって、九〇式艦戦、九一式陸上戦闘機などを活躍させ、太平洋戦争では栄発動機をつけた「零戦」が活躍、また陸軍の名機「隼」を量産して、その先見の明を示した。

三、知久平は海軍機関学校にいた頃から、「大アジア主義」を唱えていた。彼とほぼ同じ頃陸士にいた石原莞爾《かんじ》も佐官時代から、「東亜連盟論」を唱え、日本が負けてからも、その看板をはずそうとはしなかった。この二人の考え方には似たところもあれば、違うところもある。日中戦争の頃になって、松岡洋右《ようすけ》が「大東亜共栄圏」を唱える。これは日本が盟主となって、中国を始めフィリピン、タイ、仏印、マレーシア、ジャワ、ビルマ、インドなどをその支配下において、米英と対抗しようという領土拡大的なものであるが、知久平と石原莞爾のそれは、もっと巨視的あるいは宗教的な色彩を帯びていた。

まず石原莞爾の東亜連盟は、日本が満洲を手に入れて、共産主義国ソ連の赤化政策をふせぎ、そのほか中国、フィリピン、東南アジア諸国と連盟して一体とし、強力な国防同盟的なサークルを造り、彼の予言である〝世界最終戦争〟に備えようという軍事的なものであった。石原莞爾の世界最終戦争論は、彼の信仰する日蓮宗の教理が影響しているという。

では知久平の大アジア主義とはなにか？

これは「アジアは一つなり」というような漠然とした友愛観念からきたものではなく、知久平独自の世界観、宇宙観からきたもので、中島教ともいうべきイデオロギッシュなものである。

ロシア征伐を考え、大艦巨砲主義を批判して、航空第一主義を主張する知久平が、そのような哲学的、宗教的なことを考えるのは、いささか意外であるが、元々中島知久平なる人物は桁はずれな人物なのである。

まず知久平はこう彼の世界観を展開する（昭和十七年の選挙公報による）。

「宇宙の大道は万物不断の生成発展にあり」「世界生命体の進化発展は、世界を形成する各民族それぞれの進化発展による」そして、「民族には各々優劣の差があって、優秀民族あり、また劣等民族あり、これをそのまま放置することは世界全体の完全なる進化発展を阻止する」とし、「世界でも優秀な民族が他の民族を指導し、最優秀民族と同等程度までこれを徳化すること」が真に世界生命体の進化発展を顕現する所以《ゆえん》である、という。

これはヒトラーのドイツ民族優秀説と似ているが、中島教でゆくと、日本民族が最優秀となる。

従ってこの世界観から優秀民族たる日本民族が他の民族を指導し徳化することは「世界生命体の進化発展を顕現する所以であって、宇宙を一貫する大真理に合一」するものであって、日本民族に課せられた神聖なる義務である……という信念を彼は抱いていた。

この思想の流れは、アジアを一体として、米英と戦争をやろうというのではなく、日本民族を優秀として、アジアという政治経済圏内の民族を指導して、世界生命体の進化発展に貢献し、宇宙の大真理に合一させようというものである。

石原莞爾の東亜連盟と同じく中島の大アジア主義も、敗戦と同時に崩壊したように見えるが、それから四十年後の今日、日本と東南アジア、中国などとの関係をみると、まことに興味深いものがある。

即ち日本は経済力においても、科学技術においても、優秀性を発揮して、アジアをリードしている。石原莞爾の説は多分に国防、戦争を目標としたものであったが、知久平の大アジア主義は、単に米英に対抗するためのみならず、世界を一つの生命体と見て、その進化発展に寄与するのが、日本民族の義務だとしたもので、単なる独善的侵略や征服とは、大分違うし、世界という生命体を設定しているところは、多分に哲学的宗教的な思想として、一種の予言とも見てよい点があるのではないか。

このほか予言者・知久平は、

四、「日米戦争は必ず起きる」（昭和十一年頃）

五、「日本は空襲によって焼け野原になる」（十七年四月ドーリットルの東京空襲の時）
六、「今はシベリアに出兵して、ドイツを援助せよ、それでないとドイツは負けて、ソ連は満洲に侵攻して、日本軍を攻撃する」（十七年八月ドイツ軍がスターリングラードに侵入し、翌年一月敗北した時）
七、ガダルカナルで日本軍が敗退した時、「今のうちに日本は必勝の戦策を建てるべきだ」と論文を書いて要路に配った。

その〝必勝戦策〟とは何か？　彼の論文の主旨を見てみよう。

知久平の「必勝戦策」とは、すでにその一部を紹介した世界一周を目指す巨人機「富岳」が決め手である。

十七年八月、アメリカの海兵隊がソロモン群島南端に近いガダルカナルに上陸してきた時、大本営の参謀たちは、

「これは強行偵察か陽動であろう。本格的な反攻ではない。本格的なものは、ずばり北のマーシャルか南のマリアナ・ルートを狙ってくるだろう……」

と楽観していた。しかし、連合軍は大規模な攻撃を続け、飛行場を奪取して、ガダルカナルを占領し、ラバウルの方向に北上する攻勢を示した。

この時、〝予言者〟中島知久平は、早くも連合軍の反攻に危険を感じ、これを軍部に警告したが、まだ誰も耳をかそうとはしなかった。

そこで彼が考えたのが、巨人機による米本土爆撃という途方もない大計画である。

すなわち国力を集中して、この超大型爆撃機数機を製作し、

一、第一段階ではアメリカの製鉄所、アルミニューム製造所、造船所、石油製造所を大挙猛撃して、敵の戦力の根源を絶つ。

二、第二段階では、太平洋側にある敵の戦略飛行場を悉《ことごと》く爆破して、空襲の能力を奪う。

三、第三段階では三百万の陸軍をアメリカ本土に空輸して、敵の本土を攻略する。

という雄大な戦略であった。

しかし、この戦略はあまりにも雄大過ぎて、大本営の取上げるところとはならなかった。

かつて中島知久平が若い時、大艦巨砲主義を批判し、飛行機による雷撃を主張したが、誰も耳をかしてはくれなかったと同じ状況で、えらい人というものは、常に予言者の言葉を採用するのにやぶさかで、それが本当の作戦であったと気づくのは、いつも後になってからのことである。

――やはり駄目か……陸海軍はいつもおれの提案を飛躍し過ぎるとして、警戒するのだ……それならば独力でやってみせるぞ……知久平は、怒りを感じながら、中島飛行機会社の技術陣を動員して、B29爆撃機をはるかに上回る超大型爆撃機を至急設計させ、これをZ機と呼び、これを単に爆撃機のみならず無数の機関銃をのせた大型戦闘機として、また数百人の兵士と多くの兵器を運ぶ輸送機にも使用するとして、その戦術によって米本土攻略戦法を具体的に研究し、これを「必勝戦策」と名付け、まだ敵がソロモン群島を遡上し、ニュージョージア方面に上陸していた頃（サイパン攻略の一年ほど前）、陸海軍上層部、軍に影響力の

ある宮家、重臣、大物政治家に、極秘裡に配布した。

この情熱と高度な技術に満ちた建策は、当時、首相・陸相・軍需相であった東条英機を動かした。しかし、強気の東条はまだ負けるとは考えておらず、とにかく中島に巨人機を造らせてみよう、というので陸海軍航空委員会の中に「試製富岳委員会」を設け、中島をその委員長として、研究を推進させた。これがそのまま豊富な資材を供給されて、製作にかかれば、十九年末か二十年早春には最初の機が完成し、米本土爆撃が実施された可能性が強い。それだけでアメリカが講和に応じるとは思えないが、少なくとも米上層部や国民に不安を与え、数機が量産されて、高空からハワイ空襲を繰り返し、米機動部隊の基地（クェゼリン環礁等）を猛撃するならば、連合軍の反攻を抑え、戦局を有利に展開させることができたかも知れない。

これが十九年春のことであったが、間もなくサイパンの失陥によって、七月東条内閣は総辞職し、知久平の巨人機も一頓挫するのである。この先の経過は後の章でくわしく述べたい。

ロンドン条約と中島の議会爆弾質問

話が進み過ぎたが、代議士一年生の知久平の活動ぶりに触れておくべきであろう。前にも触れたが、昭和五年一月にロンドン軍縮会議が開かれ、四月二十二日調印の運びとなった。この年知久平が代議士に当選して間もない頃のことである。

知久平が代議士になって初めての第五十八議会（四月二十三日―五月十三日）では、野党の政友会が浜口総理（民政党総裁）と海相・財部《たからべ》大将を追及した。その理由は、軍令部長の加藤寛治大将（昭和二年四月一日進級）が、ロンドン条約における補助艦艇の比率では、国防上不十分であると、海相代理の浜口総理に抗議したにもかかわらず、浜口はすでに軍部の意見を十分聴取して、政府が決定した、と答弁したことである。詳しいことは省くが、海軍の兵力量（軍艦の大きさ、数量等）決定権はこの段階では、海軍省のほうが優勢であった。といっても海軍省に全権がある訳ではなく、海軍大臣と軍令部長は互いに意見を商議して、合議の上これに天皇の上裁を仰ぐ、というのが明治二十六年五月、海相と軍令部長との間で決定された「省部事務互渉規程」の条項にあり、これがまだ生きていた。

但し、日露戦争の時、海相の山本権兵衛が非常に強大な力を発揮し、その後も加藤友三郎海相が、八八艦隊予算を通過させ、ワシントン軍縮会議でも、軍令部系統の加藤寛治（中将）首席随員を抑えて、五・五・三の主力艦比率を通させるなど、軍政的な力を発揮してきたので、軍艦建造の実施には、伝統的に海軍省が優勢であり、軍令部はこれを不満に思っていた。実際に艦隊を指揮して戦闘の時に命令を発するのは、軍令部長の主務である。それなのに戦闘に必要な軍艦の量について、海軍省にリードされるのでは、希望通りの作戦、戦術がたてられない……というのが軍令部の不満の原因で、ワシントンにおける二人の加藤の衝突以来、それはくすぶっていた。

それがロンドン会議で一挙に燃え上がった。

加藤軍令部長は統帥権を干犯するものだとして、強く首相と海相を非難した。それがこの第五十八議会で噴出し、野党の追及に出会った。浜口は「すでに軍部の意見を聴取して、政府が責任をもって決定した」と答弁したが、野党、軍令部は収まらず、議会は五月十三日閉会したが、加藤軍令部長は六月十日、参内して事情を上奏した後、辞表を提出し、十一日付で軍事参議官となり、以後海軍の要職につくことはなかった（後任は谷口尚真《なおみ》大将）。財部海相のほうも十月二日のロンドン条約批准後、十月三日をもって辞任し、後任は安保《あぼ》清種《きよかず》大将となった。

しかし、これで軍令部対海軍省の抗争の火種が消えた訳ではない。浜口内閣は統帥権干犯の名目で非難され、ついに右翼が動き、首相は十一月十四日東京駅頭で狙撃され、翌六年八月二十六日死去（内閣は六年四月十四日、若槻内閣に代わっている）。

それはそれとして、浜口首相入院中の第五十九議会（五年十二月二十六日開会、六年三月二十七日閉会）でも、ロンドン条約のしこりはくすぶり続け、中島知久平が激しい質問を首相代理の幣原喜重郎《しではらきじゅうろう》外相に浴びせ、議会をうならせることになる。

ロンドン条約成立による建艦計画縮小のため、軍事費約五億円余が浮くことになった。政府はこれを減税に当てるといっていたが、兵力量問題で加藤軍令部長が辞任するなど、軍令部の抵抗が厳しいので、軍備補充計画を立案。第五十九議会に提出された予算案では、右の五億円の内ロンドン条約の比率内でその一部が行なわれる建艦と、条約と関係のない航空兵力の増強等を含む海軍補充計画に、三億七千万円をふりあて、残る一億三千万円を減税に当てることになっていた。

ここにおいて中島知久平は、大きな疑問に突き当たった。海軍機関学校時代から軍事予算に関心の深い知久平は、次の二点に国家防衛上問題があると考えた。

一、軍令部はロンドン条約の範囲の建艦全部を実施しても、国防は不安であるといっているのに、その権利の一部を行使するだけの補充計画では、国防上不十分ではないか？

二、政府の財政内容を聞くに、ロンドン条約の比率内の建艦でも、保留財源全部を当てても足らない。それでは減税の余地はない。これをどうするか？

単に政府を攻撃するために、統帥権干犯と騒ぎたてる野党の議員よりも遥かに軍事の専門家で、また憂国の志を抱いている知久平は、五十九議会の予算委員会で幣原首相臨時代理、安保海相、矢吹省三海軍政務次官らに、合計三十五回の質問を浴びせ、速記録に一万三千枚を記録させる、一年生議員としては、堂々たる活躍をした。これは一般の議員には難しいやり方であった。

この日、知久平は財部海相に代わった安保海相に質問するつもりであったが、海相が病気だというので、矢吹省三海軍政務次官（矢吹秀一陸軍中将の息。東京貿易社長、大正七年から昭和二十一年まで貴族院議員、加藤高明内閣の外務政務次官）に鋭い質問を試みた。矢吹が先にあげた政府案について説明すると、知久平は質問した（以下、議会速記録による）。

「今回の艦船建造には、いろいろなものが含まれているから、これによってロンドン条約の兵力量の不足を補い得るというお話でありましたが、艦船建造補充計画を全部やっても（軍令部では）不足があるという。（中略）また政務次官は、艦船補充計画の中には他のものも含まれていると言われたが、これは極小さい六百トンぐらいの水雷艇または敷設艦というようなもので、用兵作戦としては、価値のないものである。

なお航空兵力をいかに米国が拡張しても航空母艦に制限があるから、恐れるには足らず、というお話ですが、これも間違っている。今日はカタパルトというものがあって、母艦以外のあらゆる軍艦から容易に飛行機を発射することができるので、母艦に制限があっても、戦時には米国の飛行機はいくらでも日本近海にやってくる。そういうご議論は貴方一個の御考えであると思う」

これには矢吹もぐっとつまった。

次に知久平は首相臨時代理の幣原に矛先を転じた。

中島委員　幣原首相代理は五十八議会において、犬養政友会総裁の質問に対して次のように答弁されました。

『この度の条約案に記載されてあります帝国の保有勢力によって、帝国の国防は極めて安固であることを責任をもって申しあげます』と。また当時の幣原外相は外交方針演説のさいにロンドン条約に関して、『我が国の保有すべき兵力をもってしては、到底国防の安固を期し得られないというが如き批評がありますならば、余りに極端なる悲観説であると申さなければなりません』と言われた。当時、加藤軍令部長はロンドン条約の兵力量に反対を声明して、海軍部内では大騒ぎをしていた。然るに浜口首相と幣原外相は、議会においてかくの如く演説せられ、天皇の最高帷幄《いあく》機関の長である軍令部長や海軍の専門軍人の根拠ある説を蔑如したのであります。（拍手）

なおこの問題に対しては当時加藤軍令部長の反対を押し切って、政府の責任をもって、兵力量を決定し、その兵力量に対し外国と条約を締結して、我が国防を拘束したのである。故にこの条約の兵力量が我が国防の上に不足であるということならば（発言する者多し）……。

武内委員長　静粛に。

中島委員　浜口首相及び幣原外相は万死をもってするも償い得ざる、重大なる責任があるのであります。然るに先日、内田君の質問に対して、安保海相は、予算総会において、ロンドン条約の兵力量をもってしては、我が国家を防護する作戦計画を遂行する上に、兵力の不足を来したと言明されているのであります。（拍手）この重大責任に関して浜口首相及び幣原外相はいかなる処決をなさるご決心であるか？　幣原首相代理の明確なるご返答を承りたいのであります。

幣原首相代理　このまえの議会で浜口首相も私もこのロンドン条約をもって日本の国防を危うくするものとは考えない、という意味のことは申しました。現にこの条約はご批准になっております。ご批准になっておるということを以て、このロンドン条約が国防を危うくするものではない、ということは明らかであります。（発言する者多く議場騒然）（この段階では、中島の質問に対する幣原のこの答弁が、大問題になろうとは、まだ予測されてはいなかっ

武内委員長　静粛に――入ってはいけませぬ――静粛に願います――

（満場騒然たる中に、政友会の闘士、島田俊雄委員が登壇、発言したが、これが大問題となった）

島田委員　議事の進行について一言したい。――海軍の問題について質疑応答があるので、我々は謹聴している。然るに只今幣原首相代理のご答弁を拝聴しますと、此度のロンドン条約の結果として得られたる兵力量については、何等我が国の国防上欠陥はない。その証拠として現にロンドン条約はご批准を得ているではないか、ということは、首相代理としてはもとより、外相として輔弼《ほひつ》の任を忘れ、責を陛下に帰するものであると、言わなければならない。此の責任をどうするのか？

（これで議場は大混乱に陥り、野党は一斉に幣原に罵声を浴びせた）

「陛下に責任を帰するとは何事か！」

「断じてゆるさぬ」

「幣原、腹を切れ！」

「唯の失言ではすまされぬぞ」

「国体の破壊だ」

「桂（太郎）以上のことを言っている」

「国賊だ」

「平清盛、弓削道鏡以上だ」
「閣議を開いて処決せよ」
「謝ってすむ問題ではないぞ」

この時、議席の配分は民政党・二百六十七名、政友会・百七十一名で、民政党が絶対多数を制していた。そこで幣原もいざ本会議になれば、政府の言い分は簡単に通るだろうと油断して、うっかりご批准という言葉を持ち出したのであるが、元々、政友会は、この統帥権干犯問題で政府を攻撃しようという腹なので、幣原の失言に便乗した形跡が濃厚であった。

この大混乱で武内委員長も散会を宣し、八日間は予算総会を開くことができない。やっと与党と野党の話し合いがついたのは、六年二月十二日のことであった。

その冒頭、幣原首相代理は、前言を全部取り消したので、紛争も一段落、この問題に火をつけた功労者（知久平は自分の信念を述べただけで、手柄とは考えていなかったが）知久平は、改めて幣原に対し、ロンドン条約で認められた建艦費を全部支出すると、財源不足で、減税は不可能となる件について質問した。

中島委員（前略）政府の言い分によると、一九三六年までに建造すべき艦船のうち、今回の補充計画から洩れているものは、駆逐艦六隻、常磐級五千トン敷設艦二隻、一万二千トン級航空母艦一隻があり、これに要する金額は実に九千三百万円に上るのであります。（中略）現内閣が軍縮による海軍保留財産五億八百万円の中から一億三千四百万円を減税し三億七千四百万円を以て補充計画を確立するということは虚偽であって、一切の補充計画を実施すれば、減税は一厘もできず、却って不足であることが、明瞭である。故に今回提出の予算はすでに破綻を来しているのであって、その責任は極めて重大である。然るに政府は海軍に強要して、当然行なうべき補充計画を分割して、その一部のみを今回提出して、全部なるが如く装い、到底不可能なるにも関わらず、保留財源の中から一億三千四百万円の減税を発表して、国民を欺瞞《ぎまん》し、その重大責任を韜晦《とうかい》せんとしている。実に陋劣《ろうれつ》きわまる行為であると断ぜざるを得ないのであります。（拍手）

この重大責任とこの事実は計数の上から見て極めて明瞭なのであって、弁解の余地もなく、また、答弁の必要もないほどでありますが、幣原首相代理において、これが答弁をする根拠があるならば、国民が承服するに足る正当なる論拠に立って、明答を煩わしたいのでありま す。（拍手）

幣原首相代理　（大意）中島君は海軍の第二次計画について述べたが、政府では今回議会の承認を求めている海軍兵力整備計画で、我が国防の骨幹は一先ず整うという考えであります。第二次計画については、今後内外情勢の推移にまつべきもので、計画の内容も時期も未定である。従って、中島君は所謂《いわゆる》第二次計画があるという前提のもとにその数字を述べたが、正確ではないと考える。

また減税が少ない、その余地がないという話だが、政府は出来る範囲で減税の計画を立てているので、今日承認を求めている減税計画も実行できないものとは考えていない。

中島委員　只今のご答弁はまことに不謹慎極まるものと言わねばならない。今日提出した補充計画で日本の国防は大体根幹は整ったが、後はやるかやらぬかわからないという答弁であるが、これでは全然答弁にはならない。（軍令部関係では）、ロンドン条約で獲得した日本の建艦権利を全部行使しても、兵力量は不足であるといって、大問題となった。今回制限外の兵力量をもって、これを補おうというので、大騒ぎをしているのである。故にロンドン条約で得た権利は、何がなんでも一九三六年（昭和十一年）までに行使しなければならないことは、明白な事実である。

しかして今回の補充計画に洩れている軍艦のトン数、種類は先日申しあげたことを、海軍政府委員は承認されており、何がなんでもやらなければならない。海軍が外国の情勢や兵器の進歩によって考慮するというのは、建艦の権利を放棄するという意味ではない。今から一九三六年までには、六年ある。軍艦を造るには三年かかるから、一度に造ることはよい策ではない。これを二期に分けて、第一期は本年から昭和八年まで、第二期は九年から十一年までで実施するというのが、海軍の希望なのである。

海相が世界の情勢によって考慮するというのは、第二次に、造るべき軍艦の型、装備すべき兵器等について考えるという意味であって、建艦の権利をどうするかを、考慮するという意味ではないことは、明らかであります。然るにかくのごとき答弁をもって、責任を韜晦するということは、実に不謹慎な考えであると、私は断ずるのであります。（拍手）

この細密な知久平の質問に対して、軍事にうとい幣原は、満足な答弁をするのに苦しんだ。

幻の空軍独立論

次に知久平はその矛先を宇垣一成《かずしげ》陸相に向けた。そのテーマは、知久平の持論である〝空軍独立論〟である。

「（大意）陸海軍大臣に質問したいが、海軍大臣が欠席なので、陸軍大臣に質問する。今回のロンドン会議の兵力量に対して、海軍は制限外兵力である航空兵力を、六ヵ年に八千二百万円を支出する拡張計画を立て、今議会に提出したが、これは米国においても拡張できるもので、米国が将来いちじるしくこれを増大すれば、我が国は今回の航空兵力量では不足となる。

またカタパルトが完成して、空母、軍艦はもちろん、あらゆる船舶から容易に飛行機を発射できるようになった今日、航空兵力は国防上重大な要素である。

然るに我が国の経済力は米国に比して、弱小である。そこで航空兵力の威力を極度に発揮することを、大いに考慮しなければならない。然るに現在日本の航空兵力は、陸軍と海軍に分れ、航空機材の用途、目的、性能、その訓練方法も違っている。

故に海洋作戦には、海軍の航空兵力は活用できるが、陸軍のものは駄目である。同様に大陸あるいはソ連に対する作戦では、陸軍の航空兵力のみが活用される。常に二分の一しか活用できない。

しかし、国民の経済力は窮迫し、軍事費の負担に関しても、これを減少しようという空気がある。この際、航空兵力を二分せず、航空機材、訓練を合一し、軍政、統帥の機関も統一して、空軍省を新設して、最小の経済力をもって、最大の威力を発揮しうる方法をとるのが、国民経済に即した最良の方法であると思う。すでに英国、仏、伊などは空軍省を設け、米国においても、その動きが報道されている。（傍点筆者）日本にもこの必要があります。陸海軍大臣の協議による慎重なる答弁を求めたい。（ここで知久平が、殆どの軍艦からカタパルトで飛行機を発射するので、空母以外に航空兵力が増大するという見解を示しているが、これには問題がある。原則としてカタパルトから発射されるのは、フロートをもつ水上機に限られ、少数である。陸上機は発射されても普通の軍艦に着艦はできない。味方の陸地が近ければ、発艦だけして、攻撃後は陸上に着陸できるが、遠い外洋では、活用できるのは水上機だけで、偵察、弾着観測にはよいが、百機以上が大挙して、敵の戦艦を集中攻撃して、撃沈するということはできない。やはり外洋においては、空母の大部隊を活用しなければならないのである）」

これが六月十二日のことで、翌十三日、安保海相が出席したので、知久平は十三回にわたって、海軍補充計画について海相を質問攻めにして、

「それでは私は海相の答弁から、残っている権利は行使する、それには相当の予算がいるから、今明確には言えない、と了解して質問を終わります」

と武士の情を見せる形で報告を納めた。しかし、代議士一年生の中島が、浜口内閣の減税への疑問を明らかにし、近い将来において減税額以上の第二次海軍補充計画を必要とすることを、立証したので、与党、野党の古参議員も驚いた。当時の政界の古参といえば、政友会――高橋是清、犬養毅、尾崎行雄、床次《とこなみ》竹二郎、中橋徳五郎、元田肇、三土忠造、小川平吉、岡崎邦輔、前田米蔵、島田俊雄、望月圭介、民政党――安達謙蔵、早速《はやみ》整爾、片岡直温、町田忠治、小泉又次郎、松田源治、らで、いずれも政党人として、政界の荒波を乗り越えてきたつわものばかりであるが、軍人出身はおらず、予算では厳しいことをいうが、陸海軍の実際については、それほど勉強はしておらず、党利、党略というか、選挙に勝って政権を握ることには熱心であるが、あとは敵側の党員のアラを捜して、議会で騒いで、引き摺り下ろす、というようなものが多かった。

そこへ聴いたこともないような一年生議員が現われて、首相代理の幣原や海相の安保を取っちめるので、ある者は中島という奴は生意気な奴だ、と思い、ある者は中々軍事に詳しく自分の論理、識見を持った奴だと感心した（当時、知久平は四十七歳で、一歳年上で後にライバルとなる鳩山一郎は、すでに当選五回で田中内閣の書記官長を務めていた）。

六月十四日、知久平は約束通り宇垣陸相に、航空兵力統一（空軍設立）に関する質問を行ない、回答を求めた。宇垣は清浦内閣以来、五回目の陸相で、陸軍軍政の大立者といった存在で、ここに古豪が新進を迎えて立つことになった。議会は彼の知久平に対する答弁に、興味をもって静まり返った。

「(大意) 関係方面 (海軍を含む) と打ち合わせをして、空軍の独立について答弁します。これには軍部でかねてから研究をしてきましたが、用兵、教育、技術、経済等の各方面にわたる利害が錯綜して、目下のところでは、独立空軍を設立することを、必ずしも有利とは認めておりません。

殊に中島君は陸海軍の航空兵力を交互に流用することが、兵力の節約になる理想的な処置であるように述べたが、飛行、及び空中勤務の方則は、陸海各々特異の戦策に適応する必要があり、彼此両用することを許さぬのが、現状である。

したがって中島君が過日お述べになった理由をもって、独立空軍建設の根拠とすることは、今日なお躊躇《ちゅうちょ》している状態であります。

しかし、航空の発達はご承知のとおり頗《すこぶ》る顕著であり、航空兵力も今後漸次増加の趨勢にあるので、空軍組織の利害に関しては、将来も絶えず研究に努め、時勢の要求に適応するように期したいつもりである」

この宇垣の答弁は一応筋が立っているようで、どこか弱々しかった。それは陸軍だけをとっても、空軍独立の一番のネックを、彼が隠していたからである。

そのネックとは何か？　それは海軍も同じセクショナリズムであった。

知久平はいくども大艦巨砲主義を批判したが、陸軍はもっと古臭く、未だに三八式歩兵銃が幅をきかしていた (三八式は日露戦争の時、旅順攻撃の後に制式銃として、採用されたものであるが、一般に日露戦争時代の銃として、古いものの代名詞とされ、太平洋戦争でも大部分の兵士は、この単発銃で米軍と戦った)。

知久平は宇垣の答弁を微笑しながら聴いていたが、宇垣の苦衷は察していた。

「中島委員　只今の陸相の答弁は、海相のご意見も代表しての答弁とみてよろしいか?

宇垣　海相と相談した結果であります」

こう宇垣の言質をとった知久平は、それ以上陸海軍大臣を追及しようとはしなかった。

知久平の疑問を表面に出すならば、軍部が激昂して、知久平を強く非難することは明らかであった。陸海軍内外の有志が憂えていることではあるが、その証拠を並べることは難しい。

さてそのネックであるが、それは空軍を新設する時、陸海軍どちらがイニシアチブをとるかということが、まず第一にある。明治建軍以来、陸軍は常に陸海軍を併せて指導する形を示してきた。参謀本部は長い間、海軍軍令部の上にあり、その思想は日露戦争の時でも、消えてはいなかった。従って空軍が新設されることになると、当然陸軍の将軍がこれを指揮することになる……陸軍はそう考えていたが、海軍はそうは考えてはいなかった。

「飛行機が科学兵器である以上、四十センチ砲と、八万馬力の機関をもつ戦艦「長門」、「陸奥」を持ち、新式の魚雷をもつ高速の巡洋艦隊を保持する海軍は、飛行機においても、一歩を先んじていると自負している。従って、折角の有効かつ有望な知久平の空軍建言ではあるが、まず空軍司令官やそのスタッフの人選で、上層部は悩むであろう。

それはアメリカの空軍の制度を見れば容易に想像がつく。米空軍の将兵はすべて海軍の軍人で、太平洋戦争の頃には、司令部はともかく高級将校でも始めから海軍で訓練を受けた者が大部分であった。

もし日本軍で空軍を造る時、陸海軍から飛行機経験者を集めることはいいが、下級将校を指揮する司令官、連隊長、航空隊司令らは、飛行機を知らない将校が、これに当たり、また陸軍の将校が海軍の将校を指揮するならば、そこに問題が起きる可能性があった。

これは空軍に統一する以前にも兵科別の問題があった。例えば海軍では大艦巨砲主義が生きているので、当然砲術科出身者が上位につく。日露戦争で三十センチ砲を撃っていた将校が、飛行将校を指揮するのである。といって飛行科学生出身者はまだ位が低い。

海軍航空隊のパイオニアのその後

陸軍のほうが早く高級将校になった飛行士が多い。

初の鳥人・徳川好敏工兵大尉は、陸大は出ていないが、異例の出世をしている。昭和二年には大佐で、飛行第一連隊長、中島の空軍発言の昭和五年には、所沢飛行学校教育部長、満洲事変の頃には、明野飛行学校長、十年八月、中将。十三年の日中戦争の時には、新設の航空兵団司令官、太平洋戦争開戦前の十四年予備役となったが、十九年には召集され、航空士官学校長となり、昭和三十八年まで存命であった。

従って徳川中将は、太平洋戦争において、最初の航空兵団（後には航空軍）司令官となる資格を持った航空出身者であったといえるが、これは例外であって、ほかの草分け時代の将校は、それほど出世したものは珍しく、途中で予備役に入っている。

徳川大尉と同じ頃に初飛行を行なった日野熊蔵大尉も、将官名簿にはのっていない。

徳川、日野両大尉に次いで、陸軍航空史に名前が出てくるのは、大正二年三月二十八日に行なわれた所沢―東京の訪問飛行で殉職した木村鈴四郎砲兵中尉と、徳田金一歩兵中尉で、二人の記念碑は今も入間基地に残っている。その次に名前の出てくるのは、第一次大戦中、大正四年二月の東京―大阪郵便飛行でモーリス・ファルマン陸上機で活躍した沢田、坂元、真壁、武田各中尉であるが、将官名簿には名前が出ていない（沢田秀中尉は、大正三年三月所沢で殉職）。

このへんで将官名簿で飛行機出身らしい陸軍将校を捜して見よう。

徳川大尉のことにはふれたが、彼と並んで古いのは、同期生（陸士十五期）の伊藤周次郎（航空出身、昭和十一年三月中将。徳川は十年八月中将）で、大正十四年航空本部員、昭和七年航空本部技術部長、十年八月航空本部技術研究所長、十二年八月予備役であるから、日中戦争、太平洋戦争には登場しない。この伊藤中将らしい飛行将校が、明治四十四年（徳川大尉の初飛行の翌年）に出てくる。六月九日ブレリオ単葉機で、所沢―川越間の野外飛行を行なった時、操縦は徳川大尉、同乗が伊藤工兵中尉となっている（『日本飛行機一〇〇選』による）。この機はこの時、発動機に故障を生じて不時着したが、この同じ機で木村、徳田両中尉が殉職したのが、二年後の大正二年のことである。この伊藤中尉が後の伊藤中将であるのか？　筆者の資料ではわからない（伊藤中尉が日本最初の飛行船操縦員で、その次が中島知久平であったことは、前にふれた)。

この後、将官名簿に名前の出てくる航空出身(途中から転科した者が多いと思われるが)の将官を挙げてみよう。

航空科将校といえば、徳川大尉が一番古いと思われるだろうが、彼も初めて飛んだ時は、工兵大尉で、航空将校となったのは、大正十四年五月、航空中佐が初めてで、それまでは工兵中佐であった。知久平が空軍独立論をぶった昭和五年には、所沢飛行学校教育部長であった。

将官名簿で「航空」と印のある将校で、一番大物は、陸士十二期の杉山元《はじめ》である。但し、彼は航空関係の経歴が多くあるが、歩兵出身で航空将校にはなっていない。しかし、大正七年十二月中佐で飛行第二大隊長をやっているから、指揮官としては最も古いといってよかろう。徳川はその頃は、工兵大尉で航空大隊中隊長から兵器本部検査官に代わったところであった。杉山はその後も大正九年七月には参謀本部付となり、国連空軍(日本にはまだ空軍はなかったが)代表随員、十年六月大佐、十一年四月軍務局航空課長、十四年五月航空本部ができると、少将となり、井上幾太郎航空本部長の下で、航空本部補給部長、この後、しばらくは航空本部関係の経歴はなく、陸軍次官、第十二師団長の後、昭和八年三月航空本部長で、航空関係の経歴は終わり、参謀次長、陸相、参謀総長という道を歩んでゆく。十二期では毛《もう》内靖胤《ないやすたね》中将も航空科となっている。それまでは歩兵七十五連隊長であった。十二年八月航空学校教育部長が彼の最初の航空の経歴で、この後、彼は昭和四年八月航空総務部長となるまで、ずっと航空畑を歩いて、六年三月中将、七年予備役となる。同じく十二期には、福井四郎中将もいる。大正十二年八月大佐で航空学校研究部長、昭和三年八月航空技術部長、七年八月中将、予備役、この人は東大物理科を出た技術将校である。

十三期、広瀬猛（歩兵出身、陸大二十二期、大正十四年五月飛行第四連隊長、昭和四年参謀本部第四部長、七年所沢飛行学校長、中将、八年三月陸大校長、彼は九年七月に死去しているが、生きていたら航空戦略、戦術で貢献したと思われる）、浅田礼三（砲兵出身、大正十三年十二月所沢飛行学校教育部長、昭和五年明野飛行学校長、六年八月下志津飛行学校長、八年三月中将、十二月航空本部付、九年予備役）、堀丈夫（大正十二年六月飛行第六大隊長、昭和五年八月航空本部補給部長、八年八月中将、九年八月航空本部長、十年十二月第一師団長、十一年七月予備役、十二年七月召集、留守航空兵団長、十三年六月召集解除）、藤本恒治（砲兵出身、陸大二十四期、大正九年八月航空第四大隊長、十三年五月明野飛行学校長、昭和三年一月気球隊長、四年三月少将、四年八月明野飛行学校長、五年八月予備役）、桜井義秀（大正十一年一月飛行第十五大隊長、昭和四年三月少将、予備役）。

十四期、大江亮一（砲兵出身、陸大二十五期、大正十三年下志津飛行学校付、昭和三年三月飛行第七連隊長、五年八月少将、航空本部検査部長、七年六月関東軍飛行隊長、八年十二月下志津飛行学校長、九年八月中将、十年三月予備役）、小野亜太郎（大正十四年五月飛行第二連隊長、昭和四年航空本部員、七年八月少将、予備役）。

徳川と同じ十五期では内田三郎（昭和五年、補給部各務原支部長、六年少将、航空本部検査

部長、八年予備役)、大場弥平(歩兵大尉の時陸大二十六期卒業、昭和四年明野飛行学校教育部長、六年少将、八月予備役)。

陸士十六期、佐野光信(大場と陸大同期、当時歩兵大尉、後昭和四年八月航空本部第二課長、十年八月浜松飛行学校長、十一年中将、十二年八月予備役)、小笠原数夫(歩兵大尉の時陸大二十八期卒業、昭和四年航空本部第一課長、十一年八月中将、航空本部総務部長、十三年九月没)。

十七期、江橋英次郎(歩兵中尉の時陸大二十四期卒業、少佐の時航空本部員、昭和三年八月飛行第六連隊長、十二年三月中将、十三年十二月航空兵団司令官、十四年予備役)、この江橋中将は、大正十年少佐の時、航空畑に入り、十四年五月には歩兵中佐から航空中佐に転科している。この頃、陸軍に航空科ができたと見てよかろう。春田隆四郎(歩兵大尉の時陸大三十期卒業、昭和四年八月飛行第五連隊長、十一年三月下志津飛行学校長、十二年十一月中将、十三年三月予備役)、中川泰輔(昭和五年八月航空本部員、十二年八月航空本廠長、十三年七月中将、十四年三月予備役)。

十八期、安藤三郎(大正六年歩兵大尉で陸大二十九期、十四年五月航空少佐、昭和五年八月飛行第七連隊長、十三年三月中将、十四年十二月航空兵団司令官、十六年十二月軍事参議官、十七年八月予備役、太平洋戦争以前に予備役になったが、航空出身で軍事参議官になったのは珍しい)、後藤広三(陸大二十七期、昭和五年三月飛行第八連隊長、八年十二月下志津飛行学校幹事、九年八月少将、十年八月予備役)。

では海軍の方はどうか?

海軍飛行界の草分け・金子養三大尉（海兵三十期）は、大正九年佐世保航空隊司令の後、大正十五年少将となり、昭和二年には待命となっている。また金子よりやや後輩の先達で明治四十五年、知久平と共に渡米した河野三吉大尉（三十一期、大正十五年十一月、金子大尉とともに、日本海軍最初の公式飛行を行なう）は大正十一年、中佐で死去、山田忠治大尉（三十三期、アメリカで知久平に次いでアメリカの飛行士のライセンスを受けた）は、昭和三年には、大佐で霞ケ浦航空隊の副長兼教頭で、六年横須賀空司令、後昭和九年には少将、航空廠飛行機部長となり、十一年待命となる。

まだ飛行科に対する評価は低く、金子も山田も海大を出ていないので、少将どまりとなったのではないかと思われる。

また海軍航空術研究委員会委員で、第一期飛行学生となった四名のうち井上二三雄大尉、安達東三郎中尉の二人は、若くして殉職、広瀬正経中尉（三十六期）は、海大二十期卒、昭和五年には大佐で広海軍工廠航空機部長、昭和十四年中将、広工廠長で待命となる。

第二期生には人材が多い。和田秀穂中尉（三十四期）は、海大十七期卒、昭和五年には「赤城」艦長、後、霞ケ浦航空隊司令、第一航空戦隊司令官を経て、十一年十二月中将で待命となる。

花島孝一機関大尉（海機十七期）は、昭和五年には、大佐で横須賀工廠航空発動機実験部長、十三年十一月中将、航空廠長で待命。

太平洋戦争で活躍した提督の中では、第四期航空術研究委員の桑原虎雄（海兵三十七期、海大には入校せず、太平洋戦争開戦時第三航空戦隊司令官、後十七年五月中将）が、昭和五年には中佐で、横須賀航空隊の副長であった（十八年十二月予備役）。

このように海軍航空隊の黎明期を担った士官たちは、その多くが若死するか太平洋戦争前に待命となっている。

昭和五年には中佐か大佐で、知久平のいう空軍ができても、それを指揮するほどの提督はいなかった。

陸軍の逸材と言われた宇垣が、この段階で空軍新設にどの程度の理解と情熱を抱いていたかは疑問である。

海軍には大艦巨砲主義と砲術家の独善があったとすれば、陸軍では歩兵出身と天保銭が、威張っていた。日露戦争における大きな勝利は、旅順の二〇三高地を始め、遼陽でも奉天でも、みな歩兵出身の指揮官による歩兵の突撃によって得られたと、彼等は主張する。私たちは昭和七年から十一年まで岐阜県の中学校で陸軍の軍事教練を受けたが（海軍のそれはなかった）、その時、配属将校は、

「陸軍の最後の勝利は歩兵の突撃によって、敵の陣地を占領しなければ、完全とはいえない。いくら砲兵が砲撃しても、騎兵が突撃しても、陣地の占領にはならない」

と強調した。ここに歩兵出身者が、将官の殆どを占めて、陸軍を牛耳った思想が窺える。

また歩兵将校でも天保銭をつけなければ、幅が利かなかった。天保銭とは陸大卒業生が、胸につける徽章のことで、それが小判型で天保銭に似ていた。

陸士にいった中学校の同級生と話をしたことがあるが、——誰々は秀才だが天保銭をつけていないから、少将以上にはなれまい、某は天保銭をつけていないが、司令官になった、あれは長州閥の引きがあったからだろう……というようなことを言っていた。

こういう傾向は満洲事変以降に顕著になり、太平洋戦争では殆どの参謀や将軍は、陸大出で天保銭を胸につけていたらしい。

日露戦争の頃はこういう考え方は必ずしも、強くはなかった。それは大部分の将軍が、明治維新の生きのこりで、陸大を出ていなかったからである。

陸大第一期生の卒業は、明治十八年で、この卒業生、たとえば優等生の東条英教（岩手県出身、陸士以前、東条英機の父）は、日露戦争の時は少将で、歩兵第八旅団長であった。同じ頃、少将で満洲軍参謀をやっていた福島安正（長野県出身）は、陸大を出ないで大将になっているが、東条は中将になると同時に、後備になっている。福島は長州閥でも薩摩閥でもない。その卓抜な情報活動は、シベリア横断等で知られ、日露戦争でも情報参謀として活動した。

明治から大正の初めにかけては、陸大を出ないで、大将になった例は珍しくはない。

陸士（士官生徒）第二期の大迫尚道（砲兵）も、薩摩閥ではあるが、陸大を出ないで、大正四年大将になっている。しかも普通は天保銭がなる参謀を、彼は度々やっている。日清戦争の時は第一軍参謀、日露戦争の時は第二軍参謀長である。

大迫の同期生では、秀才と言われた井口省吾（静岡出身、砲兵）が、陸大一期生であるが、大迫より一年遅れて、大将になった。彼は日清戦争の時は、第二軍参謀、日露戦争の時は満洲軍参謀である。

士官生徒三期の上原勇作も、宮崎県出身ではあるが、薩摩閥と言われる。彼は後に元帥となり、薩摩閥の陸軍を牛耳るが、陸大は出ていないし、工兵科であるが、日清戦争の時は第一軍参謀で、日露戦争の時は、第四軍参謀長。その後、陸相の時、元老・山県の指示で陸相を辞任し、西園寺内閣を総辞職に追い込み、教育総監、参謀総長と陸軍の三役を全部歴任し、子爵となっている。

上原の同期生には彼のほか大将が四人おり、その一人が、秋山騎兵団で有名な秋山好古（愛媛）である。秋山は井口と一緒の陸大一期生で、日露戦争の時は、騎兵第一旅団長として、コサック騎兵を圧倒する手柄を立てた。その後、教育総監も務めている。

上原の士官生徒三期生には、ほかにも陸大を出ていない大将が二人いる。本郷房太郎もその一人で、日露戦争の時は陸軍省高級副官、その後、陸軍次官、第一師団長。柴五郎（砲兵、福島）は明治維新の時、賊軍とされた会津藩士でありながら、大将となった異色の将軍である。日露戦争の時は、野砲第十五連隊長、その後、台湾軍司令官を務め、昭和二十年十二月、自決している。

このように陸大を出ないで大将になった将軍は、多かったが、上原の同期生で、陸大四期を首席で出た内山小二郎（砲兵、鳥取）のような将軍もいる。日露戦争の時は鴨緑江軍参謀長、その後、第十二師団長、侍従武官長を務めている。

こうしてきて見ると、日露戦争から大正の頃は、まだ薩摩閥や長州閥が生きていて、必ずしも歩兵で陸大出が出世しているとは限らない。

筆者は天保銭なるものが、いつごろからできたか知らないが（海軍にはそういうものはなかった）、これが幅を利かすのは、昭和になって、陸軍が大陸進出を考え、新しい軍閥を形成し、国家改造、昭和維新などを唱える青年将校が、国粋主義的な将軍を担ぎ出した頃からではないか？　と筆者は想像している。

ここで一つの対比を試みよう。

上原の士官生徒三期は、五人の大将を出しているが、そのうち陸大を出ているのは、二人である。

上原からほぼ二十年後に陸士を卒業した士官候補生九期は、六人の大将を出したクラスである。その中には陸大を出ていない将軍は、一人もいない。しかも優等生が多い。

後に首相となる阿部信行（砲兵・石川）は、陸大十九期の恩賜、二・二六事件の時、青年将校を指導したと言われる真崎甚三郎（歩兵・佐賀）も阿部の陸大同期生で恩賜、満洲事変の時の関東軍司令官で、二・二六事件の時の侍従武官長であった本庄繁（歩兵・兵庫）は、阿部と陸大の同期生、日中戦争の時、南京虐殺の責任を取らされて、戦犯処刑された松井石根（歩兵・愛知）は陸大十八期の首席、剣道の達人で軍人精神を鼓吹した陸相・荒木貞夫（歩兵・東京）は、真崎らの陸大十九期首席で、これらの大将は、日本軍の大陸進出、所謂《いわゆる》満洲、中国の侵略を指導した将軍たちで、これらが全部歩兵出身で、陸大出の天保銭組であったことに、注目したい。

今一人の大将林仙之（歩兵・熊本）は、陸大二十期生で、昭和三年六月の張作霖爆殺の時は、陸士校長で、昭和六年九月、満洲事変勃発の時は、第一師団長であった。

要するに日本軍が大陸進出を考えていた頃の指導者は殆どが歩兵出身で、天保銭の持主と考えてよいようだ。

さて筆が横に滑ったが、筆者の言いたいことは、中島知久平が、いかに空軍創立を叫んでも、陸軍には空軍を指揮すべき将軍がいなかった……歩兵出身の陸大で歩兵の戦術を専攻した天保銭の持主が主力であるから、彼等は空軍ができて、飛行機乗りが将軍として、これを指揮することは、喜ばなかったであろう。

士官候補生一期生（岡山）の宇垣も、もちろん歩兵出身（陸大十四期恩賜）で、空軍の独立には、抵抗があったと思われる。

海軍では太平洋戦争で活躍した提督の中にも、大西滝治郎のような海大を出ていない提督もいた。問題はそれよりも陸軍と海軍から搭乗員を集めて、空軍を造るとして、陸海軍の指揮官の割り振りをどうするかということが、最も重大であったかも知れない。

例えば海軍兵学校の前身、兵学寮ができたのは、明治三年であるが、その第二期生の山本権兵衛が少将になるのが明治二十八年、大将になるのは、明治三十七年である。

昭和五年に中島知久平の意見が議会を通過して、新空軍が発足しても、その卒業生が少将になるまでには、二十数年はかかる。その間は、僅かな航空出身の将校のほかは、陸軍の歩兵出身の天保銭、海軍では砲術家が、航空隊の司令や航空母艦の艦長、そして飛行兵団の団長、航空軍の司令官などを務めなければならない。

それが飛行機出身の部下を指揮する時に、どういう現象を呈するか、太平洋戦争時には、明白な答えが出ている。例えば真珠湾攻撃の機動部隊の指揮官は、水雷科出身の南雲忠一中将であったが、飛行機出身の士官たちは、この人がどういう経歴の提督か全然知らなかった。とにかく水雷戦隊の勇猛な司令官で、戦艦を集めた第三戦隊司令官、海大校長を経て、第一航空艦隊司令長官となった提督だが、飛行機の経歴は全然ないということは、一部の士官は知っていたが、飛行機搭乗員は、この提督を信頼していなかった。彼等が信頼したのは、砲術家出身ではあるが、少佐の頃から航空畑にいた草鹿龍之介参謀長や源田サーカスで知られる戦闘機乗りの源田航空参謀であった。

真珠湾攻撃で第一撃（第一波と第二波）が終わって、敵の戦艦五隻等を撃沈した後、南雲の機動部隊司令部が、帰投を命令すると、搭乗員たちは、「なぜ第二撃をやらないのか？」といきまいた。敵の空母は発見されていないし、真珠湾にはまだドックや港湾施設、石油タンクなどが残っている。これをやらなければ、攻撃は十分とはいえない。しかし、「第一撃が成功すれば、我が方の空母に損害がないように、脇見をしないで、帰投するように」というのが出撃前に機動部隊草鹿参謀長と、連合艦隊宇垣参謀長の間に交わされた堅い約束で、もちろん南雲長官も山本連合艦隊司令長官も、これを了解していた。実直な南雲は命令通りに帰投したのであるが、これが搭乗員の士官には、評判が悪かった。

「やはり素人は駄目だ。あそこでもう一撃やれば、真珠湾は攻略できていたのだ」

「今度は水雷屋ではなくて、大西さん（滝治郎、第一連合航空隊司令官、第十一航空艦隊参謀長）か塚原さん（二四三《にしぞう》、第一連合航空隊司令官、第十一航空艦隊長官の経歴をもつ）あたりでなければ、強力な航空作戦はできないぞ」

彼等は「赤城」の甲板を歩きながら、そう残念がったという。

太平洋戦争が始まり、航空万能の時代がくると、続々とその素人の航空隊司令が誕生した。筆者が少尉候補生時代、戦艦「伊勢」の副長であった人が、横須賀空の内務主任（副長代理）で、後に松島空の司令になったので、驚いたことがある。

昭和五年に知久平が主張した「空軍独立論」は卓見であるが、問題はその指揮官の養成にあると思う。陸軍では大正十三年五月、「陸軍飛行学校令」が制定され、所沢、下志津、明野に飛行学校ができた。事実上はこれで航空兵科の独立とみる人もいるが、将校は他の兵科から転用され、操縦員は工兵科から、技術部門は砲兵科から転用されたことは、すでに示した通りである。下士官兵の搭乗員の教育は、かなり早期に開始され、陸軍では上記の学校のほか昭和八年四月、「陸軍飛行学校生徒教育令」が公布され、いわゆる「少年航空兵」制度が発足し、〝陸の荒鷲〟を目指す少年が激増し、これが太平洋戦争で活躍することになる。

しかし、生え抜きの航空将校の養成機関は遅れて、昭和十二年十月には、熊谷に陸士分校ができて、初代校長には、木下敏《はやし》少将（陸士二十期、陸大二十九期恩賜、後中将、関東航空軍司令官、第三航空軍司令官）が就任、これが十三年十二月十日、航空総監発足とともに、陸軍航空士官学校となり、木下少将が初代校長となる。

筆者の中学校の同級生・稲葉松平中尉は、十二年四月陸士入校、十三年航空士官学校に転じ、太平洋戦争中に、加藤隼戦闘隊の一員として戦死している。

海軍ではすでに述べたように、追浜《おっぱま》で航空術研究委員会ができて、これが後に霞ケ浦航空隊での飛行学生となり、太平洋戦争の時は、空母、基地航空隊で戦うことになる。筆者はその第三十六期生で、源田実大佐（海兵五十二期）は、第十六期生、ソロモンで奮戦した第二航空戦隊司令官の酒巻宗孝少将（海兵四十一期）も初期の飛行学生出身である。

下士官兵の教育では、陸軍より少し早く、昭和五年には、飛行予科練習生制度が発足、これがあの元気のよい〝予科練〟の第一期で、太平洋戦争末期、B29撃墜王として知られた遠藤幸雄大尉（戦死後中佐に特進）ら多くの優秀な搭乗員を生んでいる。

中島知久平が空軍独立論をぶった昭和五年頃、海軍航空隊は次のところにあった。

横須賀（大正五年四月、追浜に開隊、海軍テスト・パイロットのメッカとなる）、佐世保（水上機、大正九年十二月）、霞ケ浦（十一年十一月）、大村（十一年十二月）、館山（水上機、昭和五年六月）、呉（水上機、六年六月）

この間、昭和二年には海軍航空本部令公布。七年三月、修理、技術担当の航空廠が発足。

こうして見ると、日本陸海軍では、それぞれ航空の重要性を認識して、組織、制度を整えつつあったが、問題は中島知久平の主張するような空軍を造るための、人事の交流統一であった。アメリカでは太平洋戦争の前に空軍を創設して、これが開戦後間もないミッドウェー海戦の時のB17の偵察、爆撃の活躍となり、後にはソロモンの戦闘でB24なども参加、サイパンをとってからの、B29の本土空襲は日本に大きなダメージを与えた。

大〝予言者〟である知久平の、空軍独立論は確かに卓見であったが、日本陸海軍の体質は、時代を先見する明に乏しかった。

「天才とは一歩を先んじる人のことだ」という言葉があるが、陸海軍は国民に知られないところで、内部の暗闘を繰り返し、空軍独立どころか航空資材の分捕りで、争ったりしていた。知久平のような巨視的な視野をもった大人物が、統合参謀本部の参謀総長にでもなって、空軍を設立するのでなければ、大きな飛躍はできなかったと思われる。

こうして知久平はいかにも爆弾男らしい見解を示して、幣原や宇垣をうならせ、昭和十年代になって、彼等に思い当たる根強い種をまいたが、空軍の新設は当分できそうにもなかった。

航空雷撃事始め・軍艦「明石」を撃沈

しかし、この年昭和五年、じつは知久平の宿願である雷撃によって、軍艦を沈めるという実験が行なわれていたのである。

残念ながら、その雷撃を行なった飛行機の名称は、手元の『日本航空史』には出ていないが、当時の飛行機製作の状況から見て、雷撃のできる飛行機は一三式艦攻（艦上攻撃機、爆撃、雷撃に使用）ではないかと思われる。昭和五年二月、軍艦「明石」（正確にいえば廃艦）はこの雷撃でもろくも撃沈され、航空雷撃の将来に希望を抱かせた。この「明石」は明治二十六年、伊藤博文の上奏による詔勅によって、議会が承認した予算で造った戦艦、巡洋艦の中に含まれる三等巡洋艦で、明治三十二年、横須賀造船所で竣工した時は、排水量二千八百トン、速力十九ノット、十五センチ砲二門、十二センチ砲六門、魚雷発射管二門の新鋭艦で、日露戦争では、「浪速」らとともに第四戦隊に所属、第二艦隊の戦力として、仁川沖海戦に緒戦の勝利をあげ、黄海海戦でも第六戦隊の一員として奮戦した。日本海海戦でも敵弾七発を受けたが、よく奮闘し、〝不死身〟の三等巡洋艦として、有名であった。

大正元年二等巡洋艦となった「明石」は、第一次大戦でも特異な任務に従事して、海軍史に名を残した。それは連合国の要請により、地中海に派遣された第二特務艦隊の旗艦として、大正六年二月以降、ドイツ潜水艦と戦いつつ、輸送の援護に努めたことである。翌七年も南洋、インド洋方面の警戒にあたった。大正十年九月、「明石」は二等海防艦となり、昭和三年海軍から除籍され、さすがの武勲の軍艦も廃艦となり、昭和五年には飛行機による雷撃の標的となったのである。

「明石」の処分実験は五年八月、東京湾で行なわれた。一発の魚雷で二つに折れて沈んでゆく歴戦の「明石」……航空関係者が歓声をあげるかたわらで、軍艦関係者、特に砲術家は無念の涙を禁じ得なかったという。すでに航空時代がきていたのである。ただ海軍当局には、砲術家が多いので、飛行科の進出を抑えていたのである。

ではこの時、使用された航空魚雷は、どの程度のものか？　……『海軍水雷史』（昭和五十四年発行）によると、四四式四十五センチ魚雷の改造型らしい。

ここで知久平が念願としていた航空雷撃の初期の動きについて眺めておこう。

冒頭で中島知久平がロシアを征伐することを夢見ていたが、日露戦争の勝利でそれを、飛行機の発達、特に航空雷撃による戦艦の攻撃に切り替えたことを述べた。

しかし、知久平より先にそれを考えていた青年将校はいた。それはすでに何度も顔を出している海軍飛行界草分けの金子養三大尉である。彼は少尉の時、日露戦争で旅順の閉塞に参加し、味方の甚大な犠牲から、航空攻撃の必要性を痛感した。

——味方の船を沈めて湾口を塞ぐよりも、飛行機によって旅順港内に停泊中のロシア戦艦を雷撃した方が、効果も上がるし、犠牲も少ないのではないか……

明治四十五年海軍に航空術研究会ができた時から、彼は航空雷撃の主唱者であり、その点では知久平の先輩であった。

金子が少佐になった頃、搭乗員の強い希望で、航空術研究会は雷撃の実験をやってみることにした。まず横須賀工廠で十四インチ（三十五センチ）短魚雷を製作し、呉工廠では十八インチ（四十五センチ）魚雷を五十メートルの高さから落として魚雷の強度試験を行なった。

発射する飛行機は、中島知久平が大正四年に製作した試作水上機（複葉機二座、ベンツ百三十馬力発動機付）でやってみたが、離水が不能、金子はさらにサルムソン二百馬力搭載やファルマン百馬力などの試作機でやってみたが、離水には成功したが、魚雷の重みで旋回すると、高度が下がるという難点があった。

大正六年、英国から買ったショート水上機（複葉機三座、サンビーム三百二十馬力）で、桑原虎雄大尉（前出、第四期航空術研究委員）が、これに十四インチ魚雷を搭載して、試験飛行を行なったところ、離水も順調で、魚雷投下も数回の実験に成功した。これが海軍航空魚雷投下の最初で、投下高度は第一回三メートル、第二回五メートルであった。これに力を得た海軍は、横須賀工廠で新しく十八インチの魚雷を試作し、大正十年これに成功した。同年、センピル大佐（前出）の飛行団が来日、ソッピース・クック（複葉単座、ウーズレー・パイパー二百馬力）、ブラックバーン・スウィフト（同、ネピア・ライオン、四百五十馬力）などの艦攻を使ってスミス少佐指導で、霞ケ浦湖上で、魚雷発射の訓練を受けた。この時の受講者は、小牧猛夫大尉（四十期、大正十二年三月死去）、菊池朝三中尉（四十五期、航空術学生卒、後少将、「大鳳」艦長、海軍総隊参謀副長）、大橋富士郎中尉（四十六期、後大佐、筆者が霞ケ浦飛行学生の時の副長）で、投下高度は、五、六メートル、機速四十五〜五十ノットで、模擬魚雷を使用した。

大正十一年三菱で国産初の艦攻・一〇式艦上雷撃機（日本唯一の三葉艦攻、ネピア・ライオン、四百五十馬力）ができたので、赤柴千仗大尉（四十二期）、菊池朝三中尉らが、十八インチ長魚雷で五十数回実験の結果、良好であったので、これを航空用魚雷として採用することになった。しかし、一〇式艦攻の方は、三葉機の翼面積が大きく、空母「鳳翔」からの発艦は容易であったが、機高が高く空母の格納庫に入りにくいので、生産を中止し、これの特色を生かした名機・一三式艦攻が、大正十三年にお目見得することになる。

風雲急！ 五・一五事件から満洲事変へ
――中島知久平多忙なり――

知久平の爆弾質問で沸騰した第五十九議会は、六年三月二十七日閉会、間もなく四月十三日浜口内閣が総辞職した。統帥権干犯で民政党内閣を攻撃していた政友会は、今度はお鉢が回ると皮算用していたが、浜口の病気によるものなので、再び民政党の若槻礼次郎に大命降下した。

この年、九月十八日、満洲事変勃発、関東軍作戦参謀の石原莞爾中佐が企図する、満洲国建設を阻もうと、若槻首相と幣原外相は、陸軍を抑えるために苦心した。しかし、敵は内部にもおり、内相兼副総理格の安達謙蔵の陰謀で、十二月十一日、若槻内閣は総辞職した。安達は桂太郎の立憲同志会以来の古い民政党幹部で、床次《とこなみ》竹二郎（政友会と民政党を往来して、権力の座を狙った）と並ぶ野心家で、挙国一致内閣を説いて、政友会との協力内閣（これができれば、安達首班の可能性ありと彼はみた）を造ろうと、久原房之助（政友会幹事長）と組んで運動したところ、幣原外相や井上蔵相に反対され、若槻に対し反乱を起こした。これが原因で若槻内閣は倒れたが、その後は安達の思惑に反して、大命は犬養毅に降下し、犬養は政友会単独内閣を造り、落胆した安達は民政党を脱党して、国民同盟を造った。

この犬養内閣には、内相・中橋徳五郎、蔵相・高橋是清、法相・鈴木喜三郎、逓相・三土忠造、農相・山本悌二郎など老人が多かったが、一人四十九歳の若手として、文相に鳩山一郎が初入閣し、また商工政務次官には、中島知久平（四十八歳）が起用された。商工大臣の前田米蔵は、古い政友会の党員で、これが縁となって、昭和十四年の政友会総裁闘争（鳩山と中島の争いと見られる）でも、前田は中島知久平を支持することになる。

代議士二年目で政務次官は、異例の出世であるが、航空政策によって国防を考える知久平にとっては、総理や総裁になることよりも、空軍の創立や大空軍で米英のアジア侵略を抑える方が、重要な問題であった。

しかし、中島は〝金権政治家〟ではないか、という声はこの頃から、妬《ねた》みとともに高くなってゆく。金を使わなければ、そんなに早く政務次官になれるはずがない……というカングリが、新聞記者や政界雀の間に広まってゆくのである。

これは中島知久平の人柄を探る上で、重要なことなので、一応、彼の政治家としての経歴を見ておこう。

『巨人・中島知久平』の著者・渡部一英は、知久平には、政治家として出世しようという野心はなかったという。彼が代議士になったのは、〝航空立国〟という彼の信念を、議会で訴えたかったからで、大臣、総理になろうなどという野心とは無縁だったという（政治闘争に身をやつしていては、肝心の飛行機の製作が疎かになるという意味であろう）。商工政務次官も議会での活躍を評価されてなったもので、知久平の希望ではなかったという。

ではその後の知久平の政治家としての経歴は如何であろうか？

知久平はその後、代議士としての当選を重ねて、政友会の幹部になってゆくが、昭和十二年六月の第一次近衛内閣の鉄道大臣になるまでは、入閣していない。

知久平の政務次官は、五・一五事件による犬養内閣の総辞職によって、退職となるが、その後は軍部主導型の挙国一致内閣となり、政党人の入る余裕は少なくなってゆく。それでも床次のように、昭和九年七月、岡田内閣成立の時、党議に背いて逓相として入閣し、政友会から除名される者もいた。

二・二六事件で岡田内閣が倒れた後は、益々軍部中心の内閣となってゆき、広田、林内閣と続いてゆく。知久平がもし飛行機で儲けた金で、大臣の椅子を買おうとするならば、彼は軍需産業のボスなのであるから、軍部のお覚えもめでたく、入閣の可能性はあった。

渡部によると、知久平は「飛行機で得た金は、新しい飛行機の開発、増産に遣うので、政治には遣わない」といっていたそうである。

要するに知久平にとっては、飛行機の増産と世界一の航空力をもつ高度国防国家を造ることが、第一目的であったということであるが、それが知久平らしいかも知れない。知久平の頭の中では、常に、飛行機――日本の国防――白人帝国主義に対するアジアの防衛、という図式が引かれていたようだ。それは太平洋戦争になってからの彼の「富岳」に寄せる異常ともいえる熱情でもよく感じられる。

しかし、政務次官になった知久平は、自分の航空立国思想具体化のために、それまでの超能率的な政治経済の勉強をエスカレートさせた。

彼はまず東大用のプリントを買い集めて読破するほか、「国政研究会」を作って、数十名の学者を嘱託とし、欧米の政治、経済、哲学等の問題になっている本を翻訳させて、読破し、またこれらに関する講演会を開いたりした。映写機も活用し、TVA（テネシー・ヴァレー・オーソリティ、テネシー川流域開発公社）のダム工事、ドイツのアウトバーンといわれる高速道路などを映写して、部下とともに勉強した。

特に膨大な原書を金に糸目をつけないで入手するので、顧問となって働く学者も喜んだという。

昭和十五年にこの「国政研究会」は閉鎖されるが、その時、四万六千冊の原書があったというから、他は推して知るべし、であろう（この三分の一は、知久平の嗣子・源太郎によって、群馬県の県議会図書館に寄付され、今も活用されている）。

犬養内閣が成立した時、衆議院では民政党が二百六十七議席、政友会は百七十一で、劣勢であったので、七年二月二十日、第十八回総選挙が行なわれた。今回は政友会が三百一議席（民政党は百四十六）を取り、政権を安定させた。

知久平も二回目の選挙で、相変わらず最高点で当選した。

しかし、犬養内閣の受難はこれからであった。まず二月九日、前蔵相・井上準之助が暗殺され、続いて三月五日、三井合名の理事長・団琢磨が暗殺された。犯人はいずれも井上日召の血盟団の団員で、その名目は、「国家革新」「君側の奸を斬る」というようなナショナリズムによるファッショ的実力行使であった。

一方、関東軍は三月一日、満洲国の建国を宣言して、欧米諸国や国連の反発をかっていた。犬養はこのような軍部による大陸進出に批判的で、それが軍部の青年将校の怒りをかっていた。

そして五・一五事件が起きた。

五月十五日、午後五時二十七分、海軍の三上卓中尉、黒岩勇少尉ら三人が、永田町の首相官邸を襲い、これに山岸宏中尉も参加して、犬養首相を狙撃し、犬養はこの日午後十一時二十分逝去した（首領格の三上は海兵五十四期、筆者より十四期先輩である）。

彼等の主張は井上日召らと同じ国家改造、昭和維新である。

この知らせは全国民に衝撃を与えるが、天皇にもショックであった。

かねてファッショ的傾向のテロが続発するのを、憂えていた天皇は、次期総理を奏薦する役目の元老・西園寺に、次の希望を伝えさせた。

一、首相は人格の立派なる者。

二、現在の政治の弊を改善し、陸海軍の軍紀を振粛するには、一に首相の人格にかかる。

三、ファッショに近き者は絶対に不可なり。

（以下略）

詳しい事情は専門書に譲るが、結局、西園寺は憲政常道による民政党への政権交替を見合わせ、海軍大将・斎藤実を総理とする超党派的な挙国一致内閣を組閣させることにした。

これが日本の政党内閣の窒息の始まりである。

中島知久平、金《きん》を掘る

一方、中島知久平は政務次官をしりぞいてからは、政治、外交、哲学、経済の勉強をやっていたが、ここで早くも日本が戦時体制に入った時、金《きん》が必要であることを考え、金鉱を捜すことにした。

中島知久平と鳩山一郎の軍師役の三木武吉は似たところがある。どちらも話が大きく、巨視的で金鉱を掘っている。それも始めに失敗して、後から成功している点も似ている。但し、三木が軍師すなわちフィクサーに終始しているのに比べて、中島知久平は一国一城……それも大会社の主である。

鉱物資源の重要性に目をつけた知久平は、昭和七年十二月、「国家経済研究所」を設立、その研究を始めさせた。

八年三月、知久平は政友会総務に選ばれた。代議士二期目では大変な抜擢であるが、知久平のマルチ的な力量がかわれたのであろう。

片方で金を掘る準備をしながら、知久平は箱根の別荘に籠もって、「昭和維新の指導原理と政策」という論文を書き上げた。

この主題は当時荒波のように日本の国を揺すっていた国家改造派の革新運動研究で、次の五編から成っている。

一、一般社会情勢
二、社会窮迫の根本原因
三、思想革新
四、政治革新
五、革新政策

もちろん航空立国を生涯の悲願としている知久平が、ファッショやテロを推奨する訳はないが、当時の底流である昭和維新の思想が、政党、軍閥、官僚の腐敗を叫んで、実力行使を決行する実情を無視することはできず、彼なりの政治的ヴィジョンを、展開したものであるが、原文は残っていないので、当時、軍事記者の古参として知られていた伊藤金次郎が、これを読んで感嘆したという話を伝えるに留めたい。

そしていよいよ金鉱開発である。

昭和七年から八年にかけて、知久平は北海道北見国にある天龍鉱山を入手し、ここに一日五百トンの鉱石を処理できる精錬所を造って、鉱石を掘り精錬を始めた。しかし、珍しく知久平はこの第一回の金掘りに失敗した。専門家が有望と折紙をつけたのだが、金は全然出なかった。この点、これからほぼ十年後に北海道で金を掘った三木も同じであるが、三木はその後、本当の金鉱を朝鮮等で掘り当て、大量の金を掘ったが、知久平の方は中々出て来なかった。

昭和九年春、まだ軍需景気も起こらぬ頃、知久平は群馬県で仕事のない青年百数十名を募り、北海道で十一個所を掘らせたが、金の含有率が低くて、採算が取れなかった。しかし、ここでまた不屈のチッカンが頭をもたげてきた。

「ようし、出ないなら、出るまで掘ろう金の山……」

というようなことを言って、チッカンはなおも山を掘らせた。そして強運のチッカンは、遂に宝の山を掘り当てた。

道南の千歳郡内で、有望な金鉱を掘り当てたのである。山掘り監督の門吉の報告によると、この山には日本第二位の優良金鉱だという折紙がついたという。

知久平はこの山の発掘を昭和十一年から始めた。十二年には精錬された金一トンを生産した。当時、純金の値段は、一グラム三円八十銭だというから、一トンすなわち千キロ、三百八十万円ということになり、今までの経費も大分償却した。十三年からは地元に精錬所を設け、年間一トン半に精錬量を上げた。毎年、五百七十万円の純金を生産し、知久平はこれを新型の飛行機の設計と製作に注ぎ込んだ。

チッカンとライオン騒動

中島知久平には、これという趣味はなかった。酒豪という伝説はあったが、酒も煙草も殆どやらず、趣味は仕事と読書、勉強、飛行機のみならず、世界歴史、外交、外国の産業などの研究であった。ただその気質に合ったのか、ライオンを飼おうということになった。

若くて貧乏していた頃、動物園で虎とライオンを見たことがある。彼はまず虎の檻《おり》の前にいった。

「ふうん、これが千里行って千里帰る……という虎か……」

知久平は黒と黄色の縞の毛皮をまとった虎を眺めた。二頭の虎は苛立たしげに、檻の中を歩き回っていた。番《つがい》だというが、雄も雌も同じような顔に見えた。

次に知久平はライオンの檻の前に行った。

「ほう、これが百獣の王か……」

そうつぶやく知久平の前を、長いたてがみをなびかせた雄のライオンが、悠々と歩いていった。

──こいつだ！　このたてがみが気にいったぞ……

知久平は目の前にきたライオンに、

「おうい」

と大声で呼び掛けた。

ライオンは振り返ると、

「うおう！」

と一声吠えた。

──こいつだ、これが獅子吼《ししく》というやつだよ。おれが出世したら、ライオンを飼うんだ……

若い知久平は、ライオンと自分にそういって聞かせた。

かつて浜口首相は、顔も声もライオンに似ていたので、ライオン首相と呼ばれた。

知久平はどちらかというと、太っていて、愛敬のある顔なので、ライオン社長というのは当たらないが、世界一の飛行機メーカーを目指す彼は、百獣の王というライオンが好きであった。

子供の時からライオンが好きであったので、市谷加賀町の大きな家に住んだ頃から、ライオンを飼おうという気持があった。

昭和九年四月、彼は上野の古賀動物園長から、エチオピアから寄贈されたライオンの子が三頭生まれたと聞くと、早速使いをやって、雄、雌一頭ずつを貰いたいと頼んだ。動物園の規則では、動物を金で売ることを禁じていたので、

「上野にはオットセイがいない。これを寄付してくれるなら、ライオンをあげてもよい」

と園長は言った。知久平は苦心してオットセイを手に入れ、これと交換で、二頭のライオンを邸内の檻に入れた。

「ふむ、これが百獣の王か……ライオンは生後三日たつと、親が子供を崖から突き落とすというが、ここには崖がない。だからといって、弱いライオンではいかんぞ……」

知久平は檻の前に立つと、御機嫌でライオンが肉を食う姿を眺めていた。

しかし、雌は人に懐かぬというので、これは秘書の武藤に預け、雄だけを邸で飼っていた。

ところがこの雄が逃げだすという騒ぎが起きた。

昭和十年一月下旬のことである。午後四時過ぎ、ライオンの世話をしている女中の中川咲

子が、エチというこのライオンに餌をやろうとしたところ、九ヵ月のライオンは、いきなり檻から飛び出した。まだ盛りがつくにははやいが、その勢いは、正に獅子奮迅という調子で、とても女の手にはおえない。気丈な咲子は、表門を閉めるように、門番の森田たけに頼んで、自分は棒をもって、エチを檻に追い込もうとした。しかし、エチがたけの脚に噛み付くと、咲子はその棒でエチを殴った。怒ったエチは、咲子に飛びかかり、何個所かに傷を負わせた。知久平は外出中であったが、留守番のものが警察に連絡し、やっとライオンも檻の中に収まったが、これが近所に洩れ、一時は野次馬が中島邸の周りに集まり、大騒ぎとなった。

帰宅した知久平は、この騒ぎの報告を聞くと、

「うむ、さすがは百獣の王じゃな、飛び降りる崖でも捜していたのか？」

と笑ったが、それではすまない。世間をさわがしたというので、このエチと武藤に預けてあった雌は、浅草の花屋敷の猛獣屋に、二頭で四百円という捨て値で売られ、ライオン騒動も一段落となった。

このライオン騒動があって間もない十年一月三十一日、中島知久平は、小島久代を養女として、入籍した。知久平の本妻同様であった小島ハナの娘が久代で、その弟で知久平の嗣子となったのが、後に代議士となる中島源太郎である。

政友会の内紛と中島知久平

昭和十年十二月二十四日、知久平は、勲三等瑞宝章を授与された。昭和六年乃至九年満洲事変関係における功による、というのが理由であった。

「おれは勲章をもらいたくて、飛行機を造っているのではない」

虚栄心とは無縁の知久平は、その勲章を引き出しの奥にしまった。

その翌十一年、知久平は相変わらず多忙であった。

二月二十日、第十九回総選挙で、知久平は三度目の最高点当選を果たした。郎党たちは、

「今度は大臣か……」

と気負いたったが、それは必ずしも景気づけではなかった。しかし、その前に嵐がきた。

二・二六事件である。

その日、加賀町の邸《やしき》から、丸の内の会社に出勤途中の知久平の車は、四谷見附で、警戒の兵士に制止された。

「これ以上中に入ると、危険だ。直ぐに帰れ！」

そういう兵士は着剣していた。

「これはいかん。あいつらは本気だぞ」

元は軍人の知久平は、彼等の目の色から、事態が容易ならぬことを悟った。小銃の中には実弾が込めてあるらしい。飛行機のことなら負けないが、鉄砲には勝てない。知久平は邸に逆戻りすることにした。

夜来の雪はまだ霏々《ひひ》として降っている。

「大分積もったな……赤城山は相当な雪だろう」

そう故郷を回想している間に、車は邸に着いた。井上大将の家に電話を入れてみると、陸軍の反乱らしいという。

――また国家改造、昭和維新か……知久平は苦い顔をした。貧しい国民を救うために、上層部に反省をうながすのはよいが、軍人が武力に訴えるというのは、如何なものであろうか……しかも今回は五・一五事件と違って、近衛歩兵第三連隊などの軍隊が動いているという。

「陛下の軍隊を反乱のために使うとは何事か……」

知久平は庭へ出ると、空を仰いで嘆息した。庭の隅にライオンを飼っていた檻が残っている。

――どうもあのライオンが逃げ出してから、世の中がおかしくなってきたようだ……

知久平が張りめぐらせた情報網から、午後には反乱軍の様子がわかってきた。

岡田啓介総理、斎藤実内大臣、高橋是清蔵相、渡辺錠太郎教育総監は暗殺され、鈴木貫太郎侍従長は重傷（岡田総理は義弟が身代わりとなって無事）というような未曾有の大事件で、興津の西園寺や湯河原にいた牧野伸顕も襲われたというデマも飛んだ（西園寺は静岡県警察部長官舎に避難、牧野は旅館を焼かれたが、二人とも無事）。

詳しいことは、専門書に譲るが、この後の後継総理に西園寺は苦悶した。彼が出馬を要請した近衛は、テロに恐れをなして、引き受けない。やっと三月九日になって、広田（弘毅）内閣が、挙国一致内閣として成立した。

この閣僚で政党出身者は、政友会——島田俊雄・農相、前田米蔵・鉄相、民政党——小川郷太郎・商相、頼母木桂吉・逓相の四人で、ほかは陸海軍大臣と貴族院議員である。

この時、知久平には入閣の誘いがあったが、寺内陸相（青年将校のリモート・コントロールを受けていたと言われる）の反対でお流れとなった。寺内は数名の閣僚予定者を拒否したが、その中には吉田茂、下村宏ら自由主義者と見られた者もおり、中島知久平の場合は軍需工業会社の首脳ということで、新聞に名前まで出たが、中止となった。

側近の中には残念がる者もいたが、

「大臣など軽々に引き受けるものではない。政治の駆け引きに時間をつぶす暇に、発動機の研究でもした方がよい」

と中島知久平は恬淡《てんたん》としていた。

中島飛行機会社は、一層拍車をかけて、飛行機の研究と増産に励んでいたが（飛行機のことは後章でまとめる）、政友会の内紛に中島知久平は引き摺り出されることになった。

この内紛によって、政友会中島派の総裁となった中島知久平は、詳しい内情を知らないジャーナリズムから、〝飛行機で儲けた金で仲間を集めた〟〝金で総裁の椅子を買った〟〝飛行機の中島は金権政治家である〟などの、いわれのない噂をばらまかれることになるが、これは知久平と対立した久原派や鳩山派の言い分が流れたので、中島側はこれらを否定して、

「中島知久平は総裁を狙ったこともないし、政友会の代議士に金をばらまいたこともない。鈴木（喜三郎）総裁の指名で、総裁代行になったので、知久平には政治的野心はなかった。

すべては敵側の悪宣伝である」と反駁する。

まず軍部の圧力によって、断末魔の政友会の運命をたどってみよう。

明治三十三年の創立以来、政友会は最も伝統があり、強力な政党として、度々政権を担当してきた。また日露戦争の時の桂内閣や第一次大戦の時の大隈内閣でも、政友会は政府を支持して、戦勝に協力した。実際に政権を握ったのは、第四次伊藤内閣、第一次、第二次西園寺内閣、大正に入って原敬の強力な内閣、その死を継いだ高橋内閣で、その後しばらくは加藤（高明）、若槻礼次郎と憲政会内閣が続き、田中内閣でまた政友会、浜口、若槻とまた民政党、そして犬養が最後の政党内閣を担当して、凶弾に倒れた。

この頃から軍靴の響きに押されて、政党全部が弱体になってゆくが、政友会は犬養の後を継いだ鈴木喜三郎が病気のため、一層落ち込みが激しく、長期に亘る総裁不在の内紛の渦に巻き込まれてゆくのである。

鈴木は鳩山一郎の姉のすず子を妻にしているので、鳩山とは親しく、鳩山の政界での出世にも一役かっていた。

鈴木は神奈川県出身、鳩山一郎より十六歳、中島知久平よりは十七歳年上である。東大を出て判事となり、司法畑を歩き、司法次官、検事総長を歴任、田中内閣の内相、犬養内閣の内相兼法相となり、五・一五事件の直後に犬養の後を追って、政友会総裁となったが、政権は回ってこなかった。この頃から政友会と鈴木の運命は空回りを始めた。

前述の通り、十一年二月、二・二六事件の直前の選挙で、中島知久平は当選したが、総裁の鈴木は地元の神奈川で落選してしまった。

それまでも久原派（鳩山、安藤ら）のほかに前田米蔵、島田俊雄らの古参党員が多く、それぞれの派閥を造っていたので、党勢は益々低落した。

十一年五月鈴木は総務を六人として、党をまとめることを策した。そのメンバーは次の通りである。

鳩山一郎、中島知久平（関東）、堀切善兵衛（東北、北海道）、浜田国松（東海、北信、近畿）、若宮貞夫（中国、四国）、松野鶴平（九州）

当選三回の中島知久平が、この時すでに六総務の中に入っていることは、注目すべきであろう。

そして十二年二月、鈴木は持病の動脈硬化症が悪化したので、二十八日、次の四人を総裁代行に選んで、引退した。

鳩山一郎、前田米蔵、島田俊雄、中島知久平。これで知久平は昭和五年の初当選以来、僅か七年で大政友会の幹部になった訳である（久原は二・二六事件に関して取り調べ中であった）。

ほかの三人の略歴を紹介しておこう。

鳩山一郎　明治十六年（一八八三）東京生まれ。父和夫は政友会代議士。東大卒、大正四年、衆議院議員に初当選。昭和二年、田中義一内閣の内閣書記官長、六年十二月、犬養内閣の文相、斎藤内閣にも留任、九年三月、明鏡止水の言葉を残して文相を辞任、衆議院当選八回。

前田米蔵　明治十五年和歌山県生まれ。大正六年以降代議士に当選、政友会に属し、幹事長、総務などを歴任、田中内閣の法制局長官、犬養内閣の商相、十一年三月、広田内閣の鉄相。

島田俊雄　明治十年島根県生まれ、東大卒業後代議士となる。田中内閣の幹事長、早稲田、中央、日本大学などの講師を兼ね、昭和十一年広田内閣の農相となる。

ここで政友会は大きく二つに分裂した。久原の復帰を期待する鳩山と島田の主流派、中島、前田の革新派（後に親軍派、中島派と呼ばれる）。

一方、広田内閣は、浜田国松（政友会）代議士と寺内陸相の腹切り問答が原因で、十二年一月二十三日総辞職、後任には宇垣陸軍大将が推されたが、かつて軍縮を行ない、また昭和六年の三月事件（宇垣を総理とするクーデター）に不参加であったなどの点から、陸軍の支持を得られなかったので、泣く泣く辞退した（この様子を聞いた知久平には、いささかの感慨があった。七年前の昭和五年の議会で、知久平は宇垣陸相に空軍創立をうながす演説を行なった。宇垣は一応その意見に対する理解のようなものを示したが、結局、何もしないうちに、翌六年四月軍事参議官となり、間もなく予備役となり、朝鮮総督になった。陸軍一の軍政の切れ者という評判であったが、軍縮と三月事件での裏切り？が原因で、青年将校からボイコットされ、待望の首班を担うことはできなかったのである。要するに宇垣の狙いは政治家として出世することで、空軍を本気で組織する気持などはなかったのだ……そう考えると、知久平は宇垣が惨めなような気の毒のような気がしてきた）。その時、知久平の意見は次のようであった。

――あの議会で自分が空軍創立の示唆をした時、宇垣がこれを真面目に受け止めて、空軍創立に力を入れ、優秀な人材を集めて、国防の向上を図っていたら、ここまで革新派の青年将校に嫌われることもなかったであろう……

かにかくに宇垣辞退の後は、林銑十郎大将に大命降下し、中村孝太郎中将を陸相として（二月九日、杉山元大将と交替）、二月二日林内閣が発足した。しかし、この内閣は海相に海軍の大物・米内光政をすえたのが唯一のメリットで、これという抱負もなく、政治に素人の林は、三月三十一日、政党の動きが不明朗であるというような筋の通らない理由で、議会を解散（この間、二月二十八日に、鳩山、中島らが政友会代行委員に推されている）、四月三十日、第二十回総選挙を行なった。その結果は民政党百七十九、政友会百七十五という競り合いで、政府が頼みとする国民同盟は十一、昭和会は十九で四人減ってしまった。

これを見た林は益々やる気をなくして、五月三十一日内閣総辞職を行なった。

これでいよいよ西園寺も腹を決めて、近衛を要請し、近衛も今度は引き受け、六月四日第一次近衛内閣が発足した。これからが問題の中国の泥沼に引き摺りこまれる戦争になるのであるが、公家育ちの近衛が気がつこう筈もなかった。

この内閣では海軍のホープ米内が留任、志をともにする山本五十六海軍次官も留任、やはり同志となる井上成美《しげよし》も、十二年十月には軍務局長として、このトリオに参加し、陸軍の三国同盟案に反対することになる。

この問題をはらんだ内閣のメンバーは、外相・広田、内相・馬場鍈一、陸相・杉山元、蔵相・賀屋興宣《かやおきのり》、逓相・永井柳太郎、というように一応の人材を集めたが、ここに鉄相・中島知久平の名前を見出すことは、注目に値しよう。ついに大物のチッカンが、大臣として桧舞台に登場したのである。

もちろん群馬県の郷党は喝采を叫び、早速、新邸で祝賀会を開くべく準備を整えたが、中島知久平は郷土入りをしなかった。――大臣なんか何が偉いか。名前だけで仕事をしない大臣なんかより、工場で働く工員のほうが余程日本国のためになるのだ……知久平は広田の時も林の時も入閣を懇請された。その度に彼は断わったが、今度は近衛のつよい要望に負けて、入閣に応じたものである。

近衛としては、一番の問題は中国をどう処理するかということで、それには陸海軍、特に陸軍の青年将校を抑える必要がある。二・二六事件以来有能な政党人は、ひっそりと殻に閉じ籠もって、政治の表面に出ようとはしない。しかし、どうしても特に陸軍に対する抑えはいる。その際、知久平のように陸海軍の飛行機を増産して、愛国者として、先見の明をもって知られる大物が内閣にいることは、力強いと思われた。この内閣で政党から入閣したのは、政友会からは中島知久平、民政党から永井柳太郎の二人だけで、永井は当選七回、民政党の雄弁家として、政界では隠れもない存在であった。これに対抗して政友会が送り出したのが、当選僅か四回の中島知久平である。これは注目すべき事態であるといえた。すなわち政友会は何故ほかに前田、島田など多くのベテランを擁しながら、知久平を押し出したのか？　実は知久平の入閣は、四人の総裁代行の合意によるものではなかった。

『日本政党史論』（升味準之輔）によると、「近衛は総裁（代行もしくは鈴木喜三郎？）に挨拶することもなく、みずから永井柳太郎、政友会から中島知久平を〝ごぼう抜き〟にした。政友会、民政党は面目をつぶされて、不満を抱き、ために両党の声明書は、必ずしも内閣に好意的ではなかった」となっている。政友会は総裁はあってなきが如くであるが、民政党には町田忠治というれっきとした総裁がいる。それを近衛が直接交渉で、入閣の承諾をとったというのである。民政党はともかく、政友会はこのじか取引を快く思わなかったらしい。

『巨人・中島知久平』を読んでみよう。

「中島の入閣は党を代表したものではなかったので、政友会では近衛に対する態度をいかにすべきかということが、一応問題となったが、結局、中島の入閣を承認し、『政友会の政策、主張に内閣が背馳せざる限り、好意をもって支援する方針』に決定した」

となっている。要するに近衛側は永井とともに、陸海軍に影響力のある中島知久平が欲しかったので、ほかのこの際無力な政党人は、望まなかったということであろうか。

しかし、近衛の思惑はともかく、こうして近衛内閣の閣僚として、十四年一月四日まで名前を連ねたことは、飛行機製作者としての、知久平の本意ではなかった。彼はこれに懲りたのか、この後、太平洋戦争中も閣僚になることはなく、戦後、東久邇宮内閣の軍需相・商工相を二ヵ月足らず務めただけである。知久平の本意はあくまでも、大空軍を造って、米英に対抗することで、軍国主義がエスカレートしてゆく中で、政治の内側で工作するようなことは、彼の信条に反するといえた。

しかし、理由はともあれ、近衛内閣に昭和十四年一月まで一年半籍をおいたということは、知久平によくないイメージを残した。特に十二年十二月十三日、南京入城後の大虐殺（どの程度かは疑問）が、近衛や広田の責任とされる以上、閣僚であった知久平の責任も逃れ難かった。このためと軍用機増産のかどで、知久平は戦後、戦犯に指定され、二十二年の解除まで、その汚名を被ることになる。また十三年夏からの政友会の内紛では、鳩山派が革新派と呼ばれたのに対し、中島派は親軍派と呼ばれるようになる。これで後世に中島知久平は、飛行機の生産に励み、日中戦争や太平洋戦争の侵略に加担した軍国主義者、あるいは超国家主義者と見なされるような疑念を残すことになるのである。

中島知久平のイタリア上陸ヨーロッパ制圧論

超国家主義者といえば、巨視的な知久平に広大なヴィジョンがあったことは、事実であろう。

鳩山一郎の回想には、次のようなエピソードが出ている。

近衛が総理になって間もなく、七月七日に蘆溝橋事件が勃発、これが八月には上海・南京に飛火して、日中戦争に拡大されてゆく。

この頃、鳩山が中島知久平に会うと、例によって知久平の予言者的大風呂敷が始まった。

「このままで大陸に大兵を注ぎ込んで、のめりこんでゆくのでは、兵力と経済力を消耗して、日本はじり貧になる。絶対にシンガポールをとって、イタリアに上陸し、ヨーロッパに攻め入らなければならない。そういう計画を立てなければ、日本はつぶれてしまうぞ」

これを聞いた鳩山は、中島の狂気ではないか？　と首をひねったという。これは中島知久平という人物の精神構造を知らない鳩山にとっては、無理もないことであろう。なにしろまだヒトラーによる第二次世界大戦が始まる一年半ほど前である。知久平の発想に興味を示す可能性のある者は、当時参謀本部作戦部長の石原莞爾か後に三国同盟を締結する松岡洋右ぐらいしかいなかったであろう。

松岡はこの頃、まだ満鉄総裁で内閣参議を兼務していたが、国政を動かす立場にはいなかった。しかし、彼は第二次近衛内閣の外相として、三国同盟を締結すると、米英の圧力に対抗するため、十六年四月、モスクワで日ソ中立条約に調印するが、その真意は日、独、伊、ソの四国協商を造って、第三勢力を形成するにあったという。また松岡は十六年六月ヒトラーが英本土上陸をあきらめ、ソ連に侵入すると、直ちに参内して、「この際、関東軍をシベリアに侵入させて、ソ連の背後を衝き、ドイツとの盟約を守るべきであります」と上奏して、天皇を驚かせたという話も、近衛手記に残っている。その成否はともかく、この両者の思考法は、よくも悪くもグローバルな点で共通しており、アバレージな頭脳では理解しがたいところがあったようである。

しかし、その異色の発想は、石原莞爾の「世界最終戦争論」と同じく、当時の日本の苦しい立場を脱出しようとする足掻《あが》きにも似て、史家に興味を抱かせる。

では二人の構想は当時の政治家が考えたように、荒唐無稽なものであったかどうか……例えば、松岡のシベリア侵入論は、戦後によく考えてみると、無謀であったとは考えられない。それは終戦直前にソ連が一方的に中立条約を破棄して、満洲に侵入し、在留邦人を虐殺し、六十万という日本兵をシベリアに拉致《らち》し、強制労働を課したことを考えると、戦略的にはむしろ関東軍の勢力が充実していた十六年夏の段階で、シベリアに侵入して、ソ連軍の背後を衝き、ヒトラーの勝利を招いたほうが、敗戦の悲劇を招く可能性は少なかったのではないか……と思われる。……筆者は詭弁を弄しているのであろうか?

筆者は侵略を是とするものではない。しかし、今は敗戦後の平和国家となった日本で、反戦を論じているのではなく、昭和十年代の日本が生き残るための戦略を、軍事的に分析していることを、忘れないでもらいたい。

中島知久平のイタリア上陸説を検討してみよう。欧米の本を読破し、多くのブレーンを擁する予言者・中島知久平は、日中戦争が拡大してゆく中でこう考えた。

日本陸軍はこの事変に便乗して、中国全土を占領し、ここに満洲国のような傀儡《かいらい》政権を樹立し、次に東南アジアを固め、超国家的大国を建設しようと企んでいるらしい。

しかし、それを欧米が黙視するはずはない。必ず欧米と日本の戦争になる。それならば、今のうちにヒトラーのドイツ、ムッソリーニのイタリアと手を結び（昭和十一年十一月には日独防共協定が成立していた）、まずシンガポールを攻略する。そして英国の東洋侵略の根拠地を抑えた後、ビルマ、インドを制し、一方、ヨーロッパの一部例えばイタリアに大軍を送り、ヒトラーと協力して、英国を孤立させ、その上でアメリカと決戦し、これを圧倒する……これが知久平の考えた必勝の大戦略だったのである。

ここで大きな問題が起きるであろう。

シンガポールはともかくどうやって、ヨーロッパに大軍を送るのか？　……ここで鳩山のような常識人は、そんな大軍が海軍力なしにインド洋を渡って、ヨーロッパに行けるものか？　と首をひねるに違いない。しかし、これに関して知久平は、最も重要なことを口にしなかった。即ち彼が後に具体化を図った〝空中戦艦〟ともいうべき巨人機「富岳」のことである。

もちろん、この段階で、まだ「富岳」という名前はなかったが、その構想はすでに知久平の脳裏にあった。もう一度、少年時代からの知久平の精神構造を整理してみよう。

知久平がロシアの三国干渉に憤慨したのが、明治二十八年春、彼が十二歳の時のことである。それで馬賊になって満洲に渡り、ロシアを征伐しようと考えた。

しかし、彼が海軍機関学校生徒の間に日露戦争が起こり、帝政ロシアは敗北してしまう。

ここで彼は目標を飛行機の生産に絞る。日露戦争後の海軍をみると、日本海海戦で活躍した提督たちも健在で、大艦巨砲主義が高揚している。しかし、知久平は海の上だけの戦いでは、これからのアメリカとの決戦では不十分であると考え、飛行機の雷撃を考えた。

つまりロシア征伐を飛行機の雷撃に切り替えた訳である。

それ以後、知久平は飛行機の生産に打ち込み、宇垣大将に鋭い質問を浴びせたりした。ところが日中戦争が始まると、彼は飛行機を増産して、アメリカに対抗するだけでは、不十分ではないか？　と考え出した。というのは、中国を占領するということになると、アメリカはもちろん、国境を接しているソ連も、黙ってはいまい。といっていきなり関東軍をソ連に入れる訳にもいかない（当然知久平のブレーンたちの戦略は、ソ連との戦いを念頭においていたには違いないが……）。

そこで考えたのが、いずれ始まる英独戦争の際に、シンガポールを占領して、英国の出鼻を挫き、ビルマ、インドを支配下においた上で、ヨーロッパに大軍を送ろうというのである。予言者・知久平の脳裏にはすでに巨人機の構想があったが、鳩山はもちろん、陸軍の作戦の神様？石原莞爾にもそういう構想はなかったであろう。

知久平は後に数百機の「富岳」でアメリカに三百万の大軍を運ぶ案を考えている。しかし、昭和十三年の段階では、やっと双発の爆撃機が活動し始めた程度で、知久平はその構想を極秘にしていたのである。

ここで知久平が何故イタリアへの上陸、ということを鳩山に言ったのか？　という疑問にぶつかる。その理由を分析してみよう。

当時、まだ三国同盟はできていなかった。しかし、前述のようにドイツとの協定はあり、ドイツはすでに十三年三月オーストリアを併合し、九月にはヒトラーと英国全権・チェンバレンらの間でミュンヘン会談が行なわれる。これで英、仏はチェコのズデーテンランドをヒトラーが併合するという条件を呑むことになり、ヒトラーの優位を認める。

知久平はブレーンのヨーロッパ情勢の研究によって、ヨーロッパの険悪な雲行きを察していた。そこで早めに巨人機を製作しなければ、ヒトラーとの協力に間に合わぬ、と考えていたといえよう。もちろん、そんなことを鳩山に漏らせば、益々精神異常と思われるから、イタリア上陸という程度で話を抑えたので、鳩山には奇想天外な戦略と思われたのも当然であろう。

ムッソリーニは先のミュンヘン会談に出席する前から、ヒトラーとは手を組んでいた。それで知久平は、イタリア半島を出したのであるが、それはスエズ運河でも、マルタ島やジブラルタル海峡でもよかったのである。要するに英国の喉首を抑えれば、ドイツ、イタリアの協力によって、ヨーロッパは枢軸側の支配下に入る。そうなればアメリカも容易には介入できまい……知久平の腹案はそのようなことらしいが、それが具体的な戦略であったとは思えない。彼は昭和十三年の段階では巨人機の設計を始めてはいない。米英との決戦は不可避とは予想してはいたであろうけれど、ドイツとの同盟があれば、あのように途中から惨敗するとは考えていなかったのではないか。

石原莞爾の「世界最終戦争論」と「イラン高原・日独決戦説」

なんにしてもイタリア上陸説は、いかにも知久平らしい大風呂敷で、構想としては面白い。

しかし、そういう大風呂敷を広げる男は、知久平だけではなかった。余人ならぬ石原莞爾の「大陸横断」「イラン高原・日独決戦説」がそれである。

太平洋戦争が始まって間もなく、筆者は陸軍少尉になった中学校時代の同級生と話しあう機会があった。

「おい、豊田、貴様、今何をやっとるんじゃ」

と彼は聞いた。筆者が飛行機の操縦をやっているというと、

「そうか、まあ、確《しっか》り細かいことはやっておいてくれ。おれは今、石原閣下の秘策ともいうべき、イラン高原日独決戦のために、イラン高原の兵要地理を勉強しているのだ」

そういうと彼は胸をそらせた。

「イラン高原で日本とドイツが戦うのか？　石原莞爾将軍がそんなことを言ったのか？」

筆者は眼を丸くしてそう聞いた。よくは知らなかったが、陸軍で〝戦争の天才〟と言われた石原莞爾は、参謀本部作戦部長のあと、関東軍参謀副長で、参謀長の東条とはひどく仲が悪かったという。この後、東条が陸軍次官になると、石原は左遷されて舞鶴要塞司令官になり、その後要職につくことはなかったが、筆者が同級生と会った段階では、まだ石原神話は生きており、その影響は若手参謀から、陸士の教官にまで及んでいたという。いわゆる大陸進出派で大言壮語する将校は、石原の巨視的な世界戦略に魅せられた者も多かったかも知れない。

石原のイラン高原日独決戦説について、筆者が聞いたのは、次のような話である。

石原の世界戦略は、その「世界最終戦争論」に源を発しているという。その内容は世界の大国を四つのゾーンに分けて、まず準決勝をやらせる。日本―アメリカでは日本が勝つ。ヨーロッパ・ゾーンではドイツが英国を抑えて、ソ連と戦いこれに勝つ。これで決勝戦は日本対ドイツになる。

「そうなると、日独両軍が出会うのは、イラン高原あたりだな」

「それでイラン高原の地理を調べているのか?」

「そうだ、いずれ大陸打通《だつう》作戦で中国の南側を、仏印、タイ―ビルマと鉄道が通る。その間にインド独立党が英国の支配を脱して、独立を実現する。その後はパキスタン、アフガニスタンと鉄道もしくは道路（後にいう〝アジアハイウェー〟のようなものか?）を造って、イラン高原に進出する。この頃、ドイツは英国、ソ連を降伏せしめて、バルカン、トルコ、あるいはイタリア、北アフリカ、スエズを通って、シリア、イラクそしてインドを目指すが、丁度イラン高原で日独が出会うことになるのだ」

「そこで日本とドイツが決戦するというわけか?」

「まあ、そうだな……」

そういうと彼は大きく息を吸った。

「しかし、日本とドイツは三国同盟を結んだ仲だろう?　どうしてイラン高原で決戦しなければならないのだ?」

筆者の質問に彼は再び胸を反らせて、こう答えた。

「理由は簡単だ。それが石原閣下の最終戦争論だからなのだ。この戦争に勝てば、日本は天皇陛下の大御稜威《おおみいつ》によって、世界を八紘一宇のもとにおくことができるのだ。それですべては万万歳なのだよ」

「…………」

筆者はまじまじと彼の顔を見つめるだけであった。

しかし、後から考えてみると、このイラン高原決戦説も、全然、実現の意図がなかったとは言い切れない。例えば十万以上の英霊をジャングルの中に葬ったと言われるビルマ作戦である。何故ビルマを占領しなければならなかったのか？　戦史ではチャンドラ・ボースのインド独立作戦に呼応するために、東条参謀総長が発案したとなっている。

しかし、当時の陸軍の勢いでは、インドを支配下においたら、もっと西に進んで、パキスタン、アフガニスタン、イラン、イラクと英国の勢力下にある地域を制圧したくなるのは、当然ではないか？　特にイランとイラクでは石油が取れる。そこでイラン高原決戦説が出てきたので、敗戦後では妄想と思われるが、それは満洲国の王道楽土説と同じで、勝利におごった日本の軍部の誇大な構想であったといえようか。

海軍の米豪分断作戦

しかし、日露戦争以降、負けを知らない日本軍では、雄大な構想を抱く者が、偉い戦略家と尊敬されたのは、陸軍も海軍も同じである。

　陸軍の石原莞爾ほどではないが、海軍にも巨視的な構想を抱いた参謀がいた。太平洋戦争開戦時の大本営海軍部（軍令部）作戦課長・富岡定俊大佐（海兵四十五期）がその人である。海大首席の秀才で、父は海兵五期の富岡定恭中将（旅順鎮守府司令長官）という名門である。富岡大佐が軍令部作戦課長になったのは、十五年十月であるが、その前は海大教官であったから、この作戦はその時に立案されたものかも知れない。

　さて秀才の富岡大佐が考案したのは、「米豪分断作戦」というものである。日米決戦必至となった時、富岡大佐はこう考えたという。すなわち日米決戦の時、アメリカは当然、英国、オーストラリアと手を組んで攻めてくるであろう。しかし、その段階ではヒトラーのドイツが英本土に上陸するか、これを空から制圧しているであろう。そこでアメリカを屈伏させるには、オーストラリアとの提携を阻み、オーストラリアを孤立させて、まずこれを降伏させ、南太平洋の制海権を握る。

　今、南太平洋の地図を眺めてみよう。オーストラリアの北東から東にかけて火山列島と思われる長い列島がある。その根元にニューブリテン島のラバウル港があり、そこからソロモン群島が南東に伸びている。その先にニューヘブリディーズ、エスピリツサント諸島があり、さらにその先にはニューカレドニア、そしてニュージーランドと列島は伸びている。

　富岡大佐のアイデアは、この長い列島を占領することによって、アメリカとオーストラリアの間に大きな楔《くさび》を打ち込みこの二つの国を分割する。すなわち「米豪分断作戦」である。

富岡作戦課長の構想では、こうすれば蘭印作戦と相まってオーストラリアと英国の連絡をも断つことができる（もちろん、その前にシンガポール、ジャワ等は占領する計画になっているが）。

こうしてオーストラリアを孤立させ、オーストラリアが降服すれば、その頃にはイギリスもヒトラーのドイツの支配下にあるので、アメリカとしても、降服はしないまでも日本に有利な条件で講和に応じるであろう。これが富岡作戦課長の米豪分断作戦の最終的な狙いであった。

ところが戦後、軍令部参謀たちの回想によると、この米豪分断作戦はきわめて雄大なる構想に基づくものであるが、いちばん肝心なことを欠いていた。それはロジィスティクス（補給）である。

筆者は戦後、多くの海軍の戦記を書いて次のように感じた。あの戦争を通じて、日本は物量でアメリカに負けたというが、それだけでは十分な分析とはいえない。まず考えられるのは、日本は立ち上がりにおいて、情報とエレクトロニクスの面で大きく負けていた。さらに日本海軍は右のロジィスティクスをほとんど無視？　したといわれても仕方のないほど、これを軽視していた。

例えば先の米豪分断作戦である。横須賀からニュージーランドまでは一万キロ以上ある。またラバウルまででも五千キロ近くはある。この間をどうやって物資を補給するのか。もちろん多くの輸送船を徴用するのであるが、それにしても途中でアメリカの潜水艦に襲われることもあるし、制海権を長く確立しておくことができればよいが、制海権を失えば輸送船による補給は不可能に陥る。その証拠に日本軍はニューカレドニアはおろか、ガダルカナルでその補給線のいちばん先端を叩かれた。これが敗勢の発端となる。したがって富岡大佐の壮大な作戦計画である米豪分断も、補給なしには成立しえない。ただし、中島知久平のアメリカ本土爆撃説といい、石原莞爾のイラン高原・日独決戦説と同様、その雄図は壮とするに足るも、あまりにも日本の国力とかけ離れ、連合国の戦力を軽視した机上の空論に近いものに終わってしまったのである。

政友会〝夏の陣〟と知久平

ここで話を政友会のお家騒動に戻そう。先に鈴木総裁が病気で、鳩山、中島ら四人の総裁代行を決めたことには触れた。しかし昭和十三年夏には、いよいよ総裁決定トーナメントも大詰めに近づいてゆく。まずその発端は昭和十二年五月一日、熱海で政友会の前総務の慰労会を催した時、総裁問題が出てきたことに始まる。その内容は次の通りである。

一、四人代行委員制度は後任総裁を決めるまでの暫定措置であるから、なるべく早く後任総裁を決めるべきだ。それが党の勢いを復活させる最上の方法である。

二、代行制度は総裁の職権を代行する四人の意見の一致を必要とする、という見解のため、党の統一がとりにくく、派閥の対抗が激しく、対外的にも軽視される原因となっている。

三、右の理由で党首＝総裁がいないと党勢拡張もできないし、したがって政権を握ることもできない。

この総裁決定論を持ち出したのは名川侃市《かんいち》らであるが、彼らには自分たちの親分である三土忠造（前出）を持ち上げる意図が裏にあった。さらに同月二十日、芝・紅葉館で顧問会議が開かれた時も「速やかに総裁を決定すべし」という決議が行われた。ここで二十九日、全国支部長会議が招集され、ここでも同じ決議が可決された。ところがこの途中で三土総裁説は下火となり、代わって鳩山一郎が有力となってきた。鳩山はいうまでもなく政友会のプリンスともいうべきエリートで、後には三木武吉、河野一郎がフィクサーを務めるが、この頃の味方は安藤正純、若宮貞夫、岡田忠彦、植原悦二郎らであった。

しかし、この頃の政友会はもはや統一が不可能なくらい〝百鬼夜行〟?という憂うべき状態で、鳩山派のほかに中島知久平と前田米蔵を中心とする「国政一新会」や森恪《つとむ》（通称・かく）の残党の「一々会」、三土系、最も有力といわれる?久原系等々無数の派閥があり、それぞれ「鳩山はリベラリストのお坊ちゃんである」とか、「中島は飛行機屋で軍部に近しい」とか、「久原は二・二六事件に関与した」などの理由で暗闘が激しくなって行った。

その中でトーナメントの決勝に生き残るのが、久原《くはら》（房之助）をバックとする鳩山と、党歴は短いが将に将たる力量あり、として、中島飛行機の経営者としての力を認められた知久平であり、ここに昭和十三年、政友会〝夏の陣〟が、あるいは華々しく、あるいは地下潜行の形で展開されてゆくのである。

鳩山については、筆者が先に書いた『鳩山一郎——英才の家系』（講談社）に詳しいが、今や鳩山の義兄である鈴木喜三郎が政友会総裁を引退した段階では、鳩山より古顔はいても、総裁に適当と見られるプリンス的存在は彼しかいなかった。鳩山側には松野鶴平、芦田均、浜田国松ら有力な古参党員がバックについており、当時の政友会幹事長・砂田重政も鳩山派であった。これに対して代議士当選わずか四回の中島は、政友会内での人脈ではとうてい鳩山には及ばない。そこで中島には親軍的な地力ありとして、これを総裁とすることで政友会に新風を吹き込み、軍部独裁の時代に政党政治の〝夢よもう一度〟を再現したいという前田米蔵らが知久平派を拡大しつつあった。

五月二十八日、四人の代行委員が集まり次のテーマで討論し、その結果、

一、総裁の任期は現行の七ヵ年制を四ヵ年制に短縮する。

二、総裁の人選は党の内外より適当な人物を選ぶが、これの選考は四代行委員間で円満に決定すること。

六月一日、さらに第二回の会合を行なったが、この内容と称するものが帝都日日新聞にゴシップふうに報じられ、これが問題となった。

これによると鳩山派であるはずの島田が中島を総裁に推し、前田は当然これに賛同した。中島は「一年ぐらいならやってもいい」といったが、鳩山が反対して、総裁公選論を持ち出した、という。

さらに某新聞は次のような記事を載せた。

「島田、前田両氏より中島知久平擁立《ようりつ》に関して了解を求められた鳩山氏は、一日夜、松野、岡田両氏らと協議の結果、これに強く反対、党の分裂をかけても公選を強行する、というので、二日夜の代行委員会に先立ち、午前十時、中島氏を訪問して右の意味で決選しようと宣戦布告を行なった」（知久平の回想によると、島田、前田から総裁に推されたが、自分はこの段階では断わった。そこで鳩山から公選という名目で決選を迫られたとなっているが、それほど急な話ではなかった、といっている）

そして二日夜の代行委員会。

一、この際、早急に総裁を決定すべし。

二、党外より求めるのは困難であるから、党内より人選する。

この段階で中島は総裁を引き受ける気持ちはなかった、という。彼は近衛内閣の鉄道大臣に近衛の直談判で引っぱり出されたのであるが、知久平としては飛行機の増産によって米英のアジアに対する介入を押さえよう、という〝大戦略〟の準備に忙しいので、今や足並のそろわない落ち目の政党の総裁などを務めて、可能性のない政権に野心を抱くようなことは賢明ではない、と考えていた。しかしこの夜、鳩山はあくまでも総裁公選を主張し、島田と前田が、「それでは鳩山・中島両君で相談してもらいたい」といって解散した。その翌朝、鳩山は中島を訪問、依然として公選論を強く主張した。

これについて知久平は、昭和十三年四月号の『政界往来』の「鳩山、中島両氏に心境を訊く」の中で次のように述べている。

「世間ではぼくを〝推薦された候補〟、鳩山君を〝自薦候補〟といっているが、ぼくは立候補したことはない。そもそも島田君がぼくを推薦したので、ぼくと前田、島田の三人の陰謀だ、というのは大間違いである。六月一日に島田君が突如ぼくを推薦したので大いに驚いた。前田君も島田君に賛成し、もし鳩山君がこれを承諾したら、当然、ぼくは総裁になるのだが、ぼくは総裁になる意思はない、と断言した。それは世間では一年ぐらいはやってもいいといったように伝えられているが、これは嘘である。その証拠に、この時の会合はぼくは辞退していちおう解散、後は鳩山君と相談することになった。それで鳩山君はその翌日ぼくの家を訪問して、公選を強く主張した。ぼくが推薦を受諾しておれば、鳩山君が公選論を持って訪問してくるはずはない。またこの日の代行委員会の内容は厳秘のはずで、翌二日に鳩山君と会うことも極秘であったのだが、どういうわけで新聞にバレたのか」（中島派ではこれを洩らしたのは鳩山派ではないか？　と疑念を抱いていたようである）

さらに六月二日、第三回代行委員会では島田、前田は、中島が推薦に応じないならば党の長老などの第三者を推挙するか、あるいは現状維持の四人代行制でゆくか、と相談し、鳩山に公選論を引っ込めさせようとした。が鳩山は応じなかった。三日に第四回の代行委員会が開かれた。この日は砂田幹事長も加わった。砂田は、

「鳩山、中島両派の対立が激化し、今や内外でもさまざまな問題が起きている。代行委員会で総裁問題が解決できないならば、党の執行機関にこの決定を移すべきである」

とアドバイスをした。

これに対して鳩山は、あくまでも党の規則による公選論を強調した。鳩山は公選になれば自分のほうが駒が多い、という自信を持っていた。この夜、鳩山は次のような声明を行なった。

「この際、総裁は党内より選定するという方針を決定したが、その方法は党則に基づいて公選するのが全国党員に愛党の精神を発揮せしめる途で、これが最善の方法と確信するものである。（以下略）」

ここにおいて党は鳩山、中島の両派に分裂する可能性が強くなったので、長老たちも立ち上がり、六月四日、芝の三縁亭で顧問会議を開いた。この日、別室では四人の代行委員が代行委員会を開いていた。この日集まった長老は久原房之助、堀切善兵衛、川村竹治、芳沢謙吉、三土忠造、浜田国松の六人であったが、中立派と思われていた人望のある堀切が公選に賛成し、次いで中島を支持したので他の長老たちは驚いた。公選ならば鳩山でいくと予想していたのである。そこへ代行委員会の部屋から、鳩山が公選に固執して一歩も引かない、という情報が入った。そこで長老の顧問会もやむをえず、

「代行委員会の趣旨はこれを是認する。しかし総裁選挙は党内和平のため、各機関の協力を求め候補者の単一化を図ること」

という提案で終わることになった。つまり鳩山の公選論も認めざるをえないが、といって鳩山一本に絞りきれない中島の勢力が片方にある。そこで両方をにらみながら言葉を濁した、という感じであった。

とにかく公選説が強くなってきたので、幹事長の砂田は四日午後五時、緊急総務会を招集し、この代行委員会の決定事項について協議したが、議論は定まらず、翌五日に及んだ。その結果、次のように決まった。

一、総裁を公選とし、その任期七年を四年に改正する。
二、総裁公選の臨時党大会を六月二十日午後二時、本部において開く。
三、同二十日午前、常議員会、午後、幹部会を開く。

こうしていよいよ六月二十日、鳩山の希望した公選が行なわれる形となり、両派の争いは日を追って激烈となってゆき、新聞も〝政友会夏の陣〟などと書いてセンセーショナルに扱った。

さて、世間は大いなる興味を持って、この対決をゲームでも見るように見守っていたが、政友会内部ではそれほど冷静ではいられなかった。公選となれば、負けたほうは当然、党を割って別派をつくるに決まっている。ただでさえ軍部の圧力で政党は窒息しかかっているのに、ここで政友会が分裂するとますます政党政治復活の可能性はなくなっていく。そこで砂田幹事長が両派の妥協をはかり、その肝いり役として政友会の長老小川平吉（原敬総裁の頃の政友会幹事長、田中内閣の鉄相）を担ぎ出し、十三日、鳩山派の軍師である松野鶴平、同じく中島派の軍師・島田俊雄が小川平吉邸に招かれ、平吉に党争の愚を戒められた。そこで同日午後の代行委員会で、松野がこれに加わって妥協を主張したので、翌日の代行委員会では次のようにまとまった。

一、総裁問題を打ち切り、当分、現行の四代行制を維持する。
二、六月二十日の党大会（公選）を無期延期する。

そこで十五日には顧問、総務、幹事長および幹事からなる幹部会を開いて、先の代行委員会決定を承認、ここに〝果たして血を見るか？〟と新聞が書き立てた政友会〝夏の陣〟は、いよいよ関ケ原の決戦以前、陣太鼓がなり響いただけでお流れとなってしまい、新聞や大衆を落胆させた。

以上は『巨人・中島知久平』の記述を主として紹介したのであるが、この記述が中島派寄りであることは容易に想像できる。これに対して鳩山はその回想で、中島が飛行機の製作を通じて軍部と結びつき、その莫大な資金をもって政友会を牛耳ろうとしている、というように、大衆にアピールしやすい形で批判を行なった。

さて、この夏の陣の真相はいかがであったろうか。

『日本政党史論』（升味準之輔）第七巻第十九章第二節の「国家総動員と政党」の項では、政友会の内紛について次のように述べている（『立憲政友会史』によるものと思われる）。

昭和十三年二、三月には政党解消運動、政党合同運動、九月の新党運動などを含む政界再編成の動きがあったが、その中で（中略）政友会の総裁決定問題が大きな問題となっていった。

その原因は同年三月、近衛総理が辞意を固めたという噂が流れ、これが町田忠治（民政党総裁）から鳩山に流れ、そのときは民政、政友両党ががっちり組んで、政党内閣実現のために前進しよう、それにはどうしても鳩山君には政友会の総裁になってくれなければ困るのだ、と町田が注文をつけた。そこで鳩山は側近と相談して、いよいよ旗揚げと一決し、まずその便法として三土派を煽動した。五月一日、熱海の政友会前総務慰労会の席上、名川侃市と板谷順助の二人から、

「四代行委員制度は後任総裁を決めるまでの暫定措置であるから、なるべく早く後任者を決定すべきである」

「四代行委員の意見一致を必要とするから党の統制を弱め、派閥の対立を来している」

「党首がないと党勢拡張もできないし、政権を握ることもできない」

という総裁決定促進論が持ち出された。二十日、芝・紅葉館の顧問会議の席上でも、

「速やかに総裁を決定すべし」

という決議がなされ、二十五日の全国支部長会議でも、

「速やかに党大会を開催し、総裁を決定すべし」

と満場一致で決議した。そこで面々は四代行を訪問して総裁決定を求め、四代行はこれに同意した。その際、

「総裁は四代行の中から選んでほしい」

と申し込んだから、これで三土は外れてしまった。鳩山派が三土派を出し抜いたのである（三土がダシに使われた、と悟ったのはこの頃であったらしい）。鳩山派の動きが活発になる

一方、反鳩山派は中島支持に固まった。

五月二十八日と六月一日、代行委員会が開かれ、

「一、この後、総裁決定は遷延するを許さざるをもって急速に設置すること。

二、党外より求めることは困難なるをもって、党内より物色する。」

という基本方針を決定した。人選に入ったところで島田が中島を推し、前田がこれに賛成したのに対して、孤立した鳩山は公選論を持ち出した。そこで鳩山と中島が二人で相談することになって、翌二日朝会ったがまとまらず、その日の第三次代行委員会も三日の第四次代行委員会も結論に達しなかった。しばらく現状維持で行くか、第三者を推薦するか、という提案に、鳩山はあくまで党則による公選を主張して譲らなかった。四日、第五次代行委員会はやむなく総裁公選のための党大会を開催することに決定。午後五時、砂田幹事長は緊急総務会を本部に招集し、代行委員の決定を承認し、五日午前再び総務会を開いて、

「一、総裁を公選すること。その任期七年を四年に改める。

二、総裁公選のための臨時党大会を六月二十日午後二時より本部で開く。

三、同二十日午前に常議員会を開く。」

などを決定した。

近衛総理はすでに内閣改造に成功し、辞職の噂など一月前の夢になっていたけれども、その夢から始まった総裁争奪戦は弾《はず》みがついて、党内は鼎《かなえ》のごとく沸いた。鳩山、中島両派は選挙事務所を設け、公然として運動に突入した。同時に和解工作が始まり、六月十三日朝、

党長老・小川平吉が中島派の軍師・島田と鳩山派の総参謀・松野の二人を招致し、愚争を戒めた結果、その日午後の代行委員会に松野も参加して協議の結果、

「一、総裁問題を打ち切り、当分、現行代行委員制を持続すること。
二、六月二十日の党大会を無期延期すること。」
に決まった（『前田米蔵伝』による）。小川平吉の日記には、中国関係の記事の中に次のような記述がある。

「六月十二日、朝より十時まで、政友会紛擾解決に関し鳩山氏に忠告し、浜田氏に報告し、また砂田氏と議し、前田、松野両氏の来会を求める等にて寸暇なし。前田氏来訪。妥協談一時間。余は島田氏を招くことを議す。……

六月十三日　これより先、政友会総裁争奪戦すこぶる猛烈となり、海内囂々《かいだいごうごう》たり。余はいささか妥協に力を致したる結果、この朝、松野鶴平、島田俊雄二氏（両派の将）来たり会す。両派の妥協を促し、非常の事態には非常の決心をなすべきを勧告す。この日、代行委員会、夜十一時に達す。けだし妥協の方法を求むるがためなり。

（〈小川の注〉政界紛争調停。鳩・中の争いは頂点に達したり。故に調停なれるなり。日支は如何。余は局外者なるにかかわらず、島田、松野二氏共に申し訳なしを連発する。けだし人情なり。）」

〝夏の陣〟の結末

〈引用続く〉こうして〝夏の陣〟は一応終わったが、まだくすぶりは残っていた。十月五日、政友会全国支部長有志大会（東京）は、「総裁を十一月十日までに設けられることを希望する」と申し合わせて、十二名の実行委員を選んだ。彼らは三十一日、四人の代行委員に面会、また総務会に出かけて善処を求めた。十一月四日、代行委員会で鳩山は一転して現状維持を主張したが、委員会は結論を出さない。二十六日の臨時総務会では総裁決定を急ぐ空気が強く、これを二十八日の代行委員会に要望した。しかし代行委員会の結論は出ない。

ところが翌昭和十四年四月、政友会はついに分裂するのである。すでに近衛は一月に辞職して、内閣は平沼騏一郎総理に移っていたが、第七十四議会終幕の直前、三月二十一日、幹事長改選のための政友会代行委員会が開かれた。前田、島田、中島は衆議院副議長・金光庸《やす》夫《お》を推したが、鳩山は自派の連中と相談するといって帰った。金光は松野のライバルだから松野はこれに反対した。翌日、鳩山は岡田忠彦を持ち出したが、他の三代行委員はこれに応じない。そこで鳩山はまたしても「総裁決定が先決問題だ」と主張し（公選をやれば勝てる、と彼はあくまでも考えていた）、四月中に党大会を開くことを提案し、代行委員会は、

「一、来る四月中に臨時大会を招集し、総裁問題を解決すること。
二、臨時大会終了までは、現本部役員をそのまま留任させること。」

を決定した。ところが、この決定の実施については総務会、長老会議、顧問会議も結論が出ず、鳩山、中島両派の争いは再び激甚となっていった。砂田幹事長もサジを投げて、島田代行委員に事務を引き継いだ。島田は四月二十二日、党大会招集の手続きをとることを、堀切善兵衛筆頭総務に命じ、総務会は四月三十日、党大会を開くことに決定した。

これに対して鳩山派と反中島派が反発し、砂田前幹事長が全国支部に大会招集取り消しの電報を打った。ここに至って内部の混乱を憂慮する和解工作が行われ、それまで二・二六事件関係で取り調べを受けていた久原も参加して奔走したが、効果は出ない。

二十八日、すべてが行き詰まった時、病中の鈴木元総裁が砂田を自邸に招いて、四代行委員を罷免し、代わりに久原、三土、芳沢の三人を代行委員に指名し、その旨の伝達を命じた。こうなると無茶苦茶に近い。前幹事長が大会招集取り消しを打電するのも異常であれば、元総裁が四代行委員を罷免し、新代行委員を指名するのも異常である。各自がそれぞれに動き出したという感じで、明治三十三年、伊藤博文が創立した大政友会もここに断末魔のうめきをあげることになった。

三十日、党本部大会では堀切が議長となり、中島を総裁に推戴する動議が満場一致で議決され、中島は固辞したが、堀切、島田らの懇請でやむなく就任した。政友会代議士百四十八名中九十六名、貴族院議員三十三名中十三名は中島支持であった。他方、五月二十日、反中島派と鳩山派は三縁亭で大会を開き、鈴木元総裁の指名によって久原を総裁に担いだ。三土らは党歴の浅い中島が総裁になることには反対であった。鳩山も自ら総裁になることは無理だと感じ、周辺の雑軍を集めて久原が一躍政界に復活したのである。
こうして政友会はついに分裂した。中島派も久原派もこの段階では革新派と呼ばれた。中島は元海軍機関大尉、飛行機会社の社長、久原は久原財閥の総帥、強固な一国一党論者である。政界再編成の潮流は政友会を解体し巻き込んだのである（『日本政党史論』の主旨および筆者の意見挿入、はこれで終わる）。

この『日本政党史論』の経過の描写はほぼ公正に近いものと思われるが、ここで長い間伝説となっていた「中島が飛行機で儲けた金で政友会に入り込み、ついにその金権で政友会・中島派総裁に伸《の》し上がった。これも軍部独裁のご時世の影響である」という伝説については、訂正を申し入れておきたい。

確かに中島は日中戦争に入って飛行機を多く造っていたが、右に引用した文献にある通り、中島が総裁になることを固辞したことは本人も側近に述べており、このように文献にも残っていて、彼には強い政党人的な野心があったとは思われない。前にも述べたが、中島が代議士になったのは、いわゆる大艦巨砲主義を批判して航空立国に切り替える、という海軍大尉以来の念願を実施するには、どうしても代議士になって国会で発言しなければ効力が薄い、という気持から議会に入ったのであるが、面倒な派閥争いに加わって、実質の伴わない政友会総裁になってもさして意義はない、と彼は考えていたようだ。飛行機に関する発言ならば、議会に議席を持っていればいつでも質問はできるのであって、大勢の子分を擁して政党の総裁になって親分風を吹かしても、国政の実力は軍部に握られているのであるから、むしろ軍の上層部を動かしたほうが自分の企図を実現するには手っとり早い、と考えていたようだ（この頃すでに知久平には、後に説明する「富岳」のような巨人機を多数作って、アメリカの海空軍に対抗しようという腹案が芽生えていた、という）。

中島飛行機の拡大と名機「零戦」

政治家・中島知久平が先に進みすぎたが、もう一度時点を昭和五年、知久平が代議士に当選し、議会で幣原外相、宇垣陸相らへの質問で苦しめた話に続いて、昭和六年以降の中島飛行機の発展を展望しておきたい。

前にも述べたが、昭和六年十二月、知久平は犬養内閣の商工政務次官となった。当時の商工大臣は前田米蔵である。この年、知久平は中島飛行機製作所を中島飛行機株式会社とした。前にも述べたが、代議士として政界に進出して航空立国のため大いに発言することにした知久平は、企業の経営者と政治家を兼務することによって生ずる疑念を予防するため、この年、新しくできた中島飛行機株式会社の経営者を辞任、後任社長には二番目の弟喜代一、副社長にはその弟の乙未平《きみへい》が就任した。そして工場は太田の呑龍《どんりゅう》工場と、東京の武蔵野工場の二つを拡大し、本社は群馬県太田町に置いた。七年五月、五・一五事件による犬養内閣の総辞職に伴って知久平も商工政務次官を退任、その後、九年十一月、天皇陛下が陸軍特別大演習のため群馬地方に行幸の際、新築の太田工場に臨幸された。

さて、ここで再び知久平の精力的な飛行機製作の話に戻るが、まず総論として知久平が大正六年「飛行機研究所」（群馬県尾島町）を創設して以来、昭和二十年の終戦まで、どれくらいの飛行機を作ったのか。そして一般には知られていないが、本当に中島知久平は世界一の航空会社を経営したのか、その航空事業を総括しておこう（飛行機の詳細についてはそれぞれ後に説明する）。

昭和六年、中島飛行機株式会社が発足した時、その公称資本金は千五百万円であった。工場が太田と東京にあったことも述べた。これが昭和十九年には、所長を置く主力工場は太田製作所、東京製作所、武蔵野製作所（昭和十八年十月、武蔵野製作所と多摩製作所とが合併したもの）、小泉製作所、半田製作所、大宮製作所、宇都宮製作所、浜松製作所、三島製作所の九製作所に増え、ほかに三鷹に研究所を持ち、また田無の鍛工場を独立させて中島航空金属株式会社（資本金一千万円）とした。これらの製作所はそれぞれ分工場を多く持っていたので、すべてを合わせると七十工場に達していた。また終戦の年、昭和二十年には地下工場や疎開工場も建設され、その近郊に分散した小工場は約百ヵ所にあり、中以上の工場だけでも百二ヵ所に上った。その敷地面積が総計千七十六万九千坪、建物床面積約七十万四千坪、機械台数三万七百三十五台、収容人員総数は約二十六万人という世界一の大飛行機メーカーに発展して終戦を迎えた。これに投じた資本は当時の金で約三十六億円、これを現代の金額に換算すると十兆円？に相当すると思われる（当時の三十六億円は国家予算の三分の一を上回るといわれた)。

では、どのように中島飛行機が実際に世界一であったのか。当時、世界的な大工場といわれたGE(ゼネラル・エレクトリック・シーメンス、アメリカのGEとドイツのシーメンスが提携したもの)会社の収容人員は約二十万人といわれていた。ところで中島知久平はこのような膨大な会社を運営する資金をどうやって調達していたかというと、その大部分は外部からの借金(負債)によって賄っていて、その大口のものは日本興業銀行からの借入金(政府による強制命令融資)が長短期合計二十六億一千二百万円、飛行機製作の前受金六億八千七百万円、社債二千三百万円等が主なものである。

では、中島飛行機がどのような飛行機(機体、発動機等)を製作したのか、これを次に列挙してみよう。

民間機二十一種(内試作のみ九種)
陸軍機四十種(内試作のみ十四種)
海軍機六十五種(内試作のみ二十三種)

これに組み立てのみ等を入れて合計百二十六種、その製作総数は二万六千八百六十八機に及ぶ。

その中には中島飛行機製作所時代の名機といわれた九〇式戦闘機および九一式戦闘機、少し後に九七式戦闘機(陸軍)、九七式艦攻(艦上攻撃機)も入っている。

▽「九七式戦闘機」も中島が誇る陸軍の優秀な戦闘機で、太平洋戦争に先立って、ノモンハン事件の実戦で大きな手柄を立てて注目された。昭和十四年五月から九月にかけての、満洲と蒙古の国境争いで始まったこの戦いでは、ソ連軍の戦車が圧倒的な力で、わが歩兵部隊を圧倒したが、航空戦ではこの九七戦の奮戦で、ソ連の新鋭戦闘機イ一五、イ一六を毎日のように撃墜して、ついにソ連軍の飛行機は、国境のハルハ河を越えて、日本軍の上空には侵入してこなくなった。

この九七戦は、昭和十年末、九五戦に代わる新型機として考えられ、中島、三菱、川崎の三社にその条件が示された。

一、低翼単葉、単発、単座。
二、最大速度・時速四百五十キロ以上。
三、上昇力、五千メートルまで六分以内。
四、七・七ミリ機関銃二挺。

三社競作となったが、小山悌技師を主任とする、中島の技師陣は、よくこの難しい条件に耐えて、最優秀機を製作して、採用された。発動機は当時中島が最高と誇っていた寿二型改一である。

中島で量産に入ったのは、昭和十二年末で、十七年十二月までに二千十九機を製作、このほか立川、及び満洲でも機体が千三百七十九機作られた。

この九七戦は、ノモンハンに先立って、十三年三月、中国の帰徳上空で迎撃したイ一五全機を撃墜して、陸軍上層部に軽戦闘機の強さを示した。

そしてノモンハンがいよいよ実力の見せどころとなる。ソ連軍のイ一六は、スペインの内戦で、フランコ軍と戦った政府軍に属して戦い、その戦訓によって実戦向きに改良されたものであるが、九七戦の敵ではなく、日本軍側には多くのエースが出現して、ここに初めて日本空軍の威力を、世界に示したわけである。中でも飛行第十一戦隊の篠原准尉は、撃墜五十八機を記録した。太平洋戦争開戦後もしばらくは、蘭印方面の戦闘で、アメリカ製のブルースター・バッファローを相手に、大きな戦果を挙げ、「隼」の新鋭部隊が到着するまでの制空権を確保した。

一式戦闘機「隼」、二式戦闘機「鍾馗」などの前線参加で、九七戦は第一線を譲ったが、その後も操縦性能の良さをかわれて、戦闘練習機として、長い間搭乗員に親しまれた。

▽「九七式艦上攻撃機」も長い戦闘の歴史を持つ中島の自慢の飛行機である。

この飛行機は筆者にも馴染の深い機である。

昭和十七年二月、筆者は霞ケ浦から大分県宇佐の航空隊に行き、九九式艦爆（愛知時計製）で前線に出る前の実用機の訓練を受けていたが、艦攻の連中は九七艦攻で訓練を受けていた。

その後、富高《とみたか》（日向市）、鹿屋《かのや》、鹿児島、大分、佐伯と基地を転々としながら、三月のソロモン出撃まで訓練を続けたが、いつもこの九七艦攻が零戦とともに、同じ部隊にあり、同期生の誰かが訓練に励んでいた。この三種類の飛行機は、開戦時の真珠湾攻撃で偉功を立て、特に「零戦」は世界的に有名になってゆくが、九七艦攻、九九艦爆も、ほぼ並行して、次の型式の飛行機にバトンを渡すまで、酷使されたといえるほど、よく活躍した。

九七艦攻は、始め中島、三菱に試作の指示があった。その要求は、次の通りである。最大速度百八十ノット（三百三十三キロ）、八百キロ魚雷を装備して、巡航百三十ノット（二百四十キロ）で四時間以上の航続力、同じく二百五十キロ爆弾装備で巡航七時間以上、空母用として主翼を折畳み式とする。

まず昭和十二年一月に中島が九七式一号艦攻（光二型発動機搭載）として採用され、三菱も同二号艦攻として採用された。太平洋戦争初期には、アメリカのデヴァステーター艦攻と競ったが、やがて新しく登場したアヴェンジャー艦攻とも、太平洋における雷撃機の王座を争った。しかし、水平爆撃は被害が大きいので、雷撃を主体とし、艦攻乗りの一部は、艦爆に転向してくるようになった。

また偵察機、索敵機としても活用されたが、マリアナ沖海戦の頃には、その座を新型の「天山」に譲ることになった。

その外では、かの有名な米英空軍を脅かした「零戦」も原設計は三菱であるが、発動機の「栄」はすべて中島製、また機体も中島が六千機を作っている。したがって有名な「零戦」は三菱の独占ではなく、中島の製作もかなりの部分に及んでいたわけである。

さらに陸軍では「隼」の機体および発動機とも中島の製作にかかる。「零戦」は真珠湾攻撃で一躍名を成したが、「隼」も加藤建夫中佐（戦死後少将）の隼戦闘機隊で加藤隊長が軍神と称せられるなど、名機の名に恥じない。

話は先に進むが、これらの名機について若干の解説を付け加えておきたい。「零戦」の名前は飛行機ファンにとってあまりにも有名である。正式には零式艦上戦闘機といい、これの水上機を二式水上戦闘機と呼ぶ。この設計は有名な堀越二郎技師で、堀越氏は前に日中戦争で活躍した九六式艦上戦闘機も設計している。

詳しいことは省くが、「零戦」のそもそもの発案は、昭和十三年一月十七日の横須賀海軍航空廠における会議で、源田実少佐と柴田武雄少佐（同期生、五十二期）の論議に発した。すなわち対戦闘機の格闘性能を重視する源田少佐と航続力を重視する柴田少佐との激突であった。その結果、海軍当局は中島、三菱両社に対して、外国のどの種類の戦闘機よりも高性能という、当時としては不可能に近い要求を押しつけた。そもそもこの「零戦」の原《もと》のタイプは、一二試艦戦の計画要求を海軍が十二年五月、中島と三菱両社に指示したことに始まる。この年十月、正式計画要求書が両社に交付されたが、その内容は次のようなものである。

一、最大速度二百七十ノット（＝時速五百キロ、一ノットは時速＝一・八五二キロ）、上昇時間三千メートルまで三分三十秒以内、航続時間、巡航速度で八時間以上。

二、空戦性能は九六式二号艦戦一型に劣らぬこと。離着艦は容易で離着滑走距離は風速十二メートル（向かい風）の場合七十メートル以下、着速五十ノット以下。

三、武装は二十ミリ砲二門、七・七ミリ銃二挺。

三菱は十四年三月、試作第一号機を完成した。計画説明書の提出（十三年四月）からわずか十一ヵ月というスピードである。発動機は瑞星一三型（公称出力八百七十五馬力）を装備、九月十四日、海軍に引き渡された。途中は省くが第三号機には強力な中島の栄一二型（公称出力九百五十馬力）に換装して、これが有名な「零戦」の原型となるのである。したがって中島側にいわせれば、かの名機「零戦」はわれわれが太田の呑龍工場で作った栄一二型発動機によって初めてその全力を発揮しえたのであって、三菱の設計の優秀なことはもちろんであるが、発動機においては中島のメリットを強調したい、ということになる。

ところが好事魔多し……というか、この一二試艦戦の試飛行は呪われたものであった。太平洋戦争開戦の前年、十五年三月十一日、第二号機が空中分解で墜落、操縦士は殉職した。このため一二試艦戦の海軍の制式採用は七月末となり、これが有名な零式第一号艦上戦闘機ということになる。

ところがこの第一号零戦も、初期には不運で、十六年四月十六日（すでに四月十日には真珠湾攻撃の主体となる機動部隊の中核、第一航空艦隊が編成されている）に事故が起こり、名テスト・パイロットといわれた下川万兵衛大尉が機の墜落によって殉職している。その後も海軍は改修に改修を重ね、その後、零式艦上戦闘機一一型と改修され、ここにやっと名機も軌道に乗るわけである。

「零戦」には最も標準型の一一型から、やや特色のある二一型、三二型、五二型まで多くのタイプがあるが、このうち初期の一一型（栄一二型を装備）の性能は次の通りである。最大速度、二百八十八ノット（時速五百三十三キロ）、武装は計画通り、ただし爆装も可能で三十または六十キロ爆弾二発を腹の下に抱くことができた。このため「零戦」は後に、昭和十九年秋、フィリピンで特攻作戦が始まると、最初はその護衛に参加していたが、その後、自ら爆弾を抱いて敵艦に突入する特攻隊も増えてくるのである。

また「零戦」の二十ミリ・エリコン機銃も有名である（外国では十三ミリ以上は機関砲と呼ぶが、日本海軍では機銃、陸軍では機関砲と呼んでいたようである）。なぜこのエリコン機銃が有名かというと、ほかの小口径の機銃弾と違って、二十ミリ弾は翼内の燃料タンク等に命中すると、単に貫通するだけではなく内部で炸裂するので非常に高性能であった。また爆弾を抱くことができるため、後には増槽（胴体の下につけてゆき、戦場上空で落下させ空戦にうつる）を抱いてラバウル—ガダルカナル間千キロを往復できるような性能を持つことができるようになる。

二一型　空母搭載のため主翼両端を五十センチずつ折りたたむようにした。

三二型　有名なテーパー型である。テーパーというのは翼端を五十センチずつ切り詰めて、高空性能を増強したものである。このため航続力は減ったが、速度は時速二キロ速くなった。

二二型　燃料タンク二個を増設して航続距離を増加した。

五二型　昭和十八年八月、二二型を改良したもので、「零戦」の中でも優秀なものといわれる。最大速度三百五ノット（時速五百六十五キロ）となり上昇力も向上した。

五二型甲　（省略）

五二型乙　風防前面に防弾ガラスを設置した。

五二型丙　主翼に十三ミリ機銃二挺を追加。操縦席後方に防弾ガラスおよび鋼板を設置。

これは遅まきながら重要な意味を持っている。開戦後、「零戦」は多くの戦果を得たが、その最もバルネラブル（弱味）といわれるのは、アメリカのグラマンなどと違って背後からの射撃に弱い点である。したがって、ここでようやく昭和十九年九月からの五二型丙において、操縦席後方にこのような防弾装置を設置したわけである。この理由は、開戦以来、ソロモン作戦の終了頃まで無敵を誇った「零戦」であるが、十九年六月のマリアナ方面の戦闘から、米軍の空母に新兵器グラマン・ヘルキャットF6Fが出現して「零戦」を後方から一撃し高速で離脱するという、いわゆる一撃離脱法をとるようになり、従来、「零戦」は巴戦による空中格闘戦に圧倒的な力を発揮していたが、ヘルキャットにいたって一撃離脱戦法をとるようになり、後方から攻撃を受けて撃墜されることが多くなったので、このような改造を迫られたわけである。

また同時に、この型から胴体に防弾タンクを増設した。これは、「零戦」はその軽快な空中戦闘性能発揮のために燃料タンクの装甲が非常に薄かった。しかし空戦性能に優っていた以前では射撃されることも少なかったので、燃料に引火することも少なかったが、ヘルキャットのように高性能の敵機が現れるに及んで、やはりタンクにも防弾装置を施す必要に迫られたわけである。

このほか五二型を改良した五三型丙、その胴体の下に艦爆と同じ二百五十キロ爆弾懸架装置を付けた六三型、発動機を栄から金星六二型に替えた五四型丙などの試作機もあったが、戦局の変化により量産はできなかった。

名機「零戦」の総生産数は三菱で三千八百三十機（一説に三千八百八十機）、中島も本機の量産決定後に生産を行ない、終戦までに二式水戦を含めて六千五百四十五機（一説によると六千五百七十機）を生産し、日立で生産された二百七十三機を合計すると一万六百四十八機。

「零戦」の戦歴は開戦時の真珠湾攻撃以後あまりにも有名であるが、それ以前にも中国大陸で活躍をしている。まず一二試艦戦と呼ばれていた頃、十五年七月漢口に二個中隊が到着して警備に当たっている。その後、零式艦戦となった本機は同年八月、九六式陸攻の援護に出撃、ただし中国空軍はこの新型機を警戒して応戦しなかった。そこで九月十三日には作戦を考え、陸攻隊が重慶を爆撃した後、戦闘機全機がいったん現地を去り、中国機が姿を現した時に、進藤三郎大尉、白根斐夫《あやお》中尉の指揮する「零戦」十三機が中国軍のソ連製新型機、イ15およびイ16戦闘機の二十七機全部をたちまち空中戦闘で撃墜し、わがほうは全機無事帰投した。これが「零戦」の初空中戦で、この成功によって機体の三菱、発動機の中島、二十ミリ機銃の大日本兵器の三社は当時の海軍航空本部長から感謝状を受けている。その後の「零戦」は第十二航空部隊に所属して成都、昆明等の攻撃に参加、延べ百五十三機が出撃して、撃墜破百六十機という大戦果を挙げて、わがほうの被害は十三機が被弾しただけという小さな損害にとどまった。いかに初期の「零戦」が格段に差のある性能を示していたか、ということである。

そして真珠湾攻撃にも六隻の空母から合計百八機が参加している。

しかし、昭和十七年六月五日のミッドウェー海戦で、南雲中将の機動部隊が一挙に「赤城」、「加賀」、「飛龍」、「蒼龍」の四隻を喪失すると同時に、多数の搭乗員が空中もしくは艦上で戦死し、飛行機多数も失われ、「零戦」の運命もややダウン・カーブを描くようになっていく。

そして十七年八月七日、連合軍のガダルカナル島上陸による反撃以降、「零戦」も苦しい闘いを強いられるようになる。どのように苦しかったかというと、まず制空戦といって「零戦」の一部が敵の上空に行き、迎撃するグラマン・ワイルドキャット等の戦闘機を可能なかぎり撃墜して、その後に九六式もしくは一式陸攻がルンガ沖の米艦隊およびガ島の飛行場を爆撃するのに「零戦」は直掩隊《ちょくえんたい》として参加する。これを毎日のように繰り返すと、増槽をつけてラバウル—ガダルカナル間を往復するため、単座の「零戦」の搭乗員は非常に疲労してくる。中国戦線における有名な撃墜王たちが命を落とすのは、この過労のため視力が落ちて、見張りが不十分となり多勢の敵の奇襲を受けたからだ、といわれる。しかし、有名なラバウル航空隊は少数精鋭主義でよくこの困難な任務に耐えて、十八年十一月のブーゲンヴィル島沖海空戦における激戦まで、連合軍の北上を持ちこたえた。十八年二月までの記録によっても、敵機撃墜四百三十七、艦艇撃沈二十四隻、わがほうの損害、飛行機三百九十二という戦果を挙げている。この中には筆者の同期生である戦闘機乗りも多く参加しており、一期上の笹井淳一中尉（特進して少佐）など、撃墜王と呼ばれた者も少なくはない。

しかし昭和十八年二月、日本軍がついにガダルカナルを撤退する頃に至って、「零戦」の武運もようやく行き詰まりを感じるようになってきた。すなわち、この頃、米軍が採用したロッキードP38ライトニング（双胴体）という、高速の長航続距離の戦闘機が活躍するに及んで、「零戦」もその得意とする巴戦の空戦性能の発揮が難しくなってゆく。そして十八年四月十八日、「零戦」六機に護衛された山本五十六連合艦隊司令長官は前線視察の途中、ブーゲンヴィル島付近でこのロッキードP38十六機に低空から奇襲され、山本長官機はブーゲンヴィル島のジャングルに墜落、長官は機上戦死を遂げ、これによって日本の戦勢は急速に攻勢から守勢に傾いていくのである。

陸軍の名機「隼」「鍾馗」「呑龍」「疾風」、海軍の「銀河」「月光」

〝エンジンの音轟々と、隼は行く雲の上、翼に輝く日の丸の……〟の歌で、当時、日本国民に知られた一式戦闘機「隼」は陸軍飛行隊の華であった。昭和十二年十二月、ノモンハン事件などで活躍する九七式戦闘機が制式化された後、陸軍は中島飛行機に対し、これに次ぐ引っ込み脚の新型戦闘機の試作を命じた。それは九七式戦を製作した中島の優秀な能力を陸軍が評価したためである。その要求は次の通りである。

一、九七式戦に優る運動性を保持し、最大速度は時速五百キロ以上。二、上昇力は高度五千メートルまで五分以内。三、行動半径は八百キロ以上。四、七・七ミリ機関銃二挺を装備。(「隼」と「零戦」の大きな違いは「零戦」が二十ミリ機銃二挺を持っているのに対し、初期の「隼」は七・七ミリ機関銃二挺しか持っていなかった点にある)

中島飛行機では九七式戦と同じく、主任設計技師の小山悌技師を主務者として設計に着手したが、九七式戦の設計に全力を傾倒した設計陣はこの過度な要求にあまり熱意を示さなかった、という。特に千馬力の栄発動機を装備して引っ込み脚にするなどの新機軸を採用してみたが、予定より大幅の重量増加になってしまった。それでも十三年十二月に第一号機が試作されたが、明野飛行学校での審査では九七式戦に劣る、といわれ、設計陣も奮起した。そしてここで創案されたのが蝶型空戦フラップで試作機は九七式戦に巴戦で勝てるようになった。

こうして十六年四月、陸軍はそれまでのキ43試作機を一式戦闘機として採用、愛称を〝隼〟と決定して量産の発注が行われた。以後昭和十九年九月までに中島だけで三千百八十七機、ほかに立川飛行機等の生産を加えると五千七百五十一機が製作された。これは「零戦」に次ぐ日本第二位の量産機である。

これにも多くの型があり、一型乙からは十二・七ミリ機関銃を装備、二型甲(昭和十七年夏採用)では発動機を千百五十馬力に増力。「零戦」と同じく翼下に二百五十キロ爆弾二発を抱けるようにした。以後、三型甲まで製作され、このほか本土空襲が始まるとB29迎撃用に、武装は「零戦」と同じく二十ミリ機関砲二門とした三型乙なども作られた。

「隼」は「零戦」同様陸軍を代表する優秀な戦闘機であったが、その弱点も「零戦」と似ており、装甲が貧弱で翼の強さが不足する等、問題もあった。「隼」の初陣は昭和十六年夏、中国戦線においてで、太平洋戦争開戦当日の十二月八日には飛行第五十九戦隊の田代中隊がマレー半島のコタバル上空でイギリス空軍と遭遇、ブリストル・ブレンハム爆撃機三機を撃墜した。その後、マレー・ビルマ方面でも大活躍してその名は広く知られるようになったが、特に知られているのは先述の加藤建夫中佐の飛行隊第六十四戦隊（いわゆる隼戦闘隊という）で、これはイギリス・オランダ空軍のブリュースター・バッファロー、フォーカー・ハリケーン、アメリカ空軍のＰ40ウォー・フォーク戦闘機等を相手に、撃墜王として知られる黒江保彦少佐等多くのエースを隊員にそろえ、尾翼には撃墜機数が増すたびに矢印のマークをつけ、これを見た敵を恐れさせた、といわれる。隼戦闘隊は十七年五月二十二日、インド洋上空で、加藤部隊長が戦死するまでに、撃墜破二百五十機以上といわれている。

「隼」の戦闘地域はジャワ、ボルネオ、ニューギニア、時にオーストラリア北部にも及んだが、その後、わがほうが多くのベテラン・パイロットを失うのと並行して、連合国側は次のような新鋭戦闘機を前線に投入し、劣速の「隼」は次第に押されてきた。

スピット・ファイアー、Ｐ38ライトニング、Ｐ47サンダーボルト、Ｐ51ムスタング、グラマンＦ6Ｆヘルキャット、Ｆ4Ｕコルセア。

十九年三月以降のビルマ作戦では、インパール方面で「隼」は二百五十キロ爆弾を抱いて、地上攻撃用に使用され、主力戦闘機は新型の「疾風」が使用されるようになった。さらに「飛燕」も戦線に参加し、ついに隼も第二線機となっていったのである。しかし、軍神・加藤少将の名とともに名機「隼」の名も日本陸軍戦闘機史に残ってゆくであろう。

続いて太平洋戦争中活躍した中島製作の名機について若干の解説を行なっておこう。

▽局地用戦闘機「鍾馗」

まず、「鍾馗」と渾名をとった二式単座戦闘機も中島が生産した代表的な新型機である。これは海軍で使われた「雷電」（三菱製作）と同じく局地防空用高速戦闘機である。その特色は、例えばB29のように高空高速の爆撃機に対し、高高度に急上昇し、短い時間の空戦で敵を倒し、いったん地上に帰投するというもので、特に上昇力と高速が要求された。中島では小山主任技師らが陸軍の注文に対して「鍾馗」を作ったが、最大速度時速六百キロ以上、上昇力五千メートルまで五分以内、武装は七・七ミリ機関銃二挺、十二・七ミリ機関銃二挺、滞空時間はわずかに二時間三十分（その間、三十分の空戦時間を含む）というかなり厳しいもので、発動機はハ４式からハ１０９（千二百六十―千四百四十馬力）という頭でっかちのもので、これは「雷電」も同様である。空戦フラップは先の蝶型フラップをさらに改良し、座席の背後に十三ミリ防弾用鋼鈑が装備された。

こうして最大速度五百八十キロ―六百十五キロの強力な戦闘機ができ上がったが、重量が大きいため巴戦は無理で、アメリカのヘルキャットのような、一撃離脱戦法を採用することとして陸軍に制式採用が決定した。

さて、名前もいかめしい「鍾馗」ではあったが、戦争初期からマレー・ビルマ方面に出撃したが、飛行距離が短いため、敵が襲撃した時以外には活躍の場が少なかった。しかし昭和十九年夏以降、アメリカのB29の空襲に対しては勇戦奮闘した。ただしB29は高度一万メートル前後という高高度・高速で日本本土に侵入してくるため、迎撃用戦闘機としての「鍾馗」もなかなか戦果を挙げることは難しかった、という。

▽重爆撃機「呑龍」

次は中島知久平の生地にゆかりの「呑龍」である。その名も壮大な「呑龍」は正式には一〇〇式重爆撃機といい、その性能は乗員八名、発動機は千二百六十馬力—千四百二十馬力×二、最大速度は四百九十二キロ。昭和十三年初頭には日中戦争で活躍中の九七式重爆の生産が軌道に乗ってきたが、武装、速度、航続力等において不満が出てきた。そこで陸軍はこれに代わる新型機として高速強武装の重爆の試作を中島に命令した。その要求は日本の重爆としては最初の時速五百キロ、航続距離三千キロ以上とし、武装も日本初の二十ミリ旋回砲（尾部銃座）と七・七ミリないし十二・七ミリ機銃三挺以上というもので、中島では昭和十四年八月、試作第一号機を完成、第三号機に至って次の性能で十六年三月、制式機として採用された。これが一〇〇式重爆撃機で通称を「呑龍」といった。その性能は最大速度四百九十キロ、上昇時間五千メートルまで十四分、航続距離三千四百キロで、当時の重爆としては高性能といわれた。

さてその「呑龍」であるが、本機は最初、対ソ連防衛用として満洲に配置されていたため、南方への進出は遅く、昭和十八年夏の第六十一戦隊によるポート・ダーウィン爆撃が初陣で、その後フィリピンに進出した。十九年十月には主力がフィリピンのルソン島に出撃、敵艦船の爆撃を行なっていたが、八十七機のうち八十機を失い、同年十二月、残された七機で菊水特攻隊を編成、ミンドロ島上陸支援の米艦隊に全機突入、壮絶な最期を遂げた。重爆撃機として期待された「呑龍」ではあったが、爆撃機として使用されることよりも、戦争末期に八百キロ爆弾を積み、乗員を二名とした特攻機として使用されることが多かったのも戦争時の宿命であった、といえようか。

▽超高性能戦闘機「疾風」

これも中島が製作した代表的な戦闘機として隼に次ぐ「疾風」がある。日本が太平洋を挟んで、米軍を主とする連合軍と死闘を繰り返していた頃、ドイツもまた英、仏、ソ連を相手に苦しい戦いを強いられていた。その頃、日本でも、ドイツや英国の戦闘機の血統と、それらの名機、メッサーシュミット（独）、スピット・ファイアー（英）等の優秀性が日本にも伝わり、これらを凌ぐ戦闘機を作ろう、という動きが高まってきた。しかし、その源は太平洋戦争開戦直後の昭和十六年十二月二十九日、陸軍から中島に対しキ84の要請があったことである。当時、この戦争は大東亜戦争といわれ、この「疾風」ができた時には〝大東亜決戦機〟と呼ばれた。

さて中島が製作した膨大な飛行機の中でも、最も高性能といわれる「疾風」に対する最初の要求はいかがであったろうか。

一、最大速度六百八十キロ以上。二、上昇力五千メートルまで四分三十秒以内。三、航続力、キ43（隼）程度、四、胴体に十二・七ミリ機関銃二挺、主翼に二十ミリ機関砲二挺を装備し、これが完成すれば、当時、世界無敵の戦闘機となるはずであった。

陸軍が何故こういう過大な要求をしたかというと、中島の得意とする発動機製作陣が誇るハ45「誉」発動機が完成したので、これに望みを託したわけである。このハ45は「零戦」に使用された中島の傑作発動機、栄型十四気筒を十八気筒に増力したもので、高度千八百メートルで千八百六十馬力を出すという戦闘機用としては驚異的な数字を示していた。

そこで例によって小山主任設計技師が主務者となり、昭和十七年四月、全力を注いで設計を始めた。そして出来上がり、十九年四月、制式機採用となった四式戦闘機（通称「疾風」）の性能は、次のようなほぼ陸軍の要求を満たすものであった。

一、最大速度六百四十―六百八十キロ。発動機、ハ45・千八百六十馬力。武装機関銃および機関砲は要求通り。全備重量三・二五トン（「零戦」は一・六トン）、またこの「疾風」の特徴は、「零戦」が三枚ペラであったのに対して「疾風」は四枚ペラである。制式機採用と同時に、中島では太田製作所を中心に全力で生産にかかり、十九年末には月産五百十八機を記録するほどであった。「疾風」の全生産機数は三千三百五十五機といわれる。これは「零戦」、「隼」に次いで日本第三位である。「零戦」と違って「疾風」は大戦末期に出現したため、その改造型は少ない。

甲型―対戦闘機用、二十ミリ機関砲二、十二・七ミリ機関銃二。乙型―対爆撃用、二十ミリ機関砲四（これは爆撃機襲撃用として機関砲を増やしたものである）。このほか三十ミリ機関砲二門を積んだ丙型も試作された。

さて、「疾風」の戦闘ぶりを眺めてみよう。

昭和十九年夏、「疾風」によって編成された新鋭飛行第二十二戦隊は太平洋戦線ではなく、まず中国戦線に出陣した。それは重慶、成都、蘭州などを基地とする米戦闘機隊がP51ムスタングという高速・長航続距離の新型戦闘機を多数前線に送り、「隼」では対抗できないので、このために急遽、「疾風」を送ったのである。これが「疾風」の初陣で、後に朝鮮戦争でジェット戦闘機とも闘ったといわれるムスタングに対し、対等に勝負をして多くの戦果を挙げたが、損害も大きかった。

戦隊長・岩橋譲三少佐は「疾風」の飛行実験以来のなじみ深い隊長であるが、十九年九月二十日、前線で戦死した。十月、飛行第二十二戦隊も補給のため内地帰還。今度はフィリピンに接近した米機動部隊を叩くため、十九年十月上旬、台湾沖航空戦に参加。第十二飛行師団、第二十五飛行師団、第十六飛行師団の八個戦隊が進出し、日本軍戦闘機の主力として奮戦したが、燃料の品質も低下し、ベテラン搭乗員も少数となり、発動機の整備も完全を期しがたいという悪条件に悩まされていた。しかし、大東亜決戦機「疾風」はこの苦難に満ちた敗戦末期の航空戦をよく戦って、二十年四月、米軍が沖縄に上陸してくると、この艦船、地上部隊攻撃に「疾風」は抜群の活躍を示した。第一〇〇飛行師団の第一〇一、一〇二、一〇三戦隊が敵艦上機を迎撃し、上陸した敵には二百五十キロ爆弾などを投下、また機動部隊艦船攻撃にも活躍した。しかし当然ながら、機の性能は優秀ではあるが、数において劣勢の疾風戦闘機隊は次々に消耗して、五月二十五日、義烈空挺隊直掩では十一機中十機が未帰還になるという大きな損害を受けた。ついで戦場は本土に移り、高萩、成増、下館、小牧、大正らを基地として、その高速と高高度性能によって、「零戦」が持て余したヘルキャットなどの艦載機にも負けず、高高度で空襲に来るB29に対しても有効な攻撃を行なっている。

これらの「疾風」の成功の原因は、中島製作所の研究では次のようになっている。

一、上昇力、速度、および火器において、当時としてはきわめて優秀な性能を持ち、一撃敵戦闘機を倒す制空権獲得のための決戦用の戦闘機であった。

二、整備等がきわめて簡単であった。

三、機関砲等の武装も、当時としては強力といえた。

四、設計が大量生産に適する（性能は全然違うが、四枚ペラであることを除けばその姿は「零戦」に似て非常に軽快に見える）。上空では高速であるが、着陸時には遅い速度でも着陸できるので、初心の操縦者でも操縦はそれほど難しくはない。したがって事故も少なかった。

この「疾風」は大戦末期に登場したため、「零戦」、「隼」ほど有名にはならなかったが、実は当時、世界一といってもよい性能を持っていたことが戦後にわかった。というのは、戦後、日本に残っていた「疾風」を米軍が一四〇という高オクタン燃料を使い、最高級のプラチナ・プラグを使用して試験飛行をやったところ、驚くべき結果が出た。重量三・六トンで最大速度六百八十九キロ（高度六千百メートル）、上昇時間三千五十メートルまで二分三十六秒、六千百メートルまで五分四十八秒。実用上昇限度一万千八百メートル（一万メートルを超える高度を持つ飛行機は日本でもきわめて稀であった）。航続距離三百八十リットル増槽二個を備えた場合、千六百五十キロ—二千九百二十キロ。この成果に米空軍の専門家も非常に驚いた、という。もし昭和十九年以降、日本に十分な資材、燃料、熟練搭乗員および整備員、技術者等がいてこの疾風を縦横に使いこなしたならば、フィリピンあるいは沖縄戦線において米軍は非常な苦戦を強いられたであろう、というのが彼ら専門家の偽らざる解説であった。

▽陸上爆撃機「銀河」

次に中島の生んだ傑作発動機「誉」を積んだ海軍機としては、「銀河」の名前を忘れるわけにはいかない。銀河は日本海軍には珍しい双発で軽快な爆撃（水平、急降下）、雷撃の三つの用途に使用可能な高速の陸上爆撃機であった。海軍では通称「銀河」のほかにＹ20とも呼ばれた。そもそもこの飛行機の開発には苦い原体験があった。それは昭和十七年四月十八日の米機動部隊の東京空襲である。この時、ハルゼー提督の率いる第十七機動部隊は空母ホーネットに、なんと陸上爆撃機の双発Ｂ25ノース・アメリカン十数機を積んで日本近海に肉薄し、普通の艦載機では不可能と思われる長距離からこれを発艦せしめ、東京、名古屋、九州などを空襲し、連戦連勝に奢っていた日本人および日本軍に冷水を浴びせたことであった。この時、日本海軍はもちろん近海に哨戒艇を出していたが、「敵空母発見！」の無電を受けながら、艦載機であるから、特攻でないかぎりは五百キロ以内くらいから発艦させるのが普通であろう、と考えていた。ところが米海軍は陸軍と協力し、双発の航空機を空母に積んで、日本本土空襲を行ない、上空を通り抜けて中国の揚子江周辺に着陸したのであった。

着陸時の事故によって死傷者を出し、また日本軍に捕らえられた者もいた。この日本軍に捕らえられた米軍飛行士に対して、時の東条首相は、

「わが神州を侵す者は絶対に許すべからず」

と強い声明を発したことは有名である（どの程度に処刑したかは、筆者にはよくわからないが）。このため日本の指導者は、捕虜を虐殺したという汚名を被ることになるのである。

それはそれとして、その頃、日本陸海軍では双発高速の多用途機開発の必要に迫られた。すでに海軍は一式陸攻を開発し、マレー沖海戦で英新型戦艦プリンス・オブ・ウェールズを撃沈するという戦果を得ていたが、さらに高速で雷撃と急降下爆撃のできる新型機を作ろうと考え、これを中島に要求し、中島は川西航空機と協力し、三木忠直技術中佐および山名正夫技師（中島）らを設計者として、その要求にかなう高性能の新型機を開発した。その性能は最大速度三百ノット（五百五十六キロ）、航続距離二千九百マイル（五千三百七十キロ、海の一マイルは一・八五二キロ）。

この優秀な陸上爆撃機「銀河」一一型が制式採用になったのは、残念ながら大戦末期の十九年十月であった。すでに米軍はフィリピン上陸を考えており、「銀河」はまず十月の台湾沖航空戦に参加、戦果を挙げたが、数が少ないため被害も大きかった。その後フィリピン作戦に活躍し、昭和二十年三月十一日、南洋のウルシー米機動部隊泊地急襲のため、第七六二

航空隊の梓《あずさ》特攻隊二十四機は鹿屋を出撃して、千二百マイルを飛んでウルシーに到着したが、米空母部隊を発見することは非常に難しく、二十四機のうち攻撃を実施したものは数機という結果であった。また「銀河」はその高速のため、これも有名な「月光」とともにB29迎撃戦にもかなりの戦果を挙げている。

▽夜間戦闘機「月光」

次に今名前の出た「月光」について語りたい。

夜間戦闘機「月光」(二式陸上偵察機)は筆者にとって思い出の多い飛行機である。といっても、筆者は艦爆乗りであってこの有名な夜戦に乗ったことはないが、筆者がソロモン作戦のためラバウルに行った頃、昭和十八年四月、すでにこの月光は〝空の要塞〟といわれたB17重爆撃機に対して果敢な戦いを挑むべく斜め銃を研究していたのである。というのは、当時、ガダルカナル飛行場を発したB17は朝昼晩とラバウル上空に飛来し、写真撮影、あるいは爆弾投下、時には地上銃撃などその猛威を振るっていた。特に毎晩のように行われる夜間爆撃は、超低空でラバウル湾内の日本艦隊を攻撃し、あるいは港湾施設、飛行場などを爆撃して、神経戦的にも日本兵を睡眠不足に陥れその被害は大きかった。

そこで当時、ラバウルの二五一航空隊司令・小園(安名)中佐が考えたのは、もともと偵察機として作られた「月光」をB17、同じく四発のB24の夜間迎撃に使うことであった。それはどういう方法かというと、斜め銃という稀代の戦闘法であった。二座の月光の後部に新型機銃を装備する方法である。すなわち、「零戦」に用いた強力な二十ミリ機銃四挺を「月光」の後部座席に固定し、これをほぼ仰角三十度、左へ十五ないし三十度に斜角をとり、夜間来襲したB17の腹の下にぴったりと吸いつくようにして、しつこく斜め上方に向けて二十ミリ弾を送るのである。

初めこれを聞いた上層部では、「そんな固定した斜め銃などで、B17が落ちるもんか」と笑う者がいた。しかし実際にやってみると、これが非常に有効であった。いちばん最初に行なったのは工藤上飛曹で、早くもB17二機に火を吹かせ敵はあわてて逃走した。続いて登場したのが、小野上飛曹、そして後にB29撃墜王といわれる遠藤幸雄中尉である。いわゆる予科練（乙種飛行予科練習生）第一期卒の優等生である遠藤は、この斜め銃を十分研究し、毎晩のように来襲するB17に対し、それに肉薄して大いに二十ミリの威力を発揮し、毎晩、一機、二機とこれを撃破した。このために米軍はしばらくの間夜間攻撃を中止し、昼間、高高度からの攻撃に変えたので、日本軍の被害はこの時点では局限されたという。筆者は後に遠藤大尉（二階級特進後中佐）の伝記を書くことになるが、遠藤大尉は大戦末期、昭和十九年末から二十年にかけて厚木航空隊で司令・小園大佐の指揮の下に、ラバウルと同じく、今度はB29の焼夷弾攻撃を迎撃し、斜め銃で撃墜十七機という戦果を挙げ、撃墜王の名を与えられ、ついに終戦直前に戦死した。

さて、この「月光」であるが、元来は陸上双発長距離戦闘機として計画され、昭和十三年頃、海軍から中島に対して次の要求が出された。

一、発動機は「零戦」と同じ栄二基。

二、最大速度二百八十ノット（五百十九キロ）以上。航続距離千三百マイル（二千四百八キロ）。空戦性能は双発ながら「零戦」と同等。武装は前方に二十ミリ一、七・七ミリ二、後方に七・七ミリ二、二連装旋回銃。

これは「零戦」と一式陸攻をミックスして、ある点ではそれ以上に高性能なものを要求した過酷なものであったが、中島ではこの時、新しいアイデアを盛り込んだ一三試陸戦を試作して、十六年八月、海軍に納入した。

その新しいアイデアとは何かというと、後部座席の後方に二十ミリ二挺を装備し、これを操縦席から遠隔操作できるように工夫した。これはもちろん大型機に対する攻撃を考えたものであるが、これが後に夜間戦闘機「月光」として航空史に名を残すようになろうとは、まだ当時の設計者も考えていなかったであろう。

さて、この一三試陸戦をさらに改良して、二式陸上偵察機として栄二一型を載せ、これが昭和十八年八月に海軍に制式採用された。したがって小園大佐が斜め銃を装備したものは、それ以前にラバウルに送られていた二式陸上偵察機であって、夜間戦闘機と呼ばれるのは後のことである。

▽艦攻「天山」

筆者にゆかりの海軍機で中島の製作にかかるものでは、ほかに「天山」、「彩雲」、「連山」などがある。このうち「天山」は真珠湾攻撃以来、非常に生命の長かった九七式艦攻の後継として開発されたもので、当時の艦攻としては米海軍のアヴェンジャー艦攻をはるかに凌ぐ性能の新型機であった。発動機は中島が自慢の護一一型で、八百キロ魚雷もしくは八百キロ爆弾を搭載することができる。その性能は護一一型・千七百五十馬力。最大速度二百五十ノット（四百六十三キロ）、航続距離は魚雷装備状態で千八百マイル（三千三百三十四キロ）というもので、後には発動機が三菱の火星二五型（千六百八十馬力）に替えられたものもある。

この「天山」はいろいろな意味で期待されたが、残念ながら、さまざまな原因から本来の優秀性を発揮することができなかった。

その初陣は昭和十八年十二月のマーシャル群島の米機動部隊基地攻撃。その後、ブーゲンヴィル島沖海戦、そしてマリアナ沖海戦ではわが機動部隊の主力艦攻となった。

この時、有名なわが第一機動艦隊司令長官・小沢治三郎中将の司令部はアウト・レインジ作戦を考えた。この戦法はわが天山艦攻および彗星艦爆の航続距離が敵の艦攻・艦爆より長い点を活用するとして、敵発見と同時に遠距離から「天山」、「彗星」を発艦せしめ、いわゆる〝アウト・ボクシング〟をやることを考えた。しかし残念ながら距離が遠いため、肝心の攻撃隊は敵を発見することができず、ついに秘蔵の「天山」も必殺の雷撃を敵空母に実施することはできなかった（この戦いは奇妙な戦いで、わがほうは旗艦「大鳳」と歴戦の「翔鶴」が潜水艦の雷撃によって撃沈され、その翌日、空母「飛鷹」が米機動部隊の空襲によって撃沈され、わが攻撃隊は全然敵の空母を攻撃することなく終わってしまった）。これも「疾風」と同じく、戦後、アメリカで高オクタンの燃料を積むなどしてテストした結果、この「天山」は当時の米英の艦上雷撃機よりも優秀な設計であったことが認められている。

艦攻としては、この「天山」に次ぐものとして、「流星」が愛知航空機で設計されたが、発動機は中島の誉一二型・千六百七十馬力である。時速三百ノット（五百五十六キロ）、爆弾八百キロ一、または二百五十キロ二で、航続距離は正規状態で千マイル（千八百五十二キロ）、過荷重で千八百マイル（三千三百三十四キロ）以上、武装は二十ミリ固定銃二、十三ミリ旋回銃一、「零戦」に匹敵する運動性をもち、雷撃はもちろん急降下爆撃、水平爆撃にも使用できるという高度な海軍側の要求に、愛知航空機は必死に取り組んで、速力を五百四十三キロとし、十九年四月から量産にかかった。

戦争末期、米機動部隊への攻撃に出動したが、戦時中は知る人も少なく、戦後になってそのコルセア型のシーガル（鷗）型翼のスマートな姿で、ファンが増えたという。

▽艦上偵察機「彩雲」

中島が製作し、実戦で活躍させた最後の飛行機で、高性能の偵察機として、戦後、高く評価されるに至った。

ミッドウェー海戦やマリアナでは、機動部隊の索敵に問題があったが、海軍は偵察をないがしろにしていた訳ではない。昭和十七年には次の性能をもつ一七試艦上偵察機の指示が、中島に与えられた。

一、最大速度は敵のあらゆる戦闘機よりも速く、高度六千メートルで三百五十ノット（六百四十八キロ）

二、上昇時間六千メートルまで八分以内

三、航続距離は巡航二百十ノットで千五百マイル（二千七百七十八キロ）、過荷重で二千五百マイル（四千六百三十キロ）

という高高度長距離偵察機で、乗員は三名、武装はなし、という偵察に徹した異色の機で、中島は当時最強力と言われた誉二一型（千八百五十馬力）を装備して、テストで時速三百四十五ノット（六百三十九キロ）を記録して、海軍のテスト・パイロットたちを驚かせた。この誉二一型は〝夢の発動機〟と呼ばれたもので、最初中島では海軍の要求を満たすため、日本最初の双発艦上偵察機を考えたが、この最新の誉で単発とし、速度を六百九キロとして、十八年五月量産に入った。

彩雲は予想通りの偵察機として、その名機ぶりを発揮したが、十九年六月のマリアナ沖海戦には間に合わず、陸上機として、偵察に活躍した。マーシャル、マリアナ、サイパン、ウルシー、メジュロなど内南洋に迫った米機動部隊の偵察で、常に成果を挙げて、搭乗員の信頼をかちえた。

その最も誇るところは、高速で敵戦闘機の追従を寄せつけぬことで、「零戦」の五百三十三—五百六十五キロ、「紫電改」の五百八十二—五百九十五キロと比べても、その優秀性がわかるであろう。

筆者がラバウルにいた頃、最も高速の偵察機、陸軍の双発一〇〇式司令部偵察機は、速度五百四十キロ—六百三十キロ、航続時間時速四百キロで六時間、ソロモン方面では、早朝にガダルカナル沖の敵機動部隊や飛行場の高高度写真を撮影して、グラマン戦闘機の追撃を尻目に悠々と帰投して、攻撃隊に有力な情報を提出、「我に追いつく敵機なし」と打電したことも有名である。「彩雲」の性能はこの有名な「新司偵」と呼ばれた偵察機と比べて優っている。

「彩雲」で思い出されるのは、大戦末期に彩雲偵察隊長として活躍した、筆者より二期先輩の橋本敏男少佐のことである。橋本少佐は筆者が海兵生徒で二年生の時、四年生（一号生徒）で、長身、紅顔の美青年で、いつも明朗な上級生であった。

橋本氏が大尉になって間もなくミッドウェー海戦が生起した。大尉は空母「飛龍」の艦攻分隊士として、友永大尉を隊長とする第一次攻撃隊が、ミッドウェーを爆撃する時、隊長機の偵察員として参加した。しかし、帰投してみると、米機動部隊の攻撃によって、「赤城」、「加賀」、「蒼龍」の三艦は燃えていた。友永大尉は艦攻十機を率いて、敵空母攻撃に出発、橋本大尉は第二中隊長として、五機を率いてこれに参加した。その結果、友永大尉は空母ヨークタウンに体当たりし、部下の四機も撃墜された。反対側から攻撃した橋本大尉の中隊は敵空母ヨークタウンに三発の命中魚雷を与え、これを伊号第一六八潜水艦による撃沈に追い込んだ。

武運の強い橋本大尉は、十九年春、松山空の三四三空（司令・源田実大佐）偵察隊長として、彩雲を率いて敵機動部隊の探索にあたることになった。

九州南方で行動中の米機動部隊が、呉軍港に猛空襲を行なったのは、二十年三月十九日のことである。このしばらく前から、橋本大尉の彩雲偵察隊は、九州南方を索敵中であったが、

この日も早朝、橋本隊長は三機の「彩雲」を発進せしめて、九州南方を偵察せしめ、午前六時五十分、高田満中尉の機が、

「敵機動部隊見ユ、室戸岬ノ南三十マイル」

と打電してきた。そして、この機動部隊から発進した大攻撃隊が、呉を空襲した帰途を扼《やく》して、松山上空で壮烈な殲滅戦が展開された。敵はグラマン・ヘルキャット、ヴォート・コルセアなどで、迎え撃つは新鋭の「紫電改」（中島製誉二一型搭載）で、面白いように、敵戦闘機を連続撃墜した。丁度松山空の上空で遭遇したので、橋本大尉も源田司令とともに、観戦、

「紫電改は強いですなあ！」

「やりよるのう……」

と感嘆の声をあげた。

この時、戦闘機隊を率いたのが、筆者の同期生で質実剛健、いつも真剣な鴛淵《おしぶち》孝大尉であった（その活躍振りと生涯は、拙著『蒼空の器』光人社NF文庫に詳しい）。

この後も紫電改戦闘機隊は、終戦時まで九州各地を転戦して、

「日本軍に、ヘルキャットより強く、ムスタングやサンダーボルトとも太刀打ちできる新鋭機現わる……」

と米空軍を恐れさせたが、その裏には、彩雲偵察機隊の高速を利用した機動的な索敵、偵察の功績があったことは、忘れられてはならない。

▽「紫電改」と誉発動機

「彩雲」の偵察によって出動し、米戦闘機を圧倒した「紫電改」は、川西の傑作機・水上戦闘機「強風」を改良して、時速六百キロに近い高速と、二十ミリ機銃四挺という重武装で、大戦末期の優秀戦闘機として、米空軍に恐れられた。前述の三月十九日の松山空上空の大空戦では、敵の大攻撃隊を護衛する二百機の戦闘機に対し、我が「紫電改」五十四機が迎撃し、実に五十二機を撃墜し、ハルゼー米機動部隊指揮官の心胆を寒からしめたのであった。そしてこの勇名を馳せた「紫電改」の発動機が中島の苦心作・誉二一型千八百二十五馬力であったのだ。この傑作発動機は、前述の「彩雲」にも搭載され、大戦末期の日本空軍の活躍に大いに貢献した。

「日本は負けたが、中島の飛行機製作陣特に発動機はアメリカに負けていない」

と中島知久平が言った時、事情を知らない人は、それを単なる飛行機製造業者の豪語だと笑ったというが、実際に中島が開発した発動機は、その後の日本の自動車産業に大きな貢献をしたことを、忘れてはなるまい。

中島知久平伝説と知久平論

すでにいくらか触れたが、中島知久平というスケールの大きい、とらえどころのない人物には多くの伝説が残っている。東京で人力車夫をやって苦学した、などもその一つである。

ここで知久平が政友会・中島派総裁になった段階で、雑誌等に出た政治家・中島知久平論の一部を紹介しておきたい。

まず手元の資料で最も古いものは大正十三年、雑誌『現代』に載った「東洋第一の飛行機製作所所長　中島大尉の奮闘成功物語」（高山白楊）で、これには例えば「水呑み百姓の子に生まれて」などという言葉があるが、前述の通り、知久平の父・粂吉は富豪ではないが、三町歩ほどの田畑を持ち、養鶏、藍玉、その他各種野菜などを栽培する事業家であって、後には尾島町の町長も務めたほどで、いわゆる〝水呑み百姓〟では全然なかった。

また、この文章には第一次大戦後、三菱、川崎などの大会社と競争して、中島がこの年（大正十三年）一月、金百万円を投じて、フランスにおける四つの大飛行機製作会社と特約し、「仏国大会社を独占」したなどと書いてあるが、まだ満洲事変の七年近く前で、知久平が百万円という大金を動かしたかどうかは疑問である。

ただし、当時、中島の太田工場が年十八万円の所得があり、その納税額が群馬県第一であった、と書き、

「おれはあくまでも川崎、三菱に拮抗して、それ以上の事業家になるのだ。そして飛行機を生命として国家に尽くさねばならぬ」

などといっているのも、事実はともかく面白いし、また後に有名になる彼の独身主義に対しても、有力な実業家や華族らは度々彼に妻帯をすすめ、進んで媒介の労をとろうとしたが、知久平は、

「自分は将来は妻帯はします。しかし、今、大事業家や華族の媒介で嫁をもらって、その縁故で成功しようとは思いません。私はあくまでも自分自身の働きで成功したいと思います」

と知久平が主張した、というのも伝説の一つではあるが、知久平らしい話である。

次に昭和五年、すでに知久平が代議士となり、議会の質問で浜口総理の代理・幣原外相や海相代理の矢吹政務次官などに強硬な質問を行ない、事態を混乱に陥れた（前述）後、満洲事変以後、飛行機が一種のブームになった後の昭和九年十二月号の『話』の、「飛行機王・中島知久平物語――儲けようと思わないで儲けた金」（大森繁樹）にも伝説らしいものが出てくる。

まず大森によると、観相学上からいって、中島のようなタイプの人間は〝ヴァイタル・テムペラメント〟といって模範的な営養質で大業を成す偉人の相だ、となっている。営養質とは何か、筆者にはよくわからないが、大森によると、中島は、

「年もまだやっと五十一歳でまさにこれからというところ。彼に本音を吐かせれば、おそらく志は天下にあり、と言うであろう。が、ご当人はそんなけぶりなどは微塵も見せず、いつものんびりと構えこんでいる。こんなところが彼の偉いところなのかもしれない」

と、中島の人柄を説明し、こう続けている。

「飛行機で儲けたといえば、中島飛行機株式会社（昭和六年、中島飛行機製作所から改名）のある群馬県太田町では氏を景気の神様のようにいっている。

それもそのはずで、太田といえば昔から呑龍様で有名なところであるが、この頃では飛行

機会社のほうがすっかり有名になり、町の繁栄もこの会社で維持されている。何しろ平職工でも月に百円や百五十円の収入があり（当時、師範学校卒の小学校教師は月給四十五円くらいであった）、優秀な熟練工になると月収三百円、四百円というのも珍しくはなく、親爺は職工でも息子は帝大出の工学士に仕立て上げているのなどはざらにある、というのだから大したもので、こんな景気だから、地元の人たちも中島氏を景気の神様のようにありがたがっているわけである。軍需インフレなる哉、である」

次に大森は知久平の少年時代について、次のような逸話を述べている。

「中島氏が小学校をよく休むので、親がどうしてそんなに休むのか、と叱ると、『ぼくは一日行くと全部覚えるのだから、休んでも誰にも負けないよ』といって、なかなか言うことを聞かずに親たちを手こずらせたというのである。いかにも利かぬ気の一面のよく表れた彼らしい逸話である」

また、次の話も氏の伝説であろう。

「中島はかつて人にこう語ったという。『ぼくは子供の時から決してものを欲しがらない性質であった。それであの子は小遣いをくれても金を使わないからというので、ほかの兄弟たちよりもいつも余計にもらったものだ。ながもらうばかりで一向ものを買わないのだから、小遣いはたまるばかりで、このたまった小遣いが東京に出る頃には百円以上にもなっていた（一般には『巨人・中島知久平』にあるように、知久平が東京に出る時には、一時、父・粂吉が神棚にしまってあった百五十円の金を失敬して、それを生活費として専検受験の為東京に出発した、というのが通説になっている）。ぼくが小遣いを使ったことといえば、海軍機関学校の試験にパスした時、お祝いの意味で焼き芋を六銭買ったのが、後にも先にも最初だろう……』」

次に大森は、中島の〝無欲・大欲主義〟について、こう語っている。

「知久平はいつもこう言っていたという。

『ぼくは金を儲けようと思わないで儲けてしまった。だからこの金は何か有意義に使わなければならない』

つまり、彼の場合には儲けたのではなくて儲かったのだ。金儲けそのものを目的として儲けたのと、しからざるのとでは、その心がけにおいて雲泥の相違である」

と大森は言っている。

また中島の次のような〝処世哲学〟も出てくる。

「『ぼくは海軍時代によく洋行を命ぜられたが、自分から一度も希望したことはなかった。つまり、ぼくが度々洋行するようになったのは、選考の始まる度毎に希望者があまりに多いので、いつも人選難に陥る、その結果、黙っているぼくに白羽の矢が当たって度々出かけるようになったのである』

こういうふうに、いつの場合にも自ら求めないのが彼の性質である。同時にこれは彼の処世哲学であるといってもよい。無欲は大欲に似たりという。狡いといえば狡いであろう。が生まれながらの性質であるにしても、人間、よほど偉くなければこんな真似はできるものではない」

また大森は知久平が、「ぼくは大きくなったら陸軍大臣になるのだ」と言っていた、というが、前述の通り、知久平はその少年時代に日清戦争後、ロシアが「三国干渉」で日本に遼東半島を無理やり返還させたことに腹を立て、「馬賊になってロシアを征伐するんだ」といっていたことが軍人志願のもとである、というのが大体の通説のようである。

なお、先の高山の文章でもすでに東洋第一の飛行機製作所所長、という見出しが使ってあるが、大森も昭和九年の段階で、早くも中島は、×××戦闘機（九〇式もしくは九一式戦闘機であろう）らの十数種類の飛行機を製作して、〝ついに飛行機王となる〟と書いているから、知久平が飛行機王といわれるようになったのは、あながち日中戦争以降、九六戦、そして太平洋戦争における「零戦」、「隼」等を量産してからではなく、すでに満洲事変の直後にはこのような呼び名を得ていたことが想像される。

また、大森は次のように最近の知久平の人柄を説明している。

「〝飛行機王〟中島知久平といえば、いかにも事業家肌の人物が想像されるかもしれない。が、氏はそうしたタイプからはおよそ縁の遠い人である。氏はいつもニコニコしている。ニコニコしているといえば、このあいだも某県知事が中島氏に会って、

『中島という人はもう少しいかつい人かと思っていたら、実に潤いのある人で案外な気がした。あんな人とは思わなかった』

と述懐していたということであるが、全くその通りである。氏の笑顔に接していると、ど

ることがあると、

こにあんな恐るべき底力が潜んでいるのか、と思われるくらいである。氏はまた辺幅を飾らないことでも有名で、お昼などでも（社員食堂で工員らと共に）うどんをすすっているのをよく見受けることがある。しかもそれが決して不自然にもキザにも見えないから不思議である。

そういえば、氏はいまだに借家住まいで独身生活を続けている。飛行機王の借家住まいはちょっと不似合いだが、氏の牛込（加賀町）の住まいは借家である。この借家の庭にはライオンの子供を二匹飼って、毎日それを眺めるのを楽しみにしているのも、いかにも氏らしい。それでいて氏は両親のために先年、郷里尾島に数十万円を投じてすばらしい大邸宅を新築した。氏の父君・粂吉氏は一昨年物故されたが、その葬儀のあった時には折から雨天であった。すると氏は人々の止めるのも聞かずに、この豪奢を極めた大邸宅の室内に、会葬者をことごとく土足のまま招じ入れて葬儀を行い、人々がそれではあんまりだというのを、

『この家はもともと両親のために建てたのだから、親のためなら土足でも何でもかまわないではないか』

といって人々をホロリとさせたという。

氏はまた友情に篤く、人の面倒をよく見ることでも有名である。政界人のうちでも多かれ少なかれ氏の世話になっている人は相当に多いであろう。氏がまた政友会の台所を賄ってきたことも世間周知の事実。あんまり金を出しすぎるというので、たまに人から注意でも受けることがあると、

『もともと儲けようと思わないで儲けた金だ。少しぐらい出してもいいではないか』と笑っている。どこまで人間が大きいのか見当がつかない」（大森氏の引用終わり）

ここで問題になるのは、政治家・中島知久平の金の使い方である。これにも多くの伝説があり、知久平がわずか衆議院議員当選四回で政友会・中島派の総裁になった時、多くのジャーナリストは、知久平は飛行機で儲けた金を政友会に注ぎ込んで、金の力で総裁になった、ということを匂わせ、実際にそう書いた記者もいたようだ。では、その金の問題にも触れながら、その後の評論家の論調を並べてみよう。

まず昭和十三年九月（日中戦争勃発の翌年）『日本評論』の「中島知久平を裸にする」（野方頑）には、次のように知久平と金の関係が出ている。（以下、野方氏の引用）

一、中島知久平が昭和六年、犬養内閣になったとき鉄道大臣（事実は商工政務次官）になった。世間の一部では、まだこれを、金で大臣の椅子を買った男の標本の一つのように思って眺めた向きもあったけれども、金で大臣の椅子が買えたのももう昔の話である。今日この頃では、金だけでは大臣はおろか平代議士さえも難しい。いや、それどころか、金があるためにかえって出世の妨げになる場合もある。

現にこの中島にしても、広田内閣の組閣に当たり、組閣本部のほうでは当初、彼に白羽の矢を立てていたのであるが、反中島派の政友会の妨害と、軍の一部に軍需工業の資本家を大臣にするとは何事か、という強硬論があったために、あたら入閣の機を逸したのは周知の事実である。

彼の場合にあっては、その金力が今日の地位を築き上げたのは確かな事実ではあるけれども、彼に政友会の領袖という肩書がなかったならば、津田信吾（鐘紡社長）、鮎川義介（満洲重工業総裁）のように一個の新進実業家としての資格において、入閣となったかどうかは大きな疑問である。事実、実業家としての彼程度の頭脳の持ち主ならば、そこらへんの軍需工業家の中にはいくらでもいる。貧しても鈍しても大政友会の領袖であるということは、彼が大臣たりえた第一の条件である。

だが、それだけでもまだ足りない。政治的な経験や識見においては、彼程度もしくは彼以上の人物は政友会にはいくらでもいる。ただそのいくらでもいる人物の中で、彼がいわゆる党内革新派に属し、新政党運動の主張者であるという点が、彼が近衛に買われた最大の条件である。

しかし、彼は近衛のその評価に本当に価するだけの人物であろうか？　そのことの解明と、またそれを通じて彼の将来を眺めんとするのが本稿の目的である。

二、筆者はここにおいて彼の評価を書こうとは思っていないが、彼の人間を本当に理解するためには、その点には簡単に触れておく必要があると思う（以下、知久平が昭和五年に代議士となり、同年末、幣原首相代理を詰問するような経過があるが、省略する）。

三、彼は上州の産である。上州の名物といえば、古来、長脇差《ながどす》と相場が決まっているが、そういえば彼もどこか郷土の大先輩、国定忠治と似たところがある。大きく山を張って度胸を据えて敵にぶつかっていくところなど、どこか一脈長脇差の血を引いているところがある。

彼が海軍機関大尉の地位を弊履《へいり》のごとく投げ捨てて、飛行機会社の設立のために苦難の社会に飛び込んできた点がそうだ。彼が航空機の将来に眼を付けた炯眼《けいがん》はもとより買われるべきだが、そのために彼がせっかくそれまで苦労してかち得た地位を放り捨てて、再び苦難の途を選んだ度胸骨の大きさはもっと買われるべきである。

普通の実業家が余剰資本の一部を割いて、新事業に投資した、などというのとは全く話が違う。全く無一文の一機関大尉が自分の体を張って丁か半かとやったのである。しかもその機関大尉の地位というのもすらすらと獲得したものではなく、百方苦学力行の末、ようやく獲得した地位である。このへんの度胸というか山っ気というか、それはやはり長脇差的な血を引いている者でなくては、ちょっと持ち合わせていない点であろう。

誰だったか彼を評して「国定忠治を飛行機に乗せて洋行させたような男だ」と言っていたが、なかなか適評である。

こういった彼の生き方は、彼が実業家から政治家に転業する際にも表れているのであって、彼が昭和五年、代議士に立候補するにあたっては、従来の事業関係から一切手を引いて、実弟に譲り、爾来、事業のほうには全然関与しないでやってきている（表面上は手を引いたが、重要な製作のアイデア等は多くが知久平によっている）。普通の金持ちの政治道楽などとはちょっと類を異にするのだ。それだからまた彼は、自己の政治的地位を利用して金儲けをしようなどというケチな根性はちっとも持っていない。実業家としてなら実業家としてこの途を一本筋に進んでいく、政治家としてなら政治家としての途に専念するという具合で、そのあいだにちゃんとケジメをつけている。それだから彼の政治家としての経歴には微塵も暗さというものがない。きわめて明朗である。

こういう点が彼の今日のごときご時世にあってもなお、一個の政治家として相当評価されているゆえんである。同じ政友会の久原房之助（元日立製作所長）も実業界から政界に転じた傑物で、人間としては中島などよりずっとスケールも大きいが、どうも彼には政商といったふうな暗さがつきまとっている。この点、中島はきれいさっぱりとしたもので、一本気な東男の一つの標本であろう。

四、それだからといって、彼に近代人的な科学的な計数の観念が欠如しているかというと決してそうではない。根が海軍機関将校の出だけに、計数の観念も相当に発達しているし、ものの見方もかなり科学的である。またそれでなければもともと一個の実業家として、飛行機製作事業にあれほどの大成功を収めるわけがない。現に彼は政界に進出するや、その豊富なる資金を利用して、市政会館（日比谷）の彼の事務所内に「国政研究会」なるものを設けて彼自ら所長となり、前調査局参与の中村藤兵衛や商科大学助教授の猪谷善一などを研究主事として、日満支経済その他の研究に当たらしめている。

毎週金曜日ごとに講演会を開き、研究報告をやらせたり、各大学の教授その他を随時招いては話を聞いているが、大臣になるまでは、一回もそれを欠かしたことがないというから偉いものである。

どうせ耳学問には過ぎないであろうが、その科学的な研究心は買ってやるべきである。彼の革新理論、新政党論なども実はこの耳学問の所産である。彼のこれらの理論は時勢便乗の一手段だといってしまえば、それまでの話だけれど、それが彼が近衛に買われる一つの重要なる要素をなしていることを思えば、彼としては投資の価値は十分あったわけである。

またこの「国政研究会」のメンバーが船田中だとか木暮武太夫だとか、政友会の国政一新会の会員が多いところから、これをもって彼の政友会内活動の一母胎のように見なす向きもあるが、彼が本研究所を開設した初志は、もっと純真な科学的探究心から出発していると思う。

彼は元来が科学畑の出身なのであるから、飛行機の機関についてばかりではなく、経済についても、また政治についても、これを科学的に考察しようとする傾向は多分に持っているわけで、その結果として生まれた彼の革新理論、あるいは新政党論を目して、一概にそれを時勢便乗主義だとか、付焼刃とかいって非難するのは当たっていないと思う。ただ問題はその科学的見解なるものがどこまで真に科学的に正しいものであるか、という点にある。

松野鶴平のように、常識一点張りの政治家の多い、既成政党内に籍を置いている関係上、彼もともすればこれらの連中と同じように扱われ、科学人としての彼の一面は全然没却されているけれども、彼を細かに観察せんとするに当たっては、この点の考察も忘れてはならぬと思う。

彼が政治上の観察を真に科学的に推し進めていくならば、既成政党没落の必然論と、これが更生方策としての科学的革新論とに、いつかはぶつかるに違いない。現在のところでは彼のそれは一片の耳学問であり、付焼刃であるかもしれないが、いつか彼がそれを真に自分のものとした場合には、彼が一段の飛躍をやらないと誰が保障しえようか?

彼は一見茫漠《ぼうばく》としており、時には優柔不断とも見えるけれども、元来、彼の血管の中には国定忠治的な叛骨の気が流れており、思い切れば相当思い切ったことをやる男である。機関大尉から実業界に飛び込んだほどの芸当を、再び彼の政治的将来に期待するのは、果たして彼への過重評価であろうか?

もっとも今のところは、そういう傾向は見えない。これは彼の科学的な素養と上州長脇差的な叛骨の気魄とを、コンビネートした上に立てた筆者個人の彼への期待である。だが実際のところ、最近の総裁問題であんな味噌をつけた彼が、将来にぐんと伸びんとするためには、これくらいのことはやってなければ、彼の政治的将来はもはや行き止まりであることだけは確かだ。もっと具体的にいえば、今、彼が考えているようなものではなくて、もっと本質的な新党運動に本当に身命をぶち込んでやるのでなくては、明日の日本の政治家の中には彼の姿を見出すことは困難であろう。

五、以上の所論はいささか抽象論に過ぎた。彼の将来を測定するために、もっと現実の彼の姿を具体的に解剖してみる必要がある。

彼の現実の政治的勢力の根源は、何といってもその豊富なる財力である。しかもその金たるや、彼自ら儲けたものを、彼自らが使うのだから、そこに一点の暗さもない。ともすればこの種の政治資金に付き物の検事局的な暗さというものが全然ない。すこぶる明朗である。やる方ももらう方もすこぶる気持ちがいい。

こういう金をふんだんにばらまく彼が党内に重きをなすのは当然のことだが、またその使いぶりがすこぶるきれいである。内田信也のように金臭ふんぷんたるところがない。彼は内田のように、金をやった当人に対して恩着せがましい態度をとるようなことは全然やらない。その点がまた彼がありがたがられるゆえんである。だが、イエス・キリストではないが、人間はパンのみにて生きるものではない。いかに唯物的な政党人でも金だけで動くものではない。またそんな後輩は真の味方とはいえない。すこぶる頼りない存在である。こういうわけで彼の幕下には彼と身命を共にしようというような連中は、彼がばらまく金の量に比較しては案外に少ない。まことに寥々たるものである。それにはまた次のような事情もある。

すなわち政友会内には、相当なところで、中島の人物なり識見なりに共鳴している連中もかなりあるが、これらの連中にはあまりにもしばしば中島のところに出入りすると、金の世話でも受けているように誤解されることを恐れて、わざと彼のところに行くことを遠慮している者も相当にいる。〝金持ちの悲哀〟である。いかに金が万事の世の中とはいえ、人間対人間の関係においては、金の効用にも一定の限界があることを知らねばならぬ。

いったい中島が政友会内に今日の地位を築いたのは、金の力によることはもちろんであるが、それには五・一五事件以後の特殊な事情が作用していることを知らねばならぬ（これ以降の野方の論旨は当時の国内情勢、政治事情とにらみ合わせて、何故に知久平が当選四回で総裁にのし上がりえたか、という事情を説明する一つの図式として注目すべきであろう）。

周知のごとく、既成政党は五・一五事件を契機として没落過程に入った。そしてそれにつれて政党の政治的使用価値が逓減してくるにしたがって、財閥の政党への投資は激減した。政党の台所は逼迫《ひっぱく》した。ちょうどその時しも、中島が政友会に乗り込んできて思い切って金をばらまいたために、彼はいたく珍重されたので、これがその以前の政党黄金時代で、財閥からのいわゆる政治献金がザクザクしていた頃であったならば、中島はあんなにまで尊重されはしなかったであろう。少なくともあんな短時間のあいだに、あんなにまでのし上がってくることはとうてい不可能であったに違いない。何となれば、中島に頼らなくても、他に幾らでも政治資金を得る途があるとすれば、あんなにまで中島のご機嫌をとる必要はないからである。そして金力以外の政治的な識見だとか、党生活の経歴だとかいったふうなものと本質的なものが、彼の党内の勢力関係を正当に決定したであろう。それが、「中島を使う者は政友会を取る者である」というような格言めいたものすら生むに至ったのは、五・一五事件以来の特殊情勢によって、財閥からの政治資金流入の途が断絶したからにほかならない。

いわば、中島の今日あるは、（彼の金力×五・一五以来の特殊政治情勢）という方程式の結果なのであって、必ずしも彼の金力だけがものをいっているわけではない。彼の金力の絶対価値に五・一五以来の特殊政治情勢を乗じたものが、現実の彼の党内勢力関係を決定するファクターとして作用したのである。こういった消極的な意味で、彼はまた〝時代の寵児〟と呼ぶことができるであろう。

それはさておき、こういった訳で、彼には子分が多いように見えて実は案外に少ない。本当に頼みになる者はごく少数である。ところが先般、彼と総裁の地位を争った鳩山には、彼と身命を共にしようというような子分が少なくとも三、四十人はいる。鳩山には金はない。これは彼生来の親分的な性格と、党生活三十年の経歴とがもたらしたものであって、とうてい金などで買えるものではない。鳩山は過去において何回もひどい政治的失敗をやっている。普通の政治家ならば、もうとっくにまいっているはずであるが、それが不思議に盛り返してくる復原力を持っているのは、実にここらへんにその根因があるのである。鳩山のこの復原力に匹敵するだけの力を持っている政治家は、東西にはちょっと見当たらない。

その他の政治的経歴、識見、貫禄といったふうなものを比較してみても、中島はとうてい鳩山の敵ではない。

それがこのあいだの総裁問題で、中島が何故にあそこまで鳩山を圧しえたのかといえば、中島のほうには前田や島田が付いており、その他党内諸種雑多な反鳩山分子が中島のほうに合流したからである。これらの連中は、ただ鳩山が嫌いだという消極的な理由によって、中島のほうに合流しただけで、総裁は中島でなくてはならぬという、積極的な理由によって、彼を担いだ者はごく少数である。あの大騒動の発端の筋書きを書いた者は、前田といわれているが、その前田にしてみても、彼が中島を総裁に推そうとしたのは、鳩山を総裁にするのがいやだという敵本主義が、その動機の主要部分をなしているので、そういう感情的な要素やら打算やらを取り除いて考えれば、彼とても鳩山のほうが総裁の器だと考えているに相違ないのである。こういうわけで中島と鳩山を一騎撃ちさせたならば、とうてい中島のほうに勝ち目はないので、要するに金の効用にも一定の限界があることを物語るものである。

六、中島が林内閣に迎えられようとしたり、ついに近衛内閣に入ったりしたのは、彼が新党運動の主張者であり、既成政党改革論者の一人だからである。また彼が政友会総裁候補に推されたのも、鳩山のような自由主義者を総裁に戴いたのでは、ますます政権から遠ざかる一方だという、党内革新論が一つの理由になっている。

そこで問題はその新党論ないし革新論なるものの実体だが、ある論者にいわせれば、それは要するに国政研究会製のレコードにすぎないという。彼の創意なるものでないから、誰に対しても、いつの場合でも全く同じことを、繰り返ししゃべるからそう言われるのだ。だが、そのこと自体は実は大した問題ではない。彼ぐらいの大物になれば、そのスタッフの進言した意見を、いいと思えばそれを採用して、彼が拡声器の役目を務め、そしてそれを実行に移していく分にはいっこう差支えはない。

ただ問題は、その意見と内容の当否と実行力の如何にある。そのうちでも意見のほうは、抽象的には「まことに結構な御趣旨」に違いないので、その意見の論理的構成などをかれこれと批判してみたところで、全く大人げない話である。彼は評論家ではなく現実政治家である。政治家にとって一番の問題は、その結構な御趣旨が実際に実行できるか否かにある。

ところで中島の新党運動は、その論理的構成はしばらく別問題として、もっとも現実的には近衛を新党の党首に引っぱり出すことをもって基本の出発点としている。だがこの点では彼は完全に失敗した。

　前議会の終わり頃、政府部内で新党の問題が起こった時、彼はだいぶん近衛を口説いてみたようであったが、結局、近衛はうんとはいわなかった。それで中島の政治的前途も行き詰まりになったと断ずるのは非常な速断だけれども、中島はこれで非常に器量を下げたことだけは確かである。少なくとも、それまで新党運動、あるいは党内革新論などをめぐって、中島を担いできた宮田光雄とか、生田和平などという党内の梟雄《きょうゆう》が中島に見切りをつけて、敵方の鳩山派の陣営に走ったことだけは事実である。これらの連中は目先が早いだけに、中島にはとうてい新党結成の実力なしと見てとったのである。その測定が当たっているかいないかは、当の中島自身が実地にこさえてくれるまではわからないことだが、ともかくも近衛内閣の閣僚としての彼の業績から判断すると、公平に見て彼は近衛内閣の閣僚としては落第である。

　前議会で電力案と国家総動員法案の難航を巡って、政府対政党の関係が非常な緊張を示した時、期待された中島の活動はからっきしだめであった。彼が持ってくる政党情報はまるっきり的が外れていて、かえって政府側の対政党作戦を混乱さすばかりであった、ともいわれている。むしろ大谷前拓相あたりが、鳩山などと会って取ってくる情報のほうが正鵠《せいこく》を得ていて、中島は全然ものの役に立たなかったというからひどい話である。あれで中島の現実的な政治的手腕がどの程度のものかということは、すっかりわかってしまった。そこでこの頃では彼を評して、〝やはり野に置けレンゲ草〟などという批評も出始めたのである。ともかく現実政治家としては、まだまだ政治的習練や経験が足りないようである。

そこへもってきて、今度の総裁騒動であの失敗である。今では政党更生どころか、彼自身の出直しが必要とされる情勢である。事実、現在の情勢では、総裁にでもなりうれば別問題として、このままでは彼の政治的将来もちょっと行き詰まりの態である。

ところでその総裁問題は今秋の政治季節か、あるいは明年五月、鈴木現総裁の任期が満了となる頃にあたって、必ずや再燃してくるであろう、その時に中島は再度立候補しうるやいなやはなはだ疑問である。公平なる第三者の観測では、今度は中島も鳩山も喧嘩両成敗の意味で沈黙を余儀なくせしめられ、他の方面から総裁が物色されるのではないか、という意見が有力である。将来、中島が勝つにしても、鳩山が勝つにしても、その決戦は少なくとも一任期だけ先に延びたという説が通説になっている。前田あたりにしたところで、鳩山を引っ込めさすことさえできれば、その目的の大半は達したわけだし、この間の奔走で中島への重なる義理も果たしたわけだが、今後、中島のためにどれだけ犬馬の労をとるかこれまたちょっと疑問である。

そうなると結局、復原力に富んでいる者のほうが勝利を得るわけで、中島の前途は必ずしも楽観を許さない。

もっとも中島にしたって、それで指をくわえて見ているわけでもあるまいし、新党運動のほうもどんな展開を見せてくるかわからない。近衛が出るか出ないか、というようなことは別問題として、今の日本の政治情勢から推して、ともかくも新党がつくられなければならぬ、という客観的な情勢は十分に成熟しているのであるから、中島が翻然意を決して、この運動の中に飛び込んでいけば、あるいは死中に活を得る途が拓けないともかぎらない。だが真に将来に生きうる途はただこれだけなのではあるまいか。（この項引用終わり）

では次に、民政党から一人だけ近衛内閣の閣僚として、政友会の中島とともに選ばれた永井柳太郎と中島との比較論を、『日本評論』の昭和十二年三月号、「永井柳太郎と中島知久平」（筆者は山浦貫一）から見てみよう。

（この原稿は近衛内閣成立以前、林内閣の時、中島知久平が入閣を望まれながら入閣しなかった段階で書かれたものである）

時の人物として、民政党の永井柳太郎と政友会の中島知久平を評論せよ。この編集者の注文は、確かに頭の良さを示している。今時、林内閣の閣僚がどうか、誰でも考えつく人物評論で、またどの雑誌でも、おそらく三月雛に似たように並べ立てるであろうが、それは三月雛に過ぎない（実に見すぼらしい、安っぽい代物揃いである）。甘酒飲んだらそれで役目はすむ。もう押し入れにしまわれて、また来春までは鼠の糞と一緒に暮らさなければならない。しかるに永井や中島は入閣しないばかりに、永久に?押し入れには入らない。否、さらに新しく未来性を持った「時の人物」として新舞台に登場して、心憎きまで、政界に投影しつつあるのである。

さらに林内閣の閣僚を雛壇に並べてみると、背景は超天然色をした赤の毛せんである。薄っぺらである。古くさい。破くに容易であり、ちょっとロウソクの火が移れば手もなく燃えてしまう代物であるが、自ら求めて閣僚を落第した両人の背景は、度々といえども人民の心に根を生やした厚っぼったい布子のような政党である。ご時世の火が移ったところで、表のゴミは焼けるけれど、中身には及びえない。やがてこの古布子は貴重品として必要物として、家宝だから世に出ること、社会の修復性を心得るものならば、すなわち了解できる課題である。その布子を脱いで、裸になってくれば大臣にする、という組閣本部の言い草はかなり人を食った言い草である。大臣としてくれるのはいいとして、林大将が永久に大臣の椅子を保証しうる性《たち》の人か、地位にあるかは子供でもわかる。

「政党員が党籍を離脱して入閣するのは自殺行為である」

と永井は拒絶の理由をいった。中島はそれほど派手なものの言い方はしないが、

「時局多難の際、自分にはその一端を担う力はない」

と含蓄の深い意味の言葉を述べている。言葉はどちらでもかまわない。径路はいかにあれ、家代々の布子を捨てまい、脱ぐまいとする心がけは、これ日本精神、武士道の真髄と賞しても大過ないであろう。

永井も中島も両大政党の中心人物である。

組閣本部は政党政派を問わず、人物あらば閣僚に加えん、と横柄極まる口を聞いたが、永井、中島が民政、政友の背景を捨てて何の利用価値があるか。彼らを離党入閣せしめること

になって、両党分裂撹乱し、御用新党を組織する以外に方寸のあろうはずはない。他人の畑に無断侵入してナス、カボチャを盗むと何ら変わりはないのである。およそ武人型（林大将のこと?）というからには武士道を心得ているはずである。およそ日本固有の憲政を守ると、ウソにもお題目を唱えるからには閣臣任免の大権を心得ているはずである。

閣臣は党員より取り、あるいは党員外より取る、一に大権に属している。党籍を離脱して裏切り者となってこなければ輔弼《ほひつ》の責めに任ずるべからず、という方式はいつ発明されたのであろう。

少なくとも裏切り者を奨励するような武人型というものは、およそ武士道の反逆者でなければならない。

林大将、もって如何となす。もし誰か入れ知恵したというなら、入れ知恵したやつによく教えるがよい。貴様は日本精神を持っているかどうか?

課題外ではあるが、入閣を拒絶した者に貴族院研究会の伯爵・有馬頼寧《よりやす》がある。彼は元政友会代議士であったが、華族の悲しさ、親父が死んで襲爵すると同時に代議士の権利を取り上げられ、貴族院の伯爵議員になった人物であり、しかしそれが幸いして今日は産業組合中央会会頭同中央金庫理事長という農林省の支店長株に収まっている。有馬の場合は政党員でないから、永井、中島の場合とは違うけれども、拒絶した点では同断である。自分は文部大臣の交渉を受けて断り、ついでに石黒忠篤を農林大臣に推薦している。ぼくは有馬を書くはずではなかった。ただこの林貧弱内閣に入閣を拒絶した人物なら、どういうものかうれしいのである。しかし、入閣交渉のなかった腹いせなんかでは決してない。メダカを集めてお通夜的観兵式を営む大将が、滑稽に見えて仕方がないまでの話である。

さて、課題の永井と中島である。永井も中島も、共に、近衛文麿担ぐところの「革新的」新党運動に参加している。林大将自身も熱心にこれに参加して、「一兵卒として働きたい」という決心を披瀝しているところをもって見れば、馬鹿の一つ覚えで彼が欲したのかもしれぬ。しかし、そんな原因なんかはこの際課題外である。

新党運動は旧臘《きゅうろう》から一月の十七日まで数回にわたり、郊外某所で会合が持たれた。誰々が参加してどうと詮索しだすと、知ったかぶりのぼろが出るゆえ、詳細は省くが、永井も中島も、そして林も有力なメンバーだったことは確報である。もしこの上詳細を知りたくば、憲兵隊へ行くがよい。あそこがいちばん早く、いちばん確かだったはずである。

その会合で、永井と中島の主張は調子を異にしているのは面白い。中島の思惑に従えば、近衛に政権が来たらば、新党運動の実際化を競うというのは、いかにも政権欲が目標となって不純である。だから近衛に政権が来ない前に実行にとりかかりたい、というのだ。ところが永井は、そんなことをいっても実行不可能である。近衛に政権が来た時、瞬間に始めれば、党員の獲得、その他大いに利便を得て、その目的を達しうる云々。

ここに理想家肌の中島と、実利主義の永井との開きがある。(素人の中島と、古狸の永井との違いという意味か?)

永井は一見理想家に見えて実利派、中島は一見採算主義者に見えて、内面に理想の火を燃やしていることがわかる。中島の新党運動は、政友会の更生策に便ぜんとした形跡があり、永井のそれは誘わるるまま半ば探見、また反面には、もし大革新政党の可能性があるなら、牛を馬に乗り換えてもよいという打算がチラチラしている。両人の馬はとうてい一致しそうにもない。ことに担がれるべきご本尊の近衛が容易に腰を上げず、瞬間上げたと思っても、政権を外らしたりしたりしているのである。そして、「近衛公のために一兵卒の林大将があんな始末」になり、そのあんな大将では誰もついていかんとなっては、どうにもならんのである。やむをえず山崎達之輔を組織委員長にして出直すかナ？

永井は大民政党の大幹事長である。川崎卓吉亡き後は、当然、次の総裁だといわれている。川崎に集めた人望を自然に集めつつある傾向であり、ことに彼は大向こう受けのする政治家だけに、党にとっても必要品である。

不平とか不満とかいうものはあるはずがないのに、なんで新党運動に参加し、離党を賭しても近衛を担ぐ誓約などするのかちょっと判然しない。ただし、大民政党なるものが既成政党であり、かかるがゆえに当分世の中に通用しないところの布子であるから、当世向きの看板に塗り替えの有利なるを感じた結果であろうが、民政党の分裂政策を、自ら講ずべしとの勇気は、けだしぼくにとっては大発見であった。

永井は金沢の人である。加賀藩士の出である。

由来、石川人、加賀藩士の中には一種共通した機会主義的傾向があって、求めて敵をつくらぬようにすること、空論よりも実利につくこと、言動をハッキリさせないことをもって、処世術の大なるものとする性格が、彼らが知ると知らざるとにかかわらずあるのである。
首相・林銑十郎にしても、大将・阿部信行にしても、新陸相・中村孝太郎にしても、彼らが陸軍部内において小さな石川閥を意識しながら、あえて派閥の強さを見せず、個々の行動に機会主義者の傾向をたどるところを見れば、その一面が了解できる。永井を軍人にしたら、石川閥の尤《もっとも》なる者になっていたと思われる。

加賀藩というものは、江戸と京都の間に挟まって、どちらにも悪くないような政策に生きてきた。この方針が石川人の性格にそのまま入り込んでいるゆえではあるまいが、これはぼくの疑問として残しておくが、ともかく永井柳太郎も、この名誉ある藩の精神をそのまま性格の中に織り込んでいることは間違いない。普選運動熾烈なりし頃のことであった。ぼくらは若いジャーナリストとして、ある夜、普選の発起人大会のようなところへ出席した。そこへ永井代議士も列席した。そして指名されるままに熱烈なる普選演説をやって、もし憲政会の党是がこれを容れないならば、脱党しても自分はこの運動の陣頭に立つ、といった大熱弁を奮ったので、ぼくらは手から火の出るほど拍手を送ったのであった。

ところが当時、加藤高明総裁の下で党務を司っていた安達謙蔵に説教された永井はたちまち逆転、以後、普選のほうへは顔を出さなくなってしまった。その時の記憶がぼくにははっきりしているものだから、彼の言動に対しては、彼が知ると否とにかかわらず、ぼくはまず?を真っ先に投げてみる習慣になっている。

入閣の交渉を断った後は、その弁に加えて、もし政府に非常時克服の熱意があるならば助けるなどと、妥協気分を見せた注釈を加えているあたり、なかなかに妙味がある。

中島知久平は永井とおよそ性格が相違している。第一点、永井の演説好きに対し、中島は演説をやったことがあるまい。少なくとも東京では聞いたことがない。あれでも選挙の時にはやるか。否、やらんだろう（中島の伝記作者は口を揃えて、知久平は選挙の時、郷里に帰ってこないと述べている）。

中島は上州産である。たしか国定忠治の近所だと思う。上州の空っ風と侠客肌とは人口に膾炙《かいしゃ》しているが、中島にもたぶんにその傾向が潜んでいる。「ナニをべら棒め！」という気性である。ところがそれを決して表へ出さない。黙々として人の言うことを聴き、おもむろに相手の人物を観察し、百しゃべった中に一つくらい何かあるかないかを見極める。ほとんど絶対といっていいほど自分の意見を述べない。もっともこれは、われわれのような路傍の訪問者に対してであって、親近者にはそんなことはあるまい。

この点、永井とはおよそ対蹠的である。

ぼくは中島を評して、〝国定忠治を飛行機に乗せて洋行させたような男だ〟という。つまり国定忠治の科学化である。中島の政友会における地位は、永井の民政党におけるそれと同程度、否、むしろより以上に重いかもしれない。何しろ金がふんだんに使える身分である。金がものをいう唯物時代にこれくらいの強味はあるまい。しかも中島の金は自分の手で、自分の事業で得る明るい金だから、検事局的危険は絶対に伴わない。飛行機、金山、相場、彼は科学者であるとともに、大実業家である。忠治よりはいささか複雑微妙な性格を持つのはかかるゆえにある。

中島がもし政友会を捨て、新党へ走る場合があると仮定すれば、党（政友会）は大分裂を来すこと必定である。この点もまた永井と大きい開きがある。永井が二十人も連れて出るとすれば、中島は八十人や九十人は引っこ抜くであろう。そして残った部分は、ある方面の放送のごとく、革新倶楽部になってしまうかもしれない（山浦は当時の有名な政治評論家であるが、彼によると、中島が百人近くの代議士を連れて政友会を出てしまうと、歴史ある政友会も革新倶楽部程度の小政党になってしまう可能性がある、と示唆しているのは興味深い）。

中島が動くということは前田米蔵が動くことを意味する。党の情勢を見るに、そこには金だけでも動かせないが、さりとて金が大いにものをいう内面があるのである。政権が、政党をシャット・アウトするところの傾向が続けば続くほど（政権目当ての動きが露骨になればなるほど、政党の団結力は弱まっていくという意味であろう）、政友会分裂の危険性は拡大する。民政党以上の危険性を包蔵しているのである。

中島の思想は、そして幾分の右回りを示している。自由主義の修正か是正か、ともかくも統制経済の方向、国防第一主義、強力政治の方角に向いている。それに加えて、政治の現状は既成政党そのままの、しかも党首（鈴木喜三郎）は病人ときては、馬を壁に乗りつけたのである。何とか打開しなければならぬ、というのが、中島の新党運動の出発点であるが、まかり間違えば大右旋回して、飛躍しないともかぎらぬ。

林内閣になって、永井、中島らの新党運動は一時挫折した。けれども、あらゆる方面にわたり、局面打開の新党運動が根を生やしつつある。そして中島はほとんどあらゆる角度から勧誘されている。いわば新党界の流行児というべき人気を背負っておる。この点もまた永井とは異なって大きな投影を示している。

中島はしかし超然内閣主義者ではない。国政の運用は政党を基礎にしなければできぬという考えはしっかりしている。ただ行き詰まりの政友会をそのままにしておいて、時局担当ができると決して考えていない点に、政友会の側から見た危険性がある。そして、中島は現状に満足していないから、何とか身動きをするに違いない。が大義名分が立ち、上州の親分に対して男らしい報告のできるような行動をしたいという、念願を蔵しているのではないかと、ぼくは見ている。（この項引用終わり）

では、最近の政治評論家は政治家・中島知久平をどのように見ているのか、昭和三十九年四月十五日号の『国民サロン』で『中島知久平』（有竹修二・朝日新聞政治部記者、時事新報編集局長。サンケイ新聞論説委員）で論調を眺めてみよう（これは「実業人政治家」というシリーズの一編である）。

飛行機の中島

中島知久平は三度国務大臣に任ぜられ、また大政党の総裁に選ばれたのだから、まさに最高級の政治家には違いない。と同時に、彼は航空機製作の事業に成功し、一種のコンツェルンともいうべき一系列の会社をつくった軍需工業界の覇者であった。しかし、事業家としての中島は、大正末期において、すでに「飛行機の中島」で知られていたが、彼の存在は、毎日のように工業倶楽部へ出入りする、いわゆる財界人の方ではなく、いわば地方的な〝梟《きょう》雄《ゆう》〟といった形であった。

が、ともかくも飛行機製作で巨富をつくった人として、世間にその名を知られていた。その中島が昭和の初め、群馬県から衆議院選挙に打って出て、当選し、政友会に入党したことは、たちまち政界の話題になった。

当時の政友会は、総裁・犬養毅、幹事長は森恪。金持ちの中島はあり余った金を懐に入れて、「どなたかお金の御用はありませんか」と党内を歩いて回っている、というくらいに喧伝されたものである。彼の一時代前に、財界人として政界に入り、たちまちにして党内に地歩を築いたものとして、内田信也があり、森恪があり、久原房之助らがあるが、これらの人々は、財界における立場がいわば、行き詰まった形を見て、政界に転じたもので、その財力は、政友会の主軸を動かし、政局を左右するほどの物量ではなかった。これに反して中島の場合は、その主宰する航空機事業は、ますます発展過程にあり、彼が系列の会社から取得する金は、政友会の幹部から陣笠に至るまで、その欲するところに応じて、散ずるに余りあるように思われた。後に政友会が分裂した時、中島派に対抗する鳩山、久原派についた人々の中にも、この時代、中島に援助を受けた人は何人もいる。

このように金力をもって、政友会において重きをなした人は、古いところで中橋徳五郎あり、山本条太郎があるが、これらは金力も投じたが、政党に入る以前から、すでに貫禄もあり、知恵者として聞こえた人であったから、入党とともに、党内の主軸に座るのもけだし当然であった。中島の場合は、それと違って、飛行機で儲けた一成金というだけで、貫禄も知恵も一般には知られていなかった。

一年生で政務次官に

第五十九議会（昭和六年春）における、かの有名な幣原喜重郎首相代理の失言を引き出したのは、一予算委員・中島の質問であった。そのため政友会としては、彼をこの議会中の殊勲甲とし、その年の暮れ、犬養内閣が成立するとともに、この一年生議員を抜擢して、商工政務次官とした（商工大臣は前田米蔵）。

が、この幣原の大失言は決して中島の手柄によるものではなかった。中島の質問内容が優れていたわけでもなく、その質問技術が卓抜であったためでもなく、迫力があって幣原を威圧したのでもない。むしろ幣原が、一年生議員の質問と見て、一人相撲をとって、勇み足をし、大きなエラーを演じたのであった。

入党後一年に満たない中島を商工政務次官に据えたことは、確かに異例の人事であった。今日と違ってこの時代の政務次官は、副大臣といわれ、普通、衆議院議員として当選六回くらいの人々が選ばれたものである。その時代に一回だけ当選、しかも昭和五年二月の総選挙に出て、翌六年の十二月末に成立した犬養内閣の商工政務次官になったのだから、異数の人事であった。これは何といっても、彼の持つ富力的背景がものをいったもので、幣原失言の勲功は、まさしく表向きの理由であった。

この時代の中島について、彼の政治家的実力を高く評価する者は、あまり見当たらなかった。が、彼の傍近くにいて親しくつき合う者は、正面から中島の真価を認め、むしろ絶賛した。

具体的にいうと、この時、商工大臣・前田米蔵の秘書官を務めた横川重次氏（埼玉県二区選出、政友会議員）は、毎日、商工省にいて、中島と顔を合わす立場にいたが、氏は中島を褒めた。それも最上級の賛辞をもって推賞した。

「偉い人です。もしそれ、中島さんに欠点があるとしたら、金がある、ということです」

というのである。つまり、中島は、なまじ金持ちなるがゆえに、何かにつけて、あいつは金持ちだから、というふうに批評される。金があることが、かえって彼の実力評価の逆作用となって損をしている、という見方である。

これは実に大した賛辞である。が、この絶賛的の批評は、むろん党外の一般には通用しなかった。彼の今日あるのは、飛行機以外に何物もない。金力がひとりものをいっているのだという評が、いわゆる世評であった。もっとも誰もが、中島に直接、体当たりにぶつかり、彼と心底まで事を論じた上での批評ではなかった。

多彩な特異の政治家

かくいう筆者なども、中島ととり組んで、経世の本義を断じ合ったことはなかった。ありていにいって、久原房之助氏の場合もそうだが、富力があるといわれる政治家とは、親しくしにくいものである。中島は、誰かれとなく散ずる人となっている。そうなるとどうも新聞記者として繁々と訪問するのは後ろめたい。筆者も一時政友会を担当し、「山下倶楽部」という政友会本部内にある記者倶楽部に籍を置いたことがあった。それでも単独で中島を訪問したことは、ほとんどなかった。ただ一度、牛込加賀町の中島邸を訪ね、一刻話し合ったことがある。例のライオン事件のひと騒ぎあった前後と記憶している。この時何を話したか、この場合の政治上の話題については、全く記憶がないが、中島の手の指（それは右だったか左だったか覚えがないが）が一本、怪我をしたと見えて、短くなっていたことを、いまだに覚えている。おそらく機械に挟まれたのであろうと想像したのだが、筆者はそれを見ながら、彼の中に潜んでいるいい意味での野性的なものを感じ取った。

もう一つの記憶は、この対面の時、彼は筆者に向かって、

「貴下は、政治をやる考えはありますか？」

と訊いた。これに対して、筆者は「目下のところはその考えはありません」と答えたが、それきり、それ以上の話はしなかった。

後になって、政友会の友人某君を通じて、中元の挨拶を送るから受け取ってくれないか、といってきたことがある。即座に断ったので、それがどの程度のものであったか知るべきもない。これ以上、筆者は中島との交渉はなかった。が、あの調子だと、ずいぶん、政治に金

を使っているなあ、と思われた。

日比谷の市政会館の中に広いスペースを借りて、国政研究会なる機関を設け、政友会の中堅議員と大学教授を集め、いろいろの政策問題の研究に当たらせたことは、まず党人政治家として、古今未曾有のことで、これだけは、理屈抜きに推賞していいことだった。この研究機関に投じた金は、生易しいものではなかったろう。

今日、国会が莫大な国費をとってやっていることを、私費でやったのだ。太田正隆、船田中、木暮武太夫、篠原義政といったこの時代の政友会の中堅級で、知性的な人々が、彼に与《くみ》した。ちょっと一般人では入手できない洋書を買い入れ、大学の先生たちに読ませ、その翻訳を依嘱したりした。この国政研究会の業績は高く評価されてしかるべきである。

この稿を起こすについて、彼に関する文献を若干調べ、彼の生涯について、その友人知己二、三の人の話を聞いて回った。

その結論として、筆者は彼は、終生、国のために働く考え方で、万事を設計し、努力したことを確認した。飛行機製造と国政とに、とにかく一応事績を残している。その経歴はかなり多彩である。その意味から、中島を目して、特異の政治家と称していい。

首相不登院の法律論

新聞の政治面の見出しに、中島知久平の名が出たのは、昭和六年春のことである。その前年、十二月二十六日に開会された第五十九議会が、年末年始の休会を終わり、一月二十二日に再開された。この休会明け議会の衆議院予算総会席上において、一年生議員の中島が発した質問に対して、不用意に答えた幣原臨時首相代理の答弁が、いわゆる〝幣原の失言〟として、場内鼎《かなえ》の騒ぎとなり、議会が十日間にわたって開店休業となった（この中島の議会質問問題はすでに何度も触れたので、その一部を省略する）。

予算総会の歴史的場面

（これもすでに触れたが、中島の質問に関する部分だけを引用する）

中島は一年生議員であったが、選ばれて予算委員となっていた。彼は委員室の片隅で、これら先輩（三土忠造、大口喜六、堀切善兵衛、太田正隆、砂田重政、内田信也等）の質問を聞いていた。彼の発言は、一流選手のそれが一巡した後に許されたものである。

むろん昔の帝国議会議事堂である。日比谷公園の西方、霞が関にあった簡素な建物であった。予算総会の部屋は、田舎の小学校の講堂くらいのもの。正面一段高いところに、委員長席があり、向かって左手に大臣席があり、そのうしろに政府委員が居並んでいた。数十名の朝野両党の委員は長方形に席を占め、前方に数名の理事と称する者がいた。新聞記者席は、委員長席に向かって左手に席を並べていた。委員の席の後方には委員外の議員連が、適宜立って傍聴するようになっていた。議員は入室は自由だが、院外団は出入りが許されない。政友会の院外の連中は窓の外から野次を発して、野党を応援していた。

各新聞社は大蔵省担当の者が、この予算総会の実況を受け持ったが、筆者（有竹修二）はこの時その一人として予算総会の歴史的場面にいた。

予算委員長は、武内作平だった。浜口蔵相時代に大蔵政務次官を務めた人物であった。政友会は一流人物を予算委員にそろえていたが、島田俊雄が〝青い鬼〟と称され、委員席の中央部に席を占め、議事進行について、野党全体に采配を振るい、適時に発言し政府側の心胆を寒からしめていた。これに対抗して民政党では、工藤鉄男が一人で与党側を代表し、適当な野次をとばし、野党の攻撃に応戦していた。

一年生議員中島の質問

中島の質問は二月二日の午後のこと、野党の厳しい質問陣も一巡し、政府側もホッとした形。そこに突如として疾風迅雷、一瞬にして議場は蜂の巣をつついたような大混乱となったのだが、その直前まで何の波瀾も生じそうもない、むしろのんびりした空気が場内を支配していた。一年生議員の中島は、隅っこのほうで慎ましやかに質問を開始した。その質問内容も、政府側にも、新聞記者にも、またかと思われるロンドン条約に伴う海軍兵力量の問題だったので、何人もその発言に聞き耳を立てるものはいなかった。

中島はまず海軍大臣に対して質問したが、安保海相が席にいなかったので、矢吹省三海軍政務次官が答弁した。中島は船舶建造補充計画を説明し、海軍で実施計画中の補充計画では、ロンドン条約による兵力量の不足を補充することができないと断じ、転じて幣原首相代理に矛先を向けた。

「浜口総理は第五十八議会において、犬養政友会総裁の質問に対して、『この度協定をいたしました条約案に記載してある帝国の保有勢力によって、帝国の国防はきわめて安固であるということを責任を持って申します』
といった。また幣原外相は、同議会の外交方針演説の際、ロンドン条約に関し、『わが国の保有すべき兵力量をもってしては、とうてい国防の安固を期し得られないというようなごとき批評があるが、あまりにも悲観説と申さねばならぬ』
といった。当時、海軍軍令部長はロンドン条約の兵力量に対して反対を声明して、海軍部内も大騒ぎをいたした。しかるに浜口首相と幣原外相は議会においてかくのごとく演説され、天皇の最高帷幄《いあく》機関の長である軍令部長や海軍専門軍人の根拠ある説を蔑如したのである（この中島の演説についてはすでに前に触れてあるので、一部を省略する）。
ゆえに浜口首相および幣原外相の免れべからざる重大なる責任は、ここに初めて明らかになったのである。この重大なる責任に対して、浜口首相および幣原外相はいかなる処決をなさるご決心か、幣原首相代理の明確なるご返答を承りたい」
これはそれまでの政友会議員数名の代わるがわるの質問の大要を一本に総括した平凡な質問であり、この場合の議場としては蒸し返しの発言であった。しかも質問者が、一年議員の中島であり、その発言ぶりも物静かであったので、幣原は確かに相手を甘く見て、事もなげに答えた。しかもその語調は、「くどいな」と言わんばかり、大声で答えた。
「この前の議会で、浜口首相も私も、このロンドン条約をもって、日本の国防を危うくするものとは考えない、という意味を申した。現に、この条約はご批准になっております。ご批准になっているということをもって、このロンドン条約が国防を危うくするものではない、ということは明らかであります」

これは暴言であった。失言であった。

記事を書いていた記者たちも、思わず筆を止めて幣原のほうを見た。

議場は混乱のルツボに

たちまちにして予算委員会の議場は混乱のルツボと化した。委員はみな立ち上がった。政友会議員は大臣席の幣原を目指して、何やら怒号した。岡田忠彦は「バカ」を連呼した。この時、委員でない政友会議員がだいぶん委員席の背後にいて傍聴していたが、それらも大声に怒号した。森恪もいた。幣原の回顧録や森恪伝等には、このとき森がひょいと手を上げた。それが合図で政友会委員が一斉に立ち上がったように記載されているが、それは事実ではない。事実は、この幣原の答弁が終わるか終わらぬうちに議場は一瞬にして、阿鼻叫喚、怒声、罵声の雨霰となったので、何も森の指揮命令によって始まったのではない。ただ森が委員会の様子を見に来ていただけである。予算委員でない政友会議員の猛者《もさ》連が数名、サッと、幣原の身辺に迫った。民政党側の委員、大臣秘書官らが身をもって幣原の傍をかばうようにした。

議場騒然たる中に、島田俊雄が起って、彼一流の荘重な声調で発言した。彼は、尾崎行雄

の桂首相に対してなした護憲の名演説を引いて、

「幣原の答弁は輔弼《ほひつ》の責任を忘れ、責めを陛下に帰するものである。その責任をどうするか」と鋭くいった。この時の島田の発言ぶりは、実に千両役者の貫禄十分、さも憎々しく、どすを利かせ、演出効果満点、余人の真似られぬものであった。「なんて、憎々しいやつ」だと思われた。青鬼の異名はまさしく、この時の島田の相貌と声音に当てはまった。この時のありさまを語り、「貴下の悪役ぶりは実に天下一品だ」と評したら、〝和尚〟（島田にはこういう渾名もあった）は、

「いや、ぼくはあの時むしろ幣原をして、弁解、釈明のチャンスを与えるため、間《ま》をつくってやったのだ」

といった。

あるいは和尚の案外のやさしい仏心でそう考えたかもしれないが、第三者の傍聴記者であった筆者にも、「実に憎々しい悪役」に見えたのだから、政府与党側には、悪鬼羅刹《らせつ》に見えたであろう。

この幣原の大失言で、予算総会が十二日まで開かれず、重要議案を擁しつつ、議会は開店休業を続けた。ようやく開かれた予算総会では、幣原の身辺を守るために護衛が大勢その周囲を囲んだ。政友会議員は、「これは何というザマだ」と口汚く罵った。

事実、幣原の議場への出入りには、政友会の院外団が体当たりするありさまで、物々しい警戒だった。幣原は失言を認めて取り消した。中島も幣原の釈明を諒とし、その点を追求す

ることをやめたが、その機会に海軍の補充計画について、さすがに海軍専門家として、整然とした国防論を展開し、民政党政府が五億八百万円の保留財源の中から、公約の減税に一億三千四百万円を割き、残りの三億七千四百万円で海軍の補充計画に宛てるということは欺瞞である。政府がロンドン条約によって許された造艦計画をそのまま実行するとなると、その経費は保留財源をはるかに突破する。したがって、保留財源の中から減税するなどは、全く虚偽である、と断じ、近い将来、第二次海軍補充計画を必要とすることを説き、翌々日には転じて、宇垣陸相に対して、航空兵力の統一、空軍省創設という課題について、日本当局の所見を求め、宇垣は陸海軍の航空関係を今直ちに一本にして、空軍省を独立させることは、無理であるが、航空の発達は顕著である事態にかんがみ、空軍組織の未来について絶えず研究に努め、時世の要求に適応することを期する方針であることを表明した。

幣原失言と中島の名声

このあたりの彼の質問ぶりは、一年生議員として体系の整った堂々たるものであったが、当時の議会人は朝野ともに「幣原の失言」という破天荒な事件が巻き起こした異様の緊張ムードに、神経をかき乱され、このような真摯な発言には、耳を傾ける者はいなかった。新聞記事としても詳細に報道されずに終わった。ただ幣原首相代理に大きなエラーを演ぜしめた功労者としてのみ、中島の名前が大きくクローズアップされたのであった（このあと第五十八、五十九議会の様子につき、一部省略する）。

政党に入ったばかりの中島は、この政党の末期症状（派閥闘争）はそれほど感得しないいま、ただ一途に海軍将校時代以来の国際的知識によって、日本の国防の将来に危惧の念を持つあまり、海軍の補充計画について質問したばかりであったろう。

民政党は、幣原をもって首相代理とし、この厳しい議会を切り抜けたが、浜口の病状悪化、再び起ちえずとあって、党首を更迭し、若槻礼次郎を二度目の総裁に据え総理大臣たらしめた（この後、大蔵省と井上財政に関する記述を一部省略する）。

前田商相の政務次官に

（犬養内閣の成立の事情は省略する）

犬養は単独内閣主義をとり、陸海軍以外の全閣僚に政友会党員を宛てた。若手として鳩山一郎を文相に、前田米蔵を商相に抜擢した。鳩山は鈴木派の若大将、前田は反鈴木的勢力の代表であった。内閣書記官長・森恪は鈴木―鳩山派であった。またこの勢力に近い中橋徳五郎を内相に据えた。久原は入閣せず、強いて久原派ともいうべきなら、島田俊雄が法制局長官となったくらいであった。前田の入閣は鳩山、森らの意外とするところであった。

ところが犬養は早くから前田に目をつけ、その法制的知識と政党政治家としての判断力を買っていたので、前田起用は犬養自身の方寸に出たもので、予定の人事であった。中島はこの前田の下に商工政務次官となった。これはその後の彼の政治家としての航路を設計したといえるであろう。前田は後に知久平とともに政友会総裁代行となり、知久平を支持する前田は東京板橋を選挙地盤とし、政友会の関東組の一人だが、いつも鳩山の対抗馬となっていた。田中内閣では、鳩山の書記官長に対して前田は法制局長官、年格好も同年配。鳩山には父・鳩山和夫、義兄・鈴木喜三郎があった。前田には横田千之助という兄貴分があり、これが党人型の典型で、縦横の奇略を駆使する人であったが、大正末期に早く世を去り、前田は岡崎邦輔、望月圭介に次ぐ旧政友系の闘将として孤軍奮闘の形であった。前田は持って生まれた聡明の人であり、じっと事態を見極め、成り行きを判断する知能は天下一品であった。しかも彼は常に政友会員として、本道を踏み誤ることはなかった。この人の陣営に投じたことは中島の幸せであった。

中島の政治家としての成長は、前田に負うところが多かったであろう。犬養内閣は昭和七年五月、青年将校の凶弾によってついえ去った。

中島は前田とともに斎藤、岡田両内閣と続いて政府に関与せず、党員として、野にあって働いた。広田内閣の登場とともに前田は島田俊雄（農相）と相携えて入閣し、鉄相となった。

このとき中島も入閣の予定者になっていた（これについては、前の章で触れたが、小原直の法相、下村宏の拓相と同様、中島も軍需工場の経営者という理由で入閣を拒否されたことはすでに述べた。その後の林銑十郎内閣でも入閣を求められたが、党籍を脱してくれという注文がついたので、それはご免被ると中島のほうから断った経緯もすでに触れた）。

大正末期から昭和初期にかけての政友会は、今日の自民党とは、よほど性格が違うが、派閥ができていた。それを溯ると、原敬没後、高橋是清総理総裁の下に、内閣を改造すべしという人々と、非改造を主張する人々が激突し、ついに、政友会が大分裂し、政友会と床次《とこなみ》の政友本党の二党に分かれたところに端を発しているといわれている。

高橋が退いて、田中義一がこれに代わるとともに、政友会は一時安定を得たかに見られた。さらに田中の急逝によって一時どうなるかと危ぶまれたが、犬養毅を党首として安定感を保った。が、子細に眺めると犬養は幾つかの派閥の上に乗っての総裁で、勢力のバランスによって、不安定の安定を保持している状態であった。党内には、鈴木派、久原派、床次派、旧政友会系がいて、互いに他を牽制する形を示していた。その中で最も行動的で、たくましいのは、鈴木喜三郎を総大将とする、いわゆる鈴木派であった。その陣営には、鳩山一郎、森恪、松野鶴平らがいて、常に果敢に動き、党の主流をなす感があった。これに対して抵抗的に行動するのは、久原一派であった。久原房之助は田中義一が総裁となるとともに登場し、田中内閣で逓信大臣となり、にわかに勢力を形成したのであるが、この人、天性の闘争力と金力がものをいって、党内に鬱然たる一派をなし、鈴木陣営を脅かしていた。床次派はよくまとまった一派ではあったが、この陣営には鈴木派、久原派のような猛将はいないので、常に受け身に立つ感があった。ただ御大の床次竹二郎の人望の下に、結束力の強い床次党が固まっていたという感じであった。

旧政友会系というのは、特に派閥と称するのは無理かもしれない。政友会が二分した時、残留した人々で、岡崎邦輔、望月圭介、前田米蔵という、本当の政友会の姿を保持したい気持ちを持つグループであった。この一派の人々は最も公正に政友会のことを心配するようであった。いわばこの人々が政友会の安定勢力であった。政友会内の暴れ馬は、鈴木、久原の両派で、この二派のバランスによって党が動く感じだったが、旧政友系は、いつも心底からどっちにも与しなかった。ただ党の無事安定を求め、そのための次善の姿として、暫時、一派閥の強がりを許すといった調子であった。

この間にあって党首たらんことを求める者は鈴木と床次であった。久原もその本心は政友会総裁となるのが念願だったかもしれないが、この当時の政友会にあって、一般常識として、総裁候補として、可能性を持つものは、鈴木、床次の二人であった。そして結局、事の裁きをつける力のあるのは、旧政友系の人々であった。

ところでこの派の人々は、本心は鈴木とその一派を好まず、むしろ床次に同情を寄せる人々であった。が、床次支持を強行すると党が分裂する恐れが多い。何よりも党が大切、という気持ちで、無理を避けようというのがこの系統の考え方であった。そしてこの系統の知嚢として勢力の中心をなすのは前田米蔵であった。

総裁代行委員制

五・一五事件によって犬養が倒れた時、それは日本政治の岐路であったが、政友会にとっても興亡の分かれ道であった。少なくとも、政友会の主流は、総裁、総理が、かかる事変によって命を失ったのだが、政党内閣は天下の大道、総裁の後釜さえつくれば、政権は引き続いて政友会にあるものと考えた。それにはいち早く、犬養の亡きあと総裁をつくることだと、しゃにむにつくり上げたのが鈴木総裁であった。このとき鳩山は前田に妥協を求めた。「実は義兄・鈴木は、すでに血圧が高く、中気症状を発している。存命中に総裁にしてやってはくれないか」

前田はこの鳩山の求めに応じた（前田直話による）。その結果、岡崎長老あたりの床次説得で鈴木総裁が収まった。

さあ後任総裁はできました、と西園寺公の奏薦（を待つ）。ところが西園寺はこの時ばかりは数日間、駿河台邸に一世一代の長考を続けた結果、いわゆる政党内閣の休止に踏み切り、斎藤実の超然内閣の登場を設計した。これを契機として鈴木総裁の下に、政友会の末路的症状があらわとなってきた。

事の真相は十分に明確にしえないが、斎藤内閣以来、高橋蔵相と鈴木総裁のあいだに話し合いがあり、やがて近い将来に斎藤内閣が退く、よってこの際は、政友会は自重されたい、という極秘の話が、高橋から持ち出され、鈴木はこれを諒とし、やがて政変があり、政友会内閣出現が近きにある、と考えた。ところがこの筋がその通りに運ばず、斎藤内閣は居座り、鈴木は男を下げた。しかも「帝人事件」で、斎藤内閣が瓦解した後、再び超然内閣の岡田啓介内閣が生まれた。鈴木の政友会は、この内閣に非協力を宣言し、党議に背いて入閣した床次、内田、山崎の三人を除名した。

昭和十一年二月の総選挙で、総裁である鈴木が落選した。大政党の党首で落選したのは、何といっても不名誉であった。政友会の総裁で、総理大臣にならないものはかつていなかった。それに、鈴木が総裁になってから斎藤、岡田、広田と超然内閣は続く。広田内閣が退陣（昭和十二年一月）した後、宇垣一成大将に大命が降下し、その流産の後、林銑十郎大将の登場となった。しかし政権は味気なくも常に鈴木の政友会の前を素通りした。

この林内閣が成立した直後、昭和十二年二月の十五日、鈴木はまだ総裁の任期中であったが、突如として、幹事長・安藤正純に対して辞意を表明した。この場合、辞意表明とともに後任総裁を指名するのが常識であったが、鈴木はそれをなしえなかった。その結果「代行委員制」が採用され、二月二十八日、議員総会において総裁指名の形で四人の代行委員が選ばれた。鳩山一郎、前田米蔵、中島知久平、島田俊雄の四人であった。鈴木の辞意表明は、政友会内の一角に「鈴木が総裁であるかぎりは、政権は政友会には回ってこない」という、鈴木排撃の声が出たのが、鈴木本人の耳に入ったので、ついに意を決した、と伝えられている。

四人の人選は、やはり鳩山、安藤ら当時の党の主流が、党内の勢力のバランスを勘案して策定したものであろう。党内を見渡したところ、その勢力関係、人物、閲歴から見て、鳩山、前田、島田の三人は何人にも異論のないところだが、中島はその点からいうと異数の人事であった。

先の三人は、大正以来議席を持ち、鳩山は犬養、斎藤両内閣で文相を務め、前田は犬養、広田の両内閣で商相、鉄相となり、島田は広田内閣の農相を得た。中島は林内閣で入閣の交渉を受けたが、断ったので、まだ大臣経験がなかった。

政党入りをして十年もならぬうちに、すでに大臣の椅子を蹴り、政友会総裁代行委員になるとは、記録破りの急テンポの躍進である。しかも林内閣入閣の拒絶ぶりはあっぱれであった。

宇垣の大命拝辞の後、林大将に大命が転移した。林は明治神宮外苑の某氏邸を借りて組閣したが、組閣が完了したのが二月二日のこと。筆者（有竹修二）は政治記者としてその組閣本部に詰めていた。その前夜、雨の降りしきる中を、中島は組閣本部の玄関先に現われ、入閣かと思われたが、断りに来たのであった。今日と違って、その頃、大臣の椅子はそうザラに回ってくるものではなかった。それをあっさりと断った。しかもその理由は、

「林首班は、政党を離れて来てくれという。政党人に対して党籍離脱を条件とするのでは、とうてい受けるわけにはいかない」

というのだから立派なものであった。中島は政友会に入った当時は、鳩山、森とよく、むしろ、鈴木派の人と思われた。また、この人々に対してそうとう物的援助をしたらしい。が、犬養内閣で前田商相の下に政務次官を務めて以来、鳩山らから遠ざかり、前田と近しくなった。

島田はかつては久原陣営に近かったが、次第に久原に対して批判的となり、本来の旧政友会系の人として、前田とよくなった。ことに行動を共にして、広田内閣に入閣してからは、いっそう親近感を増した。したがって四人の代行委員のうち、前田、中島、島田の三人が相

携え相結び、鳩山一人孤立する形になっていた。

この「代行委員制」なるものがしばらく続いた。が、やがて、この形で収まらない事態が出てきた。四人代行では、政変があった場合、大命降下がありようがない。逆にいえば、政友会はもはや大命の降りること、政権の来ることを断念した形と見られても致し方がない。もともと、この変態の形は、一時的なもの、次の総裁が決まるまでの暫定措置であるのだから、もうそろそろ正式の総裁を決定すべきである、という声が起きるのも当然であった。

昭和十三年五月一日、熱海で前総務慰労会が催され、その席上、名川侃市、板谷順助の二人から総裁決定促進の提唱があった（この二人が三土を総裁にしようと企み、さらに芝・紅葉館で顧問会議が開かれるあたりの経過はすでに出ているので省略する）。

総裁決定問題暗礁に

やがて総裁問題は、代行委員の議題とならざるをえなくなった。五月二十八日と六月一日の両回にわたって代行委員会が開かれ、

一、この際、総裁決定は遷延《せんえん》するを許さざるをもって、急速に設置すること。

二、党外より求めることは困難なるをもって、党内より物色する。

という基本方針を決めた。これは抽象的な表現だが、実際上は中島を総裁に決めようとするもので、島田が中島を推し、前田がこれに賛成した。四人のうち三人が相結んで、そのうちの一人を総裁にしようというのであった。鳩山は孤軍奮闘、これに抵抗し、公選論を持ち

出した。そこで前田、島田は、

「この問題は、中島、鳩山の二人で相談して決めてほしい」

と区切りをつけ、その日は散会した（このへんの経緯もすでに触れたので、一部省略する）。

昭和十三年七月号の『政界往来』の、「鳩山、中島両氏の心境を訊く」と題した記事の中で、中島は当時の心境を語っている。


それによると中島は、この当時、自ら進んで政友会総裁を買って出る気は毛頭ない、というようなことをいっている。その詮索はともかくとして、この段階に来て、政友会内の鳩山推戴派と中島擁立派との対立は俄然あらわとなり、抗争は激化した。この抗争は実質においても鳩山、前田両家の決戦ともいわれる。前田は中島を頭領に推すが、実力者として、万事は自分が采配を振るおうという肚《はら》であったかもしれない。中島は終始、黙って担がれるままに担がれるといった様子で、余裕しゃくしゃく、気楽にこの総裁争いの渦中に身を委ねているかに見られた。政友会内は鼎《かなえ》の沸くがごときありさまとなった（六月二日の第三回代行委員会以降、鳩山が公選論を強調し、砂田幹事長が斡旋したが、鳩山は党則を重んずべきことを主張した経緯は省略する）。

政友会騒動「夏の陣」と「冬の陣」
（六月四日の芝・三縁亭における顧問会議で、堀切善兵衛が「公選による総裁には中島を適任者として推す」という発言を行ない、六月二十日の臨時党大会で総裁公選が決まったが、この

騒ぎに政友会の長老・小川平吉が斡旋に乗り出し、党大会を無期延期することとした経緯も省略する）

これが政友会騒動「夏の陣」と呼ばれた。

ところが戦雲は、この年の十月に至って再び巻き起こった。十月五日、東京で全国支部長有志大会が催され、「総裁を十一月十日までに設けられんことを希望する」という申し合わせを行ない、その要望貫徹のため、十二名の実行委員が選ばれた。右実行委員は十月三十一日に四代行委員と会見し、右の申し合わせを伝え、同日開会の総務会にも有志支部長大会の要望を示し、善処を求めた。この事態を見て、十一月四日、代行委員会が開かれ、改めて総裁問題を協議した。鳩山はこの席上、「自分はあえて総裁たらんことを固執するものではないが、しかし現在の党内事情から見て、中島君を総裁にすることは妥当ではない。結局、しばらく現状のままで行くほうが党のためによい思う」

といった。前田、島田、中島は特に意見を述べず、その日はそのまま散会した。

しかるにこの場合、総務の中には、

「このままでは困る。速やかに総裁を決定せねばならぬ、という原則論には何人も異論がないのだから、代行委員は候補者の単一化をはかって、総裁を決定すべきである」

という意見の者が多かった。そこで十一月二十六日、臨時総務会が開かれ、翌日、開会予定の代行委員会に幹事長を出席させ、総務会の空気を反映させることになった。

党内は再び大荒れ

代行委員会は開くことは開いたが、依然として結論は出なかった。折から久原房之助がこの争いの舞台に登場した。久原は二・二六事件に関与した疑いで、検察の手にかかっていたが、裁判の結果無罪と決まり、政治的活躍が許されるに至ったのである。久原は鳩山に向かって、

「あくまで総裁の椅子を闘いとるべきである。君がその決意を新たにするなら、ぼくは全力を挙げて支援し、ぜひとも成功させてみせる」

といった。

久原があえて鳩山支持に打って出たことは、政友会の歴史において、特筆されるべきことである。久原は田中内閣時代に政治の世界に足を踏み入れて以来、鳩山一派とは敵対的立場に立つことはあっても、共に相結ぶ立場に立つことはなかった。しかるに、この場合は、鳩山の総裁たらんことを支援しようというものである。一説には、この頃、政治に対して絶大なる発言権を持ち始めた陸軍の空気から察して、鳩山は早晩、陸軍と右翼勢力から忌避され、その地位を失うに決まっている。したがって鳩山を総裁にしておけば、やがて彼がその地位を去る。その後釜を自分がいただくことができる——と先行きを読んだものである、といわれている。

年が変わり、昭和十四年三月二十一日、代行委員会が開かれ、幹事長改選につき、後任幹事長人選について協議した。前田、島田、中島は金光庸夫を推し、鳩山はこれに応じないで、

翌日続開された代行委員会において岡田忠彦案を持ち出した。これには、前田らは賛成しない。鳩山は党役員の人選より、総裁の決定を先決すべきであるとし、

「四月中に党大会を開催して、一挙に総裁を決定しよう」

と提議し、前田ら三人もこれに同意した。

それ以来党内は再び荒れた。砂田幹事長が辞意を表明する、堀切総務が、中島を総裁候補として推薦する声明書を発表する、鳩山が、代行委員会において、党内事情の急変を理由として党大会開催をとり止め、代行委員辞任すべし、と主張し、島田がこれに対して徹底的に反対するなど、物情騒然たるありさまとなった。

鳩山派は局面打開の一策として、代行委員制を廃止し、副総裁二名制をとり、鳩山と中島を宛てることを考えた。

四月二十日の代行委員会で、鳩山はこの案を提議したが、中島はこれに応じなかった。

「この案は、結局、代行委員四人のうち二名をくび切るということだ」というのが中島の言い分であった。

その後、代行委員会は幾度開いても、何の決定も得られない。総務会その他党の機関もまたしかりであった。砂田幹事長は島田代行委員に事務を引き継ぎし、本部に姿を現さぬようになった。

奇怪！　中島・久原両総裁の同時出現

中島派の有志が結成した革新同盟は、この事態を見て、三月二十二日の代行委員会の決定に基づき、総裁決定のための党大会を招集することを、島田代行委員に迫った。島田はこれに応じ、堀切総務に対し、大会招集の手続きをとることを命じた。かくして緊急総務会が開かれ、四月三十日に党大会を開催することを決定、即日、招集通知状が発送された。これに対して鳩山派が反対し、この手続きを無効とし、砂田幹事長は全国支部に対して、大会招集の取り消しの電報を発したので、党内は大混乱を来したが、ここに久原が活躍を開始し、久原、前田、島田、松野、大口、三土の六人を総裁選考委員とし、総裁を決定する方式を立てたが、これも事態解決の途にはならなかった。

するとここに突如、一大異変が起きた。鈴木喜三郎（すでに辞任）が砂田を呼び、代行委員四人を罷免し、その代わりとして、久原、三土、芳沢の三人を指名し、その旨の伝達を命じた。

この措置に対し中島は憤慨した。鈴木はすでに総裁を辞任している。四人の代行委員は、鈴木その人の代行委員ではなく、政友会総裁の仕事を四人で代行している。それは、すでに総裁の地位を去った鈴木によって停止されるべきものではない、と解したのである。この考え方は正しかった。

四月三十日、党大会の日、未明、松野は中島邸を訪れ、

「党大会開催は認める。そして後任総裁の指名権を貴下に与える。ただし、革新同盟の幹部諸君と話し合いの上、貴下を総裁に推挙することを見合わせ、他の者を指名するようはから

ってくれないか」

と新提案を持ち出した。これに対して中島は、

「ぼくは自分を総裁にしてくれと、誰にも頼んだこともないし、推挙されても受諾する気はない。総裁指名を無条件にぼくに一任するなら、この際、ぼくは総裁になる意思がないことを明らかにし、総裁としてはどの派閥にも属さない第三者を指名する」

と答えた。松野はこれに応じかね、即答を避け、同志と相談の上、回答することを約し中島邸を去った。その後、松野の示した回答は、

「指名権は認めるが、総裁は久原、三土、芳沢の三人のうちから選び、指名前に誰にするかについて相談してほしい」

というのであった。中島はこれを拒否した。かくて談判不調のままで、中島派は大会を強行し、堀切が座長となり、中島を総裁に推戴する動議が満場一致議決された。堀切は別室に控えていた中島に対して、大会の経過を述べ、総裁就任を求め、中島は勧請否みがたく受諾した。

これに対抗して、中島の総裁就任の手続きと、その結果一切を無効とし、鳩山派その他反中島派とも称すべき人々が、別に五月二十日に大会を催して、久原房之助総裁を決定した。五月二十日は特に鈴木前総裁の任期満了の日を選んだもので、この日、芝・三縁亭で大会を開き、鈴木が久原を指名する形をとり、三土が鈴木の挨拶を代読した。かくして昭和十三年五月に始まる政友会総裁争覇戦は〝夏の陣〟、〝冬の陣〟を経て、ここに党の分裂という異様

な結果をもって幕を閉じた。

政友〝正統派〟と〝革新派〟

昭和十四年五月、政友会が二つに割れ、中島を総裁とするものと、久原房之助を総裁とするものと、二政党ができたが、この各々が政友会の嫡流を自称し、正統を唱えて譲らなかった。

久原派は、同年五月二十日、鈴木前総裁の指名の形で久原総裁を決定し、これこそ正真正銘の八代目（伊藤博文より数えて）政友会総裁と称した。幹事長は岡田忠彦。三土、芳沢、鳩山、浜田、川村の五人を常任顧問として陣容を整えた。

両派の持つ議席数を比べると、中島派のほうが多かった。しかし、当時の新聞は、久原派を正統派と称し、中島派を革新派と呼んだ。政友会担当の記者倶楽部は古くは「十日会」といったが、この時代は「山下倶楽部」と称した。この「山下倶楽部」なる記者団に対して、長年政友会の主流をなした鈴木・鳩山が支配力を持っていたので、自然にこの倶楽部所属の各社の政治部記者たちは、鈴木・鳩山が主体をなす久原派政友会に対して好意を寄せる傾向があった（『巨人・中島知久平』によると、当時、総理・総裁などは折に触れてこの「山下倶楽部」に心付け、あるいは祝儀の形式である程度のものを出すことが慣行となっていたらしい。ところが無愛想な中島はこれを不要として断わったので、これで記者連の評判が悪くなった、という。もっともこれは中島側の渡部の意見であるが……）。

中島派はこの点、不利であった。が、久原派は、鈴木・鳩山派を主体とし、久原派がこれに加わり、三土ら本来久原・鳩山とは水の合わない勢力をまじえた混成旅団的な存在であった。これに対して中島派は、中島に前田、島田を配し、中正独立の堀切善兵衛のような人物を中心とし、田辺七六を幹事長とした。全体に一貫したムードは、従来の既成政党流の構えについて反省し、新しい時代傾向に対して、適応しようとする意欲を持つものと見られた。

久原派のほうは、久原そのもののマキアヴェリズム的な戦法はあるにしても、その他の人々は必ずしも、その流儀に従わなかった。かの斎藤隆夫の有名な反軍演説（昭和十五年二月二日）による除名問題に際しても、数名の人々が反対投票を投じたなどは、いい意味の反逆者が出たわけではあるが、この人々の処分について紛議を生じたあたりは、久原派の混成旅団的性格を物語るものとして特筆さるべき事件であった。

この会派が生まれて、丸一年たった時、芝・三縁亭で、その祝賀記念会が開かれた。筆者（有竹修二）はたまたま、その会派の人に会う必要があって、その会合の席に居合わせたが、この席上、筆者は、面白い光景を見た。幹事長の岡田忠彦が酔っぱらって、演説をしている久原総裁にからんだのである。

「どうも一年間、久原総裁の下に働いたが、何もならなかった。こんな総裁の話よりも、早く芳沢君の南方の話を聞くほうがいい」

という。あたかも芳沢謙吉が南方から帰ってきたばかりで、その土産話を聞こうというのであった。この岡田の発言が、酔っぱらってのことで、どこまでが正気かわからないが、聞きようでは辛辣《しんらつ》な久原批判とも解された。久原は適当にあしらっていたが、この光景は、久原派の悩みを露呈したかの観があって、いまだに筆者の記憶に残っている。

中島派・民政党に対し親近感

さて、中島は、いわゆる政友革新派の総裁として、この時代の異常の政局に対処したわけだが、その政治行動は、久原よりも町田忠治の率いる民政党に対して親近感を持つかに見られた。

これより先、広田内閣の組閣にあたって、入閣の交渉を受けたが、中島は下村海南（宏）、吉田茂、小原直ら入閣予定者とともに陸軍の横槍によって、閣僚名簿から外された。林銑十郎内閣の時は、林が党籍を離脱して入閣してくれと注文したので、あえて入閣を断わった。この時は、民政党からは永井柳太郎が予定されたが、これも党籍の問題で入閣を拒否した。

第一次近衛内閣では、個人の資格で政党人の入閣を求めてきた（これが近衛の直取り引きといわれ、政党側から批判される）。中島はこの内閣に入って鉄相となった。民政党からは永井が入って逓相となった。この内閣で内閣参議の制度ができた。

「日華事変に関する重要国務につき、内閣の籌画《ちゅうかく》に参ぜしむるため」

というのが、この参議制度の狙いで、

宇垣一成、安保清種、末次信正、町田忠治、前田米蔵、秋田清、郷誠之助、池田成彬、松岡洋右、以上の九人が参議に選ばれた。

これは秋田清が画策し、この内閣の知謀、馬場内相に働きかけてつくり上げたものであった。政友会からは前田、秋田、松岡の三人が入っているが、久原派からは誰も入っていない点が注目される。

平沼内閣では政党人として前田が鉄相、民政党からは桜内幸雄が農相となった。阿部内閣では金光庸夫が拓相、民政党からは永井が逓相、鉄相を兼ねた。

その次の米内内閣には、政友会革新派（中島派）から島田俊雄（農相）、正統派（久原派）から松野鶴平（鉄相）、民政党から勝正憲（逓相）と、三人の政党人が入った。

斎藤内閣以降、歴代、超然内閣が続いたが、その諸内閣の政党に対する考え方とその態度は、それぞれ違っていた。斎藤内閣は、挙国一致の形を求め、政党にも協力を求め、政友、民政ともに党を代表する閣僚を送った。岡田内閣も、これと同様の形式で、政民両党の協力を求めたが、政友会は党として協力することを拒み、民政党のみ、党代表の大臣を許した（床次竹二郎が党議を無視して岡田内閣に入閣し、政友会から除名されたのはこの時のことである）。

広田も政党の援助を求める意味で、政党総裁を訪問して閣僚をとった。林は前述のように、政党に対して協力を求めることなく、直接政党人の候補者に、離党を条件として入閣を交渉した。林大将の心境、ことに、彼はいわゆる〝食い逃げ解散〟（前述）を行なった意図は不可解とされているが、馬場恒吾（『近衛内閣史論』）によると、彼はかねてから既成政党否認の思想を持ち、従来とは全く趣を異にした新党を結成してみたいという念願をもって内閣を組織し、そのための手段としてあのような解散を断行した——という。

「国体の真姿顕現」という標語を掲げた林首相は、「日本の政党華やかなりし頃の政党の姿は、日本固有の国体の精神に副《そ》わぬもの」と考えた。そして、日本の国体に副《そ》うところの「日本独特の立憲政治」を樹立しようというのであった。

斎藤、岡田内閣の時代には、これという看板を掲げなかった。これは政党内閣を根本的に否認し、その出現を拒まんとするものではなく、しばらく事態の成り行きを見て、おもむろに方向づけを考えようという、暫定的な模様見の考え方（西園寺元老の）が支配した。

広田内閣に至って、陸軍が自由主義排撃、その他の一種の思想を提示し、それに副う者をもって閣僚選考の基準とすることを要求した。広田はこの要求を入れ、予定の人選を改めて内閣をつくり、看板として「庶政一新」の標語を掲げた。この内閣が「軍務大臣現役制」の復活を行なったことは、周知の通りだが、革新政策として、頼母木逓相が、電力国管案を企画し、馬場蔵相が、財政税制に、従来のそれと違ったものを打ち出したことなどが記憶される。

超然内閣と新党運動

（この項は第一次近衛内閣、これに続く平沼内閣、阿部内閣、米内内閣が徐々に軍部に支配されていく経過を描いたもので、昭和十五年七月、第二次近衛内閣成立、「新体制」、さらに「大

政翼賛会」の誕生までの歴史的経過を描いたもので、詳しいことは省略する）

有馬邸の〝荻窪会談〟

新党運動と称する政党人の動きをまとめると、ゆうに一巻の著述となる。そもそも第二次若槻内閣の瓦解の直接原因となった安達内相の政民連立内閣運動も、一種の新党運動の先駆をなすものであった。その後、犬養内閣時代、書記官長の森恪が当時の筆者（有竹氏は当時朝日新聞政治部記者）たち、内閣担当の記者に新党問題について語ったことがある。

「新党は、やがて生まれるべきである。しかもそれはやはり既成政党の母胎から生まれいずるべきである。こんな話をする相手は、民政党では永井柳太郎あたりだ」

と森はいった。

岡田内閣は本質において官僚内閣であるが、民政党が一応、党として支持する形をとっていた。それはそれとして、内閣の時代に政民提携して、政党勢力打開の途を拓こうという動きがあった。木舎幾三郎著『近衛公秘聞』によると、昭和十年頃、前田米蔵、中島知久平、川崎卓吉が月に一度、都内某所に会合し、新党問題中心に話し合っていたという。昭和十一年の夏、前田と中島の二人が相携えて、軽井沢の別荘に近衛を訪ね、新党問題について話し合った。これらは木舎の本が伝えるいわゆる秘話で、表向きには伝わらなかったが、昭和十一年の暮れに荻窪の有馬頼寧邸で行われた俗称「荻窪会談」は、当時の政界の話題となった。

この会合に集まった者は、

林銑十郎、後藤文夫、山崎達之輔、小原直、結城豊太郎、永井柳太郎、中島知久平、有馬頼寧、

という顔ぶれであった。有馬は、『政界道中記』という回顧録にこの会合のことを書いているが、この会合の立案者はよくわからない。話を持ち込んできたのは、当時の東京日日新聞の記者、今尾登（現在、法学博士、同志社大学教授）であったが、有馬は、

「今尾君自身がこの一幕の作者であったか、それとも他に立案者があって、今尾君がその斡旋をやったのかよくわからないが、ぼくもその頃、政治上のことについて意見もあり、考えることもあったので、とにかくそうした」

と書いている。

筆者の見るところでは、今尾君は当時、東日の政治記者でもあるが、記者の本業は本業として、かなり政治的に動いていたようであった。

この会合のあった翌年、広田内閣は退陣し、宇垣大将の流産内閣の後、林内閣ができたが、その閣僚の中に結城、山崎が入り、中島、永井が入閣の交渉を受けている。有馬も交渉を受けたが、椅子が文部大臣というので断った。林銑十郎内閣は陸軍の一部において予定されていたもので、この内閣とともに挙国的新党を押し立てようという構想であった。

既述のように、林内閣の〝食い逃げ解散〟は、新党樹立への筋書きの一幕であった。荻窪会談はそのための事前工作と見るべきである。この会談の作者は、やはり軍関係にあったと想像される。内閣は林大将を首班とするのを予定して、それを支持する新党（林のいう、日

本の国体に相応する形の）をつくり、しかもその党首として近衛を予定した。ところがこの計画は近衛の応ずるところとならず、ついにものにならずに終わった。これは軍ないし右翼勢力の側における新党運動の兆しであるが、政党にはこれと違って、軍および右翼勢力の圧力に対抗するため、新しい態勢を求めようという志向が以上の政民提携、新党樹立の傾向を生んだのである。

新党樹立が翼賛会に変貌

近衛は近衛で、西園寺の直弟子として、かつ皇室に最も近しい最高の華冑人《かちゅうじん》として、国の行方を憂うる立場から、この非常事態に対処する方途として、軍および右翼の無軌道を押さえるため、国民的再編成構想の新党樹立を求めるものであった。この意味において、前田、中島ら政党者流の念願するところと、この華冑人の心境とに、彼此相通ずるものがあった。ことに第一次近衛内閣の経験が、近衛をしていっそう挙国的新党樹立の必要を痛感せしめた。

かくして昭和十五年三月末、第七十五議会の終わった頃、近衛は政友革新派の総裁である中島知久平を自邸に招き、この重大問題について懇談を遂げた。近衛は、

「軍の横暴はこのままでは押さえられない。それには国民を背景とする大きな政党の力によらねばならぬ。私はそのため新党をつくる決意をした。今度私は政友会を基礎として大政党をつくり、軍の横暴を押さえて、日華事変を解決したいから、貴君の政友会をもらいたい」

と、赤心を披瀝して中島の協力を求めた（かつて明治三十三年、伊藤博文が政友会をつくる時、自由党の主力をその中核に求めたことがあった）。

これに対して中島はその趣旨を諒承し、協力を誓った。かくして、近衛は六月四日、記者会見において新党樹立の構想を発表し、六月二十日には、ついに枢密院議長を辞職し、「新体制の確立のため、微力を捧げたい」という声明を発し、軽井沢の別荘に篭もって、新政党の構想を練った。

ところが時の陸軍省軍務局長・武藤章少将が近衛を訪問して、脅迫的な反対意見を述べると、この貴族政治家はよろめいた（軍部はこの新政党が新たに政友、民政などを統合した立憲的な政党で、議会において軍部の方針を批判し、これを抑制するものではないか、と疑ったのである）。

こうして近衛の弱腰のために新政党樹立が、政党のようであって政党でない大政翼賛会というようなものに変貌し、政党人にして新党を志す者をして、大落胆せしめた経緯は、あまねく人の知るところである。

この間にあって、中島は第二次近衛内閣の参議となり、翼賛政治会の顧問となり、終戦後は東久邇内閣の軍需大臣となり、軍需省を商工省に改組した（これで中島は第一次近衛内閣の鉄相、東久邇内閣の軍需相、続いて商工相と三つの大臣を歴任した、といわれるが、最後の軍需相、商工相は二ヵ月弱という短いものであった）。

東久邇内閣の組閣総参謀は近衛であった。この内閣の厚相であった松村謙三の話によると、

中島は入閣の話を受けた時、近衛に対して、

「連合国が果たして皇室の安泰を保障するか、その点について内閣首班たる東久邇宮の決意を聞かねば、入閣受諾の返事ができぬ」

といった。近衛は返事に窮し、直接宮様へ聞いてくれ、というので、中島は宮様に会ってこの点を質し、宮の決意を知ったので入閣を受諾した。

松村は中島が東久邇宮と談判している最中、隣りの部屋で近衛から、

「今、中島君は東久邇宮に談判していますよ」

と、中島の強硬態度のことを聞いて驚いた、ということである。中島は郷土の出身、勤皇の志士、高山彦九郎に似て、非常に皇室を尊敬する人であった。

この中島は松村（民政党）と懇意になり、松村を通じて町田民政党総裁と連絡して、戦後の政党再編の話を進めたことは想像に難くない。最近、筆者（有竹修二）が松村氏自身から聞いた話によると、終戦前から中島と町田は共に、翼政会の顧問という地位にいたが、

「将来、政党が結成できるようなったら、二人で提携して立派なものをつくろう」

ということになり、それについての連絡会議を設け、政友会側から小笠原三九郎、木暮武太夫、東郷実が出席し、民政党からは松村謙三、高橋守平、桜井平五郎、勝正憲が加わって、麻布の桜井邸で集まって協議した。

終戦後、いよいよ政党をつくることになり、中島が一千万円を出資し、自ら総裁となり、町田を副総裁とし、松村を幹事長に宛てるという案を示した（もしこれが成立し、追放や戦

犯指定がなければ、中島はこの政友、民政を合わせた大政党の実際の総裁となり、おそらく一度は総理になって、戦後日本の政治を指導したものと思われる）。

松村はこの中島の意図を町田に伝えたが、町田はこれを断った。後に大麻唯男が、進歩党をつくり、町田が総裁として発足した時、中島の協力を求めたが、今度は中島がそれを断った。

この頃、中島の心境はどうであったのか？　まだまだアメリカの対日政策の下に、政局に幾展開ありと見たものか。

現に昭和二十年十一月、進歩党総裁となった町田忠治は、翌二十一年二月、公職追放令によって総裁の地位を去り、幣原喜重郎にバトンを渡し、鳩山一郎も同様、追放によって自由党総裁を吉田茂に譲らねばならなかった。いよいよ中島の最期を語らなければならない時が来た。

昭和二十四年十月二十九日、松村謙三が町田忠治伝（町田は二十一年十一月、追放のまま逝去している）の資料をとるため中島を訪れ、政党解消当時の話を聞いた。中島は元気に語った。そして二人で食事をし、雑談しているうちに、にわかに中島は脳出血症状を呈し、倒れたので医師の手当てを受けたが、午後四時、文字通り急逝した。行年六十六歳。葬儀は十一月四日、築地本願寺において前田米蔵を委員長として、盛大に執行された。

この年の四月に三土忠造が逝き、町田はその前に逝去、中島の僚友として葬儀委員長を引受けた前田は、二十九年三月にその後を追った。三土は七十九歳、町田八十四歳、前田七十三歳、中島の六十六歳はまだまだ惜しい年齢であった。彼がもう十年生きて、追放解除後の活躍の舞台を持ったら、政治家としてももっと大きく成長し、日本の政治に寄与したであろう（この項引用終わり）。（中島の逝去と彼の戦後における活躍の可能性については、巻末に筆者が述べる）

いよいよ〝空中戦艦〟「富岳」登場か？

先に述べたように、ミッドウェー海戦までは連戦連勝で、軍官民ともに戦勝ムードに酔っていたが、ミッドウェーで空母四隻を失って、その熱気に水を差され、さらに十七年八月七日には、ソロモン群島の南端ガダルカナルに米軍が上陸してきた。中島知久平が〝空中戦艦〟ともいわれる巨人機「富岳」を構想したのは、早くもこのソロモン作戦の途中であるというから、その先見の明にはやはりかつての、民間機製作時代の情熱がまだ残っている、と見るべきであろうか。

ソロモン作戦は最初はこちらが優勢であったが、米軍が飛行機を増強し、海上においても艦砲の電探射撃を行うようになってから、日本軍は劣勢に追い込まれた。特に十七年十一月十二日以降の第三次ソロモン海戦において、わが高速戦艦「比叡」、「霧島」が撃沈された頃、すでに知久平は日本軍の危機を強く感じた。特に戦艦「霧島」は米軍の四十センチ砲搭載の新型戦艦ワシントンの、闇夜からの電探射撃で一瞬の間に致命傷を被り撃沈された。これで知久平は新兵器の必要を痛感した。そこで彼が考えたのは後の巨人機「富岳」、初期にはZ機と呼ばれる超大型機の構想である。

しからば、そのZ機の構想とはいかなるものか。先にも触れたが、まずZ機の主な設計計画を述べておこう。

発動機六基　一基の最大馬力五千馬力、総計三万馬力。

速力　七千メートル高空で時速六百八十キロ（ちなみに「零戦」は五百三十～五百六十五キロといわれる）。

実用上昇限度　軽荷状態、一万二千四百八十メートル、正規、一万二百メートル。

航続力　爆弾二十トンを搭載して一万六千キロ。

横の全幅六十五メートル、胴体全長四十五メートル、全高十二メートル、主翼面積三百五十平方メートル、水平尾翼面積六十平方メートル、垂直尾翼面積四十平方メートル。

胴体内タンク容量四万二千七百二十リットル、自重六十七・三トン、搭載量九十二・三トン、正規全備重量百六十トン。

このZ機設計の当初、中島の念頭にあったのは、アメリカのB29、並びに新型のB36であった。すでにその前身B17はミッドウェー以来、空の要塞・重爆撃機として活躍していた。中島の情報網には、すでに米軍がB29、さらに六発のB36を計画し、B29は製造にかかっているという情報が入っていた。

重爆撃機の歴史

さて、ここで日米の重爆撃機の歴史を簡単に述べておこう。

普通、双発以上の爆撃機を重爆撃機という。もちろん、アメリカのほうが開発は早いが、日本では海軍の九六式陸上攻撃機（通称九六陸攻）および陸軍の九七式重爆撃機などが早いほうである。このうち、日中戦争初期、渡洋爆撃などで知られる九六陸攻は発動機（金星）、機体ともに三菱重工業の製作である。陸軍の九七重爆撃は製作は三菱であるが、中島もその五分の一を引き受けた。これらが太平洋戦争の頃になると改良されて、マレー沖海戦にも参加した海軍の一式陸攻、あるいは陸軍の一〇〇式重爆「呑龍」（中島製作）となってゆき、さらに陸軍では四式重爆、海軍では軽快な「銀河」陸爆（中島・川西製作）等、かなりの双発重爆撃機が製作されているが、その中で陸軍の新型で四式重爆「飛龍」（三菱）の性能を次に述べておこう。

最大速度五百三十八キロ。発動機ハ104、千八百十馬力二基。武装爆弾五百キロ―七百五十キロ。機関銃、機の両側に七・七ミリ各一、後上方に十三ミリ、尾部に十三ミリ各一。

製作は昭和十八年二月頃からであるが、後には魚雷を抱いて海軍の指揮下で雷撃部隊となり、中部太平洋方面で活躍した。またこの双発機が防空戦闘機に改良されて終戦時に活躍した。すなわち、米軍の四発重爆撃機が本土空襲を狙う、と知るや、この機に七十五ミリ高射砲を取りつけ、敵の四発大型爆撃機を迎撃する任務についた。しかしB29が高度一万メートル近くで来襲すると、馬力不足でこれを追撃することは難しかった。またサイパンにあったB29の基地を奇襲攻撃するための航続距離延長型や、八百キロ爆弾二個を取りつけた強力な特攻機も作られたが、終戦前には間に合わなかった。

次に米軍側では、有名な十七年四月十八日の日本本土空襲で知られるノース・アメリカンB25双発機（通称ミッチェル）のほか、ミッドウェー海戦で日本軍を迎撃したマーチンB26などがあるが、何といっても日本軍にその猛威を示したのは、ミッドウェーでお目見得し、ソロモンで威力を示した四発のボーイングB17、〝空の要塞〟である。ソロモンの日本軍を驚かしたB17G型の性能は次の通りである。時速四百六十二キロ、航続距離五千八百キロ、爆弾四千九百キロを搭載。

B17が前述の夜間戦闘機「月光」の斜め銃などに悩まされて、ソロモンでその威力を失いつつある頃、米空軍が量産を進めていたのが、日本本土に無数の焼夷弾をばらまいたボーイング超〝空の要塞〟B29（設計開始は昭和十五年六月）である。

B29A型の性能は次の通りである。

翼長四十三・一メートル、胴長三十・二メートル、発動機ライト二千二百馬力四基、自重三十一・六トン、総重量四十七・五トン、最高時速・高度七千六百二十五メートルで五百七十六キロ、実用上昇限度九千七百二十五メートル、航続距離九千六百五十キロ、爆弾搭載量九千キロ、武装・十二・七ミリ連装機関銃十二挺を六方向に装備するほか、二十ミリ機関砲一門を尾部に据えつけた。

この後さらにコンソリデーテッドで、B36という大型重爆撃機が計画されるが、大戦終了には間に合わなかった。

B29の日本本土の爆撃は、最初、中国の基地から昭和十九年六月十六日、北九州の工場地帯を攻撃したのが皮切りである。この時、不意に四発の大型爆撃機が来襲したので、福岡、八幡などの人々は非常に驚いた。そしてその時、

——ついに来たか……と関東の空を仰いでいた男がいた。それがZ機を創案し設計中の中島知久平とそのスタッフであった。

同十九年夏、サイパンが米軍の手に落ちると、当然のように米軍はB29をもって東京その他の日本本土空襲を試みることになる。十九年十一月一日、マリアナ基地を発したB29は、東京上空に悠然とその姿を現わし、初偵察を行ない、多くの爆撃用の写真を撮影した。そして東京初爆撃は十一月二十四日、B29約七十機がマリアナ基地から来襲した。その後、米機動部隊の九州方面攻撃などと並行し、二十年三月九日夜半から三月十日未明にかけ、有名な東京大空襲が行なわれ、江東地区は全滅（二十三万戸焼失、死傷者十二万）、三月十四日、大阪を空襲（十三万戸焼失）、さらに五月二十四、二十五日には東京都区内の残り大半に焼夷弾をばらまき、この時に皇居の一部も燃えた。

さて〝大東亜決戦機〟といわれる富岳の設計製作はどうなっていたのか。それを見る前に、中島知久平がソロモン作戦の頃に立案した『大東亜戦争・必勝戦策』というものを概観して

みよう。

『大東亜戦争・必勝戦策』

前にも触れたが、十七年四月十八日、アメリカの空母ホーネットを発艦したB25ノース・アメリカン双発爆撃機は東京へ十三機、名古屋へ二機、神戸へ一機、合計十六機が来襲。これは被害は少なかったが、この奇襲は〝帝都危うし〟の感を日本国民に抱かせ、その中でも最も帝都防衛に責任を感じたのは、当時、瀬戸内海の戦艦「大和」にいた連合艦隊司令長官・山本五十六であった、といわれる。もっとも、この米機の本土空襲によって、山本五十六がミッドウェー作戦、ハワイ占領作戦を立案した、というのは俗説にすぎない。

ミッドウェー占領作戦はすでに四月一日に第二段作戦として天皇の裁可をいただき、山本長官はその準備のため、インド洋方面で作戦行動中の機動部隊に瀬戸内海、房総方面への帰投を命じていた。ノース・アメリカンが東京空襲を行なった頃、機動部隊はまだ台湾沖を北上中であった。

前に〝予言者・中島知久平〟の項で触れたように、この東京空襲で、知久平は、

「日本はいずれは焼け野原になる」

と予言した（憲兵に大分にらまれたらしいが、〝飛行機王〟として軍関係の重要人物であったので、捕らえられるようなことはなかった）。

ただし、知久平は早くも重要工場は北部または山中に設ける必要があるとして、側近などにそれを告げ、彼自身は武蔵野の三鷹に近い大沢にあった別荘（日産の重役山田氏の所有で「泰山荘」といっていた）を入手してこれを改築、その庭にある崖の中腹に、深い大きな地下室を作り、一トン以上の爆弾が来ても貫通できないような防備を固めた。さらにここで当分のあいだ生活できるような物資を整えた。

十九年一月（B29の北九州爆撃の五ヵ月前）には、知久平は早くもこの「泰山荘」に本拠を移し、そこから都心の会社に通った。なお、この地は現在は国際基督教大学の敷地になっている。

先にも言ったように、中島は「国政研究会」なるものをつくり、ドイツ、ソ連などを通じて多くの情報を得ていたが、すでにアメリカがB29の完成を急ぎ、それが一年以内には量産されると見ていた。そして、

——量産されるようになれば、これを太平洋からではなく、中国の奥地へ運んで、そこから日本を爆弾並びに焼夷弾をもって爆撃するであろう……と知久平は考えた。したがって、東京空襲の頃には、すでにそのような地獄図絵の想像図が知久平の頭の中にあったのかもしれない。

なお、中島飛行機会社も十九年十一月以降の東京空襲によって多くの被害を被ることを免れることはできなかった。十一月二十四日、東京初空襲の日には、B29の主な目標は中島の武蔵製作所（十八年十月、武蔵野製作所と多摩製作所を合併してこう改称した）であった。こ

の時は爆弾三十六個、焼夷弾十四個が投下され、死者五十七名、負傷者七十五名を出し、建物四ヵ所が破壊された。以後、二十年八月八日の空襲までに、武蔵製作所だけで八回、都合九回の空襲を受け、死傷者は総数四百八十六名（内死者二百二十名）を出し、もちろん、建物、機械など物的被害は莫大なものに上り、かつ空襲の被災、爆撃の後片づけ、電力停止、ガス停止、警戒警報発令等のため、損失労働時間約五万時間に達する大損害を被った。これは当時、中島が誇る誉二一型発動機（百九十機）約五百十一基を製作する労働時間に匹敵したのであった。そしてその間に残念ながら、中島の予言通り、日本の九十以上の都市がすべて焼け野原になったことは周知の通りである。

もちろん、知久平の麹町四番町にあった借家も、五月二十九日の空襲で全焼したが、彼はすでに三鷹に転居していたので、住居や食料に困るようなことはなかった。

さらに予言者・知久平は十八年十一月、宇都宮郊外にある大谷石の発掘跡の一部を買収させ、ここに武蔵、宇都宮製作所の一部を疎開させておいた。日本政府が地下工場建設に動き出したのはそれから一年後のことであるから、〝予言者〟中島の名は必ずしも虚名ではなかろう。

さらに知久平はソ連の日本攻撃も予言しているが、これは前にも触れたが、昭和十七年秋、破竹の勢いのドイツ軍は、カスピ海北方のスターリングラードで、ソ連軍の猛烈な反撃に遭い、攻勢を阻止された時のことである。中島は当時の東条総理らの要人に次のように予言し、かつ警告を発した。

「盟邦ドイツは今、スターリングラードで一進一退している。あそこはスターリンの名を冠した町であるから、ソ連は国力を傾倒しても反撃するに相違ない。しかるにドイツ軍のほうは遠距離のため物資の補給が悪くなってきているし、兵も疲れている。だから〝冬将軍〟の勢いが激しくなる頃にはドイツ軍は敗退するであろう（ドイツ軍は夏にスターリングラードを占領する予定で、冬服の支度もしていなかった）。ドイツが負ければ欧州戦は終わり、ソ連は後顧の憂いがなくなってくる。そこで日露戦争の恨みを晴らすため、また、ピョートル大帝以来の野望を遂げるため、満洲に兵を出し、日本軍を叩いて、かつての権益の回復をはかるであろう。そうなれば大東亜戦争で手いっぱいの日本は、五ヵ国を相手に戦わねばならなくなり、勝算が立たなくなる。ただし、今ドイツが苦戦している時に、日本が機先を制してソ連を叩くとなれば、話は別になる。

というのは、目下、ソ連はシベリアには教育訓練中の部隊だけを残して、古参兵は全部西部戦線でドイツと戦っている。第一線用の飛行機も、戦車、大砲もことごとくドイツとの決戦に投入しているので、その虚をついてシベリアの関東軍を進入させれば、容易にシベリア東部を占領することができる。こうして日本がソ連の後方を叩けば、西部戦線のソ連軍は大混乱に陥り、凱歌がドイツ軍に上がることは確実である。そしてまた日本の大きなプラスとなることも当然である。したがって大東亜戦争に勝ち抜くには、この際、シベリアを攻撃してドイツを助ける必要があり、これが最良の方策であると確信する」

ただし、前にも触れたように、当時の東条首相兼陸相は、知久平の言にうなずきながらも、

「しかし日ソ中立条約がある以上、それは不可能である」

と、ほかの要人とも口をそろえて同じようなことをいった。これに対して中島は、

「それは時と場合と相手によるので、今日の場合、ソ連に対してはその遠慮は無用である。なぜなら、ソ連は蒙古人の支配から脱して以来、侵略を重ねて太った国だが、ことにピョートル大帝以降は帝国主義を強行し、そのためには条約を侵犯したことも度々で、中国のごときは一再ならず苦い経験をなめさせられている。要するにソ連は欲のためには義理も人情も顧みないばかりか、条約を破ることなど屁とも思わぬ常習犯の国なのだ。もし今、絶好の機会に思い切って出兵をしなければ、ドイツが負けるばかりか、やがてわが国はソ連から攻められて苦戦に陥り、万事休することになるのは明らかだ。国が亡びるとわかっていても、条約の信義は守らねばならぬというが、国民の不幸を無視する馬鹿げた義理立てであるといわねばならない」

と主張したが、この知久平の〝必勝戦策〟第一声も、当時の政府、軍部の要人からは認められず、終戦間際になってソ連が中立条約を破棄して攻撃して、多くの災害を日本人に及ぼしたことは周知の通りである。

中島知久平の『必勝戦策』提出さる

さて、いよいよ知久平の『必勝戦策』にかかろう。前にも触れたが、彼がこの雄大な構想

を立てたのは十七年秋のソロモン海戦の頃であった。そして〝皇国の興廃〟を一挙に賭けたこのZ機の設計にかかるのであるが、これを耳にした軍上層部では、そのような夢のような飛行機は実現が不可能ではないか、というような疑念を呈したらしい。しかし、知久平の情報網には、すでに米軍がB29のほかに六発のB36という超々重爆撃機を企画している、ということも入っていた。そこで知久平は重役会議の席で次のように述べた。

「中島飛行機は金儲けのためにあるのではない。国家のために存在しているのだ。軍のワカラズ屋どもが何といおうとも、国が危機に直面している時、安閑として祖国の国難を傍観していることができるか！　この中島飛行機会社は創立の趣旨に顧みて、刻々に迫りつつある国家の危機を打開するために、最も役に立つ飛行機を作ってご奉公しなければならない。こうするのがわが社の使命なり、と心得なければいけない。そのために会社は大損をしてもかまわぬ。今後、軍部が何といっても問題にせず、ドシドシ仕事を進めてもらいたい」

ここに二十数年前、知久平が海軍機関大尉の職を投げ打って、「自ら出でずんば、日本の航空界の前途は暗い」と大見得を切って民間飛行機製作に乗り出した頃の、初心と面目が躍如としているではないか。

ここで中島の情報網にひっかかったB36の性能に触れておきたい。中島は『必勝戦策』の中で次のようにこれを想定している。

「二十年の後半期には六発爆撃機が大規模でやってくることは避けられません。この爆撃機は二千ないし二千五百馬力六発、総馬力一万二千ないし一万五千馬力、航続距離、一万五千キロ、時速五百五十キロ、爆弾搭載量は距離によって違うが、六トンないし二十トンという巨大な性能を有するものである」

（大戦は二十年夏終わったので、Ｂ36が日本に来襲することはなかった。また実際の爆弾搭載量は五トン以下であった、といわれる。このＢ36はアメリカのコンソリデーテッド・ヴァルティ会社の製品で、後には強力なＺエンジン四基を付けてスピードをアップし、戦後一九五二年、このＢ36二十一機がアメリカから大西洋を横断してイギリスの基地に移動した時、その高速で注目されたという）

では、日本では四発の飛行機は全然作られたことがないかというと、そうではなく、中島ではすでに昭和十五年には「深山」という四発機の試作に成功していた。続いて、これを改良した「連山」を作ったが、量産の前に戦争は終わってしまった。しかし水上機では川西が九七式飛行艇、および二式飛行艇という優秀四発水上機を作り、戦後もアメリカから高く評価されている。日本で最も早く作られた四発機は、昭和七年頃試作された陸軍の九二式重爆撃機であるが、実際に活躍はしていない。

さて、中島の『必勝戦策』はどのような契機から建策されるようになるのか。昭和十八年四月十五日（日本軍がガダルカナル島を撤退したのは二月初旬である）、陸軍省の大講堂で「第二回陸軍技術有功章授与者表彰式」というのが行なわれ、この席上、陸軍省軍務局長・佐藤賢了少将（航空兵科出身・東条首相の懐刀といわれた）は、「科学技術の戦争遂行上負担すべき任務」について特別に講演し、その末尾で次のように強調した。

「最後に米国本土に鉄槌を加えなければ、その戦争意思を破砕することは困難であろう。米本土に鉄槌を加えることの困難は、ただ太平洋の幅という距離の問題のようであるが、しかしこの距離の問題も今や偉大なる飛行機の進歩の前にはもはや問題ではなくなってきた。わが国においては、すでにこの問題は技術的に解決し（中島のZ機のことを指しているのか？）、独伊また米本土空襲の準備を整えつつあり（実況は不明であるが）、日独伊、相呼応して米本土を空襲する日は必ずしもそう遠くはない」

と述べた。

佐藤は東条の代弁者として、中島のZ機の性能計画、設計について非常に関心を持っていた。航空畑から軍政関係に転じた佐藤は、中島と主任技師・小山悌の説明を聞いて、その可能性を大いに認めた。それが右の講演の中に一部を洩らしたものと思われる。

前置きが長くなったが、いよいよ中島知久平の『必勝戦策』である。この『必勝戦策』は秘密裏にガリ版刷りにして、東条のほか高松宮殿下、近衛、その他航空の専門家等に配られた。

次にこの中島の生涯の秘策・『必勝戦策』の内容を展望してみよう。

第一章『日本の国防体制』

この章ではまず日本の国防の現状を説き、政府は絶対不敗の国防体制を確立したといっているが、今日の世界情勢を大観すると、決して楽観できないばかりか、むしろ危機に直面しているとさえいうことができる。

第一項　生産戦による国防の危機

軍需品の補給にある程度以上の差が生じた場合は、いかに大和魂、ドイツ魂を発揮しても、またいかに高度に訓練された精兵をもってしても、勝つことができないことはすでにガダルカナル、チュニジア、スターリングラード等の戦績がよくこれを証明している。しかるに日本と米国との軍需生産力を比較するに、製鉄能力においては日本一に対して米二〇であり、工作機械に至っては一対五〇で、断然米国が優勢で、とうてい生産の面では拮抗することはできない。

また宏大なる戦線に、莫大な飛行機と軍需品を補給することも非常に困難で、仮に日本が米国の十倍の生産量があるとしても、資源に乏しいわが国としては不可能である。また飛行機の生産能力を急に二、三倍に増やすことができるとしても、三万キロにわたる戦線に配備すればゴマ塩同然で、敵の物量に対抗することはできない。

よって生産力増強のみに頼って勝敗を決せんとする従来の旧式な戦法を放棄し、敢然として飛躍的戦策転換を敢行しないかぎり、危機に直面することは避けがたい。

第二項　大型飛行機による国防の危機

この項では、米国の大型飛行機の製作状況（すでにその概貌には触れた）に言及し、その目的は、日本本土を爆撃して生産機能を破壊するにあると断定、かつその活躍する時期については十九年から始まり、その勢いは次第に猛烈となり、

「昭和二十年の後半期には、日本の国防体制は根底より覆り、非常なる危機に逢着せざるをえないと思う」

と述べ、米軍の大型機の製作状況、その性能等を詳しく紹介。

「あらゆる軍備、あらゆる戦法をもってしても、これを防衛する途は、今のところは存在しない」

と断言している。

第三項　欧州戦局より波及する国防の危機

欧州戦局より波及する国防の危機においては、大東亜戦争は世界戦争の一環に過ぎない、と喝破し、

「世界戦争の勝敗のカギは実に独ソ戦線の結果にかかっている」

と断じ、ドイツが負ければ、日本がいかに頑張っても、結局、枢軸側の惨敗に終わる、と結論し、

「独ソ戦こそは日本の運命の分かれる生命線である、といわざるをえない」

と述べ、さらにドイツの窮状をつまびらかにして、

「ドイツの危機はすなわち日本の危機である。欧州戦争の危機が、日本の国防体制の上に避けがたい重大なる危機を招く原因をなすものである」

と痛言している。

第二章『皇国保全の妄策』

『皇国保全の妄策』と題して、日独ソ三国提携説が論じられているが、「現在の戦局から見れば、スターリンはもう一突きでドイツを倒し、その後、ソ連は赤化主義によって全欧州を掌握することができる、と信じているであろう。したがって、日独ソの提携は空論にすぎない。また日独米英四国提携策を提唱する者もあるが、この外交施策は、枢軸側が優勢な場合には成立する可能性があるが、逆の場合には不可能である。強いて行なう時は無条件降服と選ぶところはない結果を招く。これは過去の歴史を見れば直ちにわかる。したがって、この方策はきわめて危険にして無責任なる妄策であることを銘記すべきである」

と述べ、次に生産状況敢闘策に触れ、

「この方策は右の外交救国策に比べ常識ではあるが、漫然たる生産増強を行なっても、勝敗の帰結はすでに明瞭である。

そこで戦闘機をはじめ現用飛行機の生産を重点的に増強し、ソロモン、ニューギニア、ビルマ方面の敵の猛反攻を食い止めることが急務である、という考えは必然のことであるが、これは尋常平凡な水準の戦策である」

と断定。その理由は半年や一年で飛行機の生産を何倍にも増加することは困難である、などと説明している。さらにいかに現状の日本の飛行機生産能力が倍加しても、

「敵の六発爆撃機（B36を指す）が、直接、わが生産源を爆破する時は、日本は勢力を喪失して抗戦は不可能となり、重大危機に逢着すること必至である。したがって、この構想も低俗浅薄なる方策であって、断じて皇国保全の途ではない」

と結論している。

そこで、中島は第三章に、『必勝戦策』に関する新構想、と題する構想を述べている。

一、防衛戦策。

二、米国撃滅戦策。

三、ドイツ必勝戦策。

一の「防衛戦策」においては、まず現在の型式の飛行機をいかに生産増強しても、超〝空の要塞〟(B29)の大空襲を防衛することは絶対にできないとし、現在の陸海軍の軍備をもってしては、国土の防衛は全く不可能である、と中島はその見解を示している。

しからば、中島の国土防衛戦策とはいかなるものか、それは簡単にいえば、敵攻撃の拠点である飛行場を爆破することであって、これには多数の小型機をもってするよりも少数の大型機をもってするほうが致命傷を与える可能性がある、としている。

「例えば百万坪の飛行場を完全爆破する場合に、一トン爆弾一個しか携帯できないような現在の双発爆撃機で行なうとすれば、千六百機が五十メートル間隔の密集編隊飛行をして一斉に投弾する必要がある。だが、実際にはかかる密集編隊を整然と敵の飛行場に至らしめることはきわめて困難である。敵の戦闘機と地上の対空砲火からの猛反撃を受けることは当然である」

また小型機では攻撃半径が小さい。したがってどうしても大型機を使用する必要がある。

「一トン爆弾二十個を搭載し、五十メートル間隔に機械的に投弾しうる装置を持つ大型爆撃機ならば、一機を持って、幅五十メートル、長さ千メートルの面積を十五メートルほどの深さにおいて吹き飛ばすことができる。したがって、五十メートル間隔の二十機横隊をもってすれば、千メートル平方、すなわち二十五万坪を深さ十五メートルに吹き飛ばしてしまう。四十機ならば五十万坪、八十機ならば百万坪を吹き飛ばすことができる。

これでその飛行場は全く使用不可能となる。修復にも二、三週間はかかるから、修理の終わる頃にまたその攻撃を繰り返せば、永久完全爆破の実を上げることができる。したがって、敵の超大型〝空の要塞〟よりも、はるかに大きな攻撃半径を持ち、かつ多数の大型爆弾を搭載できる超大型爆撃機を急速に整備し、敵の日本空襲のために設けてある飛行場の完全爆破を行なえば、敵の大型機による日本攻撃を完封することができ、なおこのような大型機があれば、敵の航空母艦、艦隊、輸送船団等は日本領域に近接することが全然不可能となるから、外郭防衛、すなわちソロモン、ビルマ等の戦闘もわが一方的戦争となり、ここに再び不敗の新国防体制が確立せらるるはずである」

さて第二項、「米国撃滅戦策」である。

米国に勝つには、「僅少なる生産力をもって膨大なる生産力に対抗し、必勝を得る戦策による以外途はない」

次に、

「現在の生産組織の急所は軍需生産の源泉をなす製鉄所である」

またこれにアルミ製造工場と製油工場を加えるべきであろう。そこで、

「敵を撃滅し、必勝を期するためには、米国における製鉄所、アルミ工場、製油工場等は局地的存在であるから、少数の爆撃機と爆弾等をもって短期間に安全に撃破することができる」（この場合、少数の爆撃機というのは少数の超大型爆撃機という意味であろう）

第三項の「ドイツ必勝戦策」においては、簡単に紹介すれば、ドイツがソ連に勝つには、大型飛行機で敵の製鉄所、アルミ工場、製油工場を爆破すればよいのに、ドイツは第一線に敵の大戦力の集結するのを待って、死闘により撃破せんとし、兵員と兵器とをいたずらに消耗せしめる戦法に出て、重大危機に直面している。この戦法はきわめて愚劣にして危険なる旧式な戦法である。

「ヒトラー総統の賢明をもって、あえてこの危険なる旧式戦策を脱しえざる理由は、ドイツは従来、飛行機製作を誤り、小型飛行機のみに執着し、大型飛行機生産の準備と力とに欠けていたことに原因する」

と喝破する。したがって、アメリカの場合と同様に、ドイツに勝たせるには、日本がソ連全土を攻撃できるような大型爆撃機を急速に製造し、これをドイツに空輸してソ連西部の製鉄所と、アルミ工場、製油工場などを徹底的に爆破させる方法をとる以外に策はない。

第四章『必勝戦策遂行に必要なる兵器の構想』

いよいよZ機の登場である（中島がZ機という場合には、かの日本海海戦において、旗艦「三笠」に掲げられたZ旗、――皇国の興廃この一戦にあり……を意識していたことは当然である）。

さて、従来説明したように、中島はこの第四章で、Z飛行機の設計を急ぐ理由を説明し、

「要するに航空機をもって勝敗を決する重大要素は、飛行機の数に非ずして、爆弾搭載可能の総量に存するのである。この点が飛行機政策決定の基調をなす重大秘訣である」と道破《どうは》している（この項で中島はZ飛行機の設計その他について詳細を述べているが、すでに概略を紹介したので省略する）。

第五章『Z機による必勝三戦策実施要領』

ここでは三つの戦術を説明している。

一、防衛戦。

二、米国撃滅戦。

三、ドイツ必勝戦。

これの概略についてはすでに第三章でも触れているが、中島はさらにこれを詳述している。その概略は次の通りである。

まず「防衛戦」では、実際にZ機が製作され、敵の〝空の要塞〟の前進基地を攻撃できるようになれば、〝空の要塞〟の日本本土襲撃は不可能になるわけだが、未発見の飛行場が残存し、そこから網の目を潜って奇襲する可能性があるので、この場合のZ機の武装と戦法については次のように説明している。

「胴体内に前後四メートルの長さに三百三十ミリ間隔に十二門の機関砲を装備し、さらに三百三十ミリ間隔に八列に並べると九十六門となる。これを一斉に照準発射すれば、分速（射撃速度）差三キロで掃射することができ、一分間に幅二メートル半、長さ三キロの面積に三百三十ミリ間隔の弾網を展張することができる。この弾網に捕捉された敵機には二十ミリ機関砲弾が三百三十ミリ間隔に無数に命中する。二十ミリ機関砲弾の飛行機に対する破壊力は、直径三百五十ミリとなっているから、敵の機体は完全に破壊せられ撃墜される。敵の超〝空の要塞〟の全長は三十メートルくらいであるから、三キロの弾網には百機を捕捉しうる勘定となる。前後に相当の無駄弾のあることを見ても、少なくとも五十機は完全に捕捉することができると見てよかろう。したがって、敵機五十機の編隊に対しては一機の掃射機、（中島はこの場合のZ機を戦闘機として使用することにしていた）敵が五百機の編隊に対してわがほうは十機の掃射機があればこれを撃滅することができる。

しかして、敵空襲部隊の来襲はこれを前進基地において、〝ラジオロケーター〟（レーダーのごときものか?）によってこれを予知し、途中で迎撃すれば、日本近海に来る以前に完全に撃滅することができる。また敵が引き返して逃げても、敵の出発した基地まで高速で追撃できる（B29とZ機との時速の差は百八十キロあり、また航続力もこちらがはるかに優越しているから、これは可能である）。全部撃墜しうることは確実である」

と述べている。

次に対飛行機のみならず、敵の空母や艦隊に対する防衛戦法としては次の方法をとるという。

「Z機を改装した七・七ミリ機関銃四百挺を装備した掃射機（戦闘機）と、一トン爆弾二十個を搭載した爆撃機、一トン魚雷二十本を装備した雷撃機、この三種類の組み合わせをもってすれば、容易に敵の艦隊は撃滅できる」

「Z掃射機の最高時速は六百八十キロであるから、編隊の最高時速は六百キロと見るのが至当である。時速六百キロは分速十キロである。分速十キロの速さで機関銃掃射をする時は、七・七ミリ機関銃の発射速度は一分間千発であるから、一つの機関銃で十メートル間隔で弾が当たるのである。十メートル間隔で撃ったのではほとんど効果はない。そこで胴体内に前後十メートルの長さに二百五十ミリ間隔に機関銃を装備すると四十挺になる。またこれを二百五十ミリ間隔に横に十列並べると四百挺となる。これを一つの銃架に置いて操作し、一斉に照準発射しうる装置となし、時速六百キロで一斉掃射する時は一分間に幅二メートル半、長さ十キロの面積に二百五十ミリ間隔の弾網を張ることができる。二百五十ミリといえば人の肩幅より小さいから、この弾網に捕捉された人は、立っても伏しても必ず一発以上の弾が命中するから全滅を免れない。そこでこの掃射機十五編隊をもってすれば、一分間に幅四十五メートル、長さ十キロの面積に弾網を張ることができる。現在、最大の航空母艦および戦艦は幅三十メートル、長さ二百五十メートルほどであるから、四十隻を弾網内に捕捉することができるわけである。相当な無駄弾の出ることを考えても優に二十隻を捕捉し、上甲板における指揮官をはじめ他の乗員を殲滅し、防空砲火を完封してしまう」

と、まずZ掃射機の用法を述べた（搭乗員で実際に機関銃を操作した筆者の経験によると、七・七ミリ機銃で最新型戦艦、あるいは空母の装甲板を貫通することはきわめて難しい。たまたま艦橋《ブリッジ》あるいは司令塔の隙間から弾が入ればともかく、この掃射によって敵の司令部を全滅させるということは困難であるが、ひとまず知久平の案を聞いてみよう)。

「次に、すでに甲板上に人がいなくなった艦船を、Z爆撃機をもって悠々と爆撃し、さらにZ雷撃機を向けて最後の止めを刺す」

「こうすれば二十隻の敵艦隊にたいしては十五機のZ掃射機、九十機のZ爆撃機、二十機のZ雷撃機で確実に撃滅することができる。敵の艦隊の数によってこの割りで機の数を増やせば、敵艦隊を逃すことは絶対ない」

と、確信をもって新戦術を説いている。

第二項の「米国撃滅戦」においては、まず米国の軍需生産施設は、だいたいミシシッピー川と大西洋の間にあり、そのうち製鉄所とアルミ工場はその中間地点に集結しているから、これを爆撃することを計画した。そのためドイツ占領下のフランスにZ爆撃機の前進基地を設け、まず米国の全製鉄所とアルミ工場を襲って全滅させ、軍需生産の基幹材料の生産を不毛ならしめてから、今度は米国本土の製油工場とメキシコやベネズエラなどの製油工場の爆破を行ない、飛行機、戦車、艦艇の行動を制限し、ついでニューヨーク、ワシントン、その他の重要都市を爆撃して、精神的な打撃と物的損害を与えて戦力の低下をはかり、ようやく無力化した時、米国本土にわがほうから米国攻略軍を空輸し、城下の盟《ちかい》を行なわせるという雄大な作戦構想である。

その米国攻略軍の編制は、Z爆撃機四千、Z掃射機二千、Z輸送機五千、陸軍兵力三百万人からなり、艦船は一隻も使用しないことになっている点に特徴が見られる(非常に雄大な構想であるが、後から考えてみると、中島の構想はそのほとんどがアメリカに逆に実行され、そして日本が城下の盟を行なわさせられたということになったのは、日本の上層部に理解する者がいなかったこともあるが、主として生産能力の差であったように思われるが、いかがであろうか?)。

米国陸軍兵力の総数一千二百万のうち、諸外地に派遣されている者は、その半数に達しているので、太平洋側に当てうる兵力は約三百万にすぎないと見て、また米国内の飛行場は千五百内外あるが、太平洋側に存在するのは七百くらいと推定して、Z爆撃機四十機、掃射機二十機を一体とする百個編隊をもって（この場合は日本領土からの出発とする）一回に敵飛行場を百ヵ所ずつ、合計六百の飛行場を完全に爆破して、敵飛行機の動きを封じ、残りの飛行場に対しては、武装落下傘兵二百人ずつを乗せたZ輸送機五十機を一体とし、これに護衛としてZ掃射機二十機、Z爆撃機四十機を配した百個の編隊を送り、一隊一飛行場宛、すなわち一挙に百の飛行場を占領する。そしてZ輸送機でさらに百万人ずつ二回にわたって陸軍兵力をそれらの飛行場へ輸送し、以後は一機一回五十トン、五千機で一回二十五万トンの軍需品を輸送することにし、この間、Z輸送機とZ掃射機は敵の反攻の防衛に宛てる。かくして敵地に渡ったわが三百万の精兵は、敵の三百万の地上部隊と対戦することになるのであるが、この戦線はだいたい六百キロぐらいになると推定される。しかし、四千機のZ爆撃機と二千機の掃射機を協力させれば、爆撃機は一日に幅二キロ、長さ四百キロの面積を十五メートルの深さで吹き飛ばし、戦車、トーチカ、歩兵壕、歩兵陣地等はことごとく一挙に吹き上げられ、また二千機の掃射機は一日に幅百メートル、長さ四百キロの面積を掃射して敵の地上部隊を掃滅することができるわけだから、わが地上部隊は楽勝し、その後は平押しに前進することが可能になり、短期間に米本土全域の攻略を果たしうる……と説明している。

第三の「ドイツ必勝戦」は次のようである。

Z機を急速に整備し、日本とドイツに基地を設けて、ソ連の製鉄所、アルミ工場、製油工場を爆破して、抗戦不能に陥らしめ、次いで英国に対しても同様の戦法を用いれば、ドイツは必ず勝つとして、

「要するに世界戦争の終局は眼前に迫ってきている。Z飛行機がなければまずドイツの崩壊により、早ければ明年、遅くも昭和二十年の下半期には枢軸側の惨敗に終わる危険がたぶんにある（ドイツの崩壊時期も枢軸側の最後の一国になった日本の惨敗の時期もピタリと当てている）。Z飛行機の急速整備がなれば、必勝三戦策の遂行によって、昭和二十年、遅くも二十一年には枢軸側は完勝し、聖戦の目的を完遂することができる。滅亡か必勝か、それはZ飛行機生産に対する断行の決心の遅速によって決せられるのである」

と結論している。

第六章『Z飛行機生産経過』

（この章は次の項目に分かれていて、中島の得意とする飛行機製作の技術的問題を論じているが、非常に専門にわたるので省略する）

一、最短期限と最少機数。

二、設計生産に対する非常施策。
三、生産施設の急速整備。
四、Ｚ飛行機・発動機、生産実行計画。
　イ、Ｚ飛行機生産計画　ロ、Ｚ発動機生産計画。
五、ドイツとの協力作業。

中島は本章において、二十年六月までに最少機数四百機を生産することを当面の目標とし、この目標はどんなことをしても達成しなければならないといい、そのためには小型飛行機の生産を減らし、あるいは造艦船をとりやめ、全国力を挙げてＺ機の生産に集中させる必要がある、という意味のことを力説している。

『結語』

この前段においては、
「わが外郭防衛陣の戦勢いかんにかかわらず、敵は直接枢軸側の戦力源を爆破して、抗戦力を撃砕し、一挙に勝ちを制するの企図に出ずることは決定的であり、昭和二十年の下半期にはきわめて悲惨なる運命に逢着するの憂いが多分に存する」

と述べ、その後半においては、
「最も重要なることは急速なる断行である。Ｚ飛行機の整備と、米国における超〝空の要塞〟の整備と、いずれが早いかによって国家の運命は決するのである」

では、中島のこの心血を注いだ『必勝戦策』を当局はいかに扱ったか。

結果を先に述べておけば、この中島の秘策、超大型〝空中戦艦〟「富岳」製作は、その途中で遠藤陸軍中将の反対にあって挫折した。当時、遠藤三郎中将は新しくできた軍需省の航空兵器総局長官（陸士二十六期、航空出身陸大恩賜、関東軍参謀副長、第三飛行団長、航空本部総務部長）で、遠藤は、

「今、前線で戦っている将兵は、一機でも飛行機を多くよこせ、と血の出るような叫びを上げている時だ。だからいつ完成するかわからない飛行機を作るために、多くの技師が時間つぶしをしていては困る。それよりも現用機を一機でも多く増産するために働くべきだ」

という理由で、これには東条首相も、知久平の『必勝戦策』と遠藤の目先の戦術に挟まって苦悶しているうちに、昭和十九年七月、サイパン島が陥落し、東条内閣は総辞職。七月二十二日、小磯内閣が成立し、待望の巨人機「富岳」の製作も中断されることになっていくのである。

今少しくその過程を述べるならば、「富岳」中止の大きな原因は、十八年十一月一日の軍需省の新設であった。当時、ソロモンの戦線は米軍が毎日のようにソロモン群島を北上して、十一月にはラバウルに近いブーゲンヴィル島沖で大きな海戦が行なわれる。米軍の飛行機生産状況を見ると、昭和十六年度は月産千二百機に過ぎなかったが、十七年には年産六万機に目標を高め、同年二月、二千四百機を生産、四月、四千機、十八年に入ればさらに増産され、

二月、五千五百機、六月、六千機、七月、七千五百機に上ったというような状況が南米のブエノスアイレスからの情報によってわかってきた。これに対して日本軍は十八年一月の生産機数はわずかに千二百機で、アメリカの五分の一強という状況であった。そこで政府は〝決戦生産行政〟と称して、商工省と企画院を合併して、軍需省を創設することにした（初代軍需相は東条首相の兼務）。

さて十一月一日発足の軍需省の内容は、次のように多くの局に分かれているが、その中で中島がいちばん関係の深いのが、遠藤中将が局長である航空兵器総局であった。

総動員局、機械局、鉄鋼局、非鉄金属局、軽金属局、化学局、燃料局、電力局、航空兵器総局、動員部、管理部、企業整備本部、この部局の中でいちばん大きいのが航空兵器総局で、その中に総務局、第一、第二、第三、第四の五局があり、総局長官は前述の遠藤陸軍中将、また総務局長は大西滝治郎海軍中将（海軍航空出身、十九年十月、フィリピンで特攻を創始したといわれる。終戦時、軍令部次長で自決）らが任命され、他の局長もすべて陸海軍の少将であった。

このほか、この軍需省は日本全国の軍需資源の統制、各種兵器の製作を統一的に指揮し、多くの会社を軍需会社法によって政府に協力させることにした。

その結果、中島飛行機、三菱重工業、その他の飛行機会社をはじめ、航空工業に関係のある会社はすべて軍需会社に指定され、早くいえば政府の徴用のような形となっていく。もちろん、造船、製鉄、火薬・砲弾製造等に従事する主要会社百五十社が軍需会社として指定を受けたのである。

この中で特に航空工業関係の会社は、航空機の飛躍的増産を期するため「航空工業会」を設けることとし、これに在来の陸軍航空工業会、および海軍航空工業会の航空機部を合併、十九年一月にはこれが発足することになる。

〝空中戦艦〟「富岳」計画始末記
――昭和天皇と富岳・必勝戦策――

以上のように、「富岳」の計画は中島の『必勝戦策』にもかかわらず、中道にして挫折することになるが、どの程度まで計画が進んでいたのか、これを眺めてみよう。

中島との直接会見によって、東条首相兼軍需大臣は、これをきわめて有効なる回天の秘策として採用する意向を示した。

そこで中島は、まず飛行機の試作にかかることとし、十九年三月、陸海軍航空技術委員会の中に「試製富岳委員会」というものを設け、中島がその委員長となり、この設計を指導することになった（富岳委員が正式の名称であるが、便宜上、委員会と述べることにする）。四月、富岳委員会がスタート、中島は海軍らしいZ機という名前にしたかったが、陸軍の希望で「富岳」と名付けられた。

この委員会には第一から第八までの陸軍航空技術研究所と海軍航空技術廠からも委員が出され、航空研究所および中央航空研究所のほか、三菱等の航空会社の技師も加わり、さらに住友金属、タイヤ関係の会社も技術者を提出した。四月の初め、太田の中島飛行機・小泉製作所（海軍機を専門に作っていた）で各委員の顔合わせを行ない、その後は主として皇居前の明治生命ビルの六階の大広間を会議室に宛て、極秘のうちに「富岳」の試作の準備を推進した。

中島からベテランの小山主任技師のほか、多くの飛行機を設計した西村、太田、松村、松田等の技師が参加、第一陸軍航空技術研究所の所長・緒方辰義少将、海軍の佐波次郎少将、その他の陸海軍将校も熱心に協力した。そして今も新宿駅西口の富士重工業の本社で秘蔵しているといわれる「富岳」の設計図が完成したところで、遠藤兵器総局長官の横槍が入り、委員会も東条内閣瓦解後の八月、解散式を明治生命ビルで行なったのであった。

中島の『必勝戦策』に用いられる「富岳」については、戦後、さまざまな風説がつきまとっている。そのうち最も信頼のできるのは飛行機研究家・碇義朗氏の『幻の巨人機富岳』であるが、ほかにもさまざまな俗説を書いた本が出た。昭和二十七年三月発行の『世界の航空』という雑誌には、富岳の風洞実験担当主任の加藤大尉という人が、この文章の筆者に、「富岳」の図面と性能を説明しながら次のようにいったという。

「陸海軍がうまくいかない、ということでは、国民の気概にも暗い陰を投げて、戦争の遂行は望めない。この追い詰められた戦局を打開するには米本土を撃つことも陛下はお考えになっておられた。そして日本の全航空技術陣を動員して、太平洋無着陸で米本土を空襲する飛行機はできないものか、と側近者にお洩らしになったのです」

とあるが、実際に富岳担当者がその具体的な図面を示して、昭和天皇に説明申し上げたかどうかは正確な資料はない。ただし、当時の天皇は陸海軍の感情的な衝突、非協力的な状況について心配され、「米本土を直撃するような飛行機はないか」というようなことをいわれたことはあったかもしれない。

こうして中島が若い時から抱いていた夢、飛行機によってアメリカを圧倒するという秘策は、残念ながら挫折のやむなきに至った。

今ここで、当時の日本の軍需資材の総生産量と、飛行機生産の全能力を示す資料はないが、富岳委員会が発足した昭和十九年四月の段階では、中島の『必勝戦策』にあるように、数千機?のZ爆撃機および掃射機、輸送機等を一年半以内に製作、整備して、これを前線に送り、あるいはドイツと協力してソ連を叩く、またはアメリカを直撃するというような戦略が可能であったかどうか?

戦局の推移を眺めると、富岳委員会が発足した十九年四月の二ヵ月後には連合軍はマリアナ沖に来襲し、七月、サイパンは陥落、グアムもこれに続く。したがって、サイパンの基地を叩くには、遅くも十月頃までには数十機の六発の「富岳」を製作する必要があったのであるが、おそらくそれは技術的に不可能であったろう。さらに十九年六月には北九州がB29の爆撃を受け、十九年十一月からはサイパンを出発したB29による本土爆撃が開始され、この第一撃で中島の武蔵工場も打撃を被っているので、このような流れの中で「富岳」は数千はおろか数百作ることも難しかったのではないか。またこういう六発というような高度の技術を要する飛行機は、ジュラルミン等の資材さえあればできるというものではない。それはそれ以前に製作された「深山」、「連山」等の四発試作機が、必ずしも量産になっていないところを見ても、六発の製作の困難さは容易に想像される。したがって、もし中島の『必勝戦策』の半ばでも効果を発揮させるには、その発想を昭和十六年の開戦以前にスタートさせなければ、ある程度の実施も困難であったのではないかと思われる。

常識的に考えればそうなるが、しかし、何しろ予言者的風格を持ち、不可能を可能としてきた中島知久平であるから、もしも昭和十四、五年の段階で、この「富岳」製作の奇謀を具体化し、当時の軍需生産力を動員して数百の「富岳」を製作の軌道に乗せた後、太平洋戦争開戦ともなれば、これはB17、B29の機先を制して、日本の作戦も戦略的には非常に有利であったろう、と推測される。

しかし、技術と軍需物資がそれを許さなかったであろう。すなわちアメリカには長いキャリアの自動車工業がある。そして飛行機の大型機の製作においてもはるかに日本よりは進んでいた。資材も豊富である。結局、中島飛行機という従業員二十六万人、世界一の航空機製作所を擁しながら、そのスタートがあまりにも遅かったために、中島の夢であり希望であった「富岳」は幻と消え、中島の苦心の結晶である七つの大飛行機製作所もそのほとんどは灰と化してしまったのである。

中島知久平の終焉

太平洋戦争の戦況と中島飛行機の終戦前の動きは省略して、昭和二十年八月十五日、日本は敗戦ということになる。

知久平はこの日の天皇陛下の玉音放送を三鷹の「泰山荘」で聞いて涙を流した。しかし泣いてばかりはおられなかった。戦後日本の再建には中島はやはり必要であった。東久邇宮内閣に軍需相として入閣したのは前述の通りであるが、その時、中島は入閣を頼みに来た近衛文麿に対して次のように注文をつけた。

「東久邇宮が皇室を絶対に安泰にならしめるという自信があり、そのために努力をするというのなら軍需大臣を引き受けてもよい」

そこで近衛は、青山御所内にあった宮の組閣本部に、中島を同伴し、彼は東久邇宮に直談判したという。すなわち知久平は、

――もし連合軍が皇室を無視するような方針であるならば、この際、残存兵力をもって一戦し、これに抵抗する決意があるのかどうか……という意図で宮と会い、宮はこれを諒とせられ、知久平も入閣を承諾した、といわれる。これは戦後、松村謙三や文部大臣の田川秘書官から渡部一英が聞いた話だという。幸いにマッカーサーは天皇に退位を迫るようなこともなく、天皇とマッカーサーの会見によって、マッカーサーが天皇に非常な尊敬の意を抱いた

ことは、その後多くのマスコミによって語られているところである。

東久邇宮内閣は二十年十月初め、その終戦の職務は終わったとして総辞職、その後はかつての中島派の宿敵？幣原喜重郎が内閣を組織した。そして中島はA級戦犯容疑者に指定され、逮捕されることになった。ところが中島は病気と称して憲兵を追い返してしまった。何度逮捕に来てもこれを追い返したので、A級戦犯容疑者の中では珍しく巣鴨の拘置所へ行かないで、三鷹の「泰山荘」で久方ぶりに休養をとっていた。しかし、知久平は飛行機の量産は行なったが、外国侵略の共同謀議には与《あず》かっておらず、また捕虜虐待を指揮したこともない。彼は右翼ではないので、政治思想的にも日本を超国家主義に導いた、という証拠もなかった。したがって昭和二十二年九月一日、中島は戦犯指定から解除された。

この間、残念なことに、この年七月二十日、知久平が片腕と頼んでいた弟の喜代一（元中島飛行機社長）が病死して知久平にショックを与えた。続いて財閥解体などでさすがの中島飛行機も、その事業は三菱など多くの企業と同じく解体を迫られていった。

この間、中島は何をしていたかというと、やはり予言者であることはやめず、さまざまな本を読んで、戦後日本の行く末を考えていた。その一方、彼は一人娘の久代の婿を探した。中島飛行機のエンジニア・石井愛《ちかし》という青年を見つけて、これと久代を結婚させ、ホッとした面持ちであった。この表情を見た側近は胸を衝かれるものがあった。娘を結婚させて、大社長（社員は知久平のことをこう呼んでいた）は弱ってがっくりするのではないか、と心配したのである（当時、嗣子・源太郎はまだ慶応の学生であった）。

さて、二十二年三月五日、久代の結婚式が上野の精養軒で挙げられた。知久平はまだ戦犯容疑者として拘禁中であったが、娘の一世一代の式典に出ようとして、総司令部に外出許可願いを出したところが、MPのほうから、「上野まで出られるならば、巣鴨に来たらどうだ」とやり返され、さすがの知久平も頭をかいた、という。

戦犯解除間もない二十三年四月、久代は男の子を産み、知久平はこの正太郎を溺愛した。しかし、最愛の孫との別れはあまりにも早くやってきた。昭和二十四年十月二十九日のことである。

この頃、中島は側近に多くの予言をしていた。次の予言を聞けば、〝予言者〟知久平がまだまだ健在であったことがわかるであろう。彼の予言の主なものは次の通りである。

一、日本は今は焼け野原である。広島には三十年は草木も生えないだろう、と占領軍の将校はいったらしい。しかし、私は日本の復興は意外に早いと思う。日本の民族は優秀である。特にその科学的技術において、決して欧米のエンジニアに劣るものではない。必ずや近い将来に日本の産業は復活する。

二、自分としては、今度は四発などの大型旅客機の生産を手がけてみたい。「富岳」の設計でいろいろ勉強したので、今度は平和に貢献するような大型旅客機で世界の国々を結ぶ仕事をやってみたい（残念ながら日本の航空工業は中島の死後、あまり大きな発展を遂げていないが、中島が生きていたらある程度のことはできたかもしれない）。

三、中島飛行機も当座は開店休業であるが、今度は地上に目を向けて自動車工業を盛んにすべきだ。これからは輸送であれ乗用車であれ、日本もアメリカのような自動車の時代が来る。したがって現在の富士産業（中島飛行機の後身）では自動車の製作を推進すべきだ（この予言は当たり、現在、太田のかつての大飛行場跡には富士重工業が大工場を建て、スバル自動車を量産している）。

四、何よりも大切なことは、精神的にまいらないことだ。確かにアメリカには物量でも技術でも負けた。しかし、それはこちらに物資がなく立ち上がりも遅かったためであって、もし対等の資源を与えられたならば、少なくとも中島飛行機の技術はアメリカには負けていなかったと思う。したがって、負けたからだめだ、というような心理的な敗北感をいつまでも持たないで、早く自分の気持ちを復興させることだ。

以上のような言葉を残して中島はあの世へ急いでいく。

この年、昭和二十四年十月二十九日午前十時頃、松村謙三が「泰山荘」に中島を訪問した。松村は元民政党総裁・町田忠治の伝記を書くため、中島の談話を取りにきたのである。中島は上機嫌で政党解消時代の民政党と政友会の内情を詳しく話した。そして食事を終わって雑談していた時、中島は、

「右手が動かなくなった」

といったので、松村は驚いて人を呼んだ。間もなく医師が来たが、中島はまだ言語ははっきりしていた。

「自分の父が中風だったから、たぶんそれだろう」

などといって悠然としていた。松村も、

――脳出血かもしれないが、軽いようだ……と判断して、しばらくして中島邸を辞去した。ところがそれから間もなく病状が急激に悪化し、舌がもつれ、嘔吐を催し、鉛筆で筆談をしようとしても字が書けない。そこへ嫁いだ娘の久代が急いでやってきた。まだ意識のあった中島は、娘の顔を見るとうれしそうに笑った。久代が、

「お父さん、しっかりしてください」

と叫んでその手を握ると、中島はその手をゆっくりゆすって満足そうに微笑した。そのまま午後四時、眠るように大往生を遂げた。享年六十六歳、法名は空という字を入れて、「知空院久遠成道大居士」である。葬儀は十一月四日、東京築地の西本願寺で盛大に行なわれた。施主は嗣子・源太郎、葬儀委員長は長いつき合いの前田米蔵であった。多磨墓地を訪れた人は、そこに壮大な「中島知久平之墓」という石碑を見ることであろう。

むすび
――中島知久平小論――

中島知久平とは日本あるいは日本人にとって何であったか。

一、まずその人柄、あるいは性格を分析するならば、彼の中にあるものは最も行脚《ゆきあし》の強い男、すなわち常に前方を凝視し、何物かを求め、不可能を可能にする意気込みをもって前進をし、留まることを知らない闘志に満ちた男、これが中島の大きな特色である。

二、しかし闘志だけでは大事業は成し遂げられない。中島が懐かしく思っていた郷土のヒーロー・国定忠治は確かに闘志はあった。しかし、彼は侠客とはいいながら、喧嘩商売の一ヤクザにすぎなかった。それは簡単にいえば社会的ヴィジョンが欠けていたからである。その点、中島は常に日本国・日本人、さらに世界のことを考え、特に国防について腐心、憂慮することを忘れなかった。振り返ってみれば、少年時代の中島知久平は、三国干渉で日本を辱めたロシアを征伐するために、馬賊になって満洲に渡ろうとして軍の学校を志願し、その彼が機関学校在学中に日露戦争でロシアが敗北すると、その目標を今度は飛行機に向けた。

なぜならば日本海海戦で戦艦の大砲で勝ちを得た海軍の上層部には、大艦巨砲主義が強く支配していた。中島は次の仮想敵がアメリカであることを考え、軍艦の大砲だけではとうていこの大国の侵略を防ぐことはできない、と考え、飛行機産業を思いついたのである。

三、そして中島の大きな転進が行なわれる。弱冠二十六歳の海軍機関大尉が海軍大臣にまで、戦艦から飛行機製作への一大転換を強く示唆する意見書を提出し、これが容れられないと決然として海軍をやめ、自ら利根川の河原で民間機第一号を飛ばすことになった。すなわち、中島知久平は〝決断の男〟といってよかろう。決意と断行の男・中島知久平は徒手空拳、無一文から飛行機の生産を始めた。しかし〝当たって砕けろ〟、あるいはナポレオンのような〝自分の辞書に不可能の文字はない〟などという意気込みに燃えた知久平は、多くの支持者を得て資本も集まり、民間機の製作、続いて軍用機の製作と、その産業を伸ばしていった。

四、中島は非常に創意工夫に富んだ男であった。彼は自ら飛行船操縦の第二号となりアメリカに渡った時も、整備のほかに独断で飛行機操縦のライセンスを取り、いつも突飛なことをやって人を驚かせるが、その飛行機生産の技術に関しては、責任者である彼自身が、フランス、アメリカ等で勉強した技術をフルに活かして、常に他者に先んじる新企画を実用化してきた。この創意工夫が中島の身上で、これがなければ、いかに資本家が付いていても、従業員二十六万人、世界最大の飛行機製作会社はできなかったのである。

最後に、予言者として中島を考えると、さまざまな興味ある事実が出てくる。それは本編においてその場その場で解説した。もちろん、すべてが当たるわけではないが、例えば日本は焼け野原になるとか、あるいは独ソ戦でドイツがスターリングラードで苦戦している時に、直ちに関東軍をしてシベリアに進入させるべきである、と示唆した点。さらにその雄大な壮図ともいうべきアメリカ本土爆撃戦略など、やはり彼は異才ともいうべき大器であったのではないか、と思われる。

常に行脚《ゆきあし》をもって前進し、常に人より一歩先を予見し、そして常に新しい技術の創意工夫をし、そして雄大なる、グローバルな構想を抱き続けた日本人離れした男、そこに中島の超人的な能力を発見できる、といえば過言であろうか。

資料・参考文献＊『巨人・中島知久平』（渡部一英・鳳文書林）＊『偉人・中島知久平秘録』（毛呂正憲・上毛偉人伝記刊行会）＊『中島飛行機の研究』（高橋泰隆・日本経済評論社）＊『中島飛行機エンジン史』（中川良一、水谷総太郎共著・酣灯社）＊『日本の海軍機』（航空情報別冊・酣灯社）＊『陸軍「隼」戦闘機』（碇義朗・サンケイ新聞社出版局）＊『戦闘機　隼』（碇義朗・広済堂）＊『戦闘機疾風』（碇義朗・白金書房）＊『戦闘機紫電改』（同右）＊『隼　南溟の果てに』（四至本広之烝・戦誌刊行会）＊『日本飛行機一〇〇選』（野沢正・秋田書房）＊『日本軍艦一〇〇選』（同右）＊『写真集・アメリカの爆撃機』（高城肇・潮書房）＊『アメリカの爆撃機』（光人社）＊『日本航空史』（毎日新聞社）

中島知久平の個人的な生涯については、渡部一英氏の『巨人・中島知久平』を、また、飛行機のデータならびにエピソードについては、野沢正氏の『日本飛行機一〇〇選』『日本航空史』、碇義朗氏の諸著作を参照し、得るところが多くありました。厚くお礼を申し上げます。

（筆者）

あとがき

中島知久平とは、いかなる人物であったのか？　と聞かれたら、筆者は多くの俗説を排して、次のように言いたい。
一、その性格は戦国時代の武将に似ている。
例えば織田信長と豊臣秀吉のミックスのようなところがある。

その先見の明と決断が速く、決意したら果敢にこれを実行する。常に新しいアイデアを取り入れ、従来の俗説を排し、既成の権力を恐れることなく、それを実現する……これは信長の特色で、知久平も若い時からそうであった。
二、しからば秀吉とはどういう点で似ているのか？　……まず機を見るに敏である。
次に人の心理をよく見抜いて、適材適所の使い方を知っている。信長においてはこれが過激な性格と相容れず、明智光秀と衝突して、破滅を招いた。秀吉はその点、後の伊藤博文のような調和力に富み、多くの荒くれ豪傑や、事務のできる文化人を、それぞれの能力に応じて活用した。

またその巨視的な発想と、雄大な構想も似ている。秀吉の朝鮮出兵は愚劣な遠征であるとされているが、人によっては知久平の巨人機「富岳」によるアメリカ爆撃を、それに例えるかも知れない。

しかし、よく考察してみると、この二つはその根本に大きな違いがあるようだ。

秀吉の遠征は、天下を平定した後、働いた部下に対する恩賞としてくれる領土がなくなったので（徳川家康に二百五十万石もくれたのがたたったかも知れない）、新しく海外に領土を求めようとしたことが、一つの原因だとされている。また老耄したために一種の皇帝妄想に陥り、大明国を占領しようとしたとも言われる。

知久平のアメリカ爆撃は、開戦後間もなく祖国防衛のために、〝回天の壮挙〟として考えたもので、知久平個人の利害から企図したものではない。彼個人でいうならば、資産は十分過ぎるほどあり、一飛行機会社の社長が、アメリカ爆撃という大戦略を強調する必要はないのである。それらは元来大本営参謀の仕事である。しかし、彼等が漠然と緒戦の連勝の夢を追って、アメリカの膨大な戦力に眼をつむっているので、知久平がアメリカ本土爆撃というショック療法を行ない、かつ秀吉の大明国遠征も及ばぬ壮大な夢を実現しようとしたのである。

知久平は少年時代、ロシアの三国干渉に憤慨して、満洲に渡り馬賊になって、ロシアを撃とうと計画し、海軍を志願した。そして日露戦争でロシアが敗北すると、飛行機による戦艦の雷撃を考えた。それもこれも若いながらに、愛国の至情から発したものである。

秀吉の明国征服とは訳が違う。

さて最後に中島知久平の性格を総括してみよう。

すなわち高等数学的な計算に裏打ちされた緻密なリアリストと、壮大なロマンチストのミステリアスな複合体に、強烈な統率力とバイタリティを与えたものといえば、一応の分析になるであろうか？

何にしても、中島知久平はそのスケールの大きさと行脚《ゆきあし》の強さにおいて、生まれる国と時機を間違ったような気がする。彼を全盛時のアメリカや、豊かな日本に生まれさせたなら、平和な時代にも野放図な大事業を仕出かしたような気がする。

そういう意味で日常の些細な豊かさに満足している現在の青少年たちに、知久平ほどの気概を要求するのは、どこか間違っているだろうか？

平成元年三月十四日　六十九歳の誕生日に

横浜市本郷台の不識庵居にて

豊田　穣

単行本　平成元年八月「飛行機王・中島知久平」改題　講談社刊

NF文庫

中島知久平伝

二〇一四年一月十八日　印刷
二〇一四年一月二十四日　発行

著　者　豊田　穣
発行者　高城直一

発行所　株式会社　潮書房光人社
〒102-0073　東京都千代田区九段北一-九-十一
振替／〇〇一七〇-六-五四六九三
電話／〇三-三二六五-一八六四(代)
印刷・製本　株式会社シナノ
定価はカバーに表示してあります
乱丁・落丁のものはお取りかえ
致します。本文は中性紙を使用

ISBN978-4-7698-2815-0　C0195
http://www.kojinsha.co.jp

NF文庫

刊行のことば

第二次世界大戦の戦火が熄《や》んで五〇年――その間、小社は夥しい数の戦争の記録を渉猟し、発掘し、常に公正なる立場を貫いて書誌とし、大方の絶讃を博して今日に及ぶが、その源は、散華された世代への熱き思い入れであり、同時に、その記録を誌して平和の礎とし、後世に伝えんとするにある。

小社の出版物は、戦記、伝記、文学、エッセイ、写真集、その他、すでに一、〇〇〇点を越え、加えて戦後五〇年になんなんとするを契機として、「光人社NF（ノンフィクション）文庫」を創刊して、読者諸賢の熱烈要望におこたえする次第である。人生のバイブルとして、心弱きときの活性の糧《かて》として、散華の世代からの感動の肉声に、あなたもぜひ、耳を傾けて下さい。